절대검감

9

絶對 劍感

한중월야

장편소설

시공사

조성원	개방의 신임 방주이자 혈교도.
무상도 정천	중원 팔대 고수의 일인이자 현 무림연맹주.
무한제일검 백향묵	중원 팔대 고수의 일인이자 전 무림연맹주.
방덕현	무림연맹의 총군사.
백위향	무림연맹의 제삼군사.
설백	북해빙궁의 궁주이자 마지막 생존자.
남궁가희	남궁 세가의 장녀이자 봉황당의 당주.
무한검협 이정검	중원 팔대 고수 무한제일검 백향묵과 태극검제 종선 진인의 공동 전인. 청룡당의 당주.
살흉 절심	오대 악인의 일인.

차
례
—

일러두기

- 무협 자체의 재미와 개성을 살리기 위해 의도적으로 속어, 비속어, 은어 등의 표현이나 일부 한글 맞춤법 규정에 어긋나는 표현도 그대로 실었습니다.

- 검의 대화의 경우 앞에 '—' 표기를 넣었고, 전음은 앞뒤 [ ] 표기, 검선의 말은 앞뒤 [ ]를 표기하되 고딕으로 서체를 달리하여 표기하였습니다. 또한 본문 내 강조나 인용 등으로 들어가는 내용은 고딕체로, 본문에 나오는 대화 중 과거형은 다른 명조체로 구분하여 표기하였습니다.

- 한 장짜리 비서는 홑꺾쇠표《 》, 서책의 경우 겹꺾쇠표《 》로 표기하였습니다.

기생의 신위

콰득! 나는 거칠게 괴인의 머리통을 뜯어냈다. 검은 피가 목에서 뿜어져 나왔지만 진기로 이를 전부 튕겨냈다.

"후-우."

전신의 피부가 구릿빛과 은빛으로 뒤섞인 이 괴이한 존재들은 인간의 사체로 만들어진 것이 틀림없었다. 이들이 쏟아낸 검은 피에서는 시체에서 날 법한 썩은 악취가 났고 심장을 비롯하여 전신의 맥이 뛰지 않았다.

"대체 이 괴이한 것들이 무엇인지 알겠느냐?"

마지막 놈이 나의 손에 의해 머리와 몸통이 분리되자, 경왕이 혀를 내두르며 다가와 물었다.

"확신할 수는 없지만 강시라고 하는 것이 아닐까 생각됩니다."

"강시?"

강시(僵尸)의 강(僵)에는 '빳빳하게 서다'라는 의미가 있다. 즉, 시체가 서서 다닌다는 뜻이다.

경왕이 믿기 힘들다는 듯이 죽은 괴인들을 쳐다보며 말했다.

"강시라니? 죽은 시체들이 걸어 다닌다는 그것을 말하는 게냐?"

"그렇습니다."

"허어. 그저 떠도는 풍문인 줄 알았건만."

세상의 풍문이란 그냥 나오는 이야기가 아니다. 나 역시 많은 일들을 겪고 나니 이런 것에 익숙해지고 조금 무뎌졌을 뿐이다. 평범한 자라면 죽은 시체가 움직이는 것을 보고 얼마나 놀라겠는가.

"한데 참으로 대단하구나. 이런 인외의 존재들조차 네게 전혀 상대가 되지 못하다니 말이다. 정말 괴물은 너로구나."

경왕의 칭찬에 나는 그저 옅은 미소로 화답했다. 사실 지금 내가 상대한 강시는 거의 금강불괴 수준에 달할 만큼 단단한 육신을 가졌다. 게다가 이들이 가진 괴력은 초절정 고수에 버금갈 정도였다. 고통도 느끼지 못하고 상대를 공격하니 벽을 넘은 고수조차 자칫 방심하면 낭패를 볼 만큼 위험한 것들이었다.

─그 정도였어? 쉽게 상대해서 몰랐는데.

그동안의 경험 때문에 원만하게 대처할 수 있었다. 처음부터 중단전과 하단전의 조화를 통해 공력을 폭증시킨 후에 이들의 약점이라 할 수 있는 머리를 노렸다.

─그동안의 경험이 헛된 게 아니었네.

그러게. 어쨌거나 석관 속에 이런 강시들을 숨겨놓다니, 어지간히 방심할 수 없게 만들어놓았다. 그만큼 불로불사의 비술이 누군가의 손에 쉽게 들어가지 못하도록 장치를 해놓은 것이겠지만 말이다.

"몸은 좀 괜찮으십니까?"

나의 물음에 경왕이 신기하다는 듯이 내게 말했다.

"대체 어찌한 것이냐? 손발의 고통이 이렇게나 줄어드니 정신마저 맑아진 느낌이다."

"양기로 막혀 있던 주요 혈맥의 절반을 뚫었습니다."

그 말에 경왕이 놀라움을 감추지 못했다.

"그게 정말이냐?"

"절반이더라도 그 흐름이 원활해져 통증이 어느 정도 해소되었을 겁니다."

"네 말대로다. 아직까지 아픔이 완전히 가시지는 않았다만 이 정도라면 술을 마시지 않고도 버틸 수 있을 만하다."

"맥을 전부 뚫어드리고 싶었지만 전하의 체력이 버티지 못할 것 같아, 도중에 멈출 수밖에 없었습니다."

그런 나의 말에 경왕이 흥분을 가라앉히지 못했다.

"하, 하면 맥을 전부 뚫으면 완치될 수 있는 것이냐?"

기대에 찬 눈빛에 부응하지 못해서 안타깝지만 사실대로 말해줘야겠다.

"송구하오나 그건 힘들 것 같습니다."

"힘들다니? 신의라 불린다는 그자조차 이 정도로 통증을 완화시켜주지 못했다. 그 맥이라는 것을 전부 뚫는다면⋯."

"전하의 병은 선천적으로 발현되었습니다."

"그게 어떻다는 것이냐?"

"맥을 뚫고 나서 양기가 정상인의 범주만큼만 자연적으로 형성된다면 문제없겠지만 전하의 몸은 그렇지 않습니다."

"⋯하면 재발한다는 것이냐?"

"그렇습니다."

그 말에 흥분하여 상기되었던 경왕이 실망을 감추지 못했다. 내심 불로불사의 비약이 아니더라도 자신의 몸이 나을지 모른다는 희망을 가졌던 것 같다. 부정적인 소식부터 알려줬으니 이제 긍정적인 것도 알려줘야겠다.

"하나 실망하지 마십시오."

"뭐라?"

"적어도 양기가 커져서 다시 주요 맥을 막기 전에 꾸준히 관리를 해주신다면 전하께선 태양절맥으로 단명하시는 일이 없을 겁니다."

"그게 정말이냐?"

"의원이 아니라 확답을 드리기는 어렵지만, 적어도 제가 살펴본 바로는 그럴 듯합니다."

"아아아!"

그 말에 경왕의 얼굴이 다시 상기되며 눈시울이 붉어졌다. 되살아난 희망으로 감격에 겨운 모양이었다. 인간은 절망 속에서 생겨나는 한 줄기의 희망에 뜨거운 감정을 느낀다. 나 역시도 무공을 익힐 수 없는 몸이었다가 다시 무공을 익힐 수 있게 되면서 이와 같은 감정을 느낀 적이 있었다.

감격스러워하던 경왕이 내게 정중히 포권을 취하며 말했다.

"전하?"

"고맙다. 왕이나 황자가 아니라, 누군가에게 도움을 받은 한 사람으로서 인사를 하고 싶구나."

경왕은 지위나 신분을 떠나서 참 괜찮은 사람이다. 알면 알수록 그런 생각이 든다.

마주 모은 두 손을 푼 경왕이 내게 미소를 지으며 말했다.

"한 사람으로서 감사의 예를 취했으니 왕으로서, 아니 장차 이 나라의 용좌에 앉을 군주로서도 네게 보답을 하고 싶다. 원하는 것이 없느냐?"

"아직 낫지 않으셨습니다, 전하."

"차도가 있는 것만으로도 감사할 일이다. 게다가 연생이 네가 아니었다면 나는 이 자리에서 역도의 무리에게 목숨을 잃었을 거다."

뭔가 내게 보답을 하고 싶은 모양이다. 하지만 지금 당장 나는 원하는 게 없었다.

"말씀은 감사하지만, 저는 바라는 것이 없습니다."

"바라는 게 없다?"

그 말에 경왕이 호탕하게 웃음을 터뜨렸다. 그러더니 다시 말했다.

"너 같은 자는 처음이로구나. 이미 불로불사의 비술을 앞에 두고 있어서 바라는 것이 없는 것이더냐?"

"…솔직히 말씀드리면 저는 불로불사 같은 것에 그리 미련이 있지 않습니다."

오랜 세월을 살아가는 것이 무슨 낙이 있겠는가 싶다. 게다가 나역시도 이미 반 불로불사의 상태다. 다만 가장 위험한 존재인 그자의 손에 들어가는 것을 막아야만 했다.

"한데 어찌하여 그 비술을 취하려는 것이더냐?"

"그건 그릇된 사상을 가진 자의 손에 들어가는 것을 막기 위함입니다."

굳이 그에게 모든 것을 이야기할 필요는 없겠지. 그런데 경왕의 입에서 예상치 못한 말이 흘러나왔다.

"그릇된 자를 막기 위함이라…. 죽은 저놈들이 그분이라 했던 자가 혹시 금상제이더냐?"

"그걸 어찌?"

"아까 전에 내가 기절하지 않았던 걸 잊었더냐?"

'아….'

순간 깜빡했다. 하면 내가 파궁귀 초사를 추궁할 때 들었던 모양이다. 본의 아니게 그의 귀에 '금상제'가 들어갔다. 이건 문제가 될 소지가 있었다.

—왜?

금상제는 폭군이라 불렸으나 연나라의 황제였다. 즉, 경왕의 오랜 조상들 중 한 명이란 소리였다. 그런 그가 이 흑막이 연나라의 육대 황제임을 알게 되었을 때 어떻게 받아들일지 모르겠다.

—그렇네. 피로 이어졌잖아.

난감해하고 있는데 경왕이 내게 진지하게 물었다.

"네가 말한 금상제가 연 대제국의 육대 황제이신 그분을 말하는 게 맞느냐?"

그저 호칭만 같다고 하기에는 제(帝)의 칭호를 설명할 길이 없었다.

—어떻게 할 거야?

어떻게 하긴 뭘 어떡해. 이렇게 된 이상 상황을 납득할 만하게 설명해줘야지.

결국 나는 고개를 끄덕이며 긍정을 표했다.

"그렇습니다."

그 말에 경왕이 믿을 수 없다는 듯이 말했다.

"어찌 그런 일이 있을 수 있단 말이더냐? 금상제는 삼백여 년 전에 지병으로 돌아가셨다."

"…죽지 않았습니다. 그저 오랫동안 모습을 감추고 있었을 뿐이지요."

"모습을 감춰? 황상이셨던 금상제가 어찌 그런…."

"폭군이라 불렸던 금상제는 중원 무림인들을 전부 몰살시키려 했습니다. 그건 전하께서도 아시리라 생각합니다."

"…그래, 알고 있다."

연나라의 황실 사기에도 남겨져 있을 테니 모를 수가 없었다. 자세한 사정을 말할 수는 없으니 간략하게 이야기해야겠다.

"금상제는 무림을 말살시키는 것 외에도 또 다른 목적이 있었습니다."

"그게 무엇이더냐?"

"전하와는 결이 다르지만 금상제 역시 불로불사를 꿈꿨습니다."

그런 나의 말에 경왕이 혀를 차며 말했다.

"어찌 생각할지 모르겠다만 사실 역대 황제들 중에서 불로불사에 관심이 없던 자는 아무도 없었다."

"그렇겠지요. 하나 그는 수많은 무림인들과 백성들을 죽인 폭군입니다."

"…부정할 수 없구나."

"그런 금상제이지만 전하처럼 불로불사의 기회가 찾아왔습니다."

경왕이 놀라서 물었다.

"불로불사의 기회? 그럼 금상제는 불로불사를 이루었단 말이더냐?"

"아닙니다. 이룰 뻔했지만 운이 없었지요. 그때 검선의 후예가 나타나 그의 야욕을 저지했습니다."

"검선? 그 전설로 불린다는 천하제일검이라는 자가 아니더냐?"

"맞습니다."

"한데 사기에는 그런 기록이 남아 있지 않건만."

"남아 있을 리가 없지요. 그 사건은 금상제에게 최악의 치욕과 두려움을 주었을 테니 말입니다."

내 입으로 이런 말을 하기도 참 낯간지럽다. 남 일처럼 이야기를 해도 말이다.

"…기록에 남아 있지 않은 것을 연생이 너는 어찌 아는 것이냐?"

"당대 검선의 후예와 연이 있어 들었습니다."

"허어."

내가 생각해도 나는 참 거짓말에 능통한 것 같다. 상황에 맞춰 말이 술술 나온다. 이런 나의 말에 신음성을 흘리던 경왕이 다시 입을 열었다.

"네 말대로 검선의 후예가 금상제의 야욕을 막았는데, 어찌하여 그분이 살아 있는 것처럼 이야기하느냐?"

"살아 있습니다. 불완전한 불로불사의 상태로 말이죠."

"불완전한 불로불사?"

반문하는 그에게 나는 오각 석실을 가리키며 말했다.

"저 안에 숨겨져 있는 비술의 반쪽짜리라고 보시면 됩니다."

그런 나의 말에 경왕이 심각한 얼굴로 말했다.

"하면 금상제께서 완전한 불로불사의 비술을 얻기 위해 본 왕을 이용하고 죽이려 했다는 것이 아니더냐?"

"결론만 말씀드린다면 그렇습니다. 아! 그리고 진왕 전하와 관련이 있는 것을 보니, 그분을 용좌에 옹립하려는 목적도 있는 것 같군요."

"뭐라?"

"진왕 전하도 금상제만큼은 아니지만 무림을 억누르고 사파 무림을 말살시키고 싶어하니 가장 그 의지에 부합한다고 할 수 있겠지요."

마지막 말에 경왕의 인상이 무섭게 굳었다. 계기가 어떻든 간에 그는 황제가 되려고 한다. 그런 그의 앞을 선대조라고는 하나 금상제가 가로막는다고 하면 어떤 반응을 보일까 떠봤는데, 결과적으로 원하는 반응이 나왔다.

"오래전에 물러나신 분이 어찌 그런 짓을!"

"권력이라는 게 손에 쥐게 되면 쉽게 놓을 수가 없지요."

"아무리 그렇다고 해도 죽음으로 자신의 존재를 숨겨놓고, 이리현 황실 일에 개입하는 것은 청정과 다를 바가 없는 짓이다."

그러고 보면 금상제가 최종적으로 원하는 것은 어쩌면 황제의 자리일 수도 있겠다. 불로불사마저 이루고 숙적이라 할 수 있는 나를 처리하고 나면 그는 세상에 두려울 것이 없어진다. 그렇게 된다면 영원한 황제로서 군림하려 들지도 몰랐다.

심기가 불편했던 경왕이 내게 말했다.

"네 말이 정말 사실이라면 절대로 그분 손에 불로불사의 비술이 들어가선 안 되겠구나."

"누구의 손에도 들어가지 않는 게 답이겠죠."

애초에 불로불사라는 것은 반칙이나 다름없다. 그런 힘을 폭군에게 쥐어주는 것은 세상을 어지럽히는 것을 넘어서 위태롭게 만든다.

경왕이 내게 말했다.

"하면 비술을 어찌할 것이냐?"

"없앨 겁니다. 누구도 얻지 못하게."

그게 내 목적이었다. 불로불사를 얻어 죽지 않는 삶에는 애초에 관심이 없다. 이런 나의 말에 경왕이 피식 웃으며 말했다.

"그게 정답이구나. 너 같은 자의 손에 비술이 들어가는 것이 옳겠 구나."

"일단은 금상제가 후발대를 보낼 만큼 시간을 많이 지체했으니 비술을 없애야겠습니다."

"그리하도록 하거라."

나는 피로 얼룩진 오각 석실 안으로 들어갔다. 석관 안에 있던 강 시들이 전부 죽었으니 더는 함정이 없기를 바랐다. 그렇게 안으로 들어와 석관으로 다가간 나는 당혹스러웠다.

'…이게 대체.'

열려 있는 석관 안은 텅 비어 있었다. 아무것도 없다는 것은 불로 불사의 비술이 없다는 건가? 아니면 죽은 강시들과 관련 있는 것일 까? 의아해하던 찰나, 문득 석관의 벽면에서 뭔가를 발견했다.

'이게 뭐지?'

석관의 벽면에 독특한 형태로 음각이 파여 있었다. 그 모양이 정 확하게 검의 형태를 하고 있었는데, 형태가 혈마검과 동일했다.

'혈마검?'

심지어 문양까지도 동일한 것으로 보아 석면에 검을 맞춰 끼워 넣을 수 있을 것 같았다.

'설마….'

나는 다른 석관으로 가보았다. 마찬가지로 검의 형태로 음각이 파여 있었다. 혈마검과는 다른 형태였다. 세 번째 석관에는 사련검과 동일한 문양이 새겨져, 그 음각 안에 검을 집어넣을 수 있는 형태를 하고 있었다.

나는 다시 혈마검과 비슷한 형태의 음각이 있는 석관으로 다가 갔다.

'…확인해보자.'

품속에서 무엇이든 들어가는 복주머니를 꺼내 혈마검을 빼냈다. 나오자마자 혈마검이 투덜거리는 소리가 울려 퍼졌다.

─젠장. 망할 인간. 저 안은 답답하기 짝이 없다.

미안하지만 그렇다고 다른 곳에 숨겨둘 순 없지 않나.

나는 혈마검의 검집을 뽑고서 석관에 패인 음각을 향해 가져갔 다. 그러자 파여 있는 곳에서 강한 흡착력이 일어났다. 검병에서 손 을 떼어보았다. 철컹!

─으헛!

손에서 벗어난 혈마검이 정확하게 음각에 맞춰 들어갔다. 이윽고 석관을 비롯해 석실 전체가 지진이라도 난 것처럼 들썩거리더니, 그 내부에서 끼익거리며 기관 장치의 소리 같은 것이 들려왔다.

'뭐지?'

기관 장치의 소리에 뭔가 변화가 있을 줄 알았다. 그런데 그것으 로 끝이었다. 석실은 그대로였다. 나는 혈마검을 흡착시킨 석관에서 물러나, 오각 석실의 한가운데로 왔다. 그리고 찬찬히 석관이 놓인 주위를 둘러보았다.

─뭐라도 나왔어?

석실 바닥에 뭔가 흘러나왔다. 검은 액체 같은 것이었는데, 뭔 가를 그리다 만 것 같았다. 문양도 아니고 글자도 아닌 것으로 보아

아무래도 지도의 외곽선을 그리다 만 듯했다.

―사련검도 넣어봐.

그래야겠다. 나는 사련검까지 빼서 그것에 맞는 석관의 음각에 넣어보았다. 철컹!

―아흑! 박혀버렸어.

… 그런 목소리로 이상한 소리 좀 내지 마라.

어찌 되었든 사련검이 음각 속에 들어가자, 마찬가지로 기관 장치의 소리가 들리더니 바닥에서 액체가 올라와 또 다른 선을 만들었다. 그러나 외곽선의 형태가 또렷해지는 수준에서 멈췄다. 이 외곽선의 형태만 본다면 분명 사천성이 틀림없었다.

'사천성인가?'

두 자루의 검을 석관의 음각에 집어넣었더니 이런 지도가 나왔다는 것은 결국 다섯 자루를 모두 집어넣어야 완전한 지도가 생성된다는 것을 의미했다.

―에이, 좋다 말았네. 그럼 아무 성과도 없는 거잖아?

없지는 않지. 적어도 금상제가 불로불사의 비술을 얻기 위해서는 내가 가지고 있는 두 자루의 요검과 오대 악인의 일인인 절심의 겁살검까지 전부 탈취해야 가능해졌다. 그것을 알게 된 것만으로 상당한 성과였다. 적어도 놈이 내게서 두 자루의 검을 빼앗지 못한다면 불로불사의 꿈을 이룰 일도 없다는 것을 의미하니 말이다.

철컹! 나는 벽면에 있던 혈마검과 사련검을 전부 회수했다. 신기하게도 음각에서 검을 떼어내자 바닥에서 올라왔던 액체가 다시 스며들며 사라졌다.

―운휘야, 차라리 여길 없애는 게 어때?

'없애라고?'

―그래. 어차피 넌 불로불사의 비술을 없앨 거라고 했잖아. 여길 부수면 그 지도도 사라지는 거 아냐?

아니, 남겨놔야 해. 그래야 놈을 유인할 수 있으니까.

―유인한다고?

놈도 이곳의 비밀을 알게 된다면 어떤 식으로든 내게서 검을 빼앗으려 들 거다. 그때가 놈을 끌어내서 죽일 수 있는 절호의 기회이다.

―오, 그런 방법도 있네.

놈이 모습을 드러내지 않는다면 강제로 드러내게 만들어야지. 나는 석실 바깥에서 기다리고 있는 경왕에게로 갔다.

"비술을 얻은 것이냐?"

"네. 곧바로 비술을 파기했습니다."

―엥? 구하지도 못했잖아.

아니, 일부러 그렇게 말한 거다. 경왕을 믿지 못하는 건 아니지만 만약을 위해서였다. 혹여 그가 자신과 황위를 다투고 있는 진왕을 견제하느라, 계속해서 이곳에 주둔해 있으면 오히려 위험에 노출된다. 내가 경왕 곁에 상시 머무를 수 있는 것도 아니기에 차라리 이곳에 더 이상 불로불사의 비술이 없다고 여기게 하는 편이 낫다.

경왕이 내게 감탄하며 말했다.

"참으로 대단하구나. 아무리 불로불사에 관심이 없다고 해도 그런 보물을 앞에 두고 망설임 없이 없애다니."

"위험한 물건이니 어쩔 도리가 있겠습니까?"

"그렇다 하여도 대단한 건 대단한 거다. 네가 관직에 마음이 있다면 내 곁에 두고 싶을 만큼 마음에 드는구나."

"송구하지만 저는 무림인입니다."

그런 나의 말에 경왕이 아쉽다는 듯이 입맛을 다셨다. 그러다 뭔가를 떠올렸다는 듯이 말했다.

"아! 그러고 보니 네게 묻고 싶은 것이 있다."

"물어보소서."

"진짜 연생이는 어디에 있느냐?"

"주둔지 막사 처소의 침상 밑에 잠들어 있으니 걱정하지 않으셔도 됩니다."

"무사하다는 거로구나."

설마 변장 하나를 위해서 무고한 여인을 죽였겠는가. 안심했다는 듯이 고개를 끄덕이던 경왕이 혈도가 점해져서 기절해 있는 관군을 힐끔 쳐다보더니 내게 말했다.

"내 너에게 긴히 한 가지 부탁을 해도 되겠느냐?"

"…무슨 부탁입니까?"

그런 나의 물음에 경왕이 의미심장한 미소를 지으며 내게 말했다.

"한 번만 더 연생이가 되어다오."

＊ ＊ ＊

평왕의 능에서 불과 십 리 정도 떨어진 곳. 그곳 평야에는 오천여 명에 이르는 관군들로 이루어진 막사 주둔지가 있었다. 정중앙에 있는 막사에는 '무한(武漢)'이라 적힌 깃발이 걸려 있었다. 이들은 무한시의 관군이었다. 그리고 중앙 막사에는 의외의 인물이 자리하고 있었다. 멋들어지게 수염을 기른 삼십 대 후반의 중년인. 그는 다름 아닌 진왕이었다. 진왕 외에도 여러 군장과 내관의 복장을 한 몇몇 관인들이 있었다. 상석에 앉아 있던 진왕이 턱수염을 길게 기른 중년의 장수에게 말했다.

"그 무덤에 대체 무엇이 있기에 인 오천인장의 휘하 수하들을 보낸 것인가?"

"송구하오나 신도 모르옵니다."

"모르는데 어찌 그들을 보낸 것이야?"

"신은 그저 그분께 하달받은 명을 이행했을 뿐이옵니다."

그런 그의 말에 진왕이 혀를 찼다.

"그대가 내 사람인지 아니면 그분이란 자의 사람인지 도통 모르겠구나."

"신은 그저 전하를 보필하라는 명을 이행할 뿐입니다."

"또 그 소리구나."

진왕의 심기가 불편해졌다. 자신을 보필하는 자임에도 불구하고 인 오천인장은 비밀이 많았다. 뛰어난 무위를 지녔고 그자와의 약조도 있었지만 별로 곁에 두고 싶지 않았다.

'용좌에 오를 때까지만이다.'

그때가 된다면 자신을 이용하려 드는 이들을 전부 처리할 것이다. 그렇게 속으로 되뇌고 있는데 막사 바깥에서 누군가 다급히 달려오는 소리가 들렸다.

"전하, 긴히 아뢸 것이 있나이다."

"무슨 일이냐?"

군장들 중 한 사람이 대신 물었다. 그러자 바깥에서 대답이 들려왔다.

"지금 주둔지 밖에서 경왕 전하가 군의 책임자를 뵙길 청합니다."

"경왕이?"

그 말에 진왕이 가늘어진 눈매로 인 오천인장을 쳐다보았다. 이에 인 오천인장 또한 당혹스러웠는지 인상을 찡그렸다. 진왕이 무거워진 목소리로 말했다.

"경왕이 살아서 이곳으로 왔다는구나."

"…뭔가 착오가 생긴 것 같습니다."

"그자가 심어놓은 자들로 전부 처리할 수 있다고 호언장담한 것으로도 모자라 네 산하 수하들도 보내더니, 이제는 경왕이 이곳으로 왔다라…."

"신이 처리하겠습니다. 전하께서는 서둘러 주둔지를…."

그의 말이 끝나기도 전에 진왕이 자리를 박차고 일어서며 말했다.

"됐다. 진짜 군장도 아닌 네놈에게 일을 맡기는 것도 이제는 신물이 나는구나. 게 밖에 있느냐?"

"네, 전하."

"경왕이 군을 이끌고 왔느냐?"

"아니옵니다. 휘하 호위 무관 백여 명과 기생으로 보이는 계집들만 데리고 왔습니다."

밖에서 들리는 보고에 진왕의 입꼬리가 올라갔다.

"기생 계집들을 끌고 와? 하! 참으로 그놈답구나. 망나니 놈에게 괜한 우려를 한 듯싶구나."

혹 군사들을 이끌고 왔을까 봐 우려했던 진왕이었다. 그리되면 전쟁이 될 수도 있었다. 그러나 고작 그 정도 수라면 적당히 경왕을 어르고 달래서 보내거나, 여차하면 자연스럽게 처리할 수도 있을 것 같았다.

타타타타탁! 그때 막사 밖에서 또 다른 누군가가 달려오는 소리
가 들렸다.

"저, 전하! 큰일 났사옵니다."

진왕이 인상을 찡그리며 물었다.

"무슨 일이기에 그러느냐?"

"웬 녹색 경장을 입은 기생 계집이 군의 주둔지로 난입해서 저희
관군들을 뚫고 이곳으로 달려오고 있습니다."

"뭐? 기생?"

밖에서 들려오는 병사의 보고에 진왕을 비롯한 막사 내 관인들
이 무슨 소리냐며 어리둥절한 표정을 지었다. 진왕이 어처구니없다
는 듯이 말했다.

"지금 짐을 능멸하는 게야? 무슨 헛소리를 하는…."

그때 막사 밖에서 군사들의 외침 소리들이 터져 나왔다.

"마, 막아라!"

"저 기생 계집을 잡아라!"

'…!?'

"기생이라니?"

밖에서 들리는 소란스러운 외침 소리에 진왕은 어처구니가 없었
다. 술자리에 있어야 할 한낱 기생이 정예군이라 할 수 있는 관군을
무슨 수로 뚫는단 말인가?

"무슨 헛소리들을 해대는 게야!"

이를 믿을 수 없었던 진왕은 결국 친히 두 눈으로 확인하기 위해
막사 바깥으로 나갔다. 군장들과 신하들이 그를 호위하기 위해 뒤

를 따랐다.

'…!?'

그렇게 밖으로 나온 진왕은 눈앞에서 벌어진 광경에 순간 할 말을 잃고 말았다. 하늘거리는 녹색 경장을 입은 여인이 막으려 드는 관군들을 손쉽게 쓰러뜨리며 파죽지세로 이곳으로 달려오고 있었다.

"으흑!"

달려드는 관군들이 가녀린 그녀의 손짓 한 번에 튕겨 나가며 기절하기 일쑤였다. 마치 어른과 아이들 싸움을 지켜보는 듯했다.

"저 계집… 정말 기생이 맞느냐?"

진왕이 그녀에게서 눈을 떼지 못했다. 이를 본 군장들 중 한 사람이 혀를 내두르며 말했다.

"평범한 기생이 아닌 것 같습니다."

"그럼 뭐란 말이냐?"

"무공을 익히지 않고서 훈련받은 정규 관군을 저리 상대할 수는 없습니다."

"하면 무림인이라는 것이냐?"

"그런 것 같습니다. 경왕 전하의 산하에 저 정도 무위를 지닌 계집이 있을 줄은 몰랐군요."

그 말에 진왕이 의아해하며 물었다.

"하면 어느 정도 수준이냐?"

진왕의 곁에도 무공을 익힌 자들이 더러 있었다. 여기 있는 군장들 중 절반이 무공을 익혔고, 자신의 곁에 있는 이 푸른 관복을 입은 내관은 동창에서도 제독을 제외하면 가장 뛰어난 무위를 지녔다고 불리는 첩형이었다. 무공을 익힌 군장들 중 가장 젊은 군장이 호기롭게 말했다.

"계집 주제에 제법이군요. 적어도 일류 수준은 되어 보입니다. 전하께서 명하신다면 소신이 당장 저 계집을 제압해보겠습니다."

"호 호 호 호."

그의 말이 끝나기가 무섭게 누군가 간드러진 웃음소리를 냈다. 이에 젊은 군장이 인상을 굳히며 그를 바라보았다.

"고 첩형?"

그 웃음소리의 주인은 동창의 첩형이었다. 고 첩형이라 불린 동창의 내관이 입으로 손을 가리며 말했다.

"장 천인장의 말도 일리는 있지만 소신이 보기에 저 계집은 일류 무사의 수준을 가볍게 넘어선 것 같습니다."

"네?"

그 말에 젊은 군장이 당혹감을 감추지 못하며 말했다.

"고 첩형, 신 또한 저 정도는…."

"장 천인장같이 일류 고수 또한 훈련받은 정규군 수십 명을 능히 상대할 수 있겠지만 저처럼은 힘듭니다."

호기롭게 자신감을 내비쳤던 젊은 군장이 입술을 질끈 깨물었다. 그런 고 첩형의 말에 진왕은 흥미를 보였다.

"하면 저 기생 계집이 절정의 고수라도 된다는 것이더냐?"

"아무래도 그런 것 같사옵니다, 전하."

"재미있구나. 궁에 몇 안 되는 여자 금의위 중에서도 저 정도 수준에 이른 자는 없었던 것 같은데 그런 계집이 경왕의 밑에 있다라…."

방금 전까지만 하더라도 저 녹색 경장의 기생을 죽이라 명하려던 진왕이었다. 한데 기생임을 떠나서 저런 뛰어난 무위를 지닌 계집이 평소 하찮게 여겼던 경왕 산하에 있다고 생각되니 묘한 감정이 들었다. 그녀를 빤히 쳐다보던 진왕이 명했다.

"저 계집을 제압하여 내 앞으로 데려오라."

그런 진왕의 말에 고 첩형이 속으로 웃었다.

'버릇이 또 나왔구나.'

진왕은 다른 황자들 수중에 탐나는 무언가가 있다면 반드시 빼앗아야 직성이 풀렸다. 지금도 탐욕 어린 저 눈빛을 보면 그런 것 같다. 충분히 이해는 갔다. 저런 반반한 얼굴에 뛰어난 무위를 지닌 계집이라면 누구라도 곁에 두고 싶을 것이다.

고 첩형이 손짓을 하며 자신이 데려온 세 당두에게 명했다.

"호호호. 전하의 명을 들었겠지."

"네이."

간드러진 목소리와 함께 세 당두가 나섰다. 그들은 고 첩형의 산하에 배치된 오십여 명의 당두 중에 다섯 손가락에 꼽힐 만큼 뛰어난 무위를 지니고 있었다. 절정의 고수들이니 충분히 저 기생을 제압할 수 있으리라 여겼다. 군장들 중 가장 연배가 높은 중년인이 입을 열었다.

"오랜만에 동창 당두들의 실력을 볼 수 있겠군요."

"문 장군께서 그리 말씀하시니 저희 당두들이 전하께 오랜만에 신위를 떨쳐 보여야겠군요."

이런 기회는 흔히 오는 것이 아니었다. 당두들도 고 첩형이 무슨 말을 하는지 이해했다. 공을 세울 절호의 기회였다.

파파팟! 세 당두가 앞다퉈 녹색 경장을 입은 기생을 향해 신형을 날렸다. 그들은 누가 그녀를 제압할지 경쟁이라도 하듯이 각자가 황궁 비고에서 익힌 무공의 절초를 펼쳤다. 그런데 믿기지 않는 일이 벌어졌다. 녹색 경장을 입은 기생이 가장 먼저 달려드는 당두의 턱을 무릎으로 가격하고서, 이어서 화려한 장초를 펼치는 또 다른 당두의 손목을 단숨에 금나수의 수법으로 낚아채더니 바닥에 내동댕이쳤다.

"억!"

바닥에 내리꽂힌 당두가 그대로 기절해버렸다. 제대로 초식을 겨룬 것도 아니고 고작 일수에 두 당주가 당하자, 유일하게 멀쩡한 당두가 당혹감을 감추지 못했다.

'이 계집, 실력을 숨긴 건가?'

기감으로 느끼기에는 분명 절정의 기운을 가졌다. 한데 자신과 거의 비슷한 무위를 지닌 두 당두를 아이 다루듯이 제압해버렸다. 고 첩형 정도 되는 고수가 아니라면 불가능한 일이었다.

'고작 스무 살밖에 안 된 계집이 초절정의 고수라고? 말도 안 돼.'

난감하기 짝이 없었다. 무위가 어찌 되었든 자신의 실력으로 이 기생을 제압하는 것은 불가능한 일이었다. 그렇다고 진왕이 보는 앞에서 다른 당두들처럼 당한다면 이런 망신도….

스륵! 계산이 미처 끝나기도 전이었다. 어느새 기생이 자신의 코앞으로 파고든 것을 발견한 당두. 당황해서 뒤로 신형을 날리려 했지만, 왼쪽 목에 꽂힌 그녀의 발차기에 당두는 비명조차 지르지 못하고 그대로 기절했다. 픽!

"이럴 수가!"

"저들이 전혀 상대가 되지 못하다니."

그 광경에 무공을 익힌 군장들이 당혹감을 금치 못했다. 설마 동창의 당두들 중에서 뛰어나기로 소문난 저 셋이 상대조차 되지 못할 거라고 그 누가 예측했겠는가.

'아니.'

자신만만하게 휘하 당두들을 보냈던 고 첩형이 제일 난감했다. 분명 절정의 고수라고 판단했다. 한데 당주들이 도리어 제압당하면서 동창의 체면을 제대로 구긴 셈이 되었다.

'대체 저 계집은 뭐지?'

이런 무위를 지닌 계집이 고작 기생이라는 게 말이 되지 않았다. 하면 여태껏 경왕이 사람들을 속였다는 것이 된다. 고 첩형이 진왕의 눈치를 보았다. 한데 자신의 우려와 달리 진왕의 시선은 기생에게 꽂혀 있었다.

"하!"

하늘거리는 치마를 입고서 매끈하게 드러난 다리로 발차기를 하는 모습에 진왕은 진심으로 탄성을 내뱉었다. 적을 상대하는 저 눈빛과 얼굴은 자신이 보았던 여느 여자들과 달리 당차기마저 했다. 여태껏 알고 있던 여자에 대한 기준이 산산조각 나는 느낌이었다. 그녀의 동작 하나하나가 눈에 보석처럼 박히는 것 같았다.

'…망나니 같은 놈이 왜 저 계집을 꽁꽁 감춰두고 있었는지 알겠구나.'

갖고 싶어졌다. 경왕같이 주색이나 밝히는 놈에게는 과분한 계집이었다.

"전하?"

옆에서 들려오는 고 첩형의 목소리에 진왕이 생각에 잠겨 있다가 정신을 차렸다. 고 첩형이 고개를 숙이며 말했다.

"전하, 소신이 아무래도 잘못 판단한 것 같습니다. 신이 직접 나서서 저 계집을 전하께 데려오겠나이다."

여기서 만회할 방법은 하나였다. 첩형인 자신이 직접 나서서 보기 좋게 제압해오는 것이었다. 그러나 나서기를 청하는 것은 그만이 아니었다.

"전하, 소장에게 기회를 주십쇼. 신으로 인해 벌어진 일이니, 저 기생 계집을 전하 앞으로 데려오겠습니다."

그는 인 오천인장이었다.

진왕이 가늘어진 눈매로 그를 빤히 쳐다보았다. 자신의 호위를 맡긴 만큼 무위는 이 중에 단연 최고라 해도 과언이 아니었다. 못마땅하지만 어서 빨리 저 계집과 대화를 나눠보고 싶었다.

"좋다. 그럼 인 오천인장…."

바로 그때였다.

"어?"

"전하… 저기를 보십쇼!"

몇몇 군단장들의 말에 진왕이 시선을 돌렸다. 사람들이 가리키는 곳으로 한 무리가 눈에 띄었다.

"…경왕 저놈이."

녹색 경장의 기생이 한바탕 날뛰는 동안 사인교를 타고서 유유자적하게 주둔지의 한가운데로 행차를 하고 있는 경왕이었다. 군이 있는 주둔지로 오면서 갑주조차 걸치지 않고 여유롭기 짝이 없었다.

* * *

"황제 폐하의 노환과 지병이 깊어지면서 용좌를 향한 다툼이 본격적으로 치열해지고 있다. 본 왕 역시도 근 두 달 사이에 세 번의 암살 시도를 당했다."

"두 달 사이에 말입니까?"

"지금도 이러한데 폐하께서 쓰러지시기라도 하면 대놓고 서로를 죽이려 들 것이 자명하다."

"하여 제게 연생이로 신위를 떨쳐달라는 것입니까?"

"너를 붙잡을 순 없지만 네가 아닌 진짜 연생이가 계속 본 왕의 곁에 있다면 어떻겠느냐?"

이런 부탁을 받고서 나는 마지막으로 연생이로서 신위를 떨치고 있었다. 경왕 말대로 내가 떠나더라도 진짜 연생이가 붙어 있다면 진왕을 비롯해 이 소문을 들은 모든 황궁의 인사들이 그녀에 대한 경각심을 높일 것이다.

―너를 부려먹는 걸 보니 이 왕도 만만치 않은걸.

뭐 이 정도야 용납할 수 있는 수준이다. 나로 인해 금상제의 행보가 갈수록 바뀌어가는 마당에 황실의 역사마저 바뀌지 않을 거라 단언하기는 힘들다. 조금이라도 경왕에게 도움이 된다면 내게도 나쁠 건 없었다.

'이 정도면 충분하겠지.'

나는 주위를 둘러보았다. 주둔지의 중심부까지 오면서 거의 몇백여 명의 병사들을 쓰러뜨렸다. 정요환의안을 쓸 수도 있었지만 연생이라는 기생의 신위는 오직 권각술 하나에 초점을 두기 위해 이를 삼갔다. 하나 대부분의 병사들을 오직 일수에 쓰러뜨렸기에 충분히 그 신위는 보인 듯했다. 병사들이 경각심으로 쉽사리 다가오지 못하는 것만 봐도 알 수 있었다. 경왕을 쳐다보자 고개를 끄덕이며 됐다는 신호를 보냈다. 이에 나는 기생들 무리로 합류했다.

"언니, 너무 멋져요."

"어쩜 그렇게 잘 싸우시는 거예요?"

기생들이 나를 보며 속삭였다. 이미 내가 연생이 아니라는 사실을 알게 된 그녀들이었다. 한데 그들 역시도 암살술을 비롯해 각종 무술을 연마하여서 그런지 오히려 내게 많은 관심을 보였다. 이들은 하나같이 내게 언니라고 불렀다. 졸지에 기생들의 우두머리라도 된 기분이었다.

─네 부인이 될 사마영이 이를 봤으면 뭐라 할꼬.

소담검이 키득거리며 내게 말했다. 네가 나와만 대화가 가능한 게 참 다행이라는 생각이 든다.

그때 경왕이 사인교에서 내려와 두 손을 모아 공손히 예를 갖추어 인사했다.

"형님 전하께 경왕이 인사 올립니다."

경왕이 인사를 올린 대상은 다름 아닌 진왕이었다. 혹시나 그가 무한군의 주둔지에 있을지도 모른다고 경왕이 말했는데 그 예측이 들어맞았다. 저자도 참 대담했다. 이렇게 직접 이곳까지 와서 경왕의 목숨을 노리다니 말이다. 그런 걸 보면 당대 황제가 더 이상 국정을 운영할 만큼의 기력이 남아 있지 않은 것은 확실한 듯했다.

"흥."

경왕이 주위를 둘러보며 가볍게 콧방귀를 뀌었다. 아무리 진왕을 따르는 무리라고 하나 또 다른 황자인 자신이 왔음에도 누구 하나 고개를 숙이지 않았다. 경왕이 화가 날 만도 한 상황이었다. 그러나

오랫동안 망나니 연기를 하며 지내왔던 그였기에 그 이상의 감정을 드러내지 않았다.

그때 진왕이 뒷짐을 지고서 앞으로 걸어 나왔다.

"아우가 어찌 이곳까지 찾아와서 행패를 부리는 겐가."

배다른 형제라고는 하나 적대적인 말투였다. 본론부터 꺼내는 진왕이었다.

그런 진왕을 바라보며 경왕이 빙그레 웃더니 말했다.

"형님 전하께서 제가 발굴 책임자로 있는 구초 평왕릉에서 십 리도 채 안 되는 이곳 무한군의 주둔지에 계신 줄은 미처 몰랐습니다."

"미처 모른다고 그 책임이 없어지는 것 같나?"

진왕이 강하게 나왔다. 그가 손을 들어 올리자 사방에서 밀려든 관군이 주위를 둘러쌌다. 내 신위에 겁을 먹었는데도 일사불란하게 움직이는 것을 보면 군율이 잘 지켜지고 있었다.

"삼엄하군요."

그럼에도 경왕은 나를 믿기에 여유를 잃지 않고 말했다. 그런 그의 태도에 진왕은 심기가 불편했다. 여태껏 망나니 연기를 하며 그의 앞에서 고개조차 들지 않던 경왕이 이런 태도를 보이는 것이 불만스러운 듯했다.

"그 아이를 믿고 그러는가 보구나."

진왕의 시선이 내게로 향했다. 그런 그의 말에 경왕이 미소를 짓더니 손짓했다. 그러자 사인교 뒤편에서 군사들이 누군가를 끌고 왔다. 능 안으로 들어와 경왕과 나를 죽이려다 실패하고 진왕의 이름을 판 관군이었다.

'…!?'

그를 본 진왕의 눈매가 날카로워졌다. 모른 척할 거라 여겼는데, 애써 숨기지 않았다. 믿는 구석이 있어서 그렇겠지. 나는 진왕의 양옆에 있는 푸른 관복을 입은 내관과 오천인장의 갑주를 입은 장수를 번갈아 쳐다보았다.

"저기 저 내관이 동창의 첩형이에요."

기생들 중 한 명이 내게 속삭이며 말했다. 동창에는 우두머리인 제독동창이 있고 그 밑으로 차기 후임자라 할 수 있는 두 첩형이 있다고 들었다. 저 얼굴에 하얗게 분칠을 한 내관이 그중 한 사람인가 보다. 무공이 보통이 아니었다. 한 문파의 장로에서 문주급 수준에 이르렀으니 말이다. 경왕의 곁에도 무공을 익힌 자들이 일부 있기는 했지만, 확실히 황후에게서 태어난 적장자라 그런지 황실에 있어야 할 동창 첩형까지 호위로 붙여준 걸 보면 황제는 그를 차기 보위로 생각하는 것 같았다.

경왕이 포박되어 있는 관군을 앞에 무릎 꿇린 후에 말했다.

"이자가 형님 전하께서 저를 죽이라고 하셨다는데, 그게 사실인지 궁금하여 실례를 범하게 되었습니다."

그런 경왕의 말에 그를 빤히 쳐다보던 진왕이 피식 웃었다. 증인마저 데려와 추궁하는데 저런 태도를 보이다니, 역시 아직까지 자신이 유리한 상황이라 여기는 모양이다. 진왕이 포박되어 있는 관군을 쳐다보며 말했다.

"본 왕은 모르는 자이다. 설마 그자의 말을 믿는 것은 아니겠지?"

"정녕 모르십니까?"

"모른다고 하지 않았느냐."

"그러시군요. 이자가 이야기했던 말이 거짓이라는 거군요."

추궁하는 경왕의 말에 진왕이 불쾌하다는 듯이 얼굴을 굳히고서 말했다.

"감히 본 왕을 의심하는 것이냐?"

진왕의 말이 끝나기가 무섭게 군장들 중 한 사람이 손을 들어 올리자, 포위하고 있던 병사들 중 궁병들이 궁을 빼 들어 시위에 화살을 장전했다. 화살비가 내릴 상황이 되자 기생들이나 경왕이 데리고 온 군사들이 긴장감을 감추지 못했다. 경왕이 낮게 깔린 목소리로 말했다.

"발뺌도 모자라 아우인 제 목숨마저 위협하시는군요."

그런 경왕을 바라보며 진왕이 웃으면서 답했다.

"아우가 무례를 범한 것도 모자라 이 형을 의심하니 어찌하겠는가. 그 건방진 버릇을 제대로 가르쳐줘야 하지 않겠나."

"…버릇을 목숨으로 가르치시려 하십니까?"

경왕의 그 물음에 진왕이 입꼬리를 올리며 말했다.

"설마 이 형이 아우님의 버릇 하나 고치자고 죽이려 들겠는가?"

"그럼 시위를 거두시지요."

"그건 아우님이 하기 나름이지."

"…그게 무슨 말씀입니까?"

그 말에 진왕이 나를 손가락으로 가리키며 말했다.

"산하에 제법 재미있는 아이를 데리고 있더구나."

"무공이 뛰어난 아이입니다."

경왕의 대답에 진왕이 내게 손짓하며 말했다.

"그 아이를 본 왕에게 넘기거라. 그리한다면 오늘 아우가 저지른 잘못은 묻지 않겠다."

'…!?'

진왕의 입에서 나온 말에 경왕의 말문이 막혔다. 그것은 나 역시
마찬가지였다. 무위를 떨쳐가며 위협을 가했기에 내게 불만을 품거
나 경각심을 느낄 거라 여겼는데, 대뜸 나를 넘기라 할 줄은 몰랐다.
심지어 진왕은 내게 묘하게 탐욕스러운 눈빛을 보내오고 있었다.

─푸하하하하핫.

소담검은 이 상황이 웃겼는지 폭소를 터뜨렸다. 배다른 형제라고
하나 형제는 형제인 모양이다. 여자를 보는 눈에 차이가 없다.

"풋."

경왕의 입술이 실룩거리고 있었다. 내가 여자인 줄 알고 범했던
우를 진왕마저 저지르고 있으니, 절로 웃음이 나왔나 보다. 진왕이
그런 경왕의 모습에 한쪽 눈썹을 추켜세우며 언성을 높였다.

"지금 웃는 것이냐?"

경왕이 웃음을 겨우 참아가며 말했다.

"그래서 형님 전하께선 제게 이 아이를 내놓으라는 말씀입니까?"

그런 그의 말에 진왕이 코웃음을 치며 말했다.

"네게는 과분한 아이 같구나."

그러고는 내게 시선을 돌리며 말했다.

"네 이름이 무엇이냐?"

나는 진왕에게 두 손을 모아 예를 갖춰서 답했다.

"연생이라 하옵니다."

"연생이라… 이름이 마음에 드는구나. 짐의 곁으로 오거라."

부드러운 어조로 말하는데 온몸에 닭살이 돋았다. 이를 개의치
않는지 진왕이 내게 손을 내밀며 다가오라 하였다.

"저는 경왕 전하의 사람이옵니다."

"오늘 네 선택에 따라 아우의 목숨이 달려 있다. 네가 아무리 무위가 뛰어나다고 한들 수천의 군사들과 짐의 제장들을 상대로 아우를 보호할 수 있을 것 같으냐?"

그 말과 함께 진왕이 손을 위로 들어 올렸다. 그러자 이에 호응하듯이 궁병들의 시위가 더욱 팽팽해졌다.

"짐이 이 손을 내리면 화살이 시위를 떠날 것이다. 네가 정녕 아우를 살리고 싶다면 그만 고집부리고 오거라."

"후우."

나는 한숨을 푹 내쉬었다. 그리고 고개를 돌려 경왕의 얼굴을 쳐다보았다. 그런 나의 모습에 진왕이 네가 별수 있느냐는 듯이 비웃음을 흘렸다. 그러다 이내 부드럽게 나를 달래듯이 말했다.

"네 주인의 목숨을 담보로 오라고 하니 마음이 쉬이 동하지 않는가 보구나. 하면 네게 제안을 하마."

"제안이라 하시면?"

"짐의 빈으로 삼도록 하마. 한낱 기생으로 아우를 모시는 것과는 비교도 할 수 없는 자리를 제안하는 것이다."

진왕이 내게 이 정도면 어떻겠느냐는 듯이 의기양양한 표정을 지었다. 이에 나는 빙그레 웃으며 답했다.

"경왕 전하의 제안보다 인색하시군요."

"뭐라?"

스륵! 그 순간 나는 이형환위(移形換位)의 수법으로 순식간에 진왕의 뒤에 섰다. 이곳에 있는 자들 중에 내 움직임을 잡아낼 자는 누구도 없었다. 내가 어디로 갔는지 고개를 돌리며 찾기에 나는 진왕의 뒷목을 잡고서 밑으로 짓누르며 강제로 무릎을 꿇게 했다.

"네, 네가 어찌….."

사색이 되어 놀란 그의 귓가에 속삭이듯이 말했다.

"손을 내리면 어찌 될지 한번 내려보시죠."

'…?!'

진왕의 올라가 있는 손이 살짝 떨렸다. 차마 손을 내려 화살을 쏘라는 신호를 보내지 못할 것이다. 여기서 내가 조금만 손에 힘을 주면 그의 목이 부러질 테니까 말이다. 나도 참 대담해지긴 한 것 같다. 예전 같으면 황자의 목을 잡아 이런 협박을 할 생각조차 하지 못했을 텐데 말이다. 어차피 내 정체도 모를 테니 이렇게 막 나갈 수 있는 것이다.

척! 바로 그때였다. 아주 교묘하게 진왕의 목을 잡고 있는 내 팔을 향해 날카로운 무언가가 쇄도했다. 바로 옆에 있던 장수의 도날이었다. 이자는 좌측 편에 있는 동창 첩형보다도 훨씬 강한 자였다. 정확한 판단이었다. 전조도 없이 기습을 노려야 진왕을 구할 수 있다. 그러나 나는 그런 장수의 도를 검지와 중지 두 손가락으로 젓가락을 집듯이 잡아냈다. 차앙! 장수가 놀라서 두 눈이 휘둥그레졌다.

"…대체 넌….."

편견이라는 게 참 우습긴 하다. 기생의 모습으로 신위를 보이니 하나같이 더 당혹스러워 한다. 나는 빙그레 웃으며 장수에게 말했다.

"장수님은 전하의 안위가 걱정되시지 않나 봅니다."

"이 계집이!"

그런 나의 말에 장수가 자존심이 상하기라도 했는지 인상을 굳히며 공력을 끌어올렸다. 하지만 그것이 여의치 않았는지 갈수록 표정이 어두워졌다. 애초에 공력으로 나와 겨룬다는 게 어불성설이었다. 파앙! 장수가 뒤로 튕겨 나가 열 보 가까이 밀려나고 말았다. 나는 그런 장수에게서 빼앗은 도를 바닥에 전리품처럼 꽂아 넣었다. 푹! 자신의 병장기인 도마저 빼앗긴 그는 치욕스러웠는지, 입술을 깨물며 아무 말도 하지 못했다. 그러거나 말거나 나는 진왕의 목에 힘을 주며 말했다.

"전하, 병사들을 최소 일 리 밖으로 물려주시지요."

그런 나의 말에 좌측에 있던 동창 첩형이 다그쳤다.

"불손한 것! 지금 네 행동은 모반이자 역모이다!"

"무엇이 말입니까?"

"황제 폐하의 장자이신 진왕 전하를 위협하는 것은 황실과 더 나아가 대연제국을 능멸하는 것이다."

"황제 폐하의 또 다른 자식인 경왕 폐하를 죽이려 드는 것 또한 폐하와 대연제국을 능멸하는 것이 아닙니까?"

"그건…."

"그렇다면 지금 이 자리에 있는 모든 자들은 경왕 전하께 위협을 가하려 했으니, 황실을 모독한 죄로 한 사람도 남김없이 사형을 당해야겠군요."

그런 나의 말에 동창 첩형의 말문이 막혔다. 애초에 황자들 간의 싸움에서 황실을 모독하느니 뭐니 하는 것은 모순에 불과하다. 잠시 대답하지 못하던 첩형이 뭔가를 반박하려 했다. 하지만 진왕의 손짓 한 번에 이를 멈춰야 했다.

"무위만 뛰어난 줄 알았더니, 언변에도 제법 재주가 있구나."

"송구하옵니다."

"처음으로 아우가 부럽구나."

'부럽다?'

처음과 달리 더 이상 떨림이 없는 것이 금방 안정을 찾았다. 경왕도 그렇지만 확실히 황자라는 자들은 평범한 이들에 비해 담대한 것 같다. 진왕이 누군가를 쳐다보며 명했다.

"문 장군, 병사들을 물려라."

"하오나 전하!"

"물리도록 하라. 짐이 이 자리에서 목이 부러져 죽기라도 바라는 것이더냐?"

그런 진왕의 말에 문 장군이 분노를 금치 못했다.

"만약 그리된다면 신이 목숨을 걸고 이 계집을 죽일 것입니다."

"그대의 충정은 알았으니 군사들을 물려라."

"…알겠나이다."

문 장군이 손짓하자, 근방에 있던 장수들이 깃발을 흔들었다. 그러자 시위를 당기며 경왕을 겨냥하고 있던 궁병들이 이를 거두고서 물러났다. 다른 병사들도 마찬가지였다. 그들이 일 리 밖으로 물러나 보이지 않게 되자, 기생들과 경왕 산하의 관군들이 안도의 숨을 내쉬는 것이 보였다.

진왕이 내게 말했다.

"자, 네가 원하는 대로 하였다. 하니 이제 짐의 목에서 그 손을 떼어줄 수 있겠느냐?"

자신의 목숨을 위협하고 있는데 목소리가 상당히 부드러웠다. 이런 상황에서도 자신의 그릇이 다르다는 것을 보여주기 위해서인 것 같다.

―어떤 의미로는 대단하네.

이 핏줄들은 참 어지간한 것 같다. 경왕에게 했던 것처럼 정체를 밝히고 싶어진다. 하지만 그리된다면 원래 계획대로 할 수 없겠지.

"그건 아직 힘들 것 같군요."

"네 주인을 노릴까 봐 걱정이라도 되는 게냐?"

그런 진왕의 물음에 나는 빙그레 웃으며 아무렇지 않게 답했다.

"경왕 전하가 걱정되어서 물러나라 한 것이 아닙니다."

"뭐라?"

나의 대답에 진왕이 의아해했다. 이에 나는 중단전과 하단전을 동시에 개방하여 정기의 조화를 이루었다. 기운을 갈무리하지 않고 드러내자 폭증한 공력으로 인해 내게서 강렬한 풍압이 뿜어져 나왔다.

"아닛!"

"헉!"

촤르르르르! 진왕의 주변을 지키고 있던 장수들이 풍압에 의해 뒤로 밀려났다. 내공 수위가 약한 이들은 이렇게 일부러 방출하는 기운을 버텨내기 힘들 것이다. 그나마 동창의 첩형과 내게 도를 빼앗긴 장수는 깊은 내공 덕분에 밀려나지 않고 버틸 수 있었지만 나를 바라보는 눈빛이 변했다.

"이, 이럴 수가…."

"어찌 이런…."

괴물이라도 보는 듯하다. 그들도 기감이 있으니 확연하게 알 수 있을 것이다. 이 정도 기운이라면 벽을 넘어섰다는 것을 말이다. 이들이 초인의 영역에 이르렀다면 그마저 능가했다는 사실을 알겠지만, 아직 이들 수준으로는 그것까지는 알 수 없었다. 내가 이렇게까지 기운을 끌어낸 것은 대놓고 위협을 가하기 위한 거니까.

"대… 대체 이게…."

평범한 진왕으로서는 이조차 버티기가 힘들 것이다. 나는 그런 진왕에게 웃으며 말했다.

"혹여 힘 조절이 안 돼서 전하를 비롯해 이곳에 있는 자들을 전부 죽음으로 몰까 봐 우려되어 물러나라 한 것입니다."

"그게 무슨…."

진왕의 반문이 끝나기도 전이었다. 드드드드! 바닥에 박혀 있던 도가 저절로 빠져나와 내 손에 잡혔다. 내가 선보인 허공섭물에 군장들이 놀라움을 금치 못했다. 그러거나 말거나 도병을 잡은 나는 아무도 없는 뒤편 막사를 향해 도를 휘둘렀다. 날카로운 예기가 도신에 휘어 감기며 하단전과 중단전의 조화로 폭증한 공력이 강렬한 도격을 만들어냈다. 촥! 콰콰콰콰콰쾅! 커다란 굉음이 터져 나왔다. 마치 폭풍이라도 휩쓸고 간 것처럼 말이다. 피어오르는 먼지가 가시자, 동창 첩형을 비롯하여 주변 장수들이 입이 벌어져서 경악을 금치 못했다.

"다들 어찌 그런…."

진왕이 그런 그들의 반응에 궁금했나 보다. 이에 나는 목을 잡고 있던 손아귀에서 힘을 풀고 친절하게 진왕이 고개를 돌릴 수 있도록 해줬다. 천천히 뒤를 돌아본 진왕의 표정이 얼음처럼 딱딱하게 굳었다.

'…!!'

부채꼴 형태로 수십여 장 가까이 파괴된 흔적. 중앙 막사를 비롯하여 뒤편에 있던 이백여 개의 막사가 흔적도 없이 날아갔다.

"…하!"

멀찍이에서 이를 지켜보고 있던 경왕조차 마찬가지였다. 내가 강하다는 것은 인지하고 있었지만 이 정도 수준일 줄은 꿈에도 몰랐던 듯하다. 기생들과 휘하 관군들과 마찬가지로 넋을 놓고 있었다. 파괴된 흔적에서 시선을 떼지 못하는 진왕의 어깨를 가볍게 누르며 나는 미소 짓고는 말했다.

"부디 저로 하여금 힘 조절을 못 할 상황을 만들지 않으셨으면 합니다, 전하."

그 말에 진왕이 침을 꿀꺽 삼켰다. 그리고 자신도 모르게 고개를 끄덕였다. 제대로 실력 행사를 하고 나니 더는 빈이니 뭐니 하는 생각이 들지 않는 모양이었다. 이제 내 몫은 여기서 끝난 것 같다. 내가 쳐다보자 넋을 놓고 있던 경왕이 정신을 차렸는지, 고개를 끄덕이며 나와 진왕이 있는 곳으로 다가왔다.

"형님 전하."

그런 경왕을 진왕이 질린다는 듯이 바라보았다.

"…짐이 여태껏 아우를 잘못 보았구나. 이런 자를 숨겨오다니."

"제가 가장 총애하는 여인입니다."

"…하여 어찌할 것이냐? 짐을 이 자리에서 어찌해보고 싶은 것이냐?"

"어찌하고 말고는 형님의 대답에 달려 있습니다."

"하…."

진왕이 허탈한 듯이 중얼거리며 나를 힐끔 쳐다보았다. 자신도 이 상황이 어처구니없을 것이다. 고작 기생 한 명 때문에 이런 상황이 초래된 것이 말이다.

"짐의 목숨을 부지하려면 이 굴욕을 감내해야겠구나."

"굴욕이라 생각하지 마십시오. 형님에게도 좋은 기회일 수 있으니까 말이죠."

"좋은 기회?"

의아해하는 진왕에게 경왕이 자못 심각한 목소리로 말했다.

"연생이의 도움을 받기 전에 저자가 제 목숨을 위협하며 말하더군요."

"…무엇을 말이더냐?"

"제가 형님처럼 고분고분 잘 따랐다면 그분의 선택을 받아 황제가 되었을 거라고요."

"뭐라!"

그 말에 진왕이 순간 화를 참지 못했다. 이때 나는 진왕 곁에 있는 휘하 장수들과 관인들을 바라보고 있었다. 모두가 진왕과 경왕이 대화하는 모습을 쳐다보고 있었는데, '그분'이라는 말이 나오자마자 포박되어 있던 관군을 쳐다본 두 사람이 있었다. 한 사람은 바로 내게 도를 빼앗겼던 장수였고, 또 한 사람은 동창의 첩형이었다.

'…둘 중 한 명인가.'

그들 중에 금상제의 사람이 있었다. 경왕이 나를 슬쩍 쳐다보기에 고개를 끄덕이며 계속하라는 신호를 보냈다. 경왕이 계속 말을 이어갔다.

"그분이 누구인지 모르나, 감히 대연제국의 황제를 자신이 정하는 것처럼 불손한 언행을 저지르는데 형님 전하께서는 이를 그냥 두고만 보실 겁니까?"

그 말에 진왕의 눈동자가 떨려왔다. 경왕의 말이 이간책일 수도 있다고 여겨서일 것이다. 하지만 결정적인 방법이 있다. 내가 손짓하자 관군들이 포박한 그자를 가까이로 데려왔다. 입에 재갈까지 물려서 말을 못 하고 있는 놈이 몸을 부르르 떨면서 시선을 아래로 떨궜다. 자신과 관련된 자를 쳐다보지 않기 위해서였다.

경왕이 내게 하명하듯 말했다.

"네가 한번 추궁해보거라, 연생아."

"네, 전하."

그 말과 함께 나는 그자에게로 다가가 말했다.

"두려워하지 마라. 약조한 대로 이 자리에서 진실을 밝히면 네 목숨을 살려줄 것이다."

그런 나의 말에 놈이 고개를 숙인 채 가만히 있었다.

한데 너는 대답할 수밖에 없을걸.

"입을 열 수 있게 풀어줘라."

나의 명에 관군들이 놈의 입에 물려 있던 재갈을 풀었다. 이때 나는 작게 손가락을 튕겼다. 그러자 놈의 동공이 멍해지더니 이내 모두가 들으라는 듯이 큰 소리로 외쳤다.

"그분께서 진왕 전하에게 명을 내려 경왕 전하를 죽이라고 하셨습니다. 하여 진왕 전하는 그 명을 충실히 따랐을 뿐입니다."

"네놈이 감히!"

그 말에 진왕이 분노를 금치 못했다. 자신이 하수인이라도 된 것처럼 외쳐대니 화가 나지 않을 수가 없었다. 이제 가장 중요한 것이 남았다.

"그분이라는 자가 대체 누구이기에 진왕 전하께 명을 내릴 수 있는 거지?"

나의 물음에 정요환의안에 걸려든 놈이 내가 생각한 대로 대답하려고 했다.

"그분은 한쪽 눈에…."

바로 그때였다. 팍! 놈의 가슴팍으로 한 자루의 비수가 날아들었다. 그러나 내가 바로 앞에 있는데 그것이 가슴에 꽂힐 리가 만무했다. 비수를 단숨에 잡아낸 나는 날아온 방향을 쳐다보았다. 그곳에서 내게 도를 빼앗겼던 장수가 투척 자세를 취하고 있는 것이 보였다. 나와 눈이 마주친 놈은 당혹스러웠는지 이를 악물려고 했다. 팟! 나는 단숨에 경공을 펼쳐 놈에게로 신형을 좁혔다. 그리고 놈의 혈도를 전광석화처럼 점했다. 타타타탁! 놈이 자결이라도 하는 것을 막기 위해 마혈을 점한 것이다. 혈도가 점해져서 꼼짝 못 하는 놈의 입을 벌려 어금니 쪽에 보이는 검은 무언가를 허공섭물로 빼냈다. 그것은 다름 아닌 독단이었다.

"하!"

어처구니없어 하는 진왕에게 나는 독단을 흔들어 보이며 말했다.

"그릇된 자를 멀리하라는 말이 있습니다, 전하."

* * *

그로부터 반나절 후 정오, 주둔지에서 떠나려고 하는 내게 경왕이 아쉽다는 듯이 말했다.

"네가 본 왕의 곁에서 도와준다면 천군만마를 얻는 것과도 같을 텐데."

그런 경왕에게 나는 포권을 취하며 답했다.

"제가 아니더라도 전하께서는 잘해내실 것이옵니다."

굳이 내가 없더라도 망나니 연기를 해가며 자신만의 세력을 잘 구축해놓은 경왕이었다. 이번 일로 진왕은 약점이 잡혀서 한동안 수그러져 있을 테니, 또 다른 황제 후보인 영왕을 상대하는 일이 훨씬 수월할 것이다.

"아니면 놈이 입을 열 때까지만이라도 있는 것이 어떠하냐?"

"송구하오나 그리 쉽게 입을 열지 않을 겁니다."

쉽게 정보를 발설할 자였다면 수단과 방법을 가리지 않고 입을 열게 했을 것이다. 하나 금상제가 그리 허술한 자는 아니었다. 게다가 잡힌 두 녀석은 연 제국 황실에서 금상제의 존재를 경계하게 만드는 역할을 할 자들이었다. 경왕이 고개를 절레절레 흔들다 이내 내게 말했다.

"네 뜻이 정녕 그렇다면 어찌할 수 없지. 하나 네 공을 치하하여 선물을 주고 싶구나."

"선물이라 하심은?"

"네가 정말 여자라면 황후로 삼고 싶은 마음이 굴뚝같으나, 그것이 아니기에 연생이를 본 왕의 호위무사로 삼으려 한다."

그 말에 나는 인상을 찡그리며 답했다.

"저는 진짜 연생이가 아니옵니다만."

"네 덕분에 목숨도 부지하였는데, 아무것도 보답하지 않고 넘어간다면 짐의 체면이 무엇이 되겠느냐?"

"그렇다 하여도…."

"연생이게도 그 직책을 줄 테지만, 뛰어난 무위를 지닌 연생이는 네가 아니더냐?"

참 특이한 논지였다. 물론 그 말이 맞기는 하지만.

경왕이 품속에서 옥으로 만들어진 패를 꺼냈다. 옥패에는 크게 '금의위(錦衣衛)'라고 새겨져 있었고, 그 아래엔 '종사품 위무사(從四品衛撫使)'라고 적혀 있었다.

'…!?'

그냥 호위무사라고 생각했는데 옥패에 적힌 글을 보고 나는 깜짝 놀라서 경왕을 쳐다보았다. 이에 경왕이 빙그레 웃으며 말했다.

"황자들에게는 자신의 호위를 총괄하는 금의위를 선정할 수 있는 권한이 있다. 하여 네게 종사품 위무사의 지위를 하사하노라."

종사품 위무사라면 남북진무사 다음 직위였다. 황제의 근위군이자 형옥 업무를 관장하는 최고 기관인 금의위에서도 높은 관직인 것이다. 심지어 주(州)를 다스리는 지주가 종오품이니 벼락출세나 마찬가지였다. 경왕이 내미는 옥패를 보며 나는 혀를 내둘렀다.

"…참으로 약으셨군요."

그런 나의 말에 경왕이 피식 웃으며 말했다.

"들켰느냐?"

조삼모사나 다름없었다. 이렇게 관직을 주고 나면 언제든 필요할 때 내게 도움을 청하겠다는 것과 별반 다를 바가 없었다. 경왕이 내게 말했다.

"거절하지 말거라."

"저는 무림인입니다. 관의 관직을 받을 수 없습니다."

"이게 있다면 네가 어딜 다니든 요긴하게 쓰일 수 있고, 심지어 임시로 관군마저 동원할 수 있을 텐데 말이더냐?"

"…"

"어차피 네 진짜 모습이나 정체를 모르니, 이것을 네게 준다 해도 연락할 길이 없다. 하니 본 왕이 내리는 고마움의 표시로 받아다오."

그런 경왕의 말에 나는 한숨을 내쉬었다.

—뭘 새삼 청렴한 척하는 거야? 그냥 받으면 되지.

소담검이 재잘거렸다.

그래, 주는 걸 마다해서 뭐 하겠는가. 어차피 소운휘도 진운휘도 아닌 연생이가 받는 벼슬이니 말이다. 나는 무릎을 꿇고 정중히 예를 갖추어 옥패를 받아 들었다.

"삼가 전하의 명을 받듭니다."

"하하하하핫. 본 왕이 최고의 위무사를 얻게 되었구나."

대놓고 좋아하는 경왕이었다.

그렇게 옥패를 챙겨 넣은 나는 떠나기 전에 궁금하여 물었다.

"한 가지만 여쭤봐도 되겠습니까?"

"무엇을 말이더냐?"

"제 진짜 정체가 궁금하지 않으십니까?"

그런 나의 물음에 경왕이 빙그레 웃으며 말했다.

"짐은 연생이로 족하노라."

…남자인 내 정체는 일절 궁금하지 않다는 소리였다. 속으로 혀를 내두른 나는 경왕에게 인사를 하고서 남서쪽으로 신형을 날렸다.

* * *

평왕릉 주변 주둔지 안.

잠에서 깨어난 기생 연생이 영문을 알 수 없어했다. 자고 일어나

니 자신이 경왕의 위무사가 되어 있지를 않나, 그를 보호하는 무공
의 초고수로 관군들이 환호하며 받들고 있었다.

"…이게 대체 무슨 일이야?"

꿈인지 생시인지 도통 알 수가 없었다.

그가 돌아왔어

    호북성에는 정도 무림연맹을 비롯하여 무당파, 그리고 수많은 정파의 문파, 방파가 존재하기에 사파와 흑도가 활동하지 못하는 것으로 유명하다. 하지만 그렇다고 해서 완전히 그런 것만도 아니었다. 호북성의 서남쪽 송자현은 호남성과 가까웠고 장강 이남이기에 비교적 정파인들의 지배에서 자유로운 곳이라 할 수 있었다. 이런 송자현에는 호북성에 유일하게 자리 잡고 있는 혈교의 지부가 있었다. 물론 대놓고 지부 형태를 갖춘 것이 아니라 주루로 운영되는 곳이었다.

    ─다들 네가 죽은 줄 아는 거 아냐?

    글쎄.

    일곱 달이면 길면 길다고 할 수 있다. 그 오랜 기간에 한 번도 본교에 연락을 취하지 않았으니 그렇게 여길 수도 있겠다. 게다가 교주 호위대와 좌호법 또한 녹림으로 가서 행방이 묘연했으니, 내 죽음을 기정사실화하고 있을지도 모른다.

    '뭐… 그래도 백혜향이 있으니까.'

부교주 백혜향. 그녀의 통솔력과 타고난 재능이라면 혈교를 이끌어가기에 충분했다. 원래의 역사에서는 그녀가 교주가 되는 운명이었기에 믿고 부교주를 맡긴 것이었다. 어찌 되었든 송자현 지부로 가서 대략적인 상황을 알아봐야겠다. 내가 없던 사이에 무림연맹과 혈교에 어떤 일이 벌어졌었는지 알아야 하니 말이다.

송자현의 동쪽 어귀. 마을에서 살짝 떨어진 곳에 지부가 있다. 평왕의 능에서 보았던 한 평범한 병사의 얼굴로 변장해서 나를 알아볼 이들은 없을 것이다. 도화선에서 배운 것들 중에 체화만변술만큼 유용한 것도 없었다.

'흠….'

그런데 주변에 왜 이렇게 사람이 없지? 이른 저녁이라 꽤 많은 사람들이 주루 근처에 있을 법한데 이상하게 조용했다. 한데 이윽고 그 이유를 알게 되었다.

―뭐야? 완전 폐가인데?

소담검의 말대로 등이 켜져 사람들이 바글거려야 할 주루가 폐가가 되어 있었다. 한바탕 싸움이라도 벌어진 것처럼 주루 건물의 여기저기가 박살난 상태였다. 대체 무슨 일이 있었던 거지?

―아송인가 하는 네 시종더러 여기 있으라고 하지 않았어?

그랬다. 그런데 녀석의 인기척이 느껴지지 않았다. 녀석은 살아 있는 상태로 강시가 된 반시라 평범한 사람들과 기운이 달랐다. 한데 저 폐허가 된 주루 안에서는 내공을 익힌 자의 기운이 느껴졌다. 기감으로 보면 정종 계열의 무공을 익혔다. 그리고 주변 수풀에 이십여 명 정도 되는 이들이 매복해 있었다.

'…역시 문제가 생긴 건가.'

본교의 지부가 들킨 게 확실한 것 같다. 그런 것이라면 그냥 물러나는 게 맞지만, 아송의 행방이 문제였다. 아송이 이곳에 왔었다면 분명 매복해 있는 이들과 필시 부딪칠 수밖에 없었을 것이다.

'함정이지만 걸려들어야 하나.'

별수 없었다. 나는 폐허가 된 주루 안으로 천천히 걸어 들어갔다. 안으로 들어가니 더 가관이었다. 일부러 남겨놓은 듯한 핏자국들. 내부가 난장판이 되어 있었다.

"후우."

한숨을 내쉰 나는 고개를 들어 주루의 이층 난간을 바라보았다. 어두운 난간 위에 누군가 걸터앉아 나를 내려다보고 있었다.

'거지?'

행색을 보아하니 중년의 거지였다. 의결을 걸친 것을 보니 개방의 방도였다. 그것도 평범한 방도가 아니라 다섯 개의 의결을 걸치고 있는 당주급에 해당하는 자였다.

—개방의 방도가 왜 여기 있는 거야?

그야 나도 모르지. 그래도 송자현 지부가 이렇게 폐허가 된 이유 정도는 이들도 알겠지?

—개방은 이제 조성원이 방주 아냐?

나도 그게 의문이다. 녀석이 방주이기에 개방의 방도들이 본교의 지부를 지키고 있는 게 더 의아했다. 물론 개방의 방도들은 자신들의 새 방주가 본교의 사람이 된 것을 모르겠지만, 적어도 녀석의 입김이 닿는다면 이런 일이 없을 줄 알았는데.

그때 난간에 걸터앉아 있는 중년의 거지가 나를 내려다보며 입을 열었다.

"확실히 이곳이 혈교도들의 지부는 맞나 보군. 계속 이렇게 알아서들 찾아오는 걸 보면 말이야."

삑! 녀석이 입술을 오므리고 입으로 호각 소리 비슷한 것을 냈다. 그러자 주루 근처의 수풀과 나무 위에 매복해 있는 자들이 우르르 몰려왔다. 삼결을 차고 있는 그들은 분타주급의 거지들이었다. 하나같이 일류 고수들인 걸 보니 정예들만 모은 듯했다.

"후열 견벽진, 전열 타구봉진 개(開)!"

오결 거지의 명에 입구 쪽을 가로막은 열 명의 거지들이 팔짱을 끼고 인간 벽을 만들어냈고, 앞 열의 거지들은 몽둥이를 들고는 나를 포위했다. 탁! 오결 거지가 난간에서 뛰어내리고서 내게 철 몽둥이를 겨냥하며 말했다.

"혈교도, 투항하면 목숨을 살려주마."

"…이곳에 들어왔다는 이유만으로 혈교도가 되는 건가?"

그런 나의 말에 오결 거지가 폭소를 터뜨렸다.

"하하하하하핫. 혈교도가 아니라면 폐허가 된 이곳에 뭐 하러 들어온단 말이냐?"

"간단한 논지로군."

하긴 폐허가 된 곳에 평범한 이들이 들어올 리가 없지. 나는 녀석에게 물었다.

"이곳을 이리 만든 게 누구지?"

그런 나의 물음에 오결 거지가 피식 웃으며 말했다.

"본 맹이 너희 혈교도들의 근거지를 찾아내지 못할 것 같으냐? 헛소리하지 말고 항복해라. 이제 네놈들의 본단이 무너지게 되면 혈교도 어차피 끝이다. 그리되면 항복하더라도 목숨을 부지할 수 없을 것이다."

"뭐?"

녀석의 말에 나는 인상을 찡그릴 수밖에 없었다. 본단이 무너지게 된다면, 이라니 그게 무슨 소리지?

"방금 그 말 다시 해봐."

"상황 파악이 안 되나 보군. 벌주는 네놈이 택한 것이다. 당장 놈을 제압해라!"

"충!"

오결 거지의 명에 열 명의 거지들이 내게 봉진을 펼치려 했다. 기운을 완전히 갈무리했더니 주제 파악을 못 하고 별별 놈들이 덤벼 댄다. 나는 가볍게 손가락을 튕겼다. 딱!

털썩! 털썩! 그러자 내게 달려들려 하던 거지들이 하나같이 눈이 뒤집혀서 기절하고 말았다. 그것은 후열에서 팔짱을 끼고 견벽진을 펼치던 거지들도 마찬가지였다. 손 한 번 써보지 못하고 쓰러졌다.

"이, 이게 대체…."

느닷없이 쓰러진 거지들의 모습에 오결 거지 놈이 당혹감을 감추지 못했다. 이 녀석도 기절시킬 수 있었지만 일부러 남겨두었다. 내가 가까이 다가가자 당황한 놈이 뒷걸음질을 쳤다.

"네… 네놈 뭐야? 그냥 평범한 혈교도가 아니구나."

―교주한테 교도라니.

소담검이 키득거리며 웃었다. 뭐 그걸 일일이 설명하고 싶은 마음은 없다.

"빌어먹을!"

팟! 놈이 도망을 시도하려고 하기에 나는 진기로 허공섭물을 일으켜 그를 잡아당겼다. 당주급이라고 해도 내 진기를 버틸 수 있을 리가 만무했다. 부서진 창문으로 몸을 날리던 녀석이 공중에 멈춰 서서는 이내 부웅 하고 내게로 날아왔다.

쿵!

"으윽!"

엉덩방아를 찧은 녀석이 창백해진 얼굴로 나를 올려다보았다. 그저 어쭙잖은 혈교도 정도로 보았는데, 허공섭물마저 펼칠 만큼 대단한 고수임을 알게 되니 새삼 겁을 먹은 모양이었다.

"방금 그 얘기 다시 해봐. 혈교의 본단이 어쩌고저쩌째?"

이런 나의 물음에 놈이 눈을 이리저리 굴렸다. 빠져나갈 구멍을 찾는 것 같았다. 말로 안 된다면 강제로 입을 열게 하는 수밖에. 손을 들어 올리자 놈이 다급히 소리쳤다.

"나를 죽이면 방주님과 개방의 십만 방도들이 네놈을 용서치 않을 것이다."

'하!'

이 녀석, 그 방주 놈이 내 수하인 것을 알면 어떤 반응을 보일까? 조성원 녀석, 대체 밑엣것들을 어찌 관리했기에 이렇게 혈교를 노리는 데 앞장서서 움직이는 거지? …설마 내 소식이 끊겼다고 본교와 연을 끊은 건가?

―배신했다는 거야?

만약 그런 것이라면 꽤나 골치 아프다. 조성원은 함부로 나를 배신할 만큼 성정이 가볍지는 않다. 하지만 그것은 어디까지나 내가 무사할 경우에 한해서다.

―그럼 네가 죽었다고 생각하는 걸까?

그럴 수도 있다. 조성원은 원래 개방의 방주로 정식 취임하고 나서 무한시에서 나와 만나기로 했다. 그런데 일곱 달이 지나도록 나의 소식이 끊겼다. 죽었다고 확신하기에 충분한 시간이었다. 애초에 녀석은 나라는 존재가 있어서 혈교에 충성을 맹세했었다.

—네가 죽은 거라면 굳이 혈교를 따를 필요가 없다고 여길 수도 있겠네.

원래 녀석이 혈교에 입교한 것은 공을 세워 개방에서 자신의 자리를 확고히 하기 위해서였다. 한데 이제 녀석은 개방의 방주다. 자신이 염원하던 자리를 얻었으니 변심도 충분히 가능했다. 내가 빤히 쳐다보며 잠시 생각에 잠겨 있자 오결 거지가 자신의 협박이 통했다고 생각했는지 이죽거리면서 말했다.

"멀지 않은 곳에 방주님과 수많은 방도들이 있다. 그들과 싸우고 싶지 않다면 우리를 내버려두고 도망치는 것이 좋을 거다."

오결 거지의 말에 나는 입꼬리를 씨익 올리며 반문했다.

"방주가 근방에 있다고?"

* * *

송자현 마을 한복판에 있는 한 빈 가옥. 그곳에 수십여 명에 이르는 거지들이 자리하고 있었다. 의결을 단 그들의 모습을 보면 평범한 거지가 아닌 개방의 방도임을 알 수 있었다. 한 젊은 거지가 대청 위에 앉아 있는 누군가에게 다가갔다. 구결의 자루 주머니를 달고 혼자 의자에 앉아 있는 자는 다름 아닌 조성원이었다. 일곱 달 전만 하더라도 깔끔하기 그지없었지만, 개방의 방주로 취임한 이래로 많이 거지다워졌다.

'흠.'

조성원은 전서구의 내용을 읽고 있었다. 그 안에는 매우 중요한 정보가 적혀 있었다.

'형산까지 도달한 건가?'

형산에는 호남성 최고의 문파라 할 수 있는 형산파가 있다. 아마도 그곳에서 군량미 등을 재정비하고 나서 남하하게 될 것이다.

'결국 형산파도 합류한 건가?'

그가 알기로 형산파는 진운휘의 친누이동생인 소영영이 몸을 담고 있는 문파이다. 혈교 내에서도 이 사실을 알고 있는 자들이 더러 있으니, 상황이 참 묘하게 돌아갔다. 그나마 다행인 것은 소영영은 봉황당의 일로 무림연맹에 있다는 것이었다. 다만 이번 전쟁으로 형산파가 많은 피해를 입게 된다면 그녀가 과연 혈교를 어찌 여기게 될지 의문이었다.

"어디쯤 도달했다고 합니까, 방주?"

좌측에 있던 장로 의구생이 전서구 내용이 궁금했는지 물었다. 이에 조성원이 작은 목소리로 답했다.

"형산입니다."

"오오! 결국 형산파도 합류한 모양이군요."

"그런 것 같습니다."

"방주, 하면 저희도 합류해서 맹의 정벌군을 도와야 하지 않겠습니까?"

우측에 있던 대머리에 흰 수염을 기른 양문생 장로가 말했다. 그는 이번 무림연맹의 대대적인 혈교 토벌에 개방이 참여하지 않은 것을 이해할 수 없어했다.

이에 조성원은 고개를 저었다.

"우리는 일곱 달 전의 장강 사건으로 많은 인재를 잃었습니다."

"그렇다고 해도…."

"이번 일은 본 방주의 권한으로 정한 것입니다. 우리 개방은 이번 토벌에 참여하지 않습니다."

"크흠."

양문생 장로가 심기가 불편했는지 강하게 기침을 했다. 사실 그 이외에도 이번 결정을 불만스러워하는 장로들과 당주들이 많았다. 하지만 조성원으로서는 전쟁에 참여할 수가 없었다. 혈교에 대한 충성심과 의리 때문이 아니었다.

'…만약 참가했다가 내가 혈교에 충성 맹세를 했던 사실이 알려지기라도 하면….'

돌고 돌아 겨우 얻은 이 자리가 최악으로 끝맺게 될 것이다. 충성을 맹세했던 교주 진운휘가 사라지면서 자유를 얻었지만, 혈교가 완전히 멸망할 때까진 안심할 수 없었다. 그렇기에 대놓고 어느 쪽을 돕는 것을 삼가야 했다. 만약의 사태에 대비하여 말이다.

'버겁구나.'

이런 고민을 누구에게도 털어놓을 수 없다는 것이 매우 답답했지만 자신이 져야 할 숙명이었다.

"방주."

그때 대청으로 올라온 젊은 방도가 그를 불렀다. 이에 조성원이 그에게 시선을 돌렸다.

"그래, 놈은 입을 열었나?"

"아닙니다."

"재우지 않고 있나?"

"잠도 재우지 않고 먹을 것은커녕 마실 것 한 모금조차 주지 않는데 입을 꾹 닫고 있습니다. 정말 인간이 아닌 것 같습니다."

"흠."

불과 이틀 전에 잡혀온 사내가 있었다. 혈교의 지부에 들어온 것을 방도들이 잡으려 했는데, 고통을 느끼지 않는지 맞아가면서도 도리어 그들을 때려눕혔다. 이에 보고를 받은 당주들과 양문생 장로까지 나서서 겨우 잡을 수 있었다.

'그 정도 무위라면 적어도 혈교에서 단주급이나 부단주급은 된다. 한데 그런 얼굴을 본 적이 없다.'

혈교의 단주급 이상 얼굴은 전부 알고 있는 그였다. 그런데 이자의 정체는 알 수가 없었다. 더 기괴한 것은 도저히 인간 같지 않다는 것이었다.

'맥도 거의 뛰지 않고 생리 현상도 없다. 잠을 자지 않아도 멀쩡하다니 정말 인간이 아닌 건가?'

흡사 강시를 떠올리게 했다.

그의 하명을 기다리고 있던 젊은 개방 방도가 말했다.

"차라리 고문을 할까요?"

"고통을 느끼지 못하는데 무슨 수로 고문을 한다는 건가."

"그래도 팔다리가 잘린다면 혹 입을 열지 누가 알겠습니까?"

그 말에 조성원은 고민에 빠졌다. 혈교인일 수도 있어 일단 직접적인 고문은 하지 말라고 했지만, 이마저도 계속 하지 말라고만 하면 개방 방도들의 의심이 깊어질 수 있었다. 그러던 차였다. 누군가 가옥 안으로 헐레벌떡 뛰어 들어왔다. 금일 당직을 맡고 있던 하해평이라는 당주였다. 사색이 되어 뛰어 들어온 그의 모습에 장로 의구생이 의아해하며 물었다.

"하 당주, 무슨 일인가?"

그 물음에 하해평이 호흡을 가다듬지도 못한 채 다급히 말했다.

"하아… 하아… 방주, 장로님들 크, 큰일입니다. 웬 괴물 같은 놈이…."

"그게 무슨 소리인가? 일단 진정하고 말해보게."

"후우… 후우… 갑자기 나타난 괴물 같은 자가 방도들을 순식간에 쓰러뜨렸습니다."

"뭐야!"

그 말에 가옥의 마당에 앉아 있던 개방 방도들이 전부 일어났다. 대단한 고수가 나타났다면 꽤 심각한 일이었다. 양문생 장로가 그에게 물었다.

"방도들은 어찌 되었나?"

"아직 죽진 않은 것 같습니다. 하나 그곳에 아직…."

방도들이 살아 있다는 말에 양문생 장로가 그를 다그쳤다.

"이런 미련한 자를 보았나! 그럼 그들을 버리고 혼자 도망쳤다는 겐가?"

"당장 알려야겠다는 생각에…."

"방주! 노부가 당주들과 함께 가보겠습니다."

급한 상황이었기에 조성원도 고개를 끄덕여 이를 바로 허락했다.

"당주들은 따르라!"

"알겠습니다!"

양문생 장로가 대청에서 내려가 십여 명의 당주들을 이끌고 갔다. 그들은 양문생 장로의 직속 당주들로, 이틀 전에도 그 정체 모를 자를 잡아낸 공로가 있는 고수들이었다. 이들이 서둘러 가옥을 나가자 조성원이 하해평 당주에게 물었다.

"하 당주, 그자에 대해 자세히 말해보시오."

대단한 고수라면 양문생 장로만으로는 힘들 수도 있었다. 지원이 필요할 수도 있다. 호흡을 어느 정도 가다듬었는지 하해평 당주가 심각한 목소리로 말했다.

"그자가 그저 손가락을 튕겼을 뿐인데, 갑자기 방도들이 쓰러졌습니다."

"뭐!"

놀란 조성원이 자리에서 화들짝 일어났다. 순간 그의 머릿속에 누군가의 모습이 스쳐 지나갔다. 장로 의구생이 이해할 수 없다는 듯이 중얼거렸다.

"무슨 헛소리인가? 어찌 손가락을 튕긴 것만으로 멀쩡한 무인들이 쓰러진단…."

그의 말이 미처 끝나기도 전이었다. 가옥의 지붕 위에 있던 개방의 방도가 외쳤다.

"저, 저길 보십쇼!"

그가 가리킨 곳은 양문생 장로가 당주들을 이끌고 간 동쪽 방향이었다. 이에 조성원과 의구생 장로가 대청에서 나와 경공을 펼쳐 지붕 위로 올랐다.

'…!?'

그들은 개방 방도가 손으로 가리킨 곳을 보며 두 눈이 휘둥그레

질 수밖에 없었다. 초저녁이라 여기저기 등불을 밝히고 있는 송자현의 마을. 그런데 동쪽 대로를 중심으로 마을의 끝부분부터 불빛들이 사라지고 있었다.

"대체 이게… 아!"

그리고 불빛들이 사라져가는 대로에서 검은 인영이 보였다. 그곳으로 양문생 장로를 비롯한 당주들이 뭔가를 외치며 달려가고 있었다. 그런데 어둠 속으로 들어간 그들의 소리가 더 이상 들리지 않았다. 찰나에 어둠에 먹힌 것처럼 말이다.

"양문생 장로?"

이게 어찌 된 영문인지 알 수가 없었다. 아직 남아 있는 불빛 속으로 또다시 검은 인영이 걸어오는 것이 보였다. 그자가 한 발짝씩 걸어올 때마다 마을의 불빛들이 꺼지고 있었는데, 이 현상을 도저히 이해할 수가 없었다. 점점 마을의 동쪽이 어둠으로 잠식되고 있었다.

"빌어먹을!"

이 괴이한 현상에 불길함을 느낀 의구생 장로가 다급히 방도들에게 소리쳤다.

"뭔가가 오고 있다. 모두 동쪽 대로로 나가랏!"

"알겠습니다!"

그의 외침에 마당에 있던 방도들이 모두 뛰쳐나갔다. 그들이 대로로 우르르 달려가는 모습이 보였다.

"방주, 우리도 가십시다."

의구생 장로가 조성원에게 말했다. 그러나 조성원은 다가오는 어둠의 인영을 보며 창백해지고 있었다.

"방주?"

조성원의 귀에는 어떠한 것도 들어오지 않았다. 머릿속이 새까맣게 타들어갔다.

'그다. 그가 돌아왔어.'

조성원의 머릿속에는 오직 한 존재밖에 떠오르지 않았다. 쿵쿵쿵! 송자현 마을 동쪽을 어둠으로 잠식시키며 다가오는 검은 인영의 모습에 심장이 미친 듯이 뛰었다. 처음 그를 만났을 때만 해도 이런 괴물이 되리라고는 상상도 하지 못했다. 하지만 눈앞에서 벌어지는 광경은 누구라도 그를 두려워하지 않을 수 없게 만들었다.

"이럴 수가!"

장로 의구생이 당혹감을 감추지 못했다. 동쪽 대로를 향해 달려가는 수십 명의 개방 방도들. 두려움을 잊기 위해 함성까지 질러가며 사기를 끌어올리던 개방 방도들이 어둠을 향해 달려들다 이내 실이 끊어진 인형처럼 쓰러져 갔다. 어찌 된 영문인지 도통 알 수가 없었다.

'아무것도 하지 않았는데 어찌 이런 일이…'

검은 인영은 그저 걸어오고 있을 뿐이었다. 그런데 달려드는 개방 방도들은 누구 하나 가까이 다가가지 못하고 쓰러졌다. 더 의문인 것은 나와 있던 마을 사람들이 무엇에 홀린 듯이 발걸음을 돌려 전부 건물 안으로 들어갔다. 그때마다 건물의 등불들이 꺼졌다. 이제 그들이 있는 가옥 앞까지 불과 삼십여 장에 불과했다.

"방주! 놈에게서 도망치든 놈을 상대하든 대처를 해야 합니다!"

장로 의구생이 넋을 놓고 있는 조성원을 다그쳤다. 그 외침에 조성원이 겨우 정신을 차렸다.

'이를 어찌하지?'

분명 그였다. 저렇게 마을 동쪽 편을 어둠으로 잠식시켜가며 다가올 정도라면 분노한 게 틀림없었다. 혈교의 지부에 나타났었다면 자신이 배신했다고 여길지도 몰랐다.

'…빌어먹을.'

그의 죽음을 기정사실화한 것이 멍청한 짓이었다. 무려 팔대 고수이자 오대 악인의 일인이었다. 그런 괴물 같은 그가 일곱 달 동안 소식이 두절된 것이라면 분명 문제가 생긴 것이 틀림없다고 확신했던 조성원이었다. 물론 만약의 사태를 대비하여 선을 넘진 않았다.

'변명할 여지가 있을까?'

뭔가를 이야기하고 싶어도 그가 혈마로서 오면서 난처한 상황이 되었다. 개방의 방도들은 자신이 그에게 충성한 사실을 모른다. 그런 상황에 변명한답시고 달려가 무릎이라도 꿇으면 방주직에서 물러나야 할 것이다.

'도망치면….'

그건 그것대로 최악이 된다. 그렇게 되면 그가 자신을 배신했다고 확신하게 될 거다. 어차피 도망치는 것은 사실상 불가능했다. 어검비행을 펼치는 자를 상대로 무슨 수로 도망친단 말인가. 그런 조성원을 장로 의구생이 다그쳤다.

"방주, 결정해야 합니다!"

조성원이 입술을 질끈 깨물었다.

'…별수 없구나.'

어차피 원래 자신은 전 방주인 홍구가의 계략에 죽었어야 할 운명이었다. 그런 자신을 이렇게 방주로 만들어준 것이 바로 그였다.

혈교의 교주인 그에게 충성을 맹세한 이상 그가 원한다면 언제든지 자리를 내어줘야 하는 상황이 일어날지도 모른다고 늘 각오했었다.

"의 장로."

"방주."

"갑시다."

뭔가 결의가 담긴 목소리에 장로 의구생은 조성원이 각오를 다졌다고 여겼다. 상대는 손 한 번 쓰지 않고 방도들을 쓰러뜨린 괴물이다. 그런 괴물을 상대로 고작 자신과 방주 둘이서 어찌해볼 수 있으리란 기대는 없었다. 하나 정파인으로서 어찌 동료를 버릴 수 있겠는가. 목숨을 던지더라도 신념을 지켜야 했다.

"노부가 방주를 잘 본 것 같소."

그런 장로 의구생의 말에 조성원은 가슴이 뜨끔했다. 자신은 싸우러 가는 것이 아니었다. 한데 장로 의구생은 마지막을 불태우려 한다고 여기는 듯했다.

'실망시켜서 송구합니다.'

자신은 그에게 무릎을 꿇을 생각이었다. 그렇지 않으면 개방의 방도들은 이 자리에서 모두 죽는다. 조성원은 말없이 지붕에서 뛰어내렸다. 그리고 가옥의 대문을 통해 동쪽 대로 방향으로 나아갔다. 그런 그를 장로 의구생이 뒤따랐다.

'엄청난 위압감이다.'

어둠 속에서 걸어오는 인영의 모습이 보였다. 어두웠지만 점점 가까워지면서 얼굴이 또렷해졌다.

'얼굴이?'

한데 자신이 알고 있던 진운휘의 얼굴이 아니었다. 처음 보는 자였다.

'인피면구인가?'

다른 자일 확률도 있지만 그건 아닌 듯했다. 손 한 번 대지 않고 적들을 쓰러뜨릴 수 있는 신기를 보일 자는 오직 그뿐이었다. 장로 의구생이 지켜보고 있었지만 조성원은 각오했던 대로 무릎을 꿇으려 했다.

"조성원이…."

쿵!

'…!?'

옆에서 들리는 소리에 조성원이 고개를 돌렸다. 장로 의구생이 바닥에 쓰러져 있었다.

"의 장로?"

그의 부름에도 불구하고 장로 의구생은 심지어 코까지 골면서 깨어나지 않았다. 눈 깜짝할 사이에 잠이 든 것이다. 조성원이 놀라 고개를 돌리는 순간이었다.

픽!

"끄헉!"

복부로 날아드는 발길질에 그의 신형이 뒤로 십여 장이 넘게 튕겨 나갔다. 순식간에 벌어진 일이라 내공으로 보호할 수도 없었다. 바닥을 뒹군 조성원이 피를 한 움큼 토해냈다.

'…더 강해졌어.'

초인의 영역에 이른 것은 당연히 알고 있었다. 그러나 자신 또한 항룡십팔장을 부단히 연마하고 개방의 방주들에게 내려온다는 영단을 먹고서 초절정의 경지에 발을 올려놓았다. 방주의 자리에 부끄럽지 않으려고 미친 듯이 노력했는데, 고작 발길질 한 번에 오장 육부가 뒤틀릴 것 같았다.

'벽을 넘은 고수가 이리도 강했던가?'

의문이 들 정도였다.

스륵! 어느새 그가 자신의 앞으로 나타났다. 고개를 들자 그의 얼굴 골격이 뒤틀리며 변하는 것이 보였다. 이윽고 자신이 알고 있던 그의 얼굴이 되었다.

'아!'

역시였다. 그가 틀림없었다. 조성원이 다급히 엎드려 머리를 조아리며 외쳤다.

"미천한 교인이 혈교의 교주이신 혈마를 배알하나이다!"

머리를 조아리고 있는 그에게 목소리가 들려왔다.

"왜 너는 매를 벌까?"

온몸에 소름이 돋았다. 당황한 조성원이 고개를 들고서 황급히 변명하려 했다.

"주군, 당연히 오해하실 수 있지만⋯."

픽!

"끄억!"

말이 끝나기도 전에 발길질에 어깨를 맞은 조성원의 몸이 부웅 날아올라, 임시 근거지로 삼고 있던 빈 가옥의 벽면에 처박히고 말았다. 쾅! 온몸이 으스러질 것 같았다. 벽에 처박힌 조성원이 겨우 고개를 들었다. 진운휘가 무서운 얼굴로 자신을 향해 성큼성큼 걸어오고 있었다. 그 모습에 조성원의 얼굴은 사색이 되어갔다.

"주, 주군!"

"이 꽉 깨물어."

* * *

빈 가옥의 대청 위에 걸터앉은 나는 피멍으로 곤죽이 된 조성원을 내려다보았다. 무릎을 꿇은 조성원은 지쳤는지 반쯤 넋이 나갔다. 처음 내게 충성을 맹세했던 그날도 이렇게 얻어터졌던 그였다. 그때의 기억이 새록새록 떠올랐을 것이다.

"참 곤죽으로 만드셨네요, 도련님."

아송이 혀를 내둘렀다. 조성원 녀석을 두들겨 패다가 아송이 어디 있는지 다그치자, 가옥의 창고에 구금되어 있던 것을 직접 데려왔다. 방주 취임식에 참석하느라 녀석은 아송을 몰랐다.

아송의 몸에 털끝 하나라도 상처가 있으면 더 곤죽으로 만들려고 했는데, 다행히 무사했다.

"저 녀석이 네게 고문 같은 건 하지 않았지?"

"고문이요? 특별히 건드리진 않았는데, 먹을 것도 안 주고 잠도 안 재웠…."

"뭐?"

내가 눈썹을 치켜올리자 조성원이 당황해서 소리쳤다.

"정말 몰랐습니다!"

"쯧쯧."

한 번 더 혼쭐을 내려다 나는 못마땅하다는 듯이 혀를 찼다. 그나마 이 정도로 끝낸 것은 녀석이 마지막 선을 넘지 않아서였다. 녀석은 무림연맹에서 대대적으로 혈교 지부를 소탕하는 작전에는 개입하지 않고 역으로 미리 정보를 흘려준 것을 내게 알려줬다. 결과적으로 조성원의 정보를 입수한 혈교의 지부들은 소탕 작전이 있기 전에 무사히 빠져나간 것 같다. 물론 모든 지부를 돕지는 못했다고 이실직고했다.

—나름 살 구멍은 마련해놓았네.

그러게. 처음 보았을 때는 첩자로서 어리숙하기 짝이 없었는데 그새 많이 발전했다. 이 모든 게 일말의 확률로 내가 돌아왔을 때를 대비한 것일 테지만 말이다.

"하아… 하아…."

연신 내 눈치를 보고 있는 조성원을 바라보았다. 개방 방주의 역할을 하면서 혈교와 직접적으로 부딪치는 것을 피하기 위해 여러 가지로 애썼던 것 같다.

—네가 진짜로 죽었다면 어떻게 했을까?

글쎄. 나름 가운데서 줄타기를 하며 계속 상황을 관망했을 것이다. 내가 사라졌다고 해도 본교에 녀석의 정체를 아는 자들이 있으니까. 섣불리 변절하기도 어려운 상황이었다.

—믿을 수 있겠어?

중간에서 간을 본 게 괘씸했지만 녀석은 개방의 방주였다. 극비가 아닌 이상 무림연맹의 정보를 얻을 수 있고, 역으로 정보를 교란하는 용도로 활용할 수도 있기에 쉽게 버릴 패가 아니었다. 녀석을 빤히 쳐다보던 나는 그 앞으로 걸어가서 물었다.

"정보를 흘려 지부 사람들을 도와놓고 왜 이곳에 매복해서 교인들을 잡으려고 한 거지?"

"…개방은 무림연맹에서도 중요한 역할을 합니다. 그런 개방이

혈, 아니 본교에 대한 정벌을 대놓고 반대하며 불참하면 의심을 받
게 됩니다."

"의심을 피하기 위해서 그랬다?"

"죄송합니다. 조금이라도 연맹의 일을 보조한다는 느낌을 줘야
했습니다."

녀석이 죽을죄를 지었다는 듯이 내게 말했다. 이에 나는 피식 웃
었다. 그리고 녀석을 향해 손을 내밀었다.

"이젠 제법 첩자 같아졌군."

조성원이 떨리는 눈으로 나를 쳐다보았다.

"주군?"

"가운데서 간을 본 건 더 벌을 줘야 마땅하나, 네가 할 수 있는 선
에서 자리를 지키고 있었으니 이것으로 넘어가겠다."

"…감사합니다."

꽉! 녀석이 안도하는 얼굴로 내 손을 잡았다. 무릎을 꿇고 있던
녀석을 일으켜 세운 나는 다시 대청에 걸터앉았다. 조성원이 그런
내게 말했다.

"다시 주군과 함께 본교로 복귀하겠습니다."

"아니, 지금은 그 자리에서 계속 방주의 역할을 해줘야겠어."

"…정말입니까?"

"농담 같나?"

개방을 통제해야 할 녀석이 나와 함께 움직이면 활용도가 떨어진
다. 지금처럼 자리를 지키면서 정보를 취합하는 게 더 쓸모가 있다.

"내가 왜 개방의 방도들을 전부 재웠을 거라 생각하나?"

"아!"

녀석은 그제야 내 의도를 알았는지 작게 탄성을 흘렸다. 나는 정요환의 안의 능력을 과시하기 위해 이들을 잠재운 것이 아니었다. 써먹어야 할 녀석들이기에 위해를 가하지 않은 것뿐이다. 그리고 그저 분풀이처럼 생각되겠지만 조성원을 저리 곤죽으로 만든 것도 녀석이 의심받지 않게 하기 위해서였다.

"시간이 없으니 본론으로 들어가지."

"본론이라면?"

"거지 녀석들이 깨기 전에 그동안 무슨 일이 있었는지 정보가 필요하다. 쓸데없는 부분들은 다 쳐내고 본교와 무림연맹의 상황만 말해라."

일곱 달 사이에 무슨 일이 있었는지 알아야 했다. 송자현 지부가 철수했으니, 지금 당장 그것을 알려줄 만한 적임자는 개방의 방주를 맡고 있는 조성원이었다. 이런 나의 명에 녀석이 난처하다는 듯이 말했다.

"본교 내부의 일은 저도 상세히 알지 못합니다."

그렇겠지. 장강을 기점으로 상당수의 지부가 철수하거나, 무림연맹에 의해 박살이 났으니 말이다. 직접적으로 그들과 접촉하지 않는 이상 본교에 무슨 일이 있는지에 대해서는 정보를 얻기 힘들다.

'흠.'

사실 이게 의문이었다. 너무 많은 본교의 지부들이 피해를 입었다. 하나둘 정도라면 모를까 조성원의 말대로 지부가 거의 삼 할 가까이 타격을 받았다면 뭔가 정보가 유출된 게 틀림없었다. 물론 조성원은 절대 자신은 아니라고 완강히 부인했다.

'누가 유출을 한 거지?'

본교에 있는 간자들은 대부분 색출했었다. 그런데 이런 사태가 발발했다면 또 다른 간자가 내부로 침입했든지, 아니면 내부에 정말로 배신자가 생겼을 수도 있다. 일단 이것은 본교로 복귀하면 자세히 알 수 있을 것이다.

"네가 알고 있는 것들만 얘기해."

이런 나의 말에 조성원이 조심스럽게 입술을 뗐다.

"주군… 혹시 일존이 죽은 사실을 알고 있습니까?"

'…!!'

그 말에 나는 순간 귀를 의심했다. 일존이 죽었다니?

일존 파혈검제 단위강. 나를 제외하면 본교에서 최강이라 불리는 일존이었다. 내가 사라지기 전까지만 하더라도 광서성과 호남성의 경계면에서 팔대 고수의 일인인 무당파의 태극검제 종선 진인을 견제하고 있었다. 순간 나는 충격으로 말문을 잃었다.

"공께서 만드실 새로운 본교를 위해 이 한목숨을 바쳐 지키겠습니다. 이 늙은이가 그 한 축이 되도록 허락해주십시오."

그가 내게 했던 말이 머릿속을 울렸다. 내게 힘이 되어주겠다고 했던 일존이 죽었다는 소식은 너무 충격적이라 슬픔으로 가슴이 먹먹해졌다.

'…내 탓이란 말인가?'

사라졌던 일곱 달. 그사이에 큰 사건이 없기를 바랐다. 그런데 이렇게 최악의 사건이 벌어졌을 줄은 몰랐다. 충격과 슬픔 사이로 어느새 가슴속 깊은 곳에서 분노가 치밀어 올랐다. 으득!

"태극검제인가?"

이런 나의 물음에 조성원이 고개를 저었다. 나는 분노를 참지 못하고 언성을 높였다.

"그럼 누가 그런 짓을 했단 말이야?"

"…태극검제 종선 진인도 죽었습니다."

"뭐?"

이게 대체 무슨 소리지? 대립 중이던 무당파의 태극검제 종선 진인이 일존을 죽였다고 여겼는데, 그도 죽었다니 무슨 상황인지 알 수가 없었다. 일곱 달 사이에 도대체 어떤 일이 있었던 거지? 어처구니없어하는 내게 조성원이 의미심장한 목소리로 말했다.

"두 사람 모두 살흉(殺凶) 절심에게 당했습니다."

'…!!'

살흉 절심. 최악의 도살자라 불리는 오대 악인의 일인이다.

"절심…에게 살해당해?"

전혀 예상치 못한 이름이 거론되자 나는 순간 할 말을 잃었다. 살흉 절심. 악인들 중에 유독 귀가 따갑게 들어왔던 자였다. 셀 수 없는 남녀노소가 그의 손에 죽어서 어린아이도 그 이름만 들으면 울음을 뚝 그칠 만큼 최악의 괴물이라 불렸다. 그를 부르는 호칭도 수도 없이 많았다. 최악의 도살자. 피를 부르는 재앙. 사신. 이런 절심을 말할 때 모두가 공통적으로 이야기하는 것이 있다. 근본적으로 악 그 자체라고.

─왜?

복수와 악인들을 향한 징벌을 위해 살인을 저지른 월악검 사마착. 정신이 나가면서 수백 명이 넘는 민간인들과 무림인들을 죽인 귀살권마 장문량. 아이를 가질 수 없는 몸을 고치기 위해 젊은 여자들을 노려왔던 악심파파 철수련. 다른 악인들의 행동은 일정한 성격을 띠었다. 그러나 살흉 절심의 행보에는 어떠한 목적도 의지도 전혀 보이지 않았다.

—목적이 아무것도 없다는 거야?

특별한 목적이 없었다. 단 하나 특이점이 있다면 살인의 미학을 갖췄다고 할까.

—미학?

어느 날 갑자기 귀주성 서북쪽 마을에 나타나더니 민간인들을 전부 죽여 그 머리를 잘라 탑을 쌓아놓았다. 또 어느 날엔 섬서성에 나타나서 수백 명의 사람들을 죽여 마을 한복판에 피로 가득 채운 못을 만들어놓았다.

—…미쳤네.

미친 수준을 넘어섰다. 강소성에서 명성을 떨치던 제창문이라는 문파를 멸문시킨 후에는 그 눈알을 전부 뽑아 꼬챙이로 꽂아서 대문 전각 위에 올려놓았다. 이 같은 일이 한두 가지가 아니었다.

—이런 짓을 하는데 그냥 내버려뒀다고? 거의 공적 수준 아냐?

공적 수준이 아니라 그냥 공적이다. 연 제국에서는 절심에 대한 현상 수배를 하며 천문학적인 금액을 책정했고, 마찬가지로 정도 무림에서도 백지 전표를 내세워 수배를 내렸다. 심지어 관과 무림에서 그를 잡기 위해 오 년 동안 연계를 한 적도 있다.

—그런데도 못 잡았어?

그래. 일단 잡으려고 했던 자들 중에 살아남은 자가 없다. 놈이 남겨놓은 흔적을 바탕으로 추적을 하려 해도 용이하지가 않았다. 애초에 그는 살인을 저지르고 나서 모두가 보라는 듯이 예술 작품처럼 남겨놓았다.

―…하.

소담검이 기가 찬다는 듯이 혀를 내둘렀다. 그보다 나는 이 사건이 벌어진 것이 더 어처구니가 없었다.

'기어코 죽이다니….'

다시 회귀하기 전에 터졌던 사건이 있다. 놈이 단독으로 무당파에 난입해, 팔대 고수의 일인인 태극검제 종선 진인을 죽였다. 그때와는 역사가 많이 달라졌기에 또다시 이런 일이 벌어질 줄은 몰랐다. 이것으로 한 가지는 확신할 수 있었다.

'애초에 종선 진인이 목적이었나?'

그렇지 않고는 동선마저 다른 판국에 이런 일이 벌어졌을 리가 없었다. 놈이 종선 진인을 죽이는 일은 필연적인 모양이었다.

'젠장.'

그렇다면 그 종선 진인을 죽이는 일에 일존 단위강도 휩쓸렸을 확률이 높았다. 일단 전후 상황을 전부 들어봐야 확실하게 판단할 수 있을 것 같다.

"어쩌다 그런 일이 벌어진 거야?"

나의 물음에 조성원이 답했다.

"무림연맹이 알려준 정보대로라면 새로운 무림연맹주를 선출하기 위해 호남성과 광서성의 경계면에 주둔하고 있던 종선 진인이 무당파의 호위 검수들만 데리고 무림연맹으로 돌아가는 길에 벌어진 것 같습니다."

"돌아가는 길에 벌어졌다고? 한데 어째서 일존이…."

"그때 본교에서 소수 정예로 돌아가는 태극검제를 습격했던 것 같습니다."

아, 그 틈을 노린 건가. 나라고 해도 그런 기회를 놓치지 않을 것 같다.

"그 소수 정예를 이끈 게 일존이었군."

"그뿐만이 아닙니다."

"그럼?"

"악귀 가면을 쓴 혈교의 교주도 나타났다고 합니다. 아마도…."

"백혜향!"

나를 대신해 악귀 가면을 쓰고 교주 역할을 대행할 자는 오직 부교주 백혜향뿐이었다. 밑에 사람을 보내도 되는데 참 그녀다웠다. 아마도 팔대 고수의 일인인 그와 겨루기 위해 직접 나섰겠지. 벽을 앞두고 있는 그녀의 무위라면 분명 도움이 되었겠지만, 이미 결과를 들었기에 뭔가 불안했다.

"다른 존성들 중에서 나선 자는 없나?"

"흑철로 만든 권갑과 각반을 차고 있던 근육질의 사내를 거론한 걸 보면 오혈성 권퇴혈우 황강도 나선 것 같습니다."

한 명의 초인, 두 명의 초절정 고수. 이 정도라면 태극검제 종선 진인을 죽일 전력으로 충분하긴 했다.

"그래서 어떻게 된 거지?"

"본교의 그분들에게 습격당한 태극검제 종선 진인과 무당파 검수들은 일전을 벌였다고 합니다. 무당파의 검수들 또한 절정의 고수들이었고 검진을 펼쳐가며 겨뤘기에 처음에는 어느 정도 팽팽했었다고 하더군요."

"그리 오래 버티진 못했을 텐데."

"네. 혈교주와 일존에게 협공을 당한 태극검제가 점점 밀리기 시작했다고 하더군요. 꽤 위태로웠던 모양입니다."

"그렇겠지."

아무리 초인이더라도 비슷한 역량을 갖춘 자들에게 합공을 당했다. 장기전으로 이어지면 당연히 밀릴 수밖에 없다.

"그때 그자가 나타났습니다."

"…살흉 절심."

절묘한 시점에 나타났다. 하면 여기서 어떻게 대응한 거지? 내가 알고 있는 놈의 목적이나 분위기로 보면 삼파전이 되었을 확률이 높았다. 그런데 예상과 달랐다.

"갑자기 나타난 살흉 절심이 누구 할 것 없이 무차별적으로 공격해왔다고 하더군요."

"무차별적으로?"

―진짜 미친놈이네.

소담검의 말대로였다. 그렇게 된다면 결과는 뻔했다. 맹수들끼리도 싸우다가 공동의 위협적인 존재가 나타나면 힘을 합친다.

"그래서 어찌했지?"

"절심의 말도 안 되는 괴물 같은 무위에 양측이 싸우던 것을 멈추고 놈과 맞섰다고 합니다."

역시 절심은 초인의 영역을 넘어선 것 같다. 그들 모두와 상대하면서 괴물이라는 소리까지 들은 걸 보면 말이다. 괜히 열두 초인 시절부터 그 무위가 다섯 손가락에 꼽힌다는 소리를 듣는 것이 아니었다.

"…그럼 놈과 합공을 겨루다 일존과 태극검제가 당한 건가?"

"사실… 그렇게 짐작할 뿐입니다."

"그게 무슨 소리지?"

"양측이 힘을 합쳐 싸웠다고 해도 큰 도움이 되지 못했던 무당파 검수들이 원군을 부르기 위해 주둔지로 갔던 것 같습니다."

무당파 검수들이 뛰어난 무인들이라 해도 절세고수들 싸움에서는 약자나 다름없다. 그 편이 옳은 선택이기는 했다.

"무림연맹의 원군을 데리고 왔을 때 이미 싸움은 끝나 있었다고 합니다."

나는 떨리는 목소리로 물었다.

"…결과는?"

"폐허가 된 곳에는 형태조차 알아보기 힘들 만큼 갈가리 잘린 육신 조각들이 쌓여 있고, 그 위에 무당파의 보검 태극검과 일존이 가지고 있던 보검이 꽂혀 있었습니다."

"일존이 죽지 않았을 확률은…."

"두 보검의 검병을 잡고 있던 두 사람의 잘린 손이 있었습니다."

그 말에 나는 탄식을 흘렸다. 이렇게 일존을 잃게 되다니 어처구니가 없었다. 그야말로 움직이는 재앙에 당한 셈이었다. 으득! 피가 흘러내릴 만큼 입술을 질끈 깨물며 슬픔과 분노를 겨우 가라앉힌 나는 물었다.

"백혜향이나 오혈성의 흔적은 없었나?"

그들의 안위도 걱정되었다.

"백혜향 부교주의 혈마검이나 갑주, 각반이 없었던 걸 보면 그들은 다행히 살아남은 것 같습니다."

그녀의 모조 혈마검은 현장에 없었던 모양이다.

"…확실하나?"

"무림연맹에서 수천 명을 동원하여 주변을 수색했습니다. 반경 수백 리를 뒤졌지만 어떠한 흔적도 찾지 못했다고 합니다. 다만 광서성 쪽으로 일부 혈흔들이 발견된 것이…."

"부상을 당했다는 거군."

"아마도 그런 것 같습니다."

그 싸움에서 멀쩡히 탈출했을 리가 만무했다. 다른 자도 아니고 살흉 절심이다. 그나마 다행인 것은 광서성 경계면에는 무림연맹을 경계하기 위해 수천에 이르는 본교의 주둔지가 있었다. 아무리 재앙이라 불리는 절심이지만 그 정도 무리수는 두지 않을 것이다. 놈이 싸운 곳의 근방에는 양대 세력이 결집해 있으니 말이다.

"한데 주군, 문제는 이게 아닙니다. 지금 무림연맹에서는 본교, 즉 혈교의 교주가 심각한 부상을 입었다고 확신하고는 대군을 이끌고 남하하고 있습니다."

"…태극검제에 대한 복수보다 이게 우선이란 건가?"

기가 찰 노릇이었다. 물론 무림연맹 입장에서는 단독으로 움직여 추적도 힘든 살흉 절심에게 복수하는 것보다, 전력의 손실이 확실하다고 판단한 본교를 치는 것이 우선이라 판단했을 것이다.

"벌써 호남성 형산까지 도달했다고 합니다."

"형산?"

"누이동생분인 영영 아가씨의 사문인 형산파도 이번에 합류한 것 같습니다."

"…후우."

절로 한숨이 나왔다.

"영영이도 참여했어?"

"영영 아가씨는 무림연맹에 남아 있는 것 같습니다."

"무림연맹에?"

모든 전력을 동원한 게 아닌 건가? 의아해하자 조성원이 말했다.

"무림연맹에서도 종선 진인의 죽음으로 또다시 파가 둘로 나뉜 것 같습니다."

"둘로 나뉘다니?"

"지금 무림연맹에서도 종선 진인을 지지하던 파벌이 있는데, 그들은 혈교 정벌에 앞서 살흥 절심을 먼저 해결해야 한다고 주장했습니다."

"그럼 지금 남하하고 있는 세력은 온전한 무림연맹의 전력이 아니로군."

"절반가량이라 보시면 됩니다."

절반이라고 해도 현 본교의 전력보단 우위일 것이다. 각 성의 지부 전력까지 끌어모은다면 충분히 본교를 끝장낼 수 있으리라 판단한 것 같다. 이 얘기를 들으니 무림연맹이 지금 어떤 상황인지 짐작되었다.

"아까 또다시 파가 나뉘었다고 했는데 지금 무림연맹의 맹주는 누가 되었지?"

일곱 달이 지났고 태극검제 종선 진인이 죽었다면 맹주 선출은 무상도 정천과 열왕패도 진균, 이파전이 되었을 것이다. 둘 다 외부 인사였지만, 현 상황에서 조금 더 유리한 자는 아무래도….

"무상도 정천입니다."

예상대로였다. 열왕패도 진균보다 무공으로 더 우위라 점쳐지는 무상도 정천이다. 둘 다 외부 인사라면 좀 더 명성이 높고 강한 자를 선택했을 게 뻔했다.

"그럼 열왕패도 진균은 나갔나?"

자존심이 높은 그가 맹주로 선출되지 않은 판국에 무림연맹에 남아 있을 리가 만무했다. 하지만 이것 또한 나의 예상을 벗어났다.

"아닙니다. 열왕패도 진균이 새로 생긴 부맹주로 취임했습니다."

"부맹주가 되었다고?"

의외였다. 자존심을 굽혔다고?

"태극검제 종선 진인의 죽음으로 전력 손실이 크다고 무림연맹 내의 수많은 인사가 그를 설득한 것 같습니다."

"그 정도만으로 넘어갈 자가 아닌데?"

"소문에는 전 맹주인 무한제일검 백향묵이 무림연맹을 나가기 전에 따로 그를 찾아가 독대했다는 이야기가 있습니다."

전 맹주의 설득에 자존심과 고집을 접었다는 건가. 뭔가 사정이 있는 것 같은데, 들은 정보만으로 알기 힘들었다. 그래도 부맹주가 되었다면 이건 알 것 같다.

"하면 살흉 절심을 먼저 찾아야 한다고 주장한 파벌이 부맹주 쪽인가?"

"네. 말씀하신 대로 태극검제를 지지했던 층이 부맹주가 된 열왕패도 쪽에 붙었기에 지금 무림연맹은 두 파벌로 나뉜 셈입니다."

어찌 되었든 지금 본교로 남하하고 있는 무림연맹은 절반의 전력이다. 그리고 새로이 맹주가 된 무상도 정천이 이끌고 있다. 다행인 것은 이 전쟁에 영영이가 빠진 것이지만, 만약 형산파에 피해가 생긴다면 녀석이 어떤 반응을 보일지 안 봐도 눈에 훤했다.

'전면전이라…'

어떤 식으로든 형산파와의 충돌은 불가피했다. 이런 상황에서 그들이 피해를 입지 않는 것도 불가능했다. 참 난감했다.

"그럼 부맹주 측에서는 지금 살흉 절심을 추적하고 있나?"

"그런 것 같습니다. 하나 거의 진척은 되지 않고 있습니다."

"그건 다행이군."

"네?"

무림연맹이나 무당파 입장에서도 살흉 절심이 원수이겠지만 나 역시도 일존을 죽인 그자를 절대로 용서할 수 없다.

"개방에서 놈을 찾아내면 무림연맹이 아닌 내게 먼저 알려."

"…이미 개방과 무림연맹의 정보단에서 추적을 하고 있지만 감쪽같이 사라졌습니다. 조금의 흔적도 없습니다."

목적만 이루고 자취를 감춘 건가. 그때와 똑같다. 회귀 전에도 팔 년 동안 자취를 감췄다가 갑자기 나타나 태극검제를 죽인 후 또다시 사라졌던 살흉 절심이었다. 놈이 다시 나타난 것은 몇 년 후였다. 그때까지 놈을 살려둘 생각은 결코 없었다. 내 사람을 건드리고서 편안하게 숨을 쉬게 할 순 없다.

"주군… 살기를…."

"아."

나는 조절하지 못했던 살기를 갈무리했다. 바로 앞에 있다 보니 조성원 녀석이 살기를 감당하기 어려웠나 보다.

―그런데 아무도 찾지 못했다는데 무슨 수로 그 미친놈을 찾아낼 거야? 황실이나 무림연맹에서 그렇게 찾으려 해도 못 잡았다며? 무슨 단서라도 있어?

'…없어.'

―혹시 회귀 전에 뭐 알던 거라도 없어?

없다. 살흉 절심은 어느 날 갑자기 하늘에서 뚝 떨어진 것처럼 무림에 모습을 드러냈다. 치밀한 건지 아니면 원래 그런 건지는 모르겠지만 놈은 누구와도 인적인 관계를 맺지 않아 일말의 고리도 없었다. 보이는 족족 죽이지 않은 자가 거의 없으니…. 아!

―왜 그래?

딱 하나 있다.

―그게 뭔데?

스승님인 해악천조차 당혹스럽게 만든 그것. 살흉 절심의 각패를 만사신의가 가지고 있었다.

―어! 맞네? 그때 그거 보고 그 미친 늙은이조차 엄청 당혹스러워했잖아.

그래.

스승님은 어떤 강자를 보아도 두려워하지 않는다. 심지어 열왕패도 진균을 가까이에서 보았을 때조차 오히려 전의를 불태웠다. 그런데 절심의 각패를 보는 순간의 그 눈빛은 아직도 기억한다. 그때는 나 역시도 그저 놀란 것으로 끝났다. 하지만 지금 생각해보니 만사신의가 놈의 각패를 가지고 있다는 것은 그와 연이 있음을 의미했다.

"조성원."

"네."

"만사신의를 찾아."

"만사신의는 갑자기 왜?"

"…일단 찾아."

녀석의 물음에 나는 만사신의가 절심의 각패를 가지고 있다고 말해줄까 하다가 그건 이야기하지 않았다. 개방의 인력을 활용하는 것이기에 조금이라도 정보 누수는 막아야 할 것 같았다.

─그런데 만사신의가 얘기해주겠어? 전에 봤을 때 꽤 고집이 있던 것 같았는데.

소담검의 말대로 만사신의에겐 소신과 신념이 있었다. 당시 내게도 말했었다. 의원으로서 환자의 신상에 관한 것은 아무리 사소한 것이라도 다른 자에게 발설하지 않는다고 말이다. 그런 만사신의를 설득하는 일은 결코 쉽지 않을 것이다. 하지만 그의 입을 열게 할 방법이 하나 떠오르기는 했다.

─그게 뭔데?

외조부께서 가지고 계신 만사신의의 사형 조제의 각패. 만사신의는 사형의 행방을 알고 싶어하기에 그 각패를 가져가면 어떤 부탁이든 들어준다고 하였다. 원래 외조부께서 그걸 가지고 만사신의에게 도움을 받아 단전을 회복하려 했으나, 그의 행방이 묘연해서 결국 중단전을 연마할 수 있는 선천심법을 전수해드렸다. 외조부께 사정을 말씀드리고 그 각패를 빌려야겠다.

"그럼 주군께서는 어찌하실 겁니까? 일단 본교의 일이 급하지 않습니까?"

당연히 그렇지. 무림연맹의 전력이 본교를 향해 남하 중이니까.

"당장 본교로 가야지. 그 전에… 혹시 소림사와 관련하여 뭔가 들은 소식이 없나?"

내가 이렇게 묻는 이유는 간단했다. 소림사에서 있었던 일이 퍼졌다면 녀석도 내 생사를 알게 되었을 텐데, 아직 모르고 있었다.

"소림사요? 소림은 어지간해서는 속세의 일에 관여치 않습니다."

역시 예상대로 아직 소림사에서 벌어졌던 일을 모르고 있었다. 그 이유는 둘 중 하나일 것이다. 소림사에서 체면 때문에 얘기가 밖으로 퍼져 나가지 못하게 최대한 막고 있든지, 혹은 이곳까지 어검비행으로 곧장 날아왔기에 전서구보다 빨리 도착했든지. 무엇이든 상관없었다.

"당장 무림연맹의 본단을 비롯해 남하하고 있는 전력에게 이 정보를 알려."

"무엇을 말입니까?"

"혈교의 교주에게 소림사의 백팔나한진이 무너졌다고."

"네엣?"

그 말이 떨어지기가 무섭게 조성원이 경악을 금치 못했다.

호북성 무한시의 무림연맹 본단 건물.

사층에 자리한 부맹주 집무실로 누군가 문을 두드리지도 않고 다급히 들어갔다.

"조부님!"

그는 열왕패도 진균의 손자 진용이었다. 집무실에는 이미 누군가가 부맹주인 진균과 독대하고 있었다. 그를 발견한 진용이 인상을 쓰며 신경질적인 투로 말했다.

"이정겸, 네가 왜 여기에?"

"오랜만이네요."

귀찮다는 듯이 흐느적거리며 손을 흔드는 청년. 그는 바로 이정겸이었다.

"오랜만은 무슨!"

"말조심하거라. 금일부로 무한검협 이정겸은 청룡당의 당주로 복귀하였다."

진용의 말을 열왕패도 진균이 끊었다. 이에 진용이 황당하다는 투로 조부인 진균에게 따졌다.

"아니, 조부님, 이정겸은 전 맹주와 함께 본 맹에서 퇴출되지 않았습니까?"

그의 말대로였다. 혈교주의 무공인 혈천대라공을 익혔다는 혐의로 퇴출당한 전 무림연맹주 무한제일검 백향묵. 그 제자인 이정겸역시도 같이 무림연맹에서 퇴출되었었다. 그런데 그가 무림연맹으로 돌아온 것이다. 더 따지고 들려는 진용을 보며 진균이 손을 들어제지했다.

"조부님!"

"여기가 어디라고 조부라고 하느냐?"

진균의 무거워진 목소리에 진용이 침을 꿀꺽 삼키더니, 조심스럽게 말을 바꿨다.

"…부맹주님."

그런 그를 보며 이정겸이 피식 웃었다.

'저놈이!'

화가 치밀어 올랐지만 조부인 진균의 분노가 더 무서웠던 진용은 겨우 이를 삭였다.

진균이 그에게 물었다.

"맹호당주, 무슨 일로 절차를 무시하고 멋대로 집무실에 들어온 게야?"

이 물음에 진용이 아차 싶었는지 말했다.

"부맹주님 들으셨습니까? 혈마가 소림사에 나타나 백팔나한진을 꺾고 월악검을 데려갔다고 합니다!"

"알고 있다."

"그렇다면 지금 이러고 있을 때가 아니지 않습니까? 혈교의 두 초인 중 한 사람인 일존이 죽고 혈마가 부상당했다고 판단하여 …정천 맹주가 본 맹의 전력을 이끌고 혈교 토벌에 나선 거잖습니까?"

"그래서?"

"그래서라뇨? 당장 그들을 철수시키고 방비해야 합니다. 이건 혈교의 계략입니다."

이런 진용의 말에 부맹주이자 그의 조부인 진균이 묘하게 흡족한 표정을 지었다. 그동안 감정에 사로잡혀 앞뒤 분간을 못 한다고 여겼는데, 전세를 어느 정도 읽을 줄 아는 모습이 기특해서였다.

"한데 저보다 부맹주님이 먼저 이 소식을 접하셨을 텐데, 어찌 군사들은 소환치 않고 이 녀… 아니 청룡당주를 독대하고 계신지?"

"군사는 어차피 이쪽 사람이 아니니까요. 잘 아시리라 생각했는데요? 하암."

이정겸이 기지개를 켜며 말했다.

그런 녀석의 행동에 짜증이 치밀어 오른 진용이 쏘아붙였다.

"복귀는 복귀고 뭔데 계속 끼어….'

"그만!"

이를 진균이 잘랐다. 그가 자리에서 일어나 뒷짐을 지고서 집무실 벽면에 붙어 있는 중원 전도로 다가갔다. 그러고는 손으로 각 무림연맹의 지부들을 짚으며 말했다.

"가까운 지부들로는 이 사태를 알리고 본단으로 집결하라는 지시를 내렸다."

"이미 지령을 보내셨군요."

"하나 이미 남하 중인 맹주가 이끄는 전력과 운남성, 귀주성, 호남성, 강서성, 복건성 지부들은 혈교와 대치 중이기에 이 정보를 보내지 않는다."

"네? 어째서?"

진용이 이를 이해할 수 없어했다. 혈마의 부상마저도 신뢰할 수 없는 정보가 되어버린 마당에 만약 혈교의 본단이 비어 있는 상태라면 오히려 자신들이 뒤통수를 맞는 격이 되어버린다. 굳이 세력을 둘로 나눌 이유가 없는 것이다.

이정겸이 빙그레 웃으며 말했다.

"다 이유가 있죠."

"뭐?"

"장로 회의에서 과반수의 의견을 무시하고 자신의 권한으로 토벌을 강행한 정천 맹주님과 이 사태를 신중하게 지켜보고 대응하는 부맹주님 중 누구의 통솔력이 현 무림연맹의 방향성에 어울릴지 판가름 날 기회이니까요."

"그걸 네가 어찌?"

"사마 군사님과 부맹주님께서 알려주셨으니까요."

"……"

조부인 진균이 계속해서 기회를 엿본 것은 알고 있었다. 하나 자신은 가볍다고 하여 중요한 정보를 알려준 적이 없었다. 그런데 정작 호적수로 여기는 이정겸에게 이런저런 것을 알려줬다고 생각하니 왠지 모르게 가슴이 차가워졌다.

'…조부님께서 전 맹주와 손을 잡은 걸까?'

전 맹주 백향묵과 독대한 이후 진균의 행보는 달라졌다. 자신이 알고 있던 조부님이 아니라 오랫동안 정치를 해왔던 것처럼 능구렁이가 되어가고 있었다. 더 이상 할 말이 없어진 진용이 다소 의기소침해져서 말했다.

"알겠습니다. 그럼 저는 물러가도록…."

"아니, 마침 잘됐구나. 이참에 당주직을 개편하여 새롭게 바꾸려고 한다."

"네?"

* * *

성내에 남아 있는 모든 당의 당주와 부당주 들이 호출되었다. 이제 막 임무를 마치고 복귀한 봉황당의 당주 남궁가희와 부당주 소영영 또한 대회장으로 향하고 있었다.

"정말 쉴 틈을 안 주네, 영 매."

"그렇네요. 요즘처럼 계속 부려먹으면 휴가를 내고 싶어지네요."

"그나저나 왜 모든 당을 호출하는 거지? 설마 본 맹의 남은 전력도 혈교 토벌에 징집되는 건가?"

"그건…."

"하긴 그럴 일은 없겠지?"

그런 남궁가희의 말에 소영영은 씁쓸하게 웃었다. 그렇지 않아도 사문인 형산파도 혈교 토벌에 참전한다는 이야기를 듣고 난처하던 차였다. 혈교의 교주는 자신의 오라버니인 소운휘이기 때문이다. 오라버니가 이끄는 혈교와 자신의 사문이 부딪친다면 누구의 편을 들어야 할지 알 수 없었다. 언젠가 이런 상황이 일어날 거라 짐작했지만 너무 빨랐다.

'오라버니⋯ 무사한 거야?'

상황이 이렇게 되도록 망할 오라버니는 어디로 사라졌는지 알 수가 없었다. 몇 달 전 개방의 신임 방주 조성원이라는 자가 찾아와 자신에게 오라버니의 행방을 물었다. 그로 인해 오라버니에게 무슨 문제가 생겼다고 의심하게 된 그녀였다. 소검선으로서의 오라버니의 행방도 묘연해져서 점차 확신으로 바뀌어가고 있었다. 그런 와중에 혈교주가 살흉 절심에게 큰 부상을 입었다는 소식을 듣고 너무 걱정되어 몰래 찾아가 볼까 싶었는데, 조성원이 그는 진짜 혈마가 아님을 알려줬다. 부교주일 거라고 했다. 소영영은 대체 오라버니에게 무슨 일이 벌어진 것인지 그에게 따졌다. 여차하면 그의 정체를 밝힐 거라고 협박까지 하면서 말이다. 이에 조성원이 알려줬다. 일곱 달이 넘게 오라버니가 사라진 상태라고 말이다.

'치⋯.'

가족이랍시고 이렇게 또다시 사라지고 나니 너무 보고 싶었다. 그렇게 대로를 따라 대회장으로 걷던 도중, 갈래길에서 누군가와 마주쳤다.

"모용당주?"

남궁가희의 한쪽 눈썹이 치켜 올라갔다. 흰색과 노란색이 어우러진 경장을 입은 다소 매서운 인상의 여인이 있었다. 그녀는 봉황당과 경쟁하고 있는 또 다른 여자들로만 이루어진 매향당의 당주인 모용혜였다. 황룡당의 당주인 모용수의 누이동생이기도 했다.

모용혜도 그들을 발견했는지 새침한 얼굴로 다가왔다.

"임무가 끝났나 보군요."

"네. 매향당에서 실패했다고 해서 괜히 긴장하고 갔는데 그리 어려운 임무는 아니더군요."

능청스러운 남궁가희의 말에 모용혜의 표정이 싸늘해졌다. 워낙 자주 부딪치는 두 당이다 보니 이런 식의 신경전이 하루 이틀이 아니었다. 한 방 먹은 것이 분했는지 입술을 파르르 떨던 모용혜가 목표를 바꾸었다. 소영영을 향해 고개를 돌리며 말했다.

"봉황당 부당주, 아쉽네요."

"네?"

"지금 왜 모든 당을 호출하는지 아시나요?"

"이번 기회에 당을 효율적으로 개편하고 젊은 무림인들을 이끌 대당주를 뽑는다고 하더군요."

"그게 뭐가 아쉽다는 거죠?"

이 이야기는 여러 번 거론되어서 이미 알고 있던 부분이다. 새로운 맹주와 부맹주가 선출되고 나서 그럴 수도 있다는 얘기가 떠돌았다. 이에 모용혜가 간드러지게 웃으며 말했다.

"부당주의 오라버니인 소검선이 무사하시다면 날아간 부맹주직 대신 대당주라도 되실 텐데 그럴 일이 없잖아요."

"너!"

그 말에 소영영이 순간 분노를 참지 못했다. 그렇지 않아도 부맹주직을 권유받았던 오라버니가 끝내 모습을 드러내지 않아 괴이한 소문들이 퍼졌던 차였다. 그 소문의 진원지가 매향당이라고 확신하던 소영영이었다.

"영 매 참아!"

남궁가희가 그녀를 만류했다. 당주나 부당주끼리 맹 내에서 싸우게 되면 먼저 손을 쓴 쪽이 징계를 받는다. 그걸 알기에 일부러 유도하는 모용혜였다.

'재수 없어.'

권력에 빌붙는 모용수나 그의 여동생인 그녀나 둘 다 똑같은 족속들이었다. 남궁가희의 만류에 정신을 차린 소영영이 겨우 화를 가라앉혔다.

"배짱도 없네."

말리고 있는 남궁가희의 뒤편에서 모용혜가 일부러 약을 올렸다. 이에 소영영이 조용히 검지로 그녀를 가리키더니 엄지로 목을 긋는 시늉을 했다.

'…!?'

절대 당하고는 못 사는 소영영이었다. 그런 소영영의 손동작에 이번에는 모용혜가 얼굴이 붉으락푸르락해졌다.

"쬐끄마한 게 어디!"

"눈꼬리가 올라간 여우 같은 년이 누구더러 쪼끄맣대!"

"여우? 이 계집애가!"

바로 그때 누군가 나타나서 그들을 다그쳤다.

"혈마가 소림사에 나타난 이 시국에 힘을 합쳐도 모자랄 당주급 후기지수들이 이게 무슨 추태인가?"

그는 화산파의 매화백검 호양 진인이었다. 무림연맹의 제이장로인 그는 당두들을 관리하는 직책을 맡고 있었다. 그런 그의 등장에 남궁가희를 비롯한 모용혜가 당혹스러워하며 예를 갖췄다.

"장로님을 뵙습니다."

그런데 유일하게 예를 갖추지 않은 이가 있었다. 바로 소영영이었다. 호양 진인이 그녀를 의아한 눈초리로 쳐다보았다. 그러자 소영영이 다급히 물었다.

"방금 뭐라고 하셨어요, 장로님?"

"뭐라고 하다니? 혈마가 소림사에 나타났다고 하였다."

"그게 정말인가요?"

막 임무에서 복귀한 그녀나 남궁가희는 이 소식을 듣지 못했었다. 이 기회를 놓치지 않고 모용혜가 비웃음을 담아서 말했다.

"혈마가 소림사에 나타나 백팔나한진을 무너뜨리고 오대 악인의 일인인 월악검을 탈취했다는데, 그것도 모르고 있었다니 봉황당은 참 무신경…. 지금 웃어?"

모용혜가 어처구니없어했다. 약을 올리려고 한 말인데 소영영이 얼굴이 상기되어 웃고 있었다.

"영 매?"

모두가 의아해할 수밖에 없는 상황이었다. 이를 개의치 않는지 소영영은 흥분을 감추지 못했다.

'망할 오라버니, 살아 있으면 살아 있다고 먼저 전했어야 할 거 아니야!'

* * *

정보를 알리지 말라고 명이 내려온 것과 달리, 맹주 무상도 정천이 이끄는 무림연맹의 전력으로 개방의 전서구가 급히 날아들었다.

"이런… 그럼 양동책이란 말인가?"

이를 가장 먼저 확인한 무림연맹 제칠장로인 하북 팽가의 가주 팽사용이 당혹감을 감추지 못했다. 이들은 벌써 형산을 떠나 형양을 넘은 차였다. 서두르면 나흘 내로 광서성 경계면에 진을 치고 있는 다섯 개 지부의 전력과 합류가 가능한 상황이었다. 이건 서둘러 회의를 해서 결정할 문제였다. 만약 혈교주의 부상이 거짓이고 이게 양동책이라면 무림연맹의 본단이 위험했다.

"큰일입니다, 맹주!"

급히 본진 막사로 들어간 장로 팽사용은 의아해하며 물었다.

"맹주는 어디 계시오?"

"왜 그러는가, 팽 장로?"

맹주가 있어야 할 상석에 무림연맹의 제삼군사인 백위향이 앉아 있었다. 그러고 보니 형산에서부터 남하하는 동안 맹주인 무상도 정천의 모습이 보이지 않던 차였다.

"맹주께서도 아셔야 하오."

"급한 사안이면 일단 내게 먼저 알려주시게."

결국 장로 팽사용은 그에게 전서구의 상황을 알렸다. 이에 군사 백위향이 이해할 수 없다는 듯이 중얼거렸다.

"그럴 리가 없을 텐데?"

"그럴 리가라니요? 이건 회군을 논의해야 할 만큼 시급한 문제요. 빨리 맹주가 어디 있는지 말씀해주시오."

"맹주는 이곳에 없소."

"이곳에 없다니? 그게 대체 무슨 소리요?"

장로 팽사용이 어처구니없어했다. 이 대규모의 무림 군단을 이끄는 맹주가 자리를 비우다니 그게 대체 무슨 소리인가. 당혹스러워하는 그에게 백위향이 막사 탁자 위에 올라가 있는 중원 전도를 손으로 가리켰다. 이를 본 팽사용이 인상을 찡그리며 말했다.

"아니? 지금 다섯 개 지부의 전력이 광서성 내로 들어간 것이었소? 이건 사전에 아무런 얘기가 되어 있지…."

"당연히 얘기가 되어 있지 않소. 본단이나 외부에도 알리지 않기 위함이니."

"그게 무슨?"

그런 그의 물음에 군사 백위향이 무의현 근방을 가리키며 말했다.

"맹주는 이미 무의현까지 남하한 다섯 개 지부의 전력과 합류하였소."

장로 팽사용의 눈이 휘둥그레졌다. 만약 이게 사실이라면 혈교 측에서도 예상 못할 일이었다.

"성공한다면 큰 타격을 주겠지만, 군사… 만약 알맹이라 할 수 있는 혈마와 혈교의 전력이 령산에 없으면 대체 어쩌려고 그러시오?"

"그럴 리가 없소."

"아니, 왜 그렇게 확신하시오?"

답답해하는 장로 팽우진을 바라보며 군사 백위향이 의미심장하게 웃으며 말했다.

"혈마는 확실히 겁살검에 죽어가고 있소."

* * *

어두운 방 안에서 안대로 눈을 가린 한 중년의 사내가 양옆으로 시종들의 부축을 받고서 천천히 걸어 나왔다. 복장을 보면 그가 의원임을 알 수 있었다. 문이 닫히자 시종들이 의원 앞을 가리고 있던 안대를 풀어주었다.

"후우."

그때 문 앞으로 의원보다 두 배는 될 것 같은 거구의 신장을 가진 누군가가 다가왔다. 어찌나 크고 근육질인지 절로 위축될 수밖에 없었다.

"상태가 호전될 기미는 없나?"

"…송구하지만 피가 멎질 않습니다."

"그럼 그치게 해야 할 것 아닌가?"

"모르겠습니다. 상처 부위에서 피가 멎지 않는 현상은 제 의원 삼십 년 길에 처음 봅니다. 이 기세라면 며칠을 못 넘길 겁니다."

쾅! 거구의 누군가가 화를 참지 못하고 진각을 밟았다. 돌로 만들어진 바닥에 균열이 생겨났다.

"히익!"

의원이 그 광경에 겁을 먹고서 사색이 되고 말았다.

"그만하시오, 해 형. 의원이 무슨 잘못을 했다고 겁을 그리 주는 게요?"

그런 거구의 사내를 누군가가 만류했다. 등에 커다란 장도를 메고 있는 노인이었다. 거구에 근육질의 사내는 바로 혈교의 삼존자 중 한 사람인 삼존 해악천이었고, 그를 만류한 노인은 이존 난마도제 서갈마였다. 이러한 만류에도 불구하고 해악천이 의원의 멱살을 잡아 올리며 말했다.

"네놈도 의원이라면 사람을 살려야 할 것 아니냐?"

"제, 제 능력으로는 무리입니다. 차라리 만사신의를 찾으십쇼."

"그 개새끼가 없으니 너 같은 놈이라도…."

팍! 서갈마가 해악천의 손목을 잡았다. 그리고 안타깝다는 얼굴로 고개를 저었다. 의원을 다그쳐봐야 별수 없다고 눈빛으로 말한 것이다. 이에 해악천이 거칠게 그를 팽개쳤다. 팍!

"어이쿠."

엉덩방아를 찧은 의원에게 해악천이 다그쳤다.

"당장 꺼져라. 반 시진이 지나서도 본교에서 눈에 띈다면 네놈을 찢어 죽이고 말 테다."

하얗게 질린 의원이 황급히 뛰쳐나갔다. 그렇게 도망치는 의원을 바라보며 서갈마가 어딘가를 향해 눈짓을 보냈다. 그러자 바닥으로 그림자가 움직이며 의원이 있던 곳으로 향했다. 방금 전까지 분노에 차 있던 해악천도 얼굴을 바꾸고서 못마땅하다는 듯이 서갈마에게 말했다.

"흥! 감정 조절을 못 하는 머저리 역할은 항상 내 몫이군."

"해 형이 제격이지 않소."

"웃기는 소리."

"아무튼 들어가 봅시다."

해악천이 고개를 절레절레 흔들고는 닫힌 문을 두드렸다. 그러자 안에서 작은 소리가 들려왔다. 이에 그가 문을 열고 서갈마와 함께 들어갔다. 어두웠던 방 안에는 등불이 켜져 있었고, 침상 위로 얇은 경장을 입고 한쪽 다리만 양반다리를 한 채 앉아 있는 붉은 머리카락의 여인이 있었다. 바로 백혜향이었다.

"이런."

안으로 들어왔던 두 사람이 급히 고개를 돌렸다. 백혜향이 가슴 부위에 붕대를 감고 있었기 때문이다. 여자로서 수치스러울 수도 있는데 전혀 개의치 않는 그녀였다.

"사람을 붙였겠지?"

고개를 돌린 두 존자에게 백혜향이 그것부터 물었다. 이에 서갈마가 답했다.

"붙였습니다. 아마 저자도 무림연맹의 끄나풀이겠지요."

이미 그들은 지금 도망치듯이 나간 의원이 첩자라고 확신하고 있었다. 무림연맹에서 자연스럽게 첩자를 들여보낼 수 있는 유일한 방안이었으니 말이다.

"내가 며칠 사이에 죽을 거라고 확신하겠군."

"…아마도 그럴 겁니다."

서갈마가 씁쓸하게 답변했다. 그런 그를 보며 백혜향이 코웃음을 치더니 말했다.

"이존은 내가 당장에라도 죽을 것같이 쳐다보는군."

"…무리하지 마십시오. 해 형의 진혈금체 운기법이 혈액의 움직임을 통제한다고는 하나, 피가 멎지 않는 것을 막지는 못하지 않습니까?"

서갈마의 말에 백혜향이 입술을 질끈 깨물었다. 욱신! 새로 붕대를 갈았는데 벌써 등 쪽이 조금씩 축축해지고 있었다. 계속 진혈금체를 개량하여 운기하고 있지만 출혈이 조금씩 이뤄졌다.

"망할 겁살검."

이 모든 것이 겁살검 때문이었다. 살흉 절심이 가지고 있던 겁살검에 등이 베였다. 한데 검에 베인 부위에서 출혈이 멈추지 않았다.

'…한 번 베이면 한 달을 버티지 못하고, 두 번 베이면 일주일을 버티지 못하며, 세 번 베이면 하루를 못 넘긴다.'

그게 요검 겁살검의 전설이었다. 단 한 번 등을 베였는데, 정말로 피가 멈추지 않았다. 그러나 그녀는 근 한 달이 넘게 버텼다. 진혈금체의 운기법이 아니었다면 정말로 출혈을 버티지 못해 죽었을지도 모른다.

"만사신의는 찾았나?"

"…아직입니다."

장강 이북 쪽으로는 정보가 차단된 상태라 하오문까지 동원하여 의뢰했지만 아직 아무 소식이 없었다. 그녀는 점차 쇠약해지고 있었다. 창백한 얼굴만 보더라도 그리 오래 버티기 힘들다는 사실을 모두가 인지할 수 있었다. 어두운 얼굴의 해악천에게 백혜향이 말했다.

"사존, 아니 삼존, 내일 있을 매복 작전에 예정대로 나도 간다."

"안 됩니다!"

해악천이 인상을 쓰며 단호하게 말했다. 그녀의 몸 상태로는 진혈금체를 운기하며 버티는 것만으로도 벅찼다. 괜히 무리했다가 출혈이 심해지면 최악의 결과가 일어날 것이다. 이존 서갈마도 완곡히 만류했다.

"안 됩니다. 교주께서도 사라지신 마당에 부교주께서 잘못되시기라도 하면…."

차마 뒷말을 잇지 못했다. 지금 혈교는 위기 상황이었다. 이럴 때일수록 중심이 되어줄 존재가 무사해야 했다.

"빌어먹을!"

해악천이 분노를 참지 못했다. 살흉 절심이 갑작스레 끼어들지만 않았어도 이 정도 사태는 벌어지지 않았을 것이다. 오히려 무당파 태극검제 종선 진인을 죽이는 것을 기점으로 장강 이남 지역을 완전히 수복했을 것이다.

그런 두 존자에게 백혜향이 말했다.

"만약 선발대인 무림연맹의 다섯 개 지부에 맹주인 무상도가 있다면?"

"그건…."

그녀의 말에 두 사람이 입을 다물었다. 만약이라 가정했지만, 이미 선발대로 무상도가 합류하는 것을 상정한 상태였다. 그리된다면 선발대의 전력은 배로 증강되는 현상이 벌어질 것이다. 무위로도 그렇겠지만 사기로도 굉장할 것이다.

"이건 정사 대전이다. 녀석도 없어진 마당에 내가 나가지 않는다면 본교의 사기는 누가 끌어올릴 거지? 이존인가, 아니면 삼존인가?"

"…."

부정할 수 없는 사실이었다. 붕대를 꽉 동여맨 백혜향이 자리에서 일어나며 말했다.

"어차피 놈들은 내가 위독하다고 여기고 있다. 이런 상황일수록 내가 건재하다는 것을 보여줘야 아군의 사기를 높일 수 있고 놈들의 사기를 저하시킬 수 있겠지."

"부교주…."

슉! 팍! 백혜향이 손을 뻗어 허공섭물로 모조 혈마검을 빨아들인 후 결의에 찬 목소리로 말했다.

"나도 내일 참전한다."

* * *

결전의 날 이른 새벽.

엎드려 있던 백혜향이 몸을 돌려 누웠다. 출혈 때문에 누워 있는 것을 피하려 했지만 심장이 격하게 뛰어서 엎드려 있기가 힘들었다. 아무리 당찬 그녀라지만 극도의 긴장감은 어쩔 수가 없었다. 어깨를 짓누르는 무게감이 너무 컸다.

'…빌어먹을.'

절로 욕이 나왔다. 내일 전장이 무덤이 될 수도 있다. 솔직히 말해 죽는 것은 전혀 두렵지 않았다.

"죽어! 너 같은 건 아무짝에도 쓸모없어! 죽어버리란 말이야!"

"계집인 네게 큰 기대 따윈 없구나."

죽은 망령이 지껄이는 말들이 머릿속을 울리며 계속 거슬렸다. 평생 동안 자신을 옥죄여온 말들이었다.

'닥쳐.'

수많은 교인들을 희생해가며 조금이라도 목숨을 부지할 수는 있다. 그러나 그리된다면 결국 자신이 증명하고자 했던 것들 모두가 무산될 것이다. 이를 악물며 달려왔던 그간의 세월들, 그것이 무의미해진다.

'아무것도 하지 않은 채 죽는 것이 더 수치스러워.'

자신의 목을 졸랐던 그년에게도, 자신을 자식으로 생각하지 않았던 그놈에게도 손가락질을 받고 싶지 않았다. 백혜향은 천장을 처다보며 손을 뻗었다.

'침상은 내 무덤이 아니야.'

주먹을 꽉 쥐었다. 등의 상처가 욱신거렸지만 그딴 건 상관없었다. 잘못되더라도 죽기밖에 더하겠는가. 마음을 다잡으니 누군가의 모습이 스치듯이 떠올랐다.

'망할 새끼.'

기껏 자리마저 양보했더니 사라져서 자신을 짜증 나게 했다. 처음 느껴보는 감정이었다. 누군가가 보고 싶다는 감정. 이제는 아무 짝에도 쓸모없겠지만.

'죽어서 볼 수 있으면 손해는 아니겠네.'

백혜향의 입꼬리가 올라갔다.

* * *

횡현을 지나 칠천 명에 이르는 무림연맹 다섯 개 지부 전력이 진군하고 있었다. 혈교의 본단은 령산으로 수많은 산맥에 둘러싸여 있어서 천연의 요새나 다름없다. 그런 산맥을 수많은 정파 무림인들이 가로지르고 있었다. 인원이 많아 산로 아래쪽으로 이동하게 되면 더욱 쉽게 갈 수 있지만, 매복이 있으면 기습을 당할 수도 있기에 험난한 길을 선택한 것이었다. 이런 그들의 선봉에 서서 이끄는 자가 바로 현 무림연맹주 무상도 정천이었다.

무림인들은 사기가 충만해져 있었다. 혈교의 교주는 목숨이 위태로웠고, 최고수라 불리던 일존 파혈검제 단위강마저 죽었다. 반면 자신들은 열세 초인들 중 다섯 손가락에 꼽힌다는 무상도가 이끌고 있었다. 승리는 정파의 것이었다.

"흠."

관운장을 연상시키는 긴 턱수염을 기른 무상도 정천. 그가 안개로 뒤덮인 산맥을 바라보았다. 다른 곳은 어찌어찌 넘었다고 하지만 곧 지나야 할 산맥은 양옆이 가파르고 드높아 무공이 약한 이들이 오르기가 힘들어 보였다.

'저곳이겠군.'

무상도 정천은 확신했다. 저곳에 혈교의 전력이 매복해 있다고 말이다. 멈춰 선 정천이 손을 들어 명했다.

"방패를 들어라. 궁병들은 반격을 준비해라."

무림인이라고 해도 직접 부딪치기 전까지는 군의 전쟁과 양상이 비슷하다. 정천의 명에 정파 무림인들이 조용히 방패를 위로 들었다. 그리고 궁을 가진 이들은 방패를 가진 자들의 곁으로 붙었다.

"그대로 천천히 진격한다."

이들이 천천히 앞으로 나아가자, 무상도 정천이 왼쪽 산맥 쪽으로 신형을 날렸다. 적어도 한쪽만큼은 자신의 손으로 기습을 막기 위함이었다.

'역시구나.'

가까워지자 수많은 기척이 느껴졌다. 바로 이곳이 이십여 년 만에 벌어지는 제이차 정사 대전의 발원지였다. 이번 기회를 기점으로 그는 전쟁의 종지부를 찍을 작정이었다. 파파파파파! 산맥을 오르던 그가 허공을 밟았다. 그것은 경공의 최고봉이라 불리는 허공답보(虛空踏步)였다. 허공을 밟고 전혀 예상치 못한 곳까지 뛰어오른 무상도 정천의 눈에 매복해 있는 수많은 혈교도들이 보였다.

"하압!"

적을 발견했으니 망설일 필요가 있겠는가. 보도 무일도를 들어 십성 공력으로 끌어올렸다. 그리고 공기가 일렁일 만큼 형상화된 예기를 날리려 했다. 바로 그 순간이었다.

"클클! 무상도!"

날카로운 외침과 함께 예기로 감싸인 도를 내려치려 하는 그에게 누군가 쇄도해왔다. 호피를 입은 거구의 사내는 다름 아닌 해악천이었다. 온몸이 붉게 물들어 전신에서 수증기를 내뿜고 있는 그의 모습은 흡사 지옥에서 올라온 악귀와도 같았다.

"기기괴괴?"

일순간 무상도 정천이 의아함을 감추지 못했다. 자신이 알고 있던 기기괴괴는 초절정의 고수였는데, 지금 쇄도해오는 기세를 보았을 때 분명 벽을 넘어서 초인의 영역에 이르러 있었다.

'전력을 숨겼군.'

숨겨둔 패가 있을 거라고는 어느 정도 예측했었다. 하지만 전혀 개의치 않았다. 어차피 갓 벽을 넘어선 그와는 하늘과 땅의 격차라고 자부했다.

"한번 겨뤄보자꾸나!"

'웃기는군. 단번에 가른다! 무상패도!'

그가 자신의 절초인 무상패도를 펼치려던 찰나였다. 기기괴괴 해악천 이외에도 누군가 자신을 향해 좌측에서 쇄도해오고 있었다. 악귀 가면에 붉게 물든 검.

'혈마?'

의외의 일이 벌어졌다. 첩자들에 의하면 분명 혈마는 목숨이 경각에 이를 만큼 좋지 않다고 하였다. 그런데 예상을 깨고서 나타난 것이었다. 해악천을 공격하려 했던 무상도 정천이 도의 방향을 틀어 몸을 회전했다. 휘리리릭! 허공이었기에 둘을 동시에 상대할 방법은 이뿐이었다. 채채채채채챙! 세 고수가 산맥의 허공에서 맞붙었다. 절초가 부딪치며 사방으로 강렬한 파공음이 퍼져 나갔다. 진혈금체의 비기인 적혈금신으로 전신이 금강불괴의 상태가 된 해악천이지만, 무상도 정천의 도가 닿을 때마다 피부가 달아올랐다.

'날카롭다.'

현 무림에서 최고의 도객이라 불리는 자다웠다. 도식 하나하나에 실린 그 날카로움은 가히 명불허전이었다. 파파파팍! 차창! 순식간에 허공에서 열 초식가량을 겨루던 그들이 산맥 꼭대기로 착지했다. 체공 시간이 보통 고수들과는 차원이 달랐다. 혈교도들이 원으로 자리를 비우며 여차하면 언제라도 합공을 가할 수 있게 세 고수를 에워쌌다. 이를 보며 무상도 정천이 여유롭게 웃었다.

"나름 준비를 하셨나 보오, 혈교주?"

그런 그에게 악귀 가면을 쓴 백혜향이 피식 웃으며 변조한 목소리로 답했다.

"겁도 없군. 혼자서 먼저 적진으로 돌진하다니."

"이 정도는 본 맹주 혼자서도 충분하오."

오만한 말투. 그럼에도 누구 하나 이를 가볍게 듣지 않았다. 열세 초인들 중 다섯 손가락 안에 드는 데다 도로써 최고의 경지에 이른 그였다. 그가 내뿜는 위압감에 오히려 무공이 약한 교도들은 심장이 떨릴 정도였다. 무상도 정천이 백혜향에게 도를 겨냥하며 말했다.

"혈교주, 무리하시는구려."

"무리?"

"본 맹주는 이미 그대가 여자인 것도 알고, 살흉에게 당한 상처가 낫지 않았음도 알고 있소이다."

"흥!"

그런 그의 말에 백혜향이 코웃음을 쳤다. 어차피 가짜 정보를 흘렸지만 진맥을 했으니 여자임이 드러나는 것 정도는 예상했었다. 교주가 여자이든 남자이든 별로 중요하지 않다고 여겼기에 상관없었다. 백혜향이 악귀 가면을 벗어던졌다. 흩날리는 붉은 머리카락과 함께 그녀의 얼굴이 드러났다.

"…놀랍구려. 이리 젊은 여인이었다니."

무상도 정천이 작게 탄성을 흘렸다. 성별이나 얼굴이 알려지지 않았던 혈교의 교주가 이렇게 젊고 아름다운 여인일 줄은 몰랐다.

'눈매는 꽤 사나워 보이지만.'

감평은 여기서 끝이었다. 어차피 남자든 여자든 혈교의 교주였다. 이 자리에서 그녀를 죽이면 실질적인 정파의 승리라 할 수 있었다.

'…분명 부상은 낫지 않았다.'

확신하는 것은 소문보다 무공이 약했다. 벽에 턱걸이한 수준에 불과한 듯했다. 그것만으로도 무림에서는 수위에 속하는 고수이지만, 이 정도라면 이 대 일로 붙더라도 굳이 어려운 일은 아니었다.

"긴말할 것 있겠소? 두 분 덤비시오."

무상도 정천이 여유롭게 한 손으로 오라는 시늉을 했다. 이에 백혜향이 피식 웃으며 말했다.

"미안하지만 이쪽은 체면을 차릴 상황이 아니라서."

혈교도들 사이에서 범상치 않은 자들이 걸어 나왔다. 나머지 존자들과 혈성들이었다. 무림연맹의 다섯 개 지부에도 제법 뛰어난 고수들이 있었지만, 그 우두머리이자 최고수인 맹주 무상도 정천만 죽이면 승산이 달라지게 된다. 다가오는 그들을 바라보며 무상도 정천이 중얼거렸다.

"어차피 이쪽도 마찬가지."

혈교의 교주와 최고 간부들을 죽이면 상황 종료였다. 그리고 그 첫 번째가 혈교의 우두머리라면 이들 모두의 사기를 단번에 꺾을 수 있었다. 질질 끌 필요 없었다.

'무천도경!'

그가 자랑하는 무상도법에서 최고의 쾌도라고 자부하는 절초였다. 팟! 순식간에 그의 신형이 사라졌다. 누구도 그가 움직이는 모습을 알아차리지 못했다. 미처 반응을 하기 전에 그의 신형과 도가 벌써 백혜향에게 닿고 있었기 때문이다. 유일하게 이를 눈치챈 자는 오직 해악천뿐이었다.

"이놈!!"

해악천이 가까스로 앞으로 도달해 주먹을 휘둘렀다. 그러나 교묘하게 보법을 밟으며 이를 피해낸 정천이 백혜향의 목을 향해 도를 쇄도해갔다.

"큭!"

해악천 덕분에 아주 잠깐이지만 경로가 비틀리며 백혜향이 그것을 알아차렸다. 이에 혈천대라검 삼초식 경원무혈(勁原武血)을 펼쳤다. 검 끝에 기운을 집중하여 침투경(浸透勁)을 일으켜 정천의 도를 쳐내기 위해서였다. 하지만 도와 검이 부딪치는 순간… 차창!

'아!'

모조 혈마검이 그대로 부러지고 말았다. 모조라고는 하나 보검에 속했는데, 너무도 허무하게 부서졌다. 하지만 놀랄 겨를이 없었다. 모조 혈마검을 박살낸 정천의 도가 그녀의 목을 향해오고 있었다.

'피할 수 있어.'

검과 부딪치며 쾌도의 속도가 줄었다. 백혜향이 다급히 몸을 비틀려고 했지만, 겹살검에 닿은 등에서 찢어지는 고통이 느껴졌다.

'하윽!'

겨우 조절하고 있었는데, 정천의 도와 부딪치며 파고든 내경에 의해 상처 부위가 터지고 만 것이다.

'끝인가?'

찰나 시간이 느려지는 것 같았다. 죽음을 앞두고 있으니 별별 것들이 떠올랐다. 두렵진 않았다. 각오하고 있던 바였고, 무상도 정천의 무위는 자신의 상상을 초월했으니 말이다. 그런데 뭔가 아쉬웠다. 과연 죽어서 그놈을 볼 수 있을까?

그러던 차였다. 채애애애애앵! 그녀의 목으로 날아오던 무상도 정천의 도가 붉게 물든 검에 의해 막혔다. 좌르르르르르! 정천의 신형이 순식간에 뒤로 다섯 보가량 밀렸다.

'…!!'

백혜향의 두 눈동자가 떨려왔다. 붉은 동공에 비치고 있는 자신과 같은 붉은 머리카락을 흩날리는 남자. 이를 넋 놓고 바라보던 그녀가 울컥했는지 소리를 버럭 질렀다.

"어디 있다가 이제야 기어 나와!"

혈마의 위용

"와아아아아아아아!!"

"교주님께서 돌아오셨다!"

우레와도 같은 함성이 사방에서 터져 나왔다. 존자들과 혈성들도 그들과 다를 바 없는 반응이었다. 감격스러운 눈으로 나를 쳐다보고 있었다.

"이놈!"

바로 우측 앞에 있는 스승님인 해악천도 그러했다. 나를 보고서 흥분을 감추지 못했다.

'후우.'

정말 아슬아슬했다. 불과 이각 전에 령산에 있는 본교에 도착했었다. 그런데 정작 본교에는 아무도 없었다. 얼마 남지 않은 교도들에게 물어보니, 무림연맹의 선발대를 상대하기 위해 매복 작전을 감행한다고 들었다. 한데 이것이 기밀이었는지 본교에 남아 있는 교도들 중에 그 위치를 정확하게 아는 자가 없었다. 그로 인해 주변을 맴돌다가 횡현에서 령산으로 오는 산맥까지 와서야 이들을 발견할 수 있었다.

―오랜만의 자유로군.

혈마검이 흥분을 감추지 못했다. 오랜만에 무엇이든 들어가는 복주머니에서 나와 들떴나 보다.

'이자가 현 무림연맹주 무상도 정천.'

혈마검의 검신이 파르르 떨려왔다. 여태껏 상대했던 적수들 중에 단연코 최고라 해도 과언이 아니었다. 초인의 영역을 넘어선 것이 확연하게 느껴졌다.

"…그대가 진짜 혈마로군."

무상도 정천 또한 나를 쳐다보는 눈빛이 경각심으로 물들어 있었다. 고작 일수를 부딪쳤지만 그 정도 되는 고수라면 상대가 어느 정도 수준에 이르렀는지 짐작할 수 있을 것이다. 모든 신경이 그에게 집중되려던 찰나였다.

"어디 있다가 이제야 기어 나와!"

뒤에서 들리는 백혜향의 외침에 나는 고개를 슬며시 돌렸다.

'…아.'

백혜향의 붉어진 눈시울이 보였다. 지금껏 보아왔던 그녀의 표정들 중에 가장 이색적이었다. 애써 감정을 제어하려는 것 같은데 입술이 바들바들 떨리며 올라가 있었다. 두 번째 보는 것 같다. 늘 강하고 오만한 모습만 내비치는 그녀가 감정이 담겨 있는 여인의 얼굴을 한 것은.

"백혜향."

이름을 부르자 그녀가 콧방귀를 뀌며 내게 말했다.

"왔으면 네 앞의 적이나 신경 써."

그렇게 말하는데 온몸이 심하게 떨리고 있었다. 기감으로 느껴지는 그녀의 기운이 점점 흩어져 갔다.

'부상을 입은 건가?'

얼굴이 심하게 창백했다. 아무래도 그녀를 전장에서 물러나게 해야겠다. 누군가를 부르려던 차였다.

"흐윽."

그녀가 비틀거리며 쓰러지려고 했다. 나는 다급히 뒤로 넘어가려하는 백혜향을 받쳐 안았다.

'뜨겁다.'

등을 받치고 있는데 축축하면서도 뜨거운 것이 느껴졌다. 출혈이심한 것 같았다. 무상도와 겨루다가 상처를 입은 걸까? 그런 것치고는 상처 부위에서 뭔지 모를 이질적인 기운이 감지되었다.

꽉! 그때 백혜향이 내 멱살을 붙잡고 힘겹게 말했다.

"뭐 하는 거야? 적을 앞두고."

"맥이 약해지고 있어. 여기 있으면 위험하니 물러나…."

"쓸데없는 데 신경 쓰지 말고 싸워. 어차피 교주인 네가 지면 여기 있는 자들 전부 죽는 건 마찬가지야."

"고집부릴 상황이 아닐 텐데."

"닥쳐. 죽어도 여기서 죽어."

그녀가 이를 악물고서 내게 말했다. 진심으로 이런 면모만큼은 존경스러울 정도였다. 그녀를 바라보고 있자면 스스로 아니라고 부정해도 끌리는 건 어쩔 수가 없다. 아름답거나 해서가 아니라 그녀자체가 멋지다.

그때 스승님인 해악천이 내게 말했다.

"부교주, 교주의 말이 맞소. 아니면 차라리 조금 물러나서…."

스승님의 말이 미처 끝나기도 전이었다. 먹살을 잡고 있던 백혜향이 갑자기 잡아당기더니, 악귀 가면을 살짝 들어 올리고서 내게 대뜸 입맞춤을 했다. 파고드는 그녀의 혀가 감기며 비릿한 피 맛이 느껴졌다.

"…허 참."

그녀의 돌발행동에 스승님이 기가 찼는지 말문이 막혀 했다. 나역시도 마찬가지였다. 이런 상황에서 입맞춤을 하리라 누가 상상이나 했겠는가.

백혜향이 피로 촉촉해진 입술을 떼며 내게 말했다.

"왜 꼴나?"

이걸 뭐라고 답변해야 할지…. 전쟁터, 그것도 정사 대전 한복판에서 과감하게 입맞춤하는 이 여자. 지극히 백혜향다웠다.

"빌어먹을 피 때문에 쓰네."

달달하기라도 바랐던 건가. 그 말을 한 백혜향이 혀를 날름거리며 특유의 말투로 내게 말했다.

"지금이 마지막일 수도 있는데 이 정도는 괜찮잖아?"

나도 모르게 그녀의 말에 피식 웃음이 나왔다. 아무리 거부해도 빠지지 않을 수 없는 여자다.

—너도 이 불여우처럼 제정신이 아닌가 보지.

소담검의 말에 동의했다.

그래. 나도 미쳤나 보다. 백혜향이 이렇게 모두가 보는 앞에서 입맞춤을 하고서 이런 말을 했다는 것은 이 자리에서 죽을 수도 있다고 여겨서일 테지. 그런 그녀를 조심스럽게 혼자 설 수 있도록 해주며 말했다.

"그럴 일은 없을 거야."

"뭐?"

"오늘 이 자리는 본교의 승리로 끝날 테니까."

그런 나의 말에 백혜향의 눈동자가 묘하게 떨려왔다. 나는 몸을 돌려 기다려준 무림연맹주 무상도 정천에게로 발걸음을 옮겼다.

"기다려줘서 고맙군."

그런 나의 말에 무상도 정천이 아무렇지 않게 말했다.

"고마워할 것 없소. 기다린 건 진짜 혈마 그대가 아니니까."

무상도 정천의 말이 끝나기도 전이었다. 파파파팍! 우르르르!

"와아아아아아!"

"맹주!"

"우리가 왔소!"

절벽으로 수많은 무림연맹의 무림인들이 나타났다. 백혜향과 스승님, 무상도 정천이 겨루는 사이에 절벽을 타고서 올라온 이들이었다. 나와 일수를 부딪치고 나서 혼자서 모두를 상대하는 것보다 원군이 도착하기를 기다리는 게 낫다고 판단했던 모양이다.

챙! 챙! 와아아아아아! 멀리서 들려오는 소리로 판단컨대, 반대편 산맥에서는 이미 전투가 벌어진 것 같았다. 이쪽만 최고수들의 대결로 전력이 부딪치지 않은 상태였다. 수천에 이르는 혈교, 무림연맹 양측 세력이 산맥 위를 빼곡히 메우자 사방이 긴장감으로 물들었다.

"저자가 당대 혈마구려."

"맹주, 함께하십시다!"

무상도 정천의 뒤로 다섯 개 지부의 최고 고수들이 붙었다. 하나같이 범상치 않은 자들이었다. 열 명가량 되었는데 일곱 명이 절정의 경지에 이르렀고, 세 명은 초절정에 이른 고수들이었다.

내 뒤로는 스승님인 해악천과 모든 존성들이 붙었다. 교주인 내가 나타나서 그런지 모두들 표정이 한결 살아나 있었다.

"클클클! 이제 구색이 맞춰졌구나."

쿵쿵! 스승님이 주먹을 맞부딪치며 전의를 불태웠다. 후발대가 있다고 하나, 무림연맹의 우두머리인 무림연맹주가 있는 이 전투야말로 앞으로의 향방을 결정할 대결이라 할 수 있었다. 무림연맹주 정천이 내게 도를 겨냥하며 외쳤다.

"이십여 년 전 살아남은 혈교의 모든 맥은 오늘부로 끊기게 될 것이다."

"와아아아아아아아!"

사기가 오른 무림연맹의 정파인들이 함성을 내질렀다. 꽉! 보도를 쥔 무상도 정천의 손에 힘이 들어갔다. 그에게서 일렁이는 예기와 기운이 내게로 집중되고 있었다. 정파인들의 호흡이 고조되어갔다. 그가 먼저 나서며 '진군'이라 외치는 순간 전군이 돌격할 기세였다.

[클클. 너도 한마디 하거라.]

스승님이 내게 전음을 보냈다. 아군의 사기를 끌어올리라는 의미인 것 같았다. 이에 나는 말없이 앞으로 걸어 나갔다. 그리고 말했다.

"아무도 나서지 마라."

'…!?'

뜬금없는 나의 말에 스승님을 비롯한 존성들이 무슨 소리인가 싶어 의아함을 감추지 못했다. 심지어 정파인들도 마찬가지였다. 앞으로 걸어 나가는 내게 스승님이 다급히 전음을 보내왔다.

[이놈아, 대체 뭘 하려는 게냐? 혼자서는….]

저벅저벅! 전음이 미처 끝나기도 전에 무상도 정천이 마찬가지로 걸어 나왔다. 그리고 내 뜻을 알겠다는 듯이 입을 열었다.

"역시 혈마 그대와 본 맹주가 자웅을 겨루는 것이 먼저이겠지."

"시간이 없다."

"뭐?"

나는 고개를 힐끔 돌려 백혜향을 쳐다보았다. 이 전투를 끝까지 지켜봐야겠다는 의지로 겨우 버티고 있는 창백한 얼굴의 그녀는 당장에라도 쓰러질 것 같았다. 다시 고개를 돌린 나는 말했다.

"빨리 끝내야 하니 전부 덤벼라."

그런 나의 말에 무상도 정천이 순간 어처구니없어했다. 그의 뒤쪽에 있던 무림연맹의 지부 최고수들과 정파 무림인들 또한 황당하다는 듯이 나를 쳐다보았다.

그때 나는 바닥을 향해 세차게 진각을 밟았다. 콰아아아앙! 그러자 발바닥을 중심으로 땅바닥이 갈라지며 굉음이 사방으로 퍼져 나갔다. 그 순간 놀라운 일이 벌어졌다. 털썩! 털썩! 갑자기 정파인들이 그 자리에서 눈이 뒤집혀 쓰러지고 말았다. 자그마치 수백여 명에 이르는 자들이었다.

'…!!'

순식간에 벌어진 일에 고개를 돌린 정파의 최고수들이 당혹감을 감추지 못했다. 놀란 것은 그들만이 아니었다. 혈교의 교도들 또한 갑자기 절반이 넘게 쓰러진 정파인들 모습에 두 눈이 휘둥그레졌다. 스승님인 해악천을 비롯한 존성들 또한 마찬가지였다. 진각 한 번에 이런 일이 벌어질 거라고 누가 상상했겠는가.

"너 대체…."

스승님이 어처구니없어하며 내게 말했다. 뒷말을 잇지 못했지만 못 본 사이에 대체 무슨 일이 있었냐고 묻는 듯했다. 이에 나는 아무렇지 않게 웃고서 당혹스러워하는 무림연맹주 정천과 다섯 개 지부의 최고수들에게 말했다.

"한 번만 권한다. 지금 항복하면 전부 살려주겠다."

그런 나의 오만한 권유에 무상도 정천이 이를 악물더니 소리쳤다.

"혈마아아아아아아!!"

팟! 엄청난 속도로 달려드는 정천. 그 뒤로 열 명의 최고수들이 뒤따랐다. 그들의 선택은 옳았다. 가장 위험하다고 판단한 나를 제거하는 게 이 전쟁의 향방을 가를 테니까. 한데 나는 분명 경고했다. 그런 나의 머릿속으로 혈마검의 목소리가 들려왔다.

—보여줘라. 초대 혈마만이 완성했던 극성의 혈천대라공을.

안 그래도 그럴 거다.

녀석의 말이 떨어지기 무섭게 나는 혈마검의 검병을 거꾸로 잡고서 바닥을 향해 내리꽂았다. 푹!

'혈정검세(血征劍勢).'

혈천대라검 칠초식 혈정검세. 검이 꽂힌 순간 바닥을 중심으로 붉은빛의 균열이 일어났다. 고오오오오! 그 순간 갈라진 바닥에서 붉은 예기가 강렬한 폭발처럼 터져 나왔다. 콰콰콰콰콰콰콰콰쾅! 절벽 바닥에서 폭사되듯 터져 나온 붉은 예기가 파도를 넘어서 지진 해일처럼 퍼져 나갔다.

"이런!"

사방을 뒤덮으며 솟구치는 붉은 예기의 폭발이 쇄도해오던 무상도 정천을 비롯한 열 명의 고수를 뒤덮었다. 휩쓸렸다는 표현이 더 적합할 것이다. 극성에 이른 혈천대라공의 진정한 위력이었다.

"세상에!"

"아아아… 혈마이시여."

뒤에서 교도들의 탄성이 들려왔다. 굳이 돌아보지 않더라도 이 광경을 보고 놀라지 않을 이들은 없을 것 같았다. 하나 이게 끝이 아니었다. 십여 장이 넘게 솟구친 붉은 예기로 인해 사방의 시야가 가려졌다.

'좋아!'

팟! 그 순간 나는 혈정검세로 일으킨 폭발 사이로 뛰어들었다. 붉은 예기가 일으킨 수많은 파편과 먼지 속에서 무상도 정천의 모습이 보였다. 차차차차차창! 역시 초인의 벽을 넘어선 고수다웠다. 다른 열 명의 고수들은 혈정검세의 위력에 휩쓸려 갈가리 찢겨 나갔는데, 그 속에서 도망(刀網)을 만들어 이를 막아내고 있었다.

'명불허전이군.'

혈정검세 속으로 뛰어든 나를 감지한 무상도 정천이 소리쳤다.

"혈마, 네놈을 여기서 죽이지 못하면 정도 무림에 큰 후환이 되겠구나!"

우우우웅! 신도합일의 경지에 이른 그의 도가 하얀빛으로 일렁이고 있었다. 두 손으로 도병을 잡은 정천이 내게 신형을 날렸다. 빛처럼 일직선으로 뻗어오는데, 그 자신이 한 자루의 날카로운 도가 되어 모든 것을 베어버릴 기세였다. 촤아아아아아! 그러나 그렇게 쇄도해오던 그의 보도가 반 토막으로 갈라졌다. 챙강! 무상도 정천이 경악을 금치 못했다.

"네놈 대체…."

당혹스러울 것이다. 적어도 혈정검세를 막을 때만 하더라도 어느 정도 백중지세라 여겼을 테니까. 한데 내가 이 초식을 펼쳤던 것은 단지 시야를 가리기 위함이었다.

"미안하군. 이게 내 진짜 전력이다."

파칙! 파칙! 혈마화와 뇌기의 순응으로 붉은 뇌전으로 물든 나의 모습에 놈의 동공이 지진이라도 난 것처럼 흔들렸다.

"혈마 네놈은 진정… 괴물이냐?"

"지금이라면 그럴지도."

내 말이 끝나기가 무섭게 놈이 부러진 도로 내 미간을 찌르려 했다. 그래도 당대 최고의 도객다운 기개였다. 하나 소용없었다. 착!

"컥!"

나는 전광석화처럼 무상도 정천의 목을 내리쳤다. 한데 검격이 지나치게 강하다 보니, 절벽까지 그대로 갈라버렸다. 콰콰콰콰콰콰콰 콰쾅!

"이런."

나름 힘 조절이 된 줄 알았는데 여전했다.

해악천을 비롯한 존자, 혈성, 모든 혈교도가 긴장된 눈빛으로 붉은 예기와 먼지 파편으로 뒤덮인 앞을 바라보았다. 저 속에서 무상도 정천과 교주인 혈마가 겨루고 있었다.

'녀석아.'

다른 존성들과 달리 기기괴괴 해악천은 스승으로서 누구보다 가까이서 당대 혈마 진운휘의 성장을 지켜보았다. 진운휘는 가히 궤를 달리한다고 해도 과언이 아닐 만큼 천부적인 무재를 지녔다. 이렇게 빠르게 성장하는 자는 본 적이 없었다. 하지만 상대는 당대 최고의 도객이자 초인의 영역을 넘어선 괴물이었다. 방금 전의 엄청난 초식으로 혈마의 무위가 당대 최고수 중 하나인 무상도 정천에게 쉽게 밀리지 않을 거라고는 생각했지만 제대로 겨루면 어찌 될지 알 수 없는 노릇이었다.

시야가 가려져 모두가 소리에만 집중하고 있는 찰나였다. 콰콰콰 콰콰콰콰쾅! 쿠르르르르!

"저, 절벽이!"

"갈라지고 있어!"

"모두 물러나라!"

갑자기 갈라지며 무너져 내리는 절벽에 혈교의 교도들이 황급히 뒤로 물러났다. 이것은 무림연맹의 정파인들도 마찬가지였다. 절벽 낭떠러지를 등지고 있던 정파인들은 갑자기 절벽이 무너지자 생각할 겨를도 없이 혈교도들이 있는 곳을 향해 신형을 날렸다.

"정파 놈들이 못 올라오게 막아라!"

사혈성 도장호가 교도들에게 소리쳤다. 절호의 기회를 놓칠 수 없었다.

"충!"

"정파 놈들을 쓸어버리자!"

"와아아아아아아!!"

사기가 오를 대로 오른 혈교의 교도들이 살기 위해 무너져 내리는 절벽을 넘어오는 정파인들을 향해 신형을 날렸다. 이에 질세라 정파인들 역시도 달려드는 혈교의 교도들에 맞섰다.

"빌어먹을 혈교 놈들!"

"사마외도(邪魔外道)의 무리들을 전부 쓸어버려라!"

챙! 챙! 순식간에 산맥의 정상이 전쟁터가 되어버렸다. 도검이 난무하며 격렬해질 조짐이 보이자 이존 난마도제 서갈마가 황급히 백혜향에게로 신형을 날렸다. 힘겹게 검집을 지팡이 삼아 서 있는 그녀였다.

"부교주!"

검집을 잡은 손이 부들부들 떨려왔다. 창백한 얼굴에 당장에라도 쓰러질 것만 같은 백혜향의 시선은 오직 무너져 내리는 절벽 귀퉁이로 향해 있었다.

"이곳은 위험합니다. 노부가 모시겠습니다."

그 말과 함께 이존 서갈마가 다급히 그녀를 안으려고 했다. 그러자 백혜향이 떨리는 손을 내밀며 거절했다.

"부교주!"

"하아… 하아… 아니, 여기서… 지켜본다."

'이런 고집을….'

서갈마는 난처하기 그지없었다. 백혜향의 성격이야 워낙 잘 알지만, 목숨이 위독할 정도로 중상을 입고도 끝까지 남겠다고 고집을 피울 줄은 누가 알았겠는가.

"하나…."

"…남는다고 했다."

'…아아!'

서갈마의 안색이 어두워졌다. 백혜향의 등을 보았기 때문이다. 어느새 옷자락 전체가 처음부터 그랬던 것처럼 붉은 피로 젖어 있었다. 더 이상 진혈금체의 운기법으로 출혈을 조절할 수 있는 상태가 아니었다. 진기라도 불어넣을까 손을 뻗었던 서갈마의 주먹에 힘이 들어갔다. 이미 늦은 상태였다. 원래부터도 한 달이 넘게 계속된 출혈로 위태로운 상황이었다. 그런 와중에 무상도 정천의 내경이 체내로 파고들어 더는 어찌할 수 없었다. 만사신의가 온다 해도 살릴 수 없을 듯했다.

으득! 이를 악문 서갈마가 독문 병기인 장도를 뽑아 들었다.

"하면 노부가 아가씨를 지켜드리겠습니다."

그녀가 원하는 것을 들어주는 수밖에 없었다. 이런 그의 목소리도 서서히 백혜향의 귓가에 들어오지 않았다. 눈을 뜨고 있었지만 점차 안개가 끼며 주변이 어두워지는 것 같았다. 백혜향은 입술을 질끈 깨물었다.

'봐야 해.'

눈을 감기 전에 확인해야 했다. 그녀 스스로도 직감했다. 지금 눈을 감으면 다시는 뜨지 못할 수도 있다는 것을 말이다. 그 전에 마지막으로 확인하고 싶었다. 패배로 얼룩진 혈교의 역사가 뒤집히는 순간을 말이다. 그때 누군가가 소리쳤다.

"저, 저길 봐!"

외침 소리에 모두의 시선이 일순간 그곳으로 향했다. 무너져 내리는 절벽의 먼지 파편 속에서 검은 인영 하나가 날아와 사뿐히 절벽에 내려섰다.

'…!!'

이를 본 백혜향의 붉은 동공이 떨려왔다. 방금 전까지만 하더라도 격렬히 부딪치고 있던 산맥의 정상이 침묵으로 물들었다. 무림연맹 지부의 정파인들 입에서 탄식이 흘러나왔다.

"말도 안 돼!"

"…어떻게 이런 일이…."

"매, 맹주!"

그들은 눈앞에서 벌어진 일을 차마 믿을 수가 없었다. 핏물이 뚝뚝 떨어지고 있었다. 혈교의 교주인 혈마의 손에 들려 있는 수급. 그 것은 다름 아닌 무림연맹의 맹주 무상도 정천의 머리였다. 그 순간 산맥의 정상이 떠나가라 우레와 같은 함성이 터져 나왔다.

"와아아아아아아아아!!"

"혈마께서 무림연맹주의 목을 베었다!"

"무상도 정천이 패했다!"

도로써 정점에 오른 자. 초인들 중 다섯 손가락에 꼽을 수 있는 절대고수. 수많은 칭호를 가진 현 정파 무림연맹을 지탱하고 있는 맹주 무상도 정천의 패배는 모두를 경악과 충격으로 몰아넣기에 충분했다. 이 싸움은 양측에 있어서 너무나도 중요한 결전이었다. 앞으로의 향방을 가르는 싸움에서 그 우두머리가 패했다는 것은 최악의 상황이 일어났다는 것을 의미했다.

"크하하하하하하하하핫!"

어쩌나 기뻤는지 해악천이 누런 이를 드러내며 웃었다. 이십여 년이나 절치부심을 해온 혈교였다. 그 숙원을 다른 사람도 아니고 자신이 제자로 거뒀던 녀석이 풀어주리라고 누가 상상이나 했겠는가.

'너란 녀석은….'

참으로 세상일은 알 수가 없었다. 녀석을 제자로 받은 것은 당시의 즉흥적인 성정 때문이었다. 호적수로 여겼던 남천검객에 대한 복수심과 놈의 검이 세상에서 다시 끊어지지 않기를 바랐던 마음이 이런 결과를 가져오리라고는 생각지도 못했다.

"삼존의 안목이 옳았군요."

어느새 옆으로 다가온 사혈성 도장호가 탄성을 내뱉으며 말했다. 그런 그의 말에 해악천이 괜히 어깨를 으쓱했다. 평소의 자신이라면 저게 내 제자다, 하고 난리법석을 피웠겠지만, 이제 그는 혈교의 교주였다.

'…교주, 보고 계시오?'

죽은 전 교주가 살아 있었다면 오랜만에 술잔을 기울이고 싶은 날이었다. 사혈성 도장호가 입꼬리를 올렸다. 그 역시도 감회가 남달랐다.

'그때 그 소년이 천하를 아우르는 고수가 되다니.'

한순간의 변덕으로 그를 살려주었던 도장호였다. 한데 만약 그때 지금의 교주 진운휘를 죽이고 육혈곡으로 가지 못하게 했다면 이런 일이 있었을까 하는 생각마저 들었다.

'정말 모를 일이구나.'

이제는 그때의 애송이가 아니었다. 사혈성 도장호는 다른 교도들처럼 손을 들어 진심으로 경의를 표했다. 이렇게 혈교인들이 기뻐하는 것과 달리 정파인들은 정반대의 상황이었다. 맹주 무상도 정천의 죽음을 경악스럽게 바라보던 그들은 마침내 현실을 깨달았다.

"빌어먹을!"

"이럴 게 아니야."

각 지부의 최고수들이 당대 혈마의 손에 일순간 몰살당했다. 이제는 상황이 완전히 달라졌다.

'승산이 없다.'

혈마의 그 진각 한 번에 절반이 쓰러졌기에 수적으로도 승산이 없었다. 지금 퇴각하지 않는다면 자신들도 같은 운명이 될지 몰랐다.

"여, 연맹의 무사들은 퇴각하라!"

"당장 퇴각하라!"

지부의 간부들이 외치자 정파인들이 메아리처럼 퇴각을 외쳤다. 이미 전쟁에서 승산이 없다고 판단한 그들은 당장 도망치기에 급급했다. 물론 이를 그냥 내버려둘 혈교가 아니었다.

"크하하하핫! 놓칠 것 같으냐!"

해악천이 호탕하게 외쳤다. 그런 그의 말에 사혈성 도장호도 동의했다.

"맞는 말씀이군요."

"혈교의 교도들이여! 드디어 피로 본교의 한을 씻을 때가 되었다! 전부 죽여라!"

"와아아아아아아아!!"

해악천의 외침에 혈교의 교도들이 도망치는 정파인들을 뒤쫓았다. 이십여 년 전의 수모를 되갚을 생각에 그들의 사기는 끝을 달리고 있었다. 더 이상 전쟁의 양상이 아니었다. 우두머리인 맹주를 잃고 괴물 같은 혈마의 위용을 눈앞에서 확인한 그들은 싸울 의지가 없었다.

"장관이로구나."

정파인들이 썰물처럼 쫓겨 밀려나고 있었다. 백혜향의 호법을 서며 이 광경을 지켜보던 이존 난마도제 서갈마는 너무나도 가슴이 벅찼다. 지금까지의 승리와는 결이 달랐다. 무림연맹의 상징이라 할 수 있는 맹주가 무너졌다. 들뜬 서갈마가 고개를 돌려 백혜향에게 말했다.

"부교주 보셨습니까? 교주가…!?"

서갈마의 두 눈이 커졌다. 그의 떨리는 눈동자에 고개를 숙이고 있는 백혜향의 모습이 들어왔다. 만족스럽다는 듯이 미소를 머금은 채 두 눈을 감고 있는 그녀였다.

"부교주!"

서갈마는 다급히 그녀에게로 뛰어갔다. 코에 손가락을 가져갔는데 호흡이 없었다.

"안 돼, 부교주."

심장이 덜컥 내려앉는 것 같았다. 백혜향의 목 옆 맥을 짚으니 거의 뛰지 않고 있었다. 조금씩 멈춰가는 것 같았다. 서갈마는 당장 그녀를 앉혀놓고서 심맥을 보호하기 위해 두 손바닥을 등에 갖다 댔다. 자신의 모든 진기를 바쳐서라도 살릴 것이다. 전 교주의 혈육을 이리 죽게 할 수는 없었다. 그러나 그녀의 몸은 점점 차가워져 갔다.

"부교주! 정신 차려야 합니다! 부교주우우우!"

* * *

"부교주우우우우우!"

수많은 외침 속에서 이존 난마도제 서갈마의 소리가 또렷하게 들려왔다.

'…!?'

인파 사이로 백혜향의 모습이 보였다. 나는 생각할 겨를도 없이 그가 있는 곳으로 신형을 날렸다. 이 소리를 나만 들은 것이 아닌지 스승님인 해악천을 비롯해 사혈성 도장호, 칠혈성 혈음마소 섬매향 등이 모여들었다. 스승님이 놀란 얼굴로 고개를 떨군 백혜향을 쳐다보며 물었다.

"이게 무슨 일인가?"

그런 그의 물음에 서갈마가 목이 메서 힘겹게 말했다.

"아가씨… 아가씨가….'

뒷말을 잇지 못했다. 이미 모두가 어찌 된 영문인지 짐작하는지 안색이 어두워졌다. 스승님이 거칠게 이즌 서갈마를 다그쳤다.

"비키게, 서 형. 아가씨의 심맥과 내 심맥을 연결하여 혈액의 흐름을 조절해보겠네."

이에 서갈마가 옆으로 비켜섰다. 스승님이 그녀의 등에 손을 얹어서 진혈금체를 운기했다. 어째서 혈액의 흐름을 조절하는 것인지 이해할 수 없었던 나는 사혈성 도장호에게 물었다.

"이 등의 상처, 대체 누가 낸 것입니까?"

옷에 베인 부위가 없었다. 그런데 저렇게 옷이 피로 젖은 것이 이상했다. 무상도 정천과의 대결에서 난 상처가 아니라는 의미였다. 그러자 도장호 대신 혈음마소 섬매향이 입술을 질끈 깨물며 답했다.

"살흉 절심의 겹살검에 베였습니다."

'겹살검?'

그때 머릿속에서 혈마검의 목소리가 울렸다.

—악취미는 여전하군.

'무슨 소리야?'

―놈에게 베이면 출혈이 멈추지 않는다. 놈은 인간이 서서히 죽어가는 것을 즐긴다. 그렇기에 요기가 이런 식으로 사이하게 발현되는 것이다.

혈마검이 혀를 찼다. 녀석마저 이런 반응을 보이다니 겁살검의 위력이 이 정도였나. 스승님이 심맥을 이어 운기했지만 백혜향은 이미 죽은 사람처럼 미동조차 없었다.

'….'

그래서 마지막이라고 했던 거였나. 죽어가는 여자가 어찌 저리 미소를 지을 수 있단 말인가. 모든 것을 받아들인 사람의 얼굴이었다. 스승님의 표정이 딱딱하게 굳었다. 이미 어찌해도 살릴 수 없다고 여긴 모양이다. 바로 그때였다.

―…인간, 나를 그녀의 몸에 갖다 붙여라.

'뭐?'

―출혈이 나지 않게 조절하면 저 계집을 살릴 수 있을 것 같나?

'믿어도 되겠어?'

―놈의 혈손을 이 몸이 죽게 놔둘 것 같아?

녀석의 말에 나는 스승님에게 말했다.

"스승님 비켜주십시오."

"교주?"

"어서!"

완강한 나의 목소리에 운기를 하던 스승님 해악천이 옆으로 물러났다. 이에 나는 백혜향을 눕히고서 혈마검을 위에 얹었다. 모두가 나의 행동을 이해할 수 없어했다.

"교주, 대체 왜…."

"조용히 지켜봐라."

섬매향이 나서는 것을 스승님이 만류했다. 그때 창백해진 백혜향 얼굴의 핏줄이 불룩불룩 올라왔다. 혈맥을 폭주시키며 자유자재로 조정하는 혈마검의 요력이 발휘된 것이었다. 원래라면 이렇게 폭주한 혈맥은 터지기 마련이지만….

"아!"

"이럴 수가…."

튀어나왔던 핏줄이 가라앉으며, 핏기가 없던 백혜향의 얼굴이 조금씩 살색을 띠었다. 마치 체내로 다시 피가 도는 것처럼 말이다.

—억지로 심장을 움직여 피를 쥐어짜고 있다. 하나 이것만으로는 턱없이 부족하다. 이미 원기를 대부분 소진했고 상처 부위에 요기가 남아 있어 가망이 없다.

'원기와 요기.'

나는 백혜향을 내려다보았다. 인간의 몸에는 생명의 중심이라 할수 있는 원기가 있다. 이 원기가 전부 소진되는 순간을 죽음이라 할수 있다. 나는 품속에서 무엇이든 들어가는 주머니를 열어 목함을 꺼내 들었다. 뚜껑을 열자 상당한 크기의 환단 하나가 모습을 드러냈다. 이를 본 서갈마가 의아해하며 물었다.

"교주, 그것은?"

"소림의 대환단입니다."

그 말에 서갈마뿐만 아니라 모두가 놀라워했다. 그냥 내상약 정도로만 여겼겠지, 소림사의 보물이라 불리는 대환단일 거라고는 누가 상상했겠는가. 스승님인 해악천이 눈이 휘둥그레져서 물었다.

"대환단이라니? 대체 그걸 어찌?"

"소림사의 백팔나한진을 부수고 받았습니다."

"뭣?"

그런 나의 말에 스승님이 어처구니없어했다. 다른 이들도 마찬가지였다.

"백팔나한진을 부수다니?"

"설마 교주, 월악검을…."

"나중에 말씀드리겠습니다."

나는 소림의 대환단을 내 입으로 집어넣었다. 백혜향은 기절해서 직접 대환단을 복용할 수 없기에 입으로 잘게 씹어서 넘기게 하기 위해서였다.

"본사의 대환단은 공력을 증진시키는 영약이기도 하지만 죽은 사람도 살린다고 할 만큼 영험한 기운이 있소이다. 아무쪼록 이 대환단이 의미 있게 쓰이길 바라겠소."

부디 소림사의 방장 진각대사의 말이 맞길 바라야겠다. 대환단을 잘게 씹은 나는 그녀의 목을 받치고서 입을 맞췄다. 그리고 다져진 대환단을 혀로 밀어 넣었다. 싸늘한 그녀의 입술에 죽음이 엄습했음을 느낄 수 있었다.

'살린다, 무조건.'

손가락을 그녀의 입술에 갖다 댔다. 그리고 천천히 허공섭물로 잘게 분해된 대환단을 목구멍으로 넘어가게 했다. 식도를 타고 내려가게 하자, 혈마검이 나섰다.

―인간, 내게 맡겨라. 약 기운을 퍼뜨리겠다.

녀석이라면 가능할 것이다. 대환단으로 원기를 북돋게 한다면 내가 할 일은 정해져 있었다. 찌익! 나는 그녀를 앉히고서 등 쪽 옷을 찢었다. 날카로운 상흔이 있는 부위가 검게 물들어 있었다. 혈마검이 피의 흐름을 완벽히 조절하면서 출혈은 없었지만 보기만 해도 눈살이 찌푸려질 정도였다.

"후우."

뒤로 손을 얹고서 선원운기법을 운기했다. 도인들의 운기법으로 형성한 선천진기는 가장 정순한 기운이라 할 수 있기에 사이한 기운에 대응할 수 있다. 고오오오오!

"이건…."

내게서 일어나는 정순한 기운에 모두가 놀라워했다. 그러거나 말거나 나는 그녀의 심맥을 보호하며 상처 부위에서 겁살검에 의해 스며든 요기를 몰아내는 데 집중했다.

'나가라, 그녀의 몸에서.'

이윽고 놀라운 일이 벌어졌다. 스르르르르! 백혜향의 상처 부위에서 검은 아지랑이가 피어올랐다. 그러더니 변색되었던 피부가 점점 원래의 색을 찾아갔다. 죽은 듯이 가만히 있던 백혜향이 검은 핏물을 뱉어냈다.

"쿨럭!"

"부교주!"

모두가 이 광경에 놀라움을 금치 못했다. 숨을 거둬서 더 이상 가망이 없다고 여겼던 그녀가 천천히 호흡하기 시작한 것이다. 사혈성 도장호가 혀를 내두르며 중얼거렸다.

"하…! 대체 얼마나 놀라게 할 작정입니까?"

'아!'

죽음에 직면한 인간은 깨달음을 얻는다고 했던가. 다시 정신을 차린 백혜향은 나나 혈마검의 도움 없이도 스스로 체내의 기를 순환하여 막혔던 경맥들을 전부 뚫어 나갔다. 점차 상승하는 그녀의 기운에 모두가 놀라움을 금치 못했다.

"해 형, 이건….."

"벽을 뚫고 있어."

생사의 경계에서 그녀는 자신의 한계를 넘어서고 있었다. 원기마저 소실했던 백혜향의 전신에서 붉은 아지랑이가 뿜어져 나오며 기의 회오리를 일으켰다. 혈천대라공이 팔성에 이르면서 일어나는 현상이었다. 놀라는 것도 잠시, 이윽고 치솟던 혈천대라공의 기운이 갈무리되며 그녀의 기운이 안정적으로 바뀌었다. 얼마 있지 않아 그녀가 감았던 눈을 떴다. 창백했던 얼굴은 다시 생기를 되찾았다.

"경하드립니다, 부교주!"

"경하드립니다!"

이존 난마도제 서갈마의 축하에 모두가 이구동성으로 복창했다. 참 사람 일은 모르는 법이다. 죽어가던 그녀가 이렇게 되살아나 무림의 최고수들만 이룬다는 초인의 영역에 발을 들였으니 말이다. 백혜향이 나를 올려다보았다. 그리고 특유의 이죽거리는 목소리로 장난스럽게 말했다.

"이제 좀 쉬려고 했는데 억지로 붙잡는군."

"아직 갈 길이 먼데 쉬게 할 수 있나."

나 역시 농을 섞어 응수했다. 그런 나의 말에 백혜향이 입꼬리를 올렸다. 기사회생한 그녀의 모습에 모두가 기뻤는지 얼굴에 화색이 돌았다. 스승님인 해악천이 웃으며 말했다.

"클클, 오늘만큼 경사스러운 날도 없군."

"해 형의 말이 맞소이다. 허허허. 이 늙은이는 이제 더 이상 여한이 없소."

두 존자의 말에 백혜향이 코웃음을 치며 말했다.

"아직 멀었어. 무림연맹을 본교의 발아래 무릎 꿇리게 할 때까지 두 사람은 은퇴할 꿈도 꾸지 마."

"서 형은 그럴지 모르겠지만 이 늙은이는 교주, 부교주 두 분의 아기씨가 장성할 때까지 자리를 지킬 터이니 걱정 마십쇼. 클클."

"삼존…."

스승님 해악천의 그 말에 나는 난처함을 금치 못했다. 뜬금없이 아기씨라니 대체 무슨 말인가. 백혜향에게 끌리기는 했으나 나에게는 정혼자인 사마영이 있었다. 그리고 그녀는 나에게 얽매이는 것보다 이렇게 대업을 이뤄가는 모습이 더 어울렸다. 여장부라는 말이 누구보다 어울리는 그녀였다.

"부교주는 해야 할 일이 많습니다. 그런 이야기는 농으로라도 하지…."

"운휘."

이런 나의 말을 그녀가 끊었다. 교주가 아니라 이름으로 부르다니, 의아해하자 그녀가 자리에서 몸을 일으켜 세우며 말했다.

"죽기 전에 뭐가 제일 아쉬웠는지 알아?"

"그걸…."

그때 백혜향이 기습적으로 내 목을 감싸더니 입술에 입을 맞추려고 했다. 아까는 죽기 일보 직전이라 마음이 약해져서 당해줬지만 지금은 아니었다. 나는 전광석화처럼 그녀의 입술을 손으로 틀어

막았다.

"우읍!"

"보는 눈이 많은데 부끄러운 게 없나 보지?"

그런 나의 말에 백혜향이 내 손을 거칠게 뿌리치더니 혀를 날름거리며 말했다.

"수줍어하기는."

'하!'

죽음의 고비에서 되살아나더니 원래대로 돌아왔다. 제멋대로에 자기 주관이 뚜렷한 그녀였다. 다른 사람의 시선 따위는 조금도 신경 쓰지 않았다. 존성들이 지켜보는데도 말이다.

"클클. 젊음이 좋구먼."

스승님, 웃고 넘어가실 일이 아닙니다만. 하긴 애초에 백가의 피를 견고히 하기 위해 내가 백혜향이나 백련하 자매와 맺어지길 바랐던 스승님이다. 다만 월악검 사마착의 여식인 사마영과 연결되고 나서 입을 다물었을 뿐이었다. 혀를 날름거리던 백혜향이 내게 말했다.

"죽기 전에 딱 하나 아쉬웠던 것이 있거든. 진운휘 너를 가지지 못한 거."

순간 뭐라 말이 나오지 않았다. 대놓고 나에 대한 감정을 드러내니 말이다. 나 역시도 그녀에게 끌리기는 했으나, 이미 사마영과 함께하기로 결심했기에 그녀와는 여기까지였다.

"기대에 어긋나서 미안하지만 우리는…."

"거기까지."

"…정말 교주한테 못 하는 소리가 없군."

교주가 되어도 나한테 이렇게 대할 수 있는 사람은 백혜향뿐이었다. 백혜향이 내 눈을 똑바로 바라보며 말했다.

"정혼이니 월악검이니 그딴 핑계는 집어치우고 이것만 이야기해."

"뭐?"

"나한테 끌리나?"

그녀의 단도직입적인 물음에 말문이 막혔다. 평소에는 생각도 하지 않고 곧바로 거짓말할 수 있는 나였다. 그냥 아니라고 답변할 수도 있었는데, 그녀의 눈과 마주하고 있으니 쉽게 그 말이 나오지 않았다.

—사기꾼에 거짓말쟁이가 웬일이래.

소담검이 키득거리며 웃었다.

그러게. 뭔가 거짓말하는 것도 좀 그렇다. 백혜향이 죽을지도 모른다고 생각했을 때 가슴이 찢어질 만큼 쓰라렸었다. 그녀를 처음 보았을 때부터 무쌍성에서 같이 겪었던 고초들과 여러 가지 일들이 떠올랐었다. 그때 확연하게 알았다. 사마영 못지않게 이 여자에게도 많이 끌리고 있음을 말이다.

"속일 생각 하지 마. 네 눈만 봐도 알 수 있어."

"…."

정말 만사가 직진인 여자였다. 대답을 기다리는 그녀를 물끄러미 쳐다보던 나는 숨을 길게 내쉬며 고개를 끄덕였다.

"끌린다. 하지만…."

"됐어. 그 대답이면 충분해."

"뭐?"

뒷말이 더 중요한데 뭐가 충분하다는 거지?

백혜향이 입술을 실룩거리며 들뜬 목소리로 내게 말했다.

"반으로 쪼개서 가지든 같이 침상에서 공유하든 그건 그 아이와 나의 문제니까 너는 빠져 있어."

'…!?'

지금 내가 무슨 말을 들은 거지? 반으로 쪼갠다고? 갑자기 머리가 지끈거리려고 한다. 당혹스러워하는데 스승님인 해악천이 내 어깨를 두드리며 뭐가 즐거운지 호쾌하게 웃어댔다.

"크하하하하핫."

…본인 일이 아니라 이건가. 어쨌거나 이제 백혜향이 살아났으니 남은 무림연맹 지부의 정파인들을 처리해야겠다. 본교의 성역이라 할 수 있는 령산으로 진입한 이상, 이들만큼은 확실하게 응징해야 했다. 이쪽 산맥으로 올라온 자들 외에 반대쪽 산맥에서도 전투가 벌어지고 있었다. 존성급의 고수들이 없으니 이곳보단 상황이 여의치 않을 것이다.

"존성들은 맞은편 산맥으로 가서 본교의 교도들을 지원하라."

그런 나의 말에 스승님이 누런 이를 드러내며 말했다.

"저쪽 편은 걱정하실 필요 없소, 교주."

"그게 무슨 말입니까?"

"아직 좌수에 익숙하지 않아도 본교의 최고수였던 그가 있으니 말이오."

'…!!'

설마? 순간 등골에 소름이 돋았다. 조성원에게 소식을 듣고서 '그'가 당연히 죽었다고 여겼었다. 스릉! 나는 반대편 산맥을 향해 소담검을 뽑아서 던졌다. 직접 가기보다 소담검의 시야로 확인하기 위해서였다. 날아간 지 얼마 되지 않아, 머릿속으로 소담검이 보는 시야가 공유되었다. 그곳에 전혀 예상치 못한 존재가 좌수로 검을 휘두르며 교도들을 이끌고 정파인들과 싸우고 있었다.

'아아아!'

살아 있는 그의 모습을 보니 가슴이 뜨거워졌다.

* * *

광서성 북쪽, 영복현과 양산현 사이로 팔천의 무림연맹 본군이 남하하고 있었다. 후발대인 그들은 서둘러 선발대와 합류하기 위해 이틀 동안 쉬지 않고 내려온 끝에 이곳에 이르렀다. 이제 사흘 정도만 서두르면 령산에 이른다.

선두에서 이들을 이끄는 제삼군사 백위향을 비롯해 여러 장로들 얼굴은 기대감으로 물들어 있었다. 그럴 만도 한 것이 자신들이 도착할 때쯤이면 전쟁이 거의 끝나갈 거라 여겼기 때문이다. 선발대에는 무림연맹주 무상도 정천이 있었다. 초인들 중에서도 다섯 손가락에 꼽히는 절세고수가 바로 그였다. 반면 혈교의 최고수라 할 수 있는 일존 파혈검제 단위강은 살흉 절심에게 죽임을 당했고 혈교주도 생사가 불분명한 상태였다. 승리를 단언할 수밖에 없는 상황이었다.

"이거 기껏 힘주고 내려갔는데 전쟁이 싱겁게 끝나 있는 것 아니오?"

안휘성의 최대 방파라 불리는 부양방의 방주 고진의 말에 다른 문파의 문주들도 동의하는지 고개를 끄덕였다. 아마도 어제나 오늘쯤 전쟁이 벌어졌을 것이다. 군과 군의 대결도 아닌 무림인들의 전쟁인 만큼 그리 오래 걸리진 않을 거라 생각했다.

"아쉽소이다. 이십여 년 만에 혈교도들의 피를 이 도에 적시나 싶었는데, 잔챙이들만 정리하는 게 아닌가 싶소."

"뭐 후발대의 피해를 줄이고 좋은 일이 아니오."

"하하하. 그건 맞는 말이오."

후발대는 무림연맹 본단의 전력이었다. 이 전력에 피해를 입지 않고 전쟁을 끝낼 수 있다면 큰 성과라 할 수 있었다. 그리되면 전쟁에 반대했던 부맹주와 기존 간부들을 밀어붙일 수 있는 명분마저 가지게 된다.

하지만 모두가 들뜬 것만은 아니었다.

"방심하지 마시오. 상대는 혈교입니다. 어떤 변수가 일어날지 모를 일이오."

"허어. 조 대협."

그는 형산파의 대표로 참전한 형산일검 조청운이었다. 후발대이자 무림연맹 본단 전력의 참전 고수들 중 세 손가락에 꼽히는 무위를 지녔다. 들뜬 분위기에 초를 치는 그의 말에 몇몇 간부들이 못마땅함을 감추지 못했다. 이에 전력을 이끄는 제삼군사 백위향이 의기양양한 목소리로 말했다.

"조 대협의 말이 맞소. 하나 이 백 모와 맹주님이 그리 어수룩하게 전략을 짰겠소이까? 지금쯤이면 승전보를 알리는 전령이 당도할 것이오."

"백 군사의 말도 일리가 있소. 우리 모두를 속여가며 전략을 짤 정도로 용의주도하지 않았소이까? 이번 토벌전은 맹주와 백 군사를 믿어봅시다."

무림연맹의 제칠장로이자 하북 팽가의 가주인 팽사웅이 거들었다. 그 말에 제삼군사 백위향이 어깨를 으쓱했다.

형산일검 조청운이 한숨을 내쉬고는 말했다.

"군사, 만에 하나 혈교의 전력이 령산에 없으면 어쩔 것이오?"

"그럴 일은 없소이다."

"하나 개방에서 보낸 전서구를 모두 보지 않았소. 소림의 백팔나한진이 혈마에게 무너졌다고 말이오."

그런 조청운의 말에 패절문의 문주 우복창이 웃으며 말했다.

"아니, 조 대협은 그 말을 정말 믿는 것이오? 소림의 백팔나한진이 혈마군립보인가 뭔가 하는 진각 한 번에 무너졌다는 말을?"

그런 그의 말을 부양방의 방주 고진이 받았다.

"현 맹주가 나서더라도 불가능한 일이오. 어찌 개방에서 그런 터무니없는 정보를 보낸 것인지 이해가 안 될 정도요."

그 말에 전부 고개를 끄덕였다. 소식을 접했을 때 모두가 놀라기보다는 기가 찼다. 현실성이 떨어져도 너무 떨어졌기 때문이다. 차라리 수십 초식을 겨루다 백팔나한진이 무너졌다고 한다면 모를까, 말이 되지 않는 일이었다.

"정보를 너무 불신하는 것이 아니오?"

진주 언가의 가주 언광운이 가만히 듣다가 끼어들었다. 그 역시도 개방에서 이번에 보낸 정보가 과장되었다고 여겼지만, 그런 전서구를 보낼 정도라면 그에 준하는 무위를 보였다고 판단하고 있었다. 이에 제삼군사 백위향이 피식 웃으며 말했다.

"혈교의 책략이외다. 지금 상황에서 그들은 전쟁을 벌일 여력이 부족하오. 당연히 우리의 전력을 분산시켜야 할 것이오."

조청운이 인상을 찡그리며 물었다.

"하면 소림사에 침입한 자가 혈교주가 아닐 거란 말이오?"

"본 군사의 판단은 그렇소. 이미 의원으로 보낸 간자들을 통해 몇 번이나 혈교주가 겹살겸에 당한 상처로 위독하다는 사실을 확인했소. 그런 그가 소림에 나타났다? 어불성⋯."

그러던 찰나였다. 누군가가 앞을 가리키며 소리쳤다.

"군사, 저길 보시오."

멀리서 누군가 경공을 펼치며 달려오는 것이 보였다. 등에 작은 수기를 꽂고 무림연맹의 복장을 갖춘 것이 전령인 듯했다. 모두가 의아함을 감추지 못했다. 군사 백위향이 손을 들어 진군을 멈추게 했다.

"보시오. 본 군사가 말하지 않았소. 곧 승전보가 도착할 거라고 말이오."

"하하하. 이거 조 대협의 우려가 무색하게 되었소이다."

그들은 전령이 승전보를 알리기 위해 당도한 것이라 굳게 믿었다. 그러나 이윽고 당도한 전령의 행색에 모두가 눈살을 찌푸릴 수밖에 없었다.

'뭐지?'

전령의 복장이 온통 피투성이였다. 뭔가 이상하다고 느낀 군사 백위향이 물었다.

"대체 무슨 일이냐?"

그 물음에 전령이 호흡을 가다듬고서 말했다.

"군사! 맹주께서 돌아가셨습니다."

'⋯!!'

전혀 예상치 못한 전령의 보고에 모두가 당혹감을 금치 못했다.

"맹주가 돌아가시다니?"

"이게 대체 무슨…."

몇몇을 제외한 대부분이 선발대의 승리를 확신했었다. 한데 맹주가 죽었다는 비보가 날아온 것이다. 핏대가 설 만큼 흥분한 군사 백위향이 말에서 내려 전령에게 다가가 다그쳤다.

"그게 무슨 헛소리야! 누가 맹주를 해할 수 있단 말이냐!"

"혈마입니다. 혈마에 의해 지부 최고의 고수들과 맹주님이 살해당하셨습니다."

"말도 안 돼."

어찌나 충격이었는지 군사 백위향이 다리에 힘이 풀려서 비틀거렸다. 이번 전쟁만큼은 승리를 확신했었다. 전력에서도 압도했고 최고의 고수라고 해도 과언이 아닌 맹주 무상도 정천이 직접 선발대로 나서지 않았던가. 비틀거리던 군사 백위향이 현실을 부정했다.

"그럴 리가 없다. 하면 혈마의 무위가 맹주를 능가한다는 것인데 어찌 그런 일이 있을 수 있단 말이냐? 네놈이 뭔가 잘못…."

그때 전령이 등허리에 차고 있던 무언가를 꺼냈다. 붉고 축축하게 젖은 보따리였다.

"그게 무엇이냐?"

"그렇지 않아도 믿지 못하실 것 같아 들고 왔습니다."

"뭘 들고 와?"

"맹주 무상도 정천의 수급입니다."

"뭐?"

전령이 보따리를 풀자 눈을 부릅뜨고 혀가 늘어진 잘린 머리통이 모습을 드러냈다. 이 광경에 선두에 있던 무림연맹의 모든 문파 간부들이 경악을 금치 못했다. 눈앞에서 무상도 정천의 수급을 보게 될 줄 누가 알았겠는가.

"매… 맹주….'

군사 백위향은 너무나도 혼란스러웠다. 선발대로 떠나기 전만 하더라도 강한 자신감을 내비쳤던 맹주였다. 그런 와중에 문득 의아했다.

'이놈이 어떻게 맹주의 수급을?'

맹주의 수급에서 고개를 들어 올려 전령을 쳐다보았다. 수라장에서 빠져나와 전황을 알리러 온 전령의 얼굴치고는 상처 하나 없이 너무도 깨끗했다. 피투성이가 된 복장과 달리 말이다. 오싹! 그 순간 군사 백위향은 온몸에 소름이 돋았다.

'이놈… 지금?'

마치 그의 이런 반응을 즐기듯이 눈매가 웃고 있었다.

스릉! 생각할 겨를도 없이 군사 백위향은 자신의 판단을 믿고 검을 뽑아 전령의 목에 겨냥했다. 그런데 검이 목에 닿기도 전에 전령의 검지와 중지에 잡혔다. 창!

'아닛?'

당혹스럽기 그지없었다.

전령 따위가 자신의 검을 잡아내다니 말이다.

"네놈… 누구냐?"

그런 그의 물음에 전령이 입꼬리를 올리며 말했다.

"이 목을 자른 사람이겠지?"

'…!!'

고금제일마

무림연맹 제삼군사 백위향의 얼굴이 딱딱하게 굳었다. 그는 순간 자신의 귀를 의심했다.

'이 목을 자른 사람?'

전령이 자신에게 전달한 대로라면 그가 바로 혈마가 아닌가.

'전령으로 분장했다고?'

머릿속이 복잡해졌다. 혈교의 우두머리가 전령으로 변장하면서까지 대군 앞에 나타났음이 말이다. 하지만 그가 정말로 혈마라면 놀라고 있을 상황이 아니었다. 백위향은 다급히 검병에서 손을 뗐다. 그리고 신형을 뒤로 날리려고 했는데, 전령이 전광석화처럼 그의 발등을 밟았다. 꽉!

"끄윽!"

발가락뼈가 전부 으스러졌다 싶을 만큼 너무도 고통스러웠다.

"군사!"

"이게 무슨 짓이냐?"

"네놈 본 맹의 전령이 아니구나!"

이제야 뭔가 잘못되었음을 느낀 각 문방파의 문주, 방주 들이 소리쳤다. 물론 이렇게 소리를 지르는 자만 있는 것이 아니었다. 형산일검 조청운을 비롯한 무공이 고강한 몇몇 고수들이 말에서 뛰어내리며 병장기를 뽑아 달려들려고 했다. 그러나 전령의 손에 목이 잡힌 제삼군사 백위향의 모습에 멈춰야만 했다. 콱!

"켁!"

그들이 조금이라도 가까워지면 목이 꺾일 판국이었다. 하북 팽가의 가주인 팽사용이 바닥을 뒹굴고 있는 무림연맹의 맹주 무상도 정천의 수급을 보고 소리쳤다.

"네놈은 전령이 아니다. 당장 정체를 밝혀라."

백위향의 목을 움켜잡고 있는 전령이 손을 내밀며 뭔가 시늉을 했다. 마치 조용히 하라는 듯했다. 맹주가 죽은 이상 지금 이 토벌대의 사령관은 직위상 군사인 백위향이었기에 모두가 섣불리 움직일 수가 없었다.

"이제 조용해졌군."

전령이 목이 붙잡힌 제삼군사 백위향을 향해 빙그레 웃었다. 그 웃음에 백위향은 전신에 소름이 돋았다. 웃고 있지만 살기 어린 눈동자에 오금이 저릴 정도였다.

'이놈 대체 무슨 수작이지?'

아무래도 유일하게 이자의 정체를 들은 것은 자신뿐인 것 같았다. 분명 자신의 입으로 맹주의 목을 잘랐다고 하는데, 여러 문주들이 그 말을 듣지 못한 것 같았다. 전음입밀의 수법도 아니었는데 말이다.

'혈마야! 이놈이 혈마라고!'

당장 이렇게 소리치고 싶었다. 하지만 목숨의 위협을 받는 상황에서 함부로 입을 열 수가 없었다.

'빌어먹을.'

이 자리에서 스스로의 목숨을 구제할 수 있는 자는 오직 당사자인 자신뿐이었다. 그렇다면 기지를 발휘해서 빠져나가야 했다. 떨리는 것을 겨우 진정시킨 백위향이 힘겹게 입을 열었다.

"일단 이 손을 놓고 대화하는 것이 어떻겠소. 설령 본 군사를 인질로 잡았다고 한들 이 많은…."

"쉿."

뭔가를 말하려는 백위향을 그가 아무 말도 하지 못하게 했다. 그러더니 알 수 없는 말을 했다.

"지금부터 네놈이 죽어야 할 이유를 알려줄 거야, 백 군사."

"뭐? 지금 무슨…."

바로 그 순간이었다. 군사 백위향이 전령의 눈동자와 마주치자마자 눈앞에 알 수 없는 광경이 펼쳐졌다. 누군가의 시선으로 본 자신의 모습인 것 같았다. 한데 이런 일이 있었던 것일까 싶을 만큼 처음 보는 광경이었다.

'대체 뭐야? 이건….'

수많은 일들이 흘러가듯이 보였다. 마치 찰나의 순간처럼 말이다. 이 환상 속에서 빠져나오고 싶은데, 그에게는 아무런 선택권이 없었다. 그러다 이내 누군가 애처롭게 비는 모습이 보였다.

"제발 살려주십시오. 평생 입을 다물고 살겠습니다. 저같이 내공도 익히지 못한 삼류 무인을 죽인다고…."

"읽었지?"

"네?"

"읽었잖느냐, 〈검선비록〉. 그게 네가 죽어야 할 또 다른 이유다."

자신의 모습이었지만 이렇게 비열해 보일 줄이야. 그런데 그렇게 물 흐르듯이 보이던 환상이 거기서 멈췄다. 그때 백위향의 시야로 자신으로 보이는 자의 눈동자가 보였다. 그 눈동자 속에 한 사내의 얼굴이 비쳤다. 상처투성이에 고생한 흔적이 가득한 사내의 얼굴은 누군가와 매우 닮아 보였다. 분명 어디서 본 얼굴인데 이상하게 누군지 알기 힘들었다. 그러다 이내 머릿속에 누군가의 얼굴이 스치고 지나갔다.

'소운휘?'

분명 눈동자에 비친 저 얼굴은 이신성, 아니 소검선 소운휘가 틀림없었다. 뭔가 거칠어 보이고 고생한 흔적이 가득했지만 그가 분명했다. 영문을 알 수가 없었다. 자신은 한 번도 겪은 적이 없던 일이었다. 한데 지금까지 본 환상이 맞다면 이것은 자신의 눈에 비치고 있는 전혀 다른 모습의 소운휘가 겪었던 일로 보였다. 그때 그의 앞으로 누군가가 모습을 드러냈다.

'네놈!'

그 전령, 아니 혈마였다. 대체 무슨 수를 쓴 건지 알 수가 없었다.

'대체 여긴 어디야? 왜 나한테 이런 걸 보여주는 것이냐?'

"네놈이 죽어야 할 이유를 보여준 거다."

'내가 죽어야 할 이유라니 대체 무슨….'

두드드드둑! 두둑!

'아니?'

그때 갑자기 혈마의 얼굴이 일그러지기 시작했다. 그러더니 이내 누군가의 얼굴로 변해갔는데, 이를 본 백위향은 당혹감을 감추지 못했다. 혈마가 변한 얼굴은 다름 아닌 소검선 소운휘였다. 군사 백위향은 너무나 혼란스러웠다.

'이게 대체….'

혈마가 왜 정파의 영웅이라 불리는 소검선으로 변한단 말인가? 이것도 환상인지 알 수가 없었다. 그런 그에게 소검선의 얼굴이 된 혈마가 말했다.

"사파에서는 나를 혈마라 부르고 정파에서는 나를 소검선이라고 부르더군."

'…!!'

그 말을 듣는 순간 군사 백위향은 충격을 넘어서 전율을 느꼈다. 만약 이게 사실이라면 혈마는 정파 무림을 상대로, 아니 세상 전체를 속이고 있는 것이 아닌가.

'말도 안 돼. 그럴 리가 없어.'

경악을 금치 못하는 그에게 소검선이 된 혈마가 말했다.

"현 맹주도 죽고 전 맹주도 실각했으니, 조만간 무림연맹에서는 새로운 맹주를 추대하겠군."

'…!?'

순간 백위향의 머릿속에 수많은 그림이 그려졌다. 그것은 절대로 일어나서는 안 되는 최악의 사태였다.

'안 돼! 그런 일은….'

콱!

'킥!'

그때 소검선이 된 혈마가 그의 목을 움켜잡았다. 그리고 빙그레 웃으며 말했다.

"이 모든 게 네놈이 빚어낸 미래다. 그 손으로 자신의 죽음을 불렀고, 향후 정파 무림의 미래도 결정지은 거다."

'컥컥… 대체… 넌…'

"그땐 그저 이름조차 부를 가치가 없던 무림연맹의 황룡당 당원이자 혈교의 첩자였지."

'무슨…'

"참 우습지 않나? 그랬던 내가 지금은 정파의 영웅이자 혈교의 우두머리니까."

'컥컥…'

이상했다. 숨이 막혀왔다. 분명 눈앞에서 벌어지는 일들은 술법에 의한 환상이었다. 그런데 잡혀 있는 목이 점점 졸려오면서 숨이 막혔다. 그러다 문득 현실을 깨달았다. 자신은 환상을 보기 전부터 이미 이자에게 목이 붙잡혀 있다는 것을 말이다.

"이놈! 멈춰라!"

"군사!"

외침 소리가 들려왔다.

어느새 현실로 돌아왔고 그의 눈앞에는 자신의 목을 움켜잡은 전령이 있었다. 목이 졸려 숨이 막히면서 점차 두 눈이 흐려져 갔다.

'말해야 해. 이노… 놈이… 소검선이고… 혈마라…고…'

반드시 말해야 하는데 입이 열리지 않았다. 그런 그를 향해 전령이 빙그레 웃으면서 말했다.

"모르고 죽으면 허무하잖아. 안 그래?"

"컥… 컥… 너!"

두드둑! 순간 그의 목이 꺾이고 말았다. 동공이 파르르 떨리던 군사 백위향이 고개를 밑으로 떨구었다. 숨을 거두고 만 것이다.

* * *

'아아아!'

말로 형용할 수 없는 기분이다. 회귀 전 죽으면서 이런 기회가 오기를 수없이 바랐다. 선의를 이용하여 자신의 욕망을 채우고 나를 죽였던 군사 백위향. 그가 내 손에 드디어 숨을 거뒀다. 누군가 내게 복수는 허무한 것이고 무의미한 일이라고 했던 기억이 떠올랐다. 그런데 나는 그에게 집어치우라고 말하고 싶다. 백위향을 죽이고 나니 막혔던 가슴 한편이 뻥 뚫리며 후련해지는 기분이었다.

―그렇게 이루고 싶던 목표를 하나 이뤘네.

그래. 그렇게나 바라왔다. 그때도 놈을 죽일 수 있었지만 참았다. 하지만 드디어 놈을 죽이더라도 그 뒷일을 감당할 힘을 가졌다. 이제 모용수만 죽이면 회귀 전의 모든 한을 풀 수 있다.

―그 전에 여기부터 해결해야 하지 않을까?

그렇네. 백위향이 죽자 망연자실해하던 것도 잠시, 거리를 유지하고 있던 무림연맹의 고수들 중 한 사람이 나를 향해 패도적인 기세로 달려들었다. 얼굴을 보니 하북 팽가의 가주인 팽사용이었다.

"이노오오오오옴!"

초절정의 고수답게 뿜어져 나오는 기운이 남달랐다. 번개가 내려치는 것처럼 허공을 가르며 베어오는 저 도법은 팽가가 자랑하는 혼원벽력도의 절초일 것이다. 손바닥을 벌리자 바닥에 떨어져 있던 죽은 백위향의 검이 손안에 빨려 들어왔다.

"느려."

나는 팽사용이 펼치는 혼원벽력도의 절초를 향해 검을 휘둘렀다. 굳이 혈천대라검의 검초도 필요 없었다. 그와 나의 격차라면 단순히 검을 휘두르는 것만으로도 절초와 같은 위력을 낼 수 있다. 채애애애앵!

검과 도가 부딪치는 순간 팽사용이 경악을 금치 못했다. 공력에서 완전히 상대되지 못함을 파악했기 때문일 것이다. 나는 힘을 주어 그를 튕겨냈다.

"허헉!"

팽사용의 신형이 이내 뒤로 이십 보 넘게 튕겨 나갔다. 그런 그를 무림연맹의 고수들이 받아내려고 했지만, 오히려 그들마저 팽사용의 몸에 실려 있는 내경에 의해 부상을 입고 튕겨 나갔다. 파파파파팡!

"끄헉!"

"컥!"

"이, 이게 무슨!"

무림연맹의 선두 전열이 팽사용에 의해 제대로 흐트러지고 말았다. 수십여 명이 쓰러져서 일어나지 못하고 신음성을 냈다. 이 광경에 모두가 당혹감을 감추지 못했다. 전령이 아니라 누군가 정체를 감춘 거라고 여겼지만 그 신위가 초절정의 고수마저 한 수에 이 꼴로 만들 정도일 거라 누가 예상했겠는가. 그때 남청색 도복을 입은 한 중년인이 앞으로 걸어 나오며 말했다.

"…무위만큼이나 참으로 대담하군, 혈마."

그는 형산파의 최고수인 형산일검 조청운이었다. 조청운이 날카롭게 기세를 끌어올리고 있었다. 언젠가 이런 순간이 올 거라 여겼지만 그날이 오늘일 줄이야. 형산일검의 그 말에, 선두에 있던 무림연맹의 간부들과 무인들 반응이 아주 가관이었다.

"아니!"

"혈마라니!"

"혼자서 왔단 말인가?"

웅성웅성! 내가 전령으로 분해서 나타나리라고는 생각지 못했을 것이다. 그러니 소란스러워지는 것도 당연했다. 형산일검 조청운이 검을 위로 치켜들고서 큰 소리로 외쳤다.

"본 맹의 적인 혈마가 나타났다! 전투 준비!"

"전투 준비!"

그의 외침에 놀라던 무림연맹의 간부들이 정신을 차렸는지 복창했다. 그러자 팔천여 명에 이르는 무림연맹의 모든 무인들이 병장기를 뽑고서 전열을 가다듬었다. 확실히 무림연맹의 본단 전력이라 그런지 기세가 남달랐다. 지부 연합의 전력과 비교하기가 어불성설일 정도로 말이다.

─어떻게 할 거야?

─전부 죽여야지. 혈교의 적이다.

혈마검이 저들을 죽이라고 종용했다. 뭐 그것도 정답일 수 있지만 이들 중에 형산파나 진주 언가 등이 끼어 있는 게 마음에 걸렸다. 진주 언가의 언영인은 영영이와 절친이나 다름없고, 형산파는 그 아이의 사문이다. 이들을 죽인다면 그 아이가 나를 많이 원망하겠지.

―어쩌려고? 어차피 얘네도 지금 목숨 걸고 싸울 기세인데.

나는 피식 웃었다. 기세가 올랐으면 꺾어줘야지. 나는 품속에서 악귀 가면을 꺼내서 얼굴을 가렸다. 그리고 염을 일으키며 혈마화를 했다.

"이럴 수가…."

"머리카락이 피처럼 붉어졌어."

"정말 혈마야."

이런 나의 변화에 무림연맹의 무인들 경계심이 강해지고 있었다. 하지만 누구 하나 섣불리 움직일 생각을 하지 못했다. 무림연맹의 최고 고수인 무상도 정천이 내 손에 죽었고, 초절정의 고수인 팽사용이 한 수에 나가떨어지는 것을 보았으니 극도로 긴장될 것이다. 그때 형산일검 조청운이 소리쳤다.

"연맹의 무인들은 들으시오! 혈마의 손에 맹주와 군사, 그리고 수많은 본 맹의 동도들이 목숨을 잃었소이다! 그들의 뜨거운 피가 지하에서 통곡하고 있는데, 어찌 두려움을 보이는 것이오!"

"맞소이다! 오늘 이곳에서 뼈를 묻는 한이 있더라도 혈마를 죽이지 못한다면 더 많은 무림의 동도들이 죽게 될 것이외다!"

진주 언가의 가주인 언광운이 거들었다. 침체된 사기를 끌어올리기 위함이었다. 한데 이것을 내가 그냥 지켜보리라 여긴 건 아닐 테지. 나는 공력을 집중하여 입을 열었다.

"무림연맹은 들으라."

목소리가 사방으로 메아리처럼 울렸다. 사자후처럼 공력을 실은 것이었기에, 내공이 약한 이들은 고통스러운지 귀를 틀어막았다.

"큭!"

"무, 무슨 소리가…."

팟! 이런 나의 외침에 위기감을 느꼈는지, 형산일검 조청운과 진주 언가의 가주 언광운이 동시에 신형을 날렸다. 하필이면 이 둘이 동시에 내게 공격해오다니, 참 공교롭기 짝이 없다. 두 사람과는 되도록 손을 섞기 싫었지만, 지금 이 전력을 이끄는 우두머리는 그들이니 별수 없었다. 촤촤촤촤촤촤촤! 각자의 절초를 펼치며 교묘하게 합공을 펼치는 두 고수. 그런 그들의 검을 나는 가볍게 상체만 움직이며 피하다 이내 빈틈을 파고들어 두 사람의 검날을 두 손으로 잡아냈다. 차앙!

"아니!"

동시에 검이 잡히자 조청운과 언광운이 경악을 금치 못했다. 초절정의 고수인 두 사람이 동시에 합공했으니 어느 정도 격이 맞을 거라 여겼나 보다.

"무상도도 고작 두 초식을 버티지 못했는데, 그대들이 본좌를 어찌할 수 있으리라 생각했나?"

"뭐?"

그 말에 그들의 눈동자가 흔들렸다.

"물러나라."

꾸욱! 태앵! 나는 붙잡고 있는 그들의 검을 휘어버렸다. 그리고 이를 튕기자 휘어졌던 검이 원상태로 돌아가며 거기에 실려 있던 공력에 의해 그들의 신형이 뒤로 열 보 넘게 밀려났다. 촤르르르르르!

"흐헉!"

"큭!"

이를 악물며 공력의 여파를 열 보에서 버텨낸 그들이었다. 사실

팽가의 가주처럼 극심한 내상까지 입힐 수도 있지만 그저 밀려나게만 한 것이었다. 나름 체면을 살려준 거다.

'조 사형, 그대가 내 배려를 아시려나 모르겠소.'

익양 소가에서 사형, 사제를 맺지 않았고 영영이의 사백이 아니라면 제대로 손을 썼을 것이다.

─네가 아니라 누이동생인 영영이한테 감사할 일 아니야?

뭐 그것도 맞는 말이네. 나는 다시 공력을 높여 소리쳤다.

"본좌는 지금부터 너희들에게 목숨을 부지할 수 있는 기회를 주려고 한다."

이런 나의 말에 진주 언가의 언광운이 소리쳤다.

"닥쳐라! 본 맹은 혈교와 타협하지 않는…."

그 말이 끝남과 동시에 나는 바닥을 향해 크게 진각을 밟았다. 콰앙! 땅바닥이 부서지며 커다란 굉음이 파동을 일으켰다. 그러더니 이내 무림연맹의 선두에 있던 수백여 명의 무인들이 눈이 뒤집혀서 그대로 바닥에 쓰러지고 말았다. 털썩! 털썩! 그나마 문주급의 고수들은 겨우 버텼지만, 순식간에 전열의 선두가 휑해졌다. 이 광경에 진주 언가의 언광운이 침을 꿀꺽 삼키며 중얼거렸다.

"…혀, 혈마군림보!"

진주 언가의 가주 언광운으로부터 나온 그 말은 삽시간에 파도처럼 퍼져 나갔다. 쓰러진 수백여 명의 모습에 그들은 혼란스러워하고 있었다. 진각 한 번에 이 많은 인원이 쓰러질 거라고 누가 상상이나 했겠는가.

"사, 사실이었단 말인가."

"백팔나한진을 무너뜨린 것이…."

호오. 조성원이 일을 제대로 한 듯하다. 이들의 귀에 그 소문이 들어간 걸 보면 말이다. 절대로 꺾일 것 같지 않던 형산일검 조청운조차 당혹스러운 기색이 역력했다. 수적인 우세가 무의미하다는 판단이 들어서일 것이다.

—참 유용하단 말이야, 정요환의안.

그러게. 상대에게 위압감을 주기에 이만큼 좋은 수법도 없었다. 다만 이런 식으로 수백여 명을 쓰러뜨리면 선천진기의 소모가 굉장했다. 연달아 쓰기에는 효율성이 떨어지기에 이렇게 적들이 우왕좌왕 혼란스러워할 때 기세를 몰아붙여야 한다. 나는 공력을 실어 소리쳤다.

"마지막으로 기회를 주마. 본좌는 정사를 떠나 쓸데없이 피를 흘리는 것은 무의미하다고 생각한다. 지금 떠나면 그 목숨을 거두지 않겠다."

이런 나의 제안은 좀 전보다 크게 효과를 거뒀다. 무림연맹의 간부급들인 문파, 방파의 우두머리들은 아니더라도 일반 무인들이 흔들리는 것이 눈에 띄게 보였다. 내부에서 흔들리자 윗선까지 그 영향을 미치는 것은 당연했다.

"속지 마라! 본 맹을 흔들려는 간교한 계책이다!"

"허장성세다. 놈도 인간이다. 아무리 내공이 넘친다고 한들 이 많은 자들을 쓰러뜨렸으니…."

쾅! 그 말이 끝나기도 전에 나는 다시 한 번 진각을 밟았다. 털썩! 털썩! 그러자 또다시 수백여 명에 이르는 무림연맹의 무인들이 눈이 뒤집혀서 기절하고 말았다. 나는 피식 웃으며 말했다.

"이게 어쨌다고?"

"…이런."

이 광경을 지켜보는 이들은 환장할 노릇일 것이다. 고작 진각 한 번에 속수무책으로 수백여 명이 쓰러지니 말이다.

—무리하는 거 아냐?

뭐 확실하게 해야지. 선천진기의 절반 가까이가 소모되었지만 이 정도는 보여줘야지. 지금 저들의 반응만 봐도 알 수 있지 않나. 두 번의 진각으로 거의 천여 명이 기절하자, 무림연맹의 무인들 사기를 끌어올리려던 간부들조차 입이 벌어져서 아무 말도 하지 못했다. 심지어 그 꼿꼿하기 그지없던 형산일검 조청운조차 심각한 얼굴이 되어 이 사태를 어찌해야 할지 망설이는 모습이었다.

—히히. 난감하겠지. 떼거리로 덤벼서 죽일 수 있다면 모르겠는데, 그러지도 못 하고 전멸하면 헛된 희생일 테니까.

소담검의 말대로였다. 아무리 희생을 요한다고 해도 성과가 있어야 강요할 수 있는 법이다. 말 그대로 진퇴양난의 상황이었다. 이대로 퇴각한다면 쓸데없는 희생을 줄일 수 있겠지만, 혈마 한 사람과의 대결에서 팔천여 명의 무림연맹 전력이 패배한 것이 된다. 과연 어떤 선택을 할까?

형산일검 조청운이 이를 악물다가 이내 소리쳤다.

"그대의 약조를 어찌 믿으라는 것이오?"

이 말로 인해 그의 선택이 보였다. 대쪽 같던 자존심을 접고 희생을 줄이는 방향을 택한 것이다.

"칼을 쥔 쪽에서 아쉬울 게 있다고 보나?"

오만한 나의 말에 형산일검 조청운이 날이 선 눈으로 노려보았다. 하지만 이내 탄식이 섞인 한숨을 내쉬더니 말했다.

"명성에 걸맞게 약조를 지켜주리라 믿겠소."

"조 대협!"

"설마 혈마의 말을 따르자는 것이오?"

"아니 될 일이오!"

당연히 간부들의 반발이 심했다. 저토록 반발하는 이유는 이렇게 후퇴하면 벌어질 여파가 두려운 것이다. 수많은 이들의 목숨보다 자신들 명예를 선택하다니 참 어리석다. 이런 그들에게 조청운이 분하다는 듯이 말했다.

"…혈마 저자가 왜 혼자서 이곳에 온 것 같소이까? 그의 압도적인 역량 이외에도 뭔가가 있소. 지금은 물러나야 하오."

이건 의도한 바가 아닌데, 무슨 계책이 있다고 여긴 모양이다. 뭐 어떤 식으로든 물러나면 나야 목적을 달성한 셈이다.

"조 대협, 이건 본 맹의 명예가 걸려 있는 일이오."

진주 언가의 언광운마저 이를 반대하고 나섰다.

"맞소이다. 물러서면 안 되오."

"이렇게 퇴각하면 본 맹을 따르는 무림 동도들의 신뢰를 잃게 될 것이외다."

강한 반발에 조청운이 이들을 다그쳤다.

"본단의 절반에 해당하는 전력을 전부 희생시키고 패배하는 것은 옳단 말이오?"

"…."

이런 조청운의 말에 간부들이 차마 입을 열지 못했다. 모든 자들이 죽는 사태가 벌어진다면 오히려 퇴각하는 것 이상으로 큰 타격을 받게 된다는 것을 꼬집어서였다. 상황을 냉정하게 판단한 것은 오히려 형산일검 조청운이었다. 그런데 이런 상황에 무림연맹의 후방에서 말을 몰고 오는 누군가가 보였다.

'전령?'

그것은 진짜 무림연맹의 전령이었다. 조청운을 비롯한 간부들은 전령의 등장에 의아함을 감추지 못했다. 무림연맹의 전력을 앞질러 온 전령이 쓰러져 있는 수많은 무인들과 나를 발견하고는 당혹감을 감추지 못했다.

"헉!"

하지만 이내 누군가를 찾았다. 무림연맹주를 찾는가 본데, 그는 이미 죽었다. 조청운이 전음을 보냈는지 전령이 이내 그에게로 다가갔다. 적인 나를 의식했기에 전음으로 뭔가를 다급히 전달했다.

"뭐?"

이를 들은 조청운이 당혹스러운지 인상을 찡그리더니, 이내 간부들에게 다가가 전음으로 차례로 소식을 전했다. 조금 전만 해도 의견이 분분하던 그들이 심각한 얼굴로 서로를 바라보았다. 계속 저러니까 궁금해지잖아.

─입 밖으로 내뱉게 하면 되잖아.

그거 좋은 생각이로군. 나는 손가락을 가볍게 튕겼다. 딱! 그러자 전음으로 대화를 나누던 무림연맹의 간부들 중 한 사람이 갑자기 대뜸 입을 열어서 말을 내뱉었다.

"무쌍성이 어째서 본 맹으로 향하고 있단…."

"과 문주!"

"헙!"

놀란 간부들이 그를 다그쳤고, 당사자는 입을 틀어막았으나 이미 늦었다. 벌써 들었으니 말이다. 환의안에 걸려서 얼떨결에 기밀을 누설한 과 문주라는 자는 거의 역적 취급에 가까운 눈초리를 받았지만 내가 알 바는 아니었다.

—네 아버지가 움직인 거야?

무쌍성이 움직였다면 아버지 무정풍신 진성백이 틀림없다.

'하!'

아무래도 나를 돕기 위해 움직이신 게 분명했다. 이미 사태를 해결했지만 이런 상황을 모르시기에 아버지는 혈교가 위험하다는 소식을 접하고서 나선 것 같았다. 무림연맹의 입장에서는 청천벽력일 것이다. 전력의 절반이 비어 있는 상황에서 중립 세력인 무쌍성이 갑자기 남하하고 있다니 말이다.

나는 빙그레 웃으며 말했다.

"당금의 무림연맹은 참으로 적이 많군."

"큭!"

그런 나의 도발에 무림연맹의 간부들이 격한 신음성을 흘렸다. 여기서 물러나는 것도 분한데, 남하하는 무쌍성을 견제하기 위해 서둘러야 할 판국이었으니 말이다. 형산일검 조청운이 황급히 손을 들고서 무림연맹의 무인들에게 명했다.

"본 맹으로 서둘러 복귀한다."

"충!!"

조청운의 명이 떨어지자 무인들이 철수를 위해 기절한 동료들을 챙겼다.

"잠깐."

"…?"

"가져가라."

전열을 가다듬고서 퇴각하려 하는 그들에게 나는 허공섭물로 무언가를 부유시켜, 무림연맹의 간부들이 있는 곳으로 천천히 보냈다. 다름 아닌 맹주 무상도 정천의 수급이었다. 이를 받아 든 그들이 놀라움과 의아함을 감추지 못했다.

"이건…."

적장의 수급은 일종의 전리품이나 다름없다. 더군다나 이번 전쟁은 그들이 쳐들어온 것이기에 수급을 욕보여도 할 말이 없는 상황이었다. 그런데도 나는 수급을 군말 없이 돌려주었다.

"적이었다고는 하나 정파의 영웅을 욕보일 순 없지. 돌아가서 유가족의 품에 전해주고 무림연맹 측에서 정중히 장을 치러주도록 하라."

그런 나의 말에 무림연맹의 간부들이 탄식을 흘렸다. 사파라고 몰아붙였던 혈교의 수장인 내가 오히려 품격이 다름을 보여주니 부끄러울 것이다. 같은 심경이었는지, 형산일검 조청운이 고개를 절레절레 흔들며 중얼거렸다.

"…정파 무림의 굴욕이로구나."

* * *

섬서성 최남단. 호북성과의 경계면이라 할 수 있는 평리현 부근에 만 명에 이르는 무쌍성의 전력이 무림연맹의 사천성, 하남성 지부의 전력들과 대치하고 있었다. 급히 긁어모은 무림연맹 지부의 전력은 고작 삼천에 불과했기에 얼마든지 뚫을 수 있었지만 무쌍성은 닷새째 대치 상황을 유지했다. 무림연맹 지부 측에서는 긴장되면서도 답답하기 짝이 없는 상황이었다. 무쌍성의 전열 선두에서 뒷짐을 지고 전황을 살피는 이가 있었으니, 바로 풍영팔류종의 종주인 무정풍신 진성백이었다. 그런 진성백 옆에 있던 비월영종의 종주이자 장인인 하성운이 말했다.

"이렇게 대치하는 것만으로 그 아이에게 도움이 되겠나?"

"적어도 무림연맹의 전력이 혈교로 전부 투입되는 것은 막을 수 있을 겁니다."

"그때까지 운휘 그 아이가 무사히 혈교에 도착하길 바라야겠군."

무쌍성에 있었으나 손주이자 아들인 진운휘의 행보를 유의 깊게 지켜보던 그들이었다. 그런 와중에 갑자기 진운휘가 사라졌다. 일곱 달 동안 연락이 끊기면서 안절부절못하는 상황이 이어졌다. 운휘의 누이동생인 소영영을 찾아가 행방을 물었지만 그녀조차 몰랐다. 유일하게 알고 있는 것은 현 혈교의 교주가 운휘의 대행을 하고 있는 부교주라는 사실만 들을 수 있었다. 그러던 차에 진성백은 무림연맹에서 대대적으로 혈교 토벌을 감행한다는 정보를 입수했고, 이를 마냥 지켜봐야 할지 숙고에 빠졌었다. 하지만 소림사에서 혈마가 나타났다는 소식이 들려왔다. 이에 진성백은 망설이지 않고 무쌍성의 전력을 이끌고 남하했다. 아들이 혈교로 복귀할 시간을 벌어주기 위해서 말이다.

하성운이 짙은 한숨을 내쉬며 말했다.

"불안하군."

"저도 그렇습니다."

"무상도 정천은 초인의 영역을 넘어선 절대고수가 아닌가."

그 점이 우려되었다. 진성백 역시도 하성운과 같은 심경이었다.

혈교의 최고수라 하던 일존 파혈검제 단위강이 살흉 절심의 습격으로 죽었다고 들었다.

아들인 운휘는 제때 도착하더라도 자신마저 승부를 장담할 수 없는 절대고수와 겨뤄야 하는 상황이었다.

'무상도….'

아무리 아들 운휘의 무재가 뛰어나다고 해도 이번 적은 차원이 달랐다. 마음 같아서는 자신이 직접 혈교로 가서 돕고 싶었다. 하지만 거리상으로도 무리였고, 지금으로서는 무림연맹의 발을 묶는 것이 최선이었다.

"만약… 운휘 그 아이에게 무슨 변고가 생긴다면 무림연맹과 본성은 그날부로 끝장을 보게 될 겁니다."

사위의 심경을 이해하기에 하성운도 고개를 끄덕이며 동의했다. 무림연맹으로 인해 많은 것을 희생했던 그들이었다. 절대로 용서치 않을 것이다. 그때였다.

"성주님!"

누군가 진성백을 향해 성주라고 부르며 달려왔다. 진운휘가 사라지고 나서 일곱 달. 그사이에 해왕성종과 손을 잡고 모든 종파를 굴복시킨 진성백이었다. 종파 연합제에서 일대 성주로 부임한 진성백은 이제 무쌍성의 모든 전력을 동원할 수 있게 되었다. 그에게 달려온 자는 문형창류의 유파장 서문극이었다.

"무슨 일인가?"

뭔가 급한 용무가 있다는 듯이 달려온 그의 모습에 하성운이 불안한 마음으로 진성백보다 먼저 물었다. 이에 서문극이 말했다.

"무림연맹의 본단 전력이 혈교에 패배하여 퇴각했다고 합니다."

"아아아!"

하성운이 그 말에 자신도 모르게 체통을 잃고 탄성을 흘렸다. 그토록 기다려왔던 소식이었기 때문이다.

"흠흠."

하지만 이내 의아해하는 서문극의 얼굴을 보고 체통을 되찾았다. 아직까지 진운휘가 혈교의 교주인 것을 아는 자는 무쌍성 내에서도 이들 장인과 사위뿐이었다. 진성백도 이 소식에 기뻤지만 내색하지 않고 물었다.

"혈교의 교주인 혈마는 어찌 되었나?"

가장 중요한 것은 아들 소식이었다. 무림연맹이 퇴각했다고 해도 만약 운휘에게 무슨 변고가 생겼다면 아무런 의미가 없었다.

"놀라지 마십쇼. 지금 무림 전체에 난리가 났습니다."

"그게 무슨 말이지?"

"현 맹주인 무상도 정천이 혈마에게 패배해 수급으로 돌아오고 있다고 합니다."

'…!!'

서문극의 그 말에 두 사람의 어안이 벙벙했다. 초인의 벽을 넘어선 무상도 정천이 자신들의 아들이자 손주인 진운휘의 손에 패한 것으로도 모자라 죽었다고 하니 놀라지 않을 수가 없었다.

"이보게 사위, 노부가 잘못 들은 게 아니겠지?"

"…제대로 들으신 것 같습니다."

하성운도 그랬지만 진성백 역시도 자신의 귀를 의심했다. 무상도 정천이 누구인가. 한 번도 패한 적이 없다고 알려진 정파 무림이 자랑하는 당대 최고의 도객이 아니던가. 그런 그가 다른 사람도 아닌 아들 진운휘의 손에 패했다고 한다. 꽈악! 진성백은 자신도 모르게 주먹에 힘이 들어갔다.

'이 녀석….'

아들이었지만 정말 경악할 만한 괴물이었다. 불과 일곱 달 사이에 무슨 일이 있었는지 의구심이 들 정도였다. 그렇게 놀라워하는 이들 장인과 사위에게 서문극이 우려된다는 듯이 말했다.

"벌써부터 혈마를 고금제일마라 부르는 이들이 있다는데, 무림연맹을 견제할 것이 아니라 혈교가 더 커지는 것을 막아야 할지도 모르겠습니다."

'고금제일마?'

이런 그의 말에 진성백과 하성운의 표정이 묘해졌다. 기쁜 것은 둘째 치고 하루아침에 고금제일마의 아버지와 외조부가 된 그들이었다.

호북성 무한시 무림연맹의 성. 본단 건물의 대회의실 분위기는 무겁기 그지없었다. 아직까지 맹주 무상도 정천의 장례를 치르는 중이었기에 장례복을 입고 있는 무림연맹의 인사들이었다. 누구도 이런 사태를 예측하지 못했었다. 이번 토벌이 비록 현 맹주였던 무상도 정천과 그의 파벌 측에서 주장했다고 하나, 기존 집권층 역시도 그들의 승리를 점쳤었다. 한데 그 예상이 깨졌다.

"고금제일마라니… 하!"

무림연맹 제이장로인 화산파 매화백검 호양 진인이 기가 차다는 듯이 중얼거렸다. 이미 사방팔방 무림 전체로 소문이 퍼져 나갔다.

이 칭호가 의미하는 바는 굉장히 컸다.

"있을 수 없는 일이오. 뭔가 수작을 부렸을 게 뻔하오."

무당파의 신임 장문인인 종오 진인이 믿을 수 없다며 혀를 찼다. 무상도 정천은 현 정파에서 전 무림연맹주 무한제일검 백향묵과 더불어 최고의 무인이라 불렸다. 그런 그의 패배는 아직도 충격 그 자체였다.

"수작? 종오 진인께서는 그 괴물 같은 자를 보지 못해서 하는 소리요."

무림연맹의 제칠장로인 하북 팽가의 가주 팽사용이 그를 나무랐다. 최전선으로 가서 그와 직접 겨뤄봤던 팽사용이었다. 초절정 고수인 자신이 고작 한 수도 버티지 못해 나가떨어졌다.

"팽 가주를 탓하려고 그러는 것이 아니오."

"허어. 그런데 어찌 수작을 부렸다고 하는 것이오. 전선이 아니라 책상머리만 쳐다보고 앉아 있으니 아무것도 모르는 것이 아니오."

"말씀이 과하시오."

이런 그의 말에 토벌전에 참여하지 않은 장로들 심기가 불편해졌다. 그렇지 않아도 이번 토벌전에서 두 파벌은 의견이 갈리며 서로에 대한 불만이 커져 있는 상태였다. 진주 언가의 가주 언광운이 입을 뗐다.

"이번 사태는 매우 심각하다고 할 수 있소. 본 가주와 형산일검 조 대협이 그와 겨뤘지만 가히 천하제일이라 할 만한 무위를 지녔소이다."

"천하제일이라니. 가당치도 않소이다."

공동파의 장문인인 정양 진인이 이를 부정했다. 혈교의 우두머리인 혈마의 무위가 강하다고 해도 천하제일의 무위를 지녔다고 인정할 수는 없는 노릇이었다. 그렇지 않아도 이번 전쟁의 패배로 위축되었던 정파의 사기는 더욱 바닥을 치게 될 것이다.

형산일검 조청운이 탄식과 함께 입을 열었다.

"인정하고 안 하고의 문제는 이미 지났습니다. 여러 장로님께서도 아시겠지만 이미 혈교는 이번 전쟁에서 승리하면서 장강 이남의 수복에 박차를 가하고 있습니다."

"크흠."

조청운의 말대로 혈교의 움직임은 매우 빨랐다. 이번 전쟁에서 무림연맹 다섯 개 지부의 전력이 전멸하는 사태가 일어나며 이미 운남성, 귀주성, 호남성, 강서성, 복건성은 혈교의 손아귀에 넘어갔다. 벌써 다섯 성의 정보망이 상당수 끊긴 상태였다. 혈교에서 다섯 성의 정파 세력을 정리하기 시작했다는 것을 의미했다.

"아홉 개 지부가 아직 건재하오."

매화백검 호양 진인의 그 말에 진주 언가의 언광운이 고개를 저었다.

"다섯 개 지부와 본단 절반의 전력으로도 전쟁에 패했소. 그런데 지금 아홉 개 지부의 전력이 건재하다고 안심할 상황이라 할 수 있겠소?"

사천성, 감숙성, 안휘성, 하남성, 강소성, 산동성, 하북성, 산서성, 요녕성 등 아홉 개 지부와 본단이 건재하다고 해도 상황이 전과 달랐다. 이로써 혈교는 사파의 세력을 결집할 수 있는 요건을 갖춘 것이었다.

"게다가 무쌍성의 움직임도 심상치 않잖소."

"흐음."

장로들의 안색이 무거워졌다. 무쌍성이 물러났다고는 하나 이번 남하로 확실하게 알게 되었다. 그들은 혈교나 사파를 제외하고도 북쪽 뒤통수에도 거대한 적을 가지고 있음을 말이다. 그때 이들 대화를 가만히 듣고만 있던 부맹주 열왕패도 진균이 입을 열었다.

"그것은 본인이 손을 썼으니 기다리도록 하시오."

"손을 쓰시다니 그게 무슨 말씀입니까?"

"맹호당의 당주를 무쌍성으로 보냈소이다."

"맹호당의 당주? 부맹주의 손주분이 아닙니까?"

맹호당의 당주는 열왕패도 진균의 손자인 진용이었다. 그를 보냈다는 말에 모두가 의아함을 감추지 못했다. 이런 그들의 말에 넉 달전 의혹에서 벗어나 복귀한 제이군사 사마중현이 대신 답했다.

"모두 아시다시피 무정풍신 진성백이 무쌍성의 성주가 되어 권력을 잡았습니다."

"그게 무슨 상관이란 말이오? 지금 무쌍성의 집권층인 진성백이나 해왕성종의 종주 왕처일은 본 맹에 전혀 우호적이지 않지 않소이까?"

"그렇지요. 하나 맹호당의 당주는 그렇지 않습니다."

"그렇지 않다니요?"

아미파의 정향 사태가 되물었다. 이에 사마중현이 빙그레 웃으며 말했다.

"맹호당주 진용은 무정풍신 진성백의 제자입니다. 그와 연이 있기에 이번 사태를 수습하고 재동맹을 추진하기 위해 간 것입니다."

"호오. 그게 정말이오?"

"그러고 보니 들어본 것 같구려."

"노부도 들었소이다. 청룡당의 당주인 이정겸과 맹호당의 당주가 풍영팔류종의 시험을 치르러 갔었다고 말이오."

이런 그들의 반응에 부맹주 열왕패도 진균이 입꼬리를 올렸다. 손주 놈이 멋대로 그런 짓을 저질렀을 때는 불같이 화를 냈었는데, 오히려 선견지명이라고 할 만큼 신의 한 수가 되었다. 아무리 무정풍신이라고 해도 제자를 문전박대하겠는가. 게다가 이번 사태로 아무리 무쌍성의 집권층이 무림연맹에 우호적이지 않다고 해도 혈교를 견제하기 위해서라도 손을 잡을 수밖에 없을 거라 제이군사 사마중현은 확신했다.

이제 남은 일은 하나였다. 열왕패도 진균이 제이군사 사마중현을 바라보며 고개를 끄덕였다. 이에 기다렸다는 듯이 사마중현이 입을 열었다.

"장례가 끝나면 이야기하려 했으나, 사태가 점점 급박하게 돌아가기에 여기서 장로님들께 제안을 드리려 합니다."

"제안?"

"그게 무슨 소리요?"

"언제까지 본 맹의 수장 자리를 비워둘 수는 없는 노릇입니다. 그건 여기 계신 장로분들께서도 동의하실 거라 생각합니다."

그런 사마중현의 말에 모두가 고개를 끄덕거렸다. 부맹주가 있다고는 하나 엄연히 맹주를 보좌하기 위한 위치였다. 사마중현이 말을 이어갔다.

"현 맹주이신 정천 대협의 장례 절차가 마무리되는 대로 현 부맹주이신 열왕패도 진균 대협께서 맹주직을 이어받는 것을 제안하고 싶습니다."

"열왕패도께서 말이오?"

그 말에 매화백검 호양 진인이 되물었다. 그의 말투나 표정을 보면 그리 달가워하지 않는 것으로 보였다. 이런 호양 진인에게 공동파의 장문인인 정양 진인이 말했다.

"왜 그리 반문하시오? 이 시국에 맹주직을 맡아주실 분은 진균 대협 외에 아무도 없지 않습니까?"

"본 사태도 이에 동의합니다."

아미파의 정향 사태도 한 손 거들었다. 이들은 맹주 선출 때부터 열왕패도 진균을 지지했던 이들이었다. 두 장로의 말에 죽은 현 맹주 무상도 정천을 지지했던 파벌들 역시 마땅한 대안이 없기에 고개를 끄덕거렸다. 그때 누군가 입을 열었다.

"노부의 생각은 다르오."

그는 총군사 방덕현이었다. 부맹주를 제외하면 무림연맹에서 가장 큰 영향력을 가진 그였다. 그런 그가 나서자 부맹주 열왕패도 진균이 심기가 불편했는지 다소 굳은 얼굴로 말했다.

"총군사는 본인이 부족하다고 여기는 모양이구려."

"그럴 리가 있겠소이까. 진균 대협도 맹주로서의 자질이 충분하지요."

"하면 어떤 고견이 있기에 그리 말씀하신 것이오?"

묵직한 그의 물음에 회의장의 분위기가 무거워졌다. 그럼에도 불구하고 총군사 방덕현은 전혀 개의치 않고 입술을 뗐다.

"모름지기 맹주직 선출은 공정하게 이뤄져야 한다고 생각하오."

그가 그렇게 말하자 제이군사 사마중현의 눈매가 가늘어졌다.

'역시 반대하는구나.'

그는 한때 스승이었던 총군사 방덕현을 의심했다. 하나 복직한 지 얼마 되지 않았고 결정적인 증거를 찾지 못해 내버려두고 있는 상태였다. 이번에 맹주가 선출된다면 그를 자연스럽게 몰아낼 작정이었다.

'가만히 당할 작자가 아니지.'

명색이 총군사였다. 자신의 계책을 눈치채지 못하리라 여기진 않았다. 하나 그가 저 자리를 지키도록 내버려둘 순 없었다. 사마중현이 입을 열었다.

"대안이 없는 위치입니다. 어찌 공정함을 논할 수 있겠습니까?"

"어찌 대안이 없다는 겐가?"

"맹주 정천 대협, 무당파 종선 진인마저 없는 상황에서 혈마를 유일하게 상대할 수 있는 자는 오직 부맹주이신 진균 대협뿐입니다."

이것은 누구도 반박할 수 없는 현실이기에 모두가 침묵했다. 혈마의 무위를 감당할 수 있는 자는 팔대 고수의 일인이라 할 수 있는 진균뿐이었다. 반박해보라는 식으로 사마중현이 총군사 방덕현을 노려보았다. 그러자 방덕현이 웃으며 말했다.

"고금제일마라 불린다는 것은 당대 혈마가 초인의 영역을 넘어섰다는 것을 의미하네."

그런 그의 말에 진균의 인상이 무섭게 굳었다. 이 자리에서 설마 무위를 논하리라고는 예상치 못했다. 그것도 당사자를 앞에 두고서 말이다. 사마중현이 날카로워진 목소리로 말했다.

"설마 진균 대협의 무를 폄하하시는 겁니까?"

"…허허허. 사마 군사, 왜 이렇게 날카롭게 구는 건가? 혹 진균 대협이 아니면 안 될 이유라도 있어서 그러는 겐가?"

그런 방덕현의 말에 사마중현이 입을 다물었다.

'늙은 너구리.'

여기서 흥분하면 그의 수작에 넘어갈 수도 있다고 여겨졌다. 총군사 방덕현은 절대로 방심할 수 없는 자였다. 잠시 스스로를 진정시킨 사마중현이 말했다.

"…그럼 누가 본 맹의 맹주직을 맡아 혈교를 상대할 수 있단 말입니까?"

그 물음에 총군사 방덕현이 의미심장한 목소리로 말했다.

"있지 않나."

그 말에 모두가 의아해했다. 대체 누구를 말하려는 것일까?

방덕현이 말을 이어갔다.

"현역에서 물러난 지 그리 오래되지 않았지만, 이십여 년 전 정사대전에서 전대 혈마의 목을 직접 거뒀던 정파 최고의 검객 말이네."

그 말에 모두의 표정이 굳었다. 부맹주 열왕패도 진균 또한 마찬가지였다. 지금 그가 누구를 말하는 건지 바로 알아차렸기 때문이다. 사마중현이 떨리는 목소리로 말했다.

"설마 전 맹주를 말씀하시는 겁니까?"

전 맹주 무한제일검 백향묵. 그간의 공을 인정받아 자리에서 물러나는 것으로 처분이 끝났지만 혈마의 무공인 혈천대라공을 익힌 중죄를 짓지 않았는가.

'대체 무슨 수작이지?'

사마중현은 도저히 이 상황을 이해할 수가 없었다. 그것을 밝혀서 탄핵을 직접 감행한 자가 바로 총군사 방덕현이었다. 지금 그는 자신의 손으로 몰아낸 전 맹주를 다시 복권시키자고 주장하고 있었다. 공동파의 장문인 정양 진인이 끼어들었다.

"전 맹주는 중죄를 짓고 물러났소이다!"

그런 그의 말에 총군사 방덕현이 웃으며 말했다.

"그렇소. 혈마의 무공에 손을 댔으니 말이오."

아미파의 정향 사태가 이해할 수 없다는 듯이 물었다.

"아미타불. 총군사께서 직접 탄핵을 진두지휘하시지 않았습니까? 한데 이제 와서 갑자기 전 맹주를 거론하시다니요."

"안정적인 대안을 원한다고 하지 않았소?"

"전 맹주는 혈마의 무공에 손을 댔습니다. 사기에 침식된 자를 어찌 정파의 상징이라 할 수 있는 맹주직에 복권시킨단 말입니까?"

어느 편도 들지 않던 남궁 세가의 가주 남궁무진마저 반대하고 나섰다. 순식간에 회의장이 떠들썩해졌다. 그만큼 전 맹주의 복권은 복잡한 문제였다.

'대체 무슨 수작이지? 설령 전 맹주께서 복귀한다고 해도 그의 입지는 흔들린다.'

그의 탄핵으로 물러나게 된 전 맹주였다. 백향묵과 대화를 하면서 알게 되었다. 전 맹주 역시도 그를 수상히 여겨 뒤를 캐고 있었다고 말이다. 그런데 이건 대체 무슨 계략인지 알 수 없었다.

'반대해야 한다. 그의 수에 끌려가게 된다면….'

바로 그때였다. 쿵! 쩌저저적. 탁자가 반으로 갈라지며 떠들썩한 회의장이 순식간에 조용해졌다. 탁자를 이렇게 만든 것은 다름 아닌 부맹주 열왕패도 진균이었다. 모두가 그에게로 시선이 향했다. 진균이 입을 열었다.

"중죄를 지은 전 맹주가 아니면 혈마를 상대할 수 없다고 말하는 것인가?"

목소리에서 노기가 서리다 못해 전의마저 느껴졌다.

'이런.'

진균이 도발에 넘어갈 줄은 몰랐다. 그 역시도 팔대 고수라 불릴 만큼 무에 대한 자부심이 높았다. 그런 와중에 방덕현이 각파의 고수들 앞에서 대놓고 자존심을 건드렸으니 분노하지 않는 게 이상한 일이었다. 당장에라도 방덕현의 목을 꺾어버릴 기세였다. 하지만 이를 전혀 두려워하지 않는지 방덕현이 웃으며 말했다.

"비록 중죄를 지었다고 하나, 시국이 그렇지 않소이까?"

"시국?"

"만약 부맹주마저도 혈마에게 패하게 되면 정도 무림연맹의 신망은 나락으로 떨어지게 될 것이오."

부정할 수 없는 말에 모두가 작게 신음성을 흘렸다. 이미 현 맹주 무상도 정천이 당대 혈마에게 패해 죽는 사태가 벌어지면서 무림연맹의 입지는 상당히 흔들리고 있었다. 총군사 방덕현은 이를 꼬집은 것이었다. 전 맹주를 지지했던 매화백검 호양 진인마저 난처하다는 듯이 말했다.

"하나 총군사, 전 맹주를 복권시키기에는 명분이 부족…."

"명분이야 만들면 그만이지 않소. 가령 다시 혈교가 부활할 것을 예지했던 전 맹주가 혈마의 무공을 파헤친 것이었다고 말이오."

"…."

막힘없는 총군사 방덕현의 말에 모두가 반박하지 못했다. 그들 역시도 전 맹주가 거론된 시점부터 흔들리고 있었다. 중죄를 제외해

놓고 본다면 이십여 년이나 굳건한 정파의 시대를 연 장본인이 바로 전 맹주 백향묵이었다. 게다가 그의 무위는 모두가 인정하는 바였다. 제이군사 사마중현이 다급히 부맹주 진균에게 전음을 보냈다.

[부맹주, 이건 총군사의 계략입니다. 더는 도발에 넘어가서는….]

그러나 그의 전음이 끝나기도 전에 진균이 손을 내밀며 멈추라는 신호를 보냈다. 그러고는 진중한 목소리로 입을 열었다.

"좋소. 하면 누가 진정으로 혈마를 상대할 수 있을지 결정짓는 게 좋겠구려."

"부맹주!"

사마중현의 외침에도 진균은 개의치 않고 말을 이어갔다.

"전 맹주를 불러서 공개적으로 선출하도록 합시다. 이번에는 투표가 아니라 무(武)를 겨뤄 맹주직을 결정하면 불만이 없겠소?"

그런 진균의 말에 총군사 방덕현의 입꼬리가 슬며시 올라갔다. 이를 본 사마중현이 속으로 탄식했다. 결국 그가 의도한 대로 이뤄지고 말았다. 무인으로서의 자존심에 금이 간 진균은 말린다고 해서 들을 상황이 아니었다.

'차라리 전 맹주와 상의해야겠구나.'

이 상황에서 이성적인 판단을 할 수 있는 자는 오직 전 맹주 백향묵뿐이었다.

뜻하는 바를 이뤄낸 방덕현은 만족스럽다는 듯이 말했다.

"화통하시구려. 진 대협의 결단에 찬사를 보내오. 만약 진 대협이 전 맹주를 꺾어 무를 인정받는다면 모두가 군말 없이 따르게 될 것이오."

이렇게 회의가 마무리되는가 싶었다. 그때 누군가가 입을 열었다.

"혈마를 상대할 적임자가 맹주에 어울리는 것이라면 그에 합당한 자가 한 사람 더 있지 않소?"

"곽 장로?"

그는 바로 북영도성 곽형직이었다. 무상도 정천의 맹주 취임 때 새로운 장로로 발탁된 그였다. 신임 장로로 발탁되었다지만 그동안 두각을 드러내지 않던 그가 처음으로 나서자 모두가 의아해하며 바라보았다. 그것은 총군사 방덕현 또한 마찬가지였다. 방덕현이 의아해하며 물었다.

"…그런 자가 대체 누구란 것이오?"

그 물음에 북영도성 곽형직이 답했다.

"본인은 이자만큼 적임자가 없다고 보오."

확신에 찬 그의 목소리에 부맹주 진균이 인상을 찡그리며 물었다.

"대체 누구를 말하는 것이오?"

"그자는 열왕패도 진균 대협과 겨룬 적이 있소."

"나와 겨뤄?"

"낭왕 혁천만과도 겨룬 적이 있고, 사대, 아니 오대 악인의 두 사람인 악심파파 철수련과 귀살권마 장문량을 죽이기마저 했소이다."

'…!?'

그 말에 진균의 두 눈동자가 흔들렸다. 누구를 말하는지 알아들었기 때문이다. 현 정파 무림에서 이만큼의 대업을 달성한 자는 오직 한 사람뿐이었다.

"설마…."

"그를 말하는 건가?"

모두가 술렁거렸다. 누구도 이자를 대안으로 떠올리지 못했었다.

너무 젊고 근래에 행방이 묘연했기 때문이다. 지금까지는 자신의 뜻대로 이뤄져 여유로웠던 총군사 방덕현이 고개를 절레절레 흔들며 말했다.

"너무 젊소."

"혈마를 상대할 자를 찾는 것이 아니오?"

"그건 그렇지만…."

"유일하게 고금제일마라 불리는 당대 혈마를 패퇴시킨 장본인이기도 하오."

웅성웅성! 술렁거리는 회의장. 북영도성 곽형직이 자리에서 일어나며 포권을 취하고는 말했다.

"본인은 소검선 소운휘를 맹주로 추천하오."

그래도 살아

쿠르르릉! 먹구름이 낀 하늘에서 천둥소리가 들려왔다. 정오였지만 어두워진 하늘은 금방이라도 비를 쏟아낼 것만 같았다. 이곳은 성지 령산에서도 죽은 교인들의 시신을 안장하는 묘지였다. 묘지에서 북서쪽으로 가면 최근 전사한 교인들의 무덤이 있는 신 매장지도 있다.

비석을 세워놓은 한 무덤 앞. 장례 복장을 입은 붉은 머리카락의 한 여인이 넋이 나간 얼굴로 앉아 있었다. 그녀는 바로 백련하였다. 정신 나간 사람처럼 멍한 눈으로 비석을 바라보는 그녀. 그런 그녀를 멀찌감치 떨어져서 바라보는 죽립에 검은 경장을 입은 여인이 있었다.

"아직도 저러고 있나?"

나의 물음에 죽립의 여인이 답했다.

"그래."

죽립의 여인은 다름 아닌 백혜향이었다. 평소와 달리 무표정한 백혜향의 눈빛은 배다른 자매인 백련하에게서 떨어지지 않았다. 백혜향이 입술을 질끈 깨물며 중얼거렸다.

"…멍청한 년."

그런 그녀의 말에 나는 한숨을 내쉬었다. 세상 모든 일이 뜻하는 대로 이루어지는 것은 아니었다.

―사흘째 저러고 있지?

그래. 저러다 쓰러지겠다. 멀쩡하지 않은 몸으로 저렇게 버티고 있다. 이준 서갈마를 비롯해 스승님도 직접 그녀를 데려오려 했지만 저 모습을 보고서 차마 건드리지 못했다.

나는 백련하 앞에 덩그러니 있는 새로운 무덤을 바라보았다. 비석의 묘비명에는 '혈수마녀 한백하'라 적혀 있었다. 투툭! 투투툭! 어느새 빗방울이 떨어지기 시작했다. 한두 방울씩 내리던 빗방울은 조금씩 거세지며 묘지를 적셨다. 으득! 이를 갈던 백혜향이 성큼성큼 백련하에게로 걸어갔다. 그녀가 다가오든 말든 백련하는 멍한 눈으로 무덤만 쳐다볼 뿐이었다. 백혜향이 그녀 옆으로 가서 허리를 굽혔다. 그리고 백련하에게 말했다.

"언제까지 궁상맞게 이러고 있을 거야?"

"…."

"미친년처럼 그러고 앉아 있으면 무덤에서 그년이 살아 돌아올 것 같아?"

그런 그녀의 말에 멍했던 백련하의 눈빛이 매섭게 날카로워졌다. 어떤 말을 해도 관심조차 보이지 않던 그녀였었다. 하지만 백혜향의 이 말만큼은 참을 수 없었던 모양이다.

"내가 틀린 말을 했어?"

그런 백혜향의 말에 백련하가 손을 들어 따귀를 때리려고 했다. 하지만 이를 곱게 맞아줄 백혜향이 아니었다. 후들거리며 힘없이 날아오는 백련하의 손목을 거칠게 낚아챘다.

"망가진 그 몸으로 내 뺨을 날릴 수 있을 것 같아?"

그런 그녀의 말에 백련하의 눈동자가 떨려왔다. 점차 눈시울이 붉어지고 있었다. 백련하가 중얼거렸다.

"아으으… 아으으으…."

제대로 말조차 하지 못하는 그녀의 모습에 나는 숨을 들이켜며 하늘을 쳐다보았다. 뇌에 미친 독의 영향으로 그녀는 말조차 제대로 할 수 없는 지경에 이르렀다. 그녀를 보면 가슴이 무거워진다. 이렇게 된 것에 내 탓도 있는 것 같아 차마 가까이 다가갈 수가 없다. 울먹거리며 울음을 참으려는 백련하에게 백혜향이 말했다.

"멍 때리지 말고 차라리 울어."

"아으으으…."

쏴아아아아아아! 빗줄기가 점점 거세지고 있었다. 백혜향이 죽립을 벗으며 축 늘어진 머리카락을 뒤로 넘기고는 말했다.

"어차피 울어도 티 안 나."

그 말이 기점이라도 된 것일까? 얼굴을 일그러뜨리며 간신히 참던 백련하가 울음을 터뜨렸다.

"아으으으어어어어!"

세상이 떠나가라 오열을 했다. 눈물인지 빗물인지 구분조차 가지 않는 얼굴로 말이다.

* * *

불과 엿새 전. 무림연맹 다섯 개 지부 선발대의 침공이 벌어진 그날, 혈교의 령산 본단은 최소한의 인원을 제외하고는 텅 비어 있는 상태였다. 이번 침공을 막지 못하면 어차피 혈교는 멸망하기에 전력을 아낄 만한 상황이 아니었다.

령산 본단 내에 자리하고 있는 한 별채. 촤라라라! 촤라라라! 쇠사슬이 끌리는 소리와 함께 별채의 복도를 걸어가고 있는 이가 있었다. 온통 검은 옷으로 치장한 그녀는 혈수마녀 한백하였다. 죄인인 그녀의 두 다리에는 쇠사슬이 채워져 있어 움직일 때마다 그것이 끌리는 소리가 복도를 울렸다. 쇠사슬을 끌며 걸어가는 한백하의 하나뿐인 손에는 쟁반이 들려 있었고 그 위로 김이 피어오르는 죽을 담은 그릇이 있었다. 쟁반을 들고 가던 그녀가 안방 앞에 멈춰 섰다.

"아가씨, 들어가겠습니다."

한백하의 그 말에도 불구하고 안방 안은 조용하기 그지없었다. 무표정한 한백하는 길게 숨을 내쉬며 문을 열었다. 안으로 들어가니 어두운 방 안 침상 위에 멍한 눈으로 누워 있는 백련하가 보였다. 한백하는 천천히 그녀에게로 다가갔다. 침상 옆 원형 탁자 위로 쟁반을 올려놓은 그녀가 백련하를 일으켜 세웠다. 그리고 죽 그릇을 들고서 수저로 한 술 떠서 후후 불었다.

"드셔야 합니다."

그런 한백하의 말에 백련하는 아무 대답도 하지 않았다. 이미 그것에 익숙한지 한백하는 입바람으로 식힌 죽 한 숟가락을 그녀의 입으로 가져갔다.

"입을 벌리세요."

"…."

"먹어야 기운을 낼 수 있어요."

그녀의 달래는 말에도 백련하는 반응이 없었다. 이에 한백하는 조심스럽게 그녀의 입술로 숟가락을 가져갔다. 그러자 백련하가 그것을 뿌리쳤다. 팍! 숟가락이 날아가 죽이 침상에 흩뿌려졌다. 백련하가 입을 열었다.

"아으으으… 아으으으으…."

제대로 발음조차 할 수 없을 만큼 그녀는 망가졌다. 뇌에 퍼져 있는 독을 본교의 고수들이 돌아가며 내공으로 제어했지만 조금씩 퍼져 나가는 것을 어찌해볼 방법이 없었다. 수많은 의원들조차 두 손을 들 만큼 환마독은 서서히 그녀의 몸을 좀먹었다.

"하아…."

한백하가 두 눈을 감고서 탄식을 흘렸다. 그나마 일존의 내공 치료와 의원들의 각고의 노력이 있어서 한 달 전부터 정신이 어느 정도 돌아온 백련하였지만 삶의 의욕을 잃었다. 그저 죽음을 기다리는 사람처럼 아무것도 먹으려 하지 않았다.

"아으으으! 아으으으!"

백련하가 손을 휘저으며 물러나라 시늉했다. 그런 그녀를 바라보며 한백하가 무거운 목소리로 말했다.

"아가씨의 잘못이 아닙니다. 전부 제 탓입니다."

"아으으으…."

"…구제양 그놈의 계략을 막지 못했던 제 탓입니다."

환마독에 중독되어 조종당했던 사실을 괴로워하는 백련하였다. 죽고 싶어하는 그녀를 한백하는 계속 달래왔다. 아기 때부터 백련

하를 돌본 한백하로서는 그녀를 죽게 내버려둘 수 없었다. 한백하가
침상에 떨어진 숟가락을 주워 자신의 소맷자락으로 닦아 다시 죽
을 떴다.

"살아야 합니다. 그래야 무엇이든 할 수 있습니다."

"아으으으…."

"드셔야 합니다."

한백하는 억지로 그녀의 입으로 숟가락을 밀어 넣었다. 백련하가
그것을 뱉어내도 계속 넣었다. 그러던 차였다. 드르륵! 문이 열렸다.
고개를 돌린 한백하가 인상을 찡그렸다.

"당신!"

"오랜만이군, 육혈성."

문에 걸터 선 흉터투성이의 노인. 그는 바로 배신한 전 삼존 혈사
왕 구제양이었다. 지하 금옥에 갇혀 있어야 할 그가 이곳에 나타나
자 한백하는 당혹감을 감추지 못했다.

"네놈이 어찌 이곳에…."

팍! 그때 한백하의 팔목을 백련하가 꽉 붙잡았다. 백련하의 상태
가 이상했다. 혈사왕 구제양을 보는 순간 호흡이 가빠지고 두려움
으로 떨고 있었다. 한백하가 그녀의 손을 잡고서 다그쳤다.

"무슨 짓을 한 거냐!"

"환마독의 암시가 아직 남아 있었군."

독을 통해 세뇌의 암시를 건 당사자가 바로 혈사왕 구제양이었
다. 백련하는 그 영향을 받고 있는 것이었다. 상태가 좋지 않은 백련
하의 모습에 노기가 오른 한백하가 소리쳤다.

"당장 아가씨를 원래대로 돌려놓지 못할까!"

그런 그녀의 외침에 혈사왕 구제양이 빙그레 웃으며 말했다.

"그러려고 온 것이네."

"뭐?"

한백하의 눈동자가 떨려왔다. 그때 구제양 뒤에서 누군가의 목소리가 들려왔다.

"혈주, 서둘러야 합니다."

"잠시면 되네."

혈주라 불린 구제양이 다시 고개를 돌려 한백하에게 말했다.

"혈수마녀, 단도직입적으로 말하지. 모든 것을 원래대로 되돌려놓고 싶지 않나?"

"되돌려?"

그녀의 반문에 구제양이 손가락으로 백련하를 가리켰다.

"보아하니 말조차 하기 힘들 만큼 환마독이 뇌에 영향을 끼친 듯하군."

"협박하는 것이냐?"

"협박이라니. 제안하는 걸세."

"제안?"

구제양이 부드럽게 속삭이는 목소리로 답했다.

"그녀의 독을 해독시키고 자네의 단전도 회복시켜줄 수 있네. 아, 물론 노부가 아니라 노부가 모시는 분이 말일세."

"네놈이 모시는 분이라고?"

"그래. 그분께서는 생과 사를 정복했고 불가능한 일이 없으시지."

그런 구제양의 말에 한백하는 순간 말문이 막혔다. 단전이 폐해지면서 이미 무공이 회복될 거라는 기대를 버렸다. 게다가 어차피 자신은 혈교의 중죄인이었다.

"나쁘지 않은 제안이라고 보네만. 아! 깜빡할 뻔했군. 그분께서는 아직 백련하 아가씨를 혈교의 교주로 점지하고 계시네."

"교주로 점지해?"

한백하는 어처구니가 없었다. 대체 누구이기에 혈교의 교주 자리를 제멋대로 점지한단 말인가. 이를 전혀 개의치 않고 구제양이 말했다.

"어차피 이번 전쟁이 끝나면 백가의 유일한 혈통은 백련하 아가씨뿐이네."

"그게 무슨 소리지?"

백련하와 함께 별채에 감금되어 있던 그녀는 아무것도 몰랐다.

다만 평소와 달리 주변 인기척이 적다는 사실만 어렴풋이 느낄 뿐이었다.

"몰랐나 보군. 노부도 금옥에서 나와서야 알게 되었네. 일존 그 괴물 같은 늙은이도 죽었고 교주가 된 그놈도 살흉 놈의 겁살검에 베여 목숨이 위태롭다더군."

"목숨이 위태로워?"

"그런 와중에 무림연맹에서 대군을 이끌고 쳐들어왔으니 결과야 뻔하지."

이런 사실을 그녀는 알지 못했었다. 그렇다면 현재 혈교는 최악의 위기를 맞은 것이었다. 구제양 저자가 금옥을 어찌 탈출할 수 있었는지 의아했는데 그 말을 들으니 새삼 이해가 갔다. 혈교의 본단은 현재 취약한 상태였던 것이다.

"무상도가 직접 움직였으니 전쟁이 그리 길게 이어지지 않을 걸

세. 지금 결정한다면 자네와 아가씨를 그분께 데려다주지."

구제양의 제안에 한백하는 흔들릴 수밖에 없었다. 이렇게 망가진 백련하를 고칠 수 있는 자는 만사신의와 혈사왕 구제양뿐이었다. 만사신의는 행방이 묘연하다고 하니 대안은 오직 그뿐이었다. 망설이는 그녀에게 구제양이 말했다.

"이 기회를 놓칠 겐가? 유일하게 정통성을 이은 백련하 아가씨를 지키고 싶지 않나?"

"…."

한백하는 자신의 팔을 꽉 잡은 백련하를 바라보았다. 두려움으로 떨고 있는 그녀의 모습에 입술을 질끈 깨물었다. 선택권이 없었다. 여기서 거절하면 자신들을 죽이고 가겠지. 이내 그녀는 고개를 끄덕였다. 구제양이 빙그레 웃으며 말했다.

"옳은 선택을 할 줄 알았네. 그럼 아가씨를 모시고 따라오게."

"지금 아가씨의 상태가 안 좋아 혼자 부축하기가 어렵습니다."

"걱정 말게. 아가씨, 노부를 따라오시죠."

그런 구제양의 말에 백련하의 떨림이 멈췄다. 이 모습에 한백하가 속으로 혀를 내둘렀다. 세뇌의 힘이 이렇게나 무서울 줄은 몰랐다. 그렇게 치료를 받고도 고작 말 몇 마디에 떨림마저 제어되다니 말이다.

"자, 따라오게."

이에 한백하는 백련하를 부축해서 문밖을 벗어났다. 복도를 나오니 이곳저곳에 죽어 있는 시종들과 경비를 서던 무사들의 모습이 보였다. 소리 없이 이들을 죽인 것을 보면 구제양보다 앞서가고 있는 저 복면인은 상당한 무위를 지닌 듯했다.

'정말 전쟁 중인가?'

본단에는 눈에 띌 만큼 인원이 없었다. 보아하니 정말로 금옥을 지킬 만한 인원만 남겨두고 전부 전쟁에 동원한 것 같았다. 복면인과 구제양이 향하는 방향은 마구간이 있는 곳이었다. 말을 타고 탈출하려는 모양이었다. 별채 주변을 벗어나 복면인이 먼저 가서 동향을 살피고 오겠다며 그들에게 기다리라고 했다. 경계를 서며 그를 기다리던 구제양이 클클거리며 조용히 말했다.

"참으로 모를 일이지 않나. 이렇게 천운이 따를 줄이야 누가 알았겠나."

"…"

"아쉽군. 금옥에서 그놈을 직접 죽일 날만을 기다렸는데."

구제양이 누구를 말하는지 알 것 같았다. 그의 손에 처참히 무너졌으니 말이다. 복수심 하나 때문에 그 모진 고문을 견디며 버틴 것이 용했다. 아니면 이렇게 누군가 자신을 구하러 오리라고 확신해서 그런 것일까? 그때 문득 하늘 위를 쳐다본 그녀의 눈동자가 떨렸다.

'아!'

자신의 눈이 잘못되지 않았다면 그것을 보았다. 이를 모르는 구제양이 계속 주절거렸다.

"뭐 상관없지. 어차피 죽을 운명이니 말이네. 자네는 이번 선택을 두고두고 노부에게 감사하게 될 걸세."

"…그런가요?"

"단전도 복구할 수 있고 자네가 그리 따르는 아가씨를 교주로 만들 수 있는 절호의 기회가 다시 찾아올 것 같나?"

의기양양하게 말하는 구제양. 그에게 한백하가 조심스럽게 다가가며 말했다.

"암시는 풀어주실 거지요?"

"…적당한 시점에 풀 거네. 적당한 시점에 말이네."

그런 구제양의 말에 한백하의 표정이 싸늘해졌다. 그녀는 품속에서 조심스럽게 무언가를 꺼내 들었다. 그것은 날카로운 동경의 파편이었다. 단전이 폐해지고 나서 별채에 감금된 이후 늘 이것을 들고 다녔다. 백련하가 잘못되기라도 한다면 자신의 목숨을 끊기 위해서였다.

경계를 서던 구제양이 고개를 돌리며 말했다.

"혹 딴생각을 품지 말게. 노부의 말 한마디면 아직 백련하를 죽이는 것은 일도 아니란 사실을…."

바로 그 순간이었다. 푹!

"컥!"

한백하는 전광석화처럼 구제양의 가슴을 찔렀다. 그 역시도 단전이 폐해졌기에 그녀의 기습적인 일격을 피하지 못했다.

"이년이…."

한백하가 매섭게 말했다.

"내 비록 아가씨를 위해 살았다고 하나 혈교의 교인이다. 네놈 따위가 아가씨를 멋대로 조종해가며 사리사욕을 채우는 것을 두고볼 줄 알았더냐!"

"이년!"

꽉! 구제양이 자신을 찌른 한백하의 손목을 두 손으로 움켜잡았다. 비록 당했다고 하나 그녀는 외팔이었다. 두 손을 당해낼 리가 없었다.

'독한 년!'

동경의 파편을 붙잡고 있는 손바닥에서 피가 저리 흐르는데도 한 백하는 한 팔로 어떻게든 버티려고 했다. 이에 구제양은 그녀의 복부를 걷어찼다. 픽!

"아악!"

구제양이 비틀거리며 자신의 가슴에 박힌 파편을 붙들었다. 섣불리 뽑으면 출혈이 심할 듯했다. 그때 한백하가 갑자기 소리를 질렀다.

"여기야아아아아아아!!"

그런 그녀를 보며 구제양이 어처구니없어했다.

"네년이 소리를 지른다고 누가 구해주리라 생각하나? 이곳에 남아 있는 교인들은 갈주(喝主)의 일초지적도 못 되는 놈들뿐이다."

구제양은 자신을 구하러 온 복면인을 과신하고 있었다. 실제로도 그를 상대할 만한 고수는 현재 혈교에 아무도 없었다.

"아아아아아아아악!"

"그만 닥쳐!"

구제양이 한 손으로 박혀 있는 파편을 붙잡고서 소리를 지르는 한백하를 향해 달려들었다. 그 순간 한백하가 달려드는 구제양의 팔을 붙잡고서 뒤로 넘겼다. 파팍!

"큭!"

내공이 없다고 해도 초절정 고수였던 그녀다. 기본적인 외공이 약할 리가 만무했다. 구제양을 엎어 친 한백하가 다급히 가슴에 박힌 파편을 밟았다.

"끄아아아악!"

그녀는 곧바로 달려가 백련하의 손을 잡았다.

"아가씨, 뛰어야 합니다."

멍한 얼굴의 그녀 손을 잡고서 한백하는 무조건 뛰려고 했다. 어떻게든 백련하를 데리고 도망쳐야 했다. 바로 그 순간이었다. 푹! 한백하는 고개를 내려 자신의 가슴을 바라보았다. 검날이 그곳 가슴을 뚫고 튀어나와 있었다. 어느새 나타난 갈주가 자신의 등을 찌른 것이다. 푹!

"쿨럭…."

검을 뽑자 한백하가 피 기침을 뿜으며 앞으로 백련하와 함께 엎어지고 말았다. 멍한 눈의 백련하는 목각 인형과도 같았다. 그런 그녀를 쳐다보는 한백하의 표정이 애처로웠다.

"아가씨…."

끝내 백련하를 지키지 못한다는 생각에 혈수마녀라고 불리던 그녀의 눈시울이 붉어졌다. 그때 구제양이 비틀거리며 그들이 있는 곳으로 걸어왔다.

"빌어먹을 년!"

갈주에게 검을 빼앗다시피 한 구제양이 한백하의 등을 찔렀다. 푹! 푹!

"어차피 외팔이 년 따위는 필요 없다."

분을 풀기 위해서인지 이성을 잃은 구제양이 한백하를 미친 듯이 찔러댔다. 그렇게 한참을 검으로 찌르던 구제양은 순간 소름이 돋았다. 한백하가 혹여 자기 밑에 깔린 백련하가 검에 찔리기라도 할까봐 한 팔을 꼿꼿하게 세워 버티고 있었던 것이다.

"이, 이년이…."

끝까지 자신의 기분을 더럽게 만들었다. 구제양은 검을 들어 단숨에 한백하의 목을 베려고 했다. 바로 그 순간이었다. 촥!

"끄헉!"

검을 들고 있던 구제양의 어깨가 잘려 나가고 말았다. 구제양은 바닥에 떨어져 들썩거리는 자신의 오른팔을 보며 당혹감을 금치 못했다. 날카로운 예기가 갑자기 허공에서 날아들었다. 고통을 참고서 위를 쳐다보는 순간.

"네놈이 어떻게?"

악귀 가면을 쓴 붉은 머리카락의 사내가 허공에서 그를 향해 쇄도해오고 있었다. 분명 겹살검에 의해 심각한 부상을 입었다고 들었는데 이게 무슨 일인지 영문을 알 수 없었다.

'소리를 지른 게 이놈을 부른 거였어?'

알아차렸다고 해도 이미 늦었다. 피할 겨를이 없었다. 그의 안면으로 손바닥이 포탄처럼 날아들었고, 구제양의 목이 그대로 꺾이며 몸통으로 파고들었다.

"끄읍!"

우드드드득! 머리가 몸을 파고들었으니 어찌 살아남을 수 있겠는가. 구제양은 그 자리에서 절명하고 말았다.

"이런!"

찰나에 구제양이 당하자 갈주가 다급히 악귀 가면의 사내를 향해 검결지를 찌르려고 했다. 척! 그러나 뻗은 손이 그대로 잘려 나가고 말았다. 초절정의 경지에 올라 어지간해서는 누구에게도 지지 않을 거라 자부하는 그였다.

'이, 이놈은 아니야.'

하지만 눈앞의 사내는 그야말로 괴물이었다.

"비, 빌어먹을!"

갈주는 다급히 뒤도 돌아보지 않고 신형을 날렸다. 도망가는 것 이외에는 방도가 없었다. 그러나 악귀 가면의 사내 손에서 도망치는 것은 불가능한 일이었다. 순식간에 그를 앞지른 사내가 갈주를 제압해버렸다. 그러는 사이, 한백하에게서 흘러나온 핏물이 백련하의 얼굴을 적셨다. 주르륵! 투툭! 투투툭! 뜨거운 핏물이 계속해서 얼굴을 적시자 얼마 있지 않아 백련하의 멍했던 눈동자가 원래대로 돌아왔다. 그녀의 동공이 떨렸다.

"아으으…."

창백한 얼굴의 한백하가 보였다. 백련하는 죽어가는 그녀를 보며 어쩔 줄 몰라 했다. 당장 그녀를 살려야만 했다. 그때 한 팔로 버티던 것도 한계에 이르렀는지 한백하가 그녀 위로 엎어졌다.

"아으으으으…."

죽어가는 한백하가 힘겹게 그녀의 머리로 손을 가져갔다. 그리고 머리를 쓰다듬으며 말했다.

"…살아야… 합니다."

"아으으으으! 아어어어엉…."

백련하의 눈에서 봇물이 쏟아지듯이 눈물이 터져 나왔다. 이를 주체할 수가 없었다. 어릴 때부터 자신을 유모처럼, 아니 엄마처럼 돌봐줬던 그녀였다.

"아어어어어어! 아어어어어!"

"…그리… 울면… 어찌…."

그 말을 마지막으로 머리를 쓰다듬던 한백하의 손바닥이 힘없이 떨어졌다. 백련하는 그녀를 부둥켜안고 하늘이 떠나가라 오열했다.

* * *

쏴아아아아아! 비는 여전히 내렸다. 하지만 울부짖던 백련하의 눈물은 그쳤다. 무덤 앞에서 반 시진이 넘게 오열하면서 목이 전부 쉬어버렸다. 그런 그녀를 바라보며 백혜향이 말했다.

"죽고 싶어? 그래도 살아!"

백련하가 입술을 질끈 깨물었다. 더 이상 그녀의 눈동자는 죽어가는 눈빛이 아니었다. 슬픔의 끝에는 독기만이 남았을 것이다.

"이제 좀 봐줄 만해졌네."

백혜향은 자신이 할 노릇을 다했다는 듯이 뒤돌아서 나에게로 왔다.

"언니 노릇을 제대로 했네."

"언니는 무슨."

백혜향이 코웃음을 쳤다. 그리고 내게 말했다.

"만사신의는 내가 찾겠어. 그러니 너는 놈을 잡아. 반드시!"

"…그래."

그렇게 말하지 않아도 놈을 잡을 거다. 놈과 나는 너무 많은 악연으로 이어져 있다. 그 악연의 고리를 끊어야 한다.

"기분도 더러운데 오늘은 코가 비뚤어질 때까지 마셔야겠어."

"아직 몸이 낫지 않았을 텐데."

"알 게 뭐야!"

백혜향이 젖은 죽립을 머리에 쓴 채 신형을 날렸다. 그렇게 서로 죽일 듯이 으르렁거리더니 그래도 피가 이어지긴 했나 보다. 나도 이제 슬슬 내려가야겠다.

—안 데려갈 거야?

아니. 이제 알아서 내려올 거야.

묘지에서 하산하려 하는 나의 눈에 백련하가 비석에 뭔가를 새겨 넣는 것이 보였다.

엄마(媽媽)

무림연맹으로

호롱불 하나만 켜져 있는 방 안. 죽립을 쓰고 검은 면사를 한 누군가가 지팡이를 짚으며 들어왔다. 그리고 책장 앞에 뒷짐을 지고 있는 한 인영을 발견하고서 물었다.

"그분이 보내셨소?"

그 물음에 인영이 뒤도 돌아보지 않고 답했다.

"그렇다."

목소리를 들은 검은 면사의 누군가는 검은 인영이 누군지 대번에 알아차렸다.

"귀하께서 직접 오시다니…."

"사설은 길게 할 필요가 없지. 그 건은 어떻게 되었지?"

그런 인영의 물음에 면사의 누군가가 지팡이를 끌고서 의자에 앉으며 답했다.

"변수가 생겼소."

"변수?"

"전 맹주와 부맹주의 양파전으로 판을 벌였으나, 북영도성이 소검선을 맹주 후보로 추천하였소."

"소검선?"

뒷짐을 지고 있던 검은 인영이 의아함을 감추지 못했다. 그러다 이내 말을 이어갔다.

"그자는 행방이 묘연할 터인데."

마지막으로 모습을 보였던 것이 객잔에서 열왕패도 진균과 약식으로 대결을 펼쳤을 때였다. 그 이후로는 행적이 완전히 사라졌다. 이런 그의 말에 검은 면사인이 물었다.

"그래서 말인데, 혹 그자가 다시 나타난 것이 아니오?"

"그건 알 수 없다. 그분께서 소검선의 모든 행적을 밟으라고 명했으나, 일곱 달 전부터 땅속으로 꺼지기라도 한 듯 사라졌었으니."

"하면 확신할 수 없는 상황이구려."

"그렇다. 하나 계획에는 변함이 없다."

"허허허."

이런 검은 인영의 말에 검은 면사인이 웃음을 흘렸다. 그러고는 말했다.

"잘됐구려. 그렇지 않아도 이 변수를 이용해 확인해보려고 하오."

"확인?"

"여태껏 행방이 묘연했던 소검선을 추천했다는 것은 북영도성 그자가 어쩌면 연관되어 있을지도 모른다는 말이 아니오?"

"그렇군."

"하여 차기 맹주를 선출한다는 것을 공표하지 않고 진행하기로 하였소."

"반발이 있었을 터인데?"

"공개적으로 맹주를 선출하게 되면 혈교에서 손을 쓸지도 모르니, 기밀로 모든 것을 진행해야 한다고 하였소."

"좋은 방법이로군."

그리된다면 북영도성 한 사람만 감시하는 것으로 인력을 줄일 수 있다. 이로 인해 그와 소검선이 어떤 관계인지 드러나게 될 것이다.

"한데 그저 이 일의 진척 상황 때문에 찾은 것은 아닌 것 같소만."

"사천 당가의 부가주가 필요하다."

"사천 당가?"

사천 당가의 부가주 당우중. 현 무림연맹의 제구장로이자 정파 최고의 독술 일인자였다.

"어찌?"

"그자를 세뇌하느라 여분의 환마독이 상당히 소진되었다."

그 말에 검은 면사인이 놀라움을 감추지 못했다.

"하면 세뇌에 드디어 성공한 것이오?"

"그래. 다만 그로 인해 환마독이 부족해졌다."

"…역시 혈주를 탈취하는 데 실패한 모양이구려."

환마독을 만든 당사자가 바로 혈주였다. 이번 무림연맹의 토벌전을 기회 삼아 혈주를 탈취하려 했으나 실패로 돌아갔다.

"차라리 당신이나 설백이 움직인다면…"

"그럴 필요가 없어졌다."

"그럴 필요가 없어졌다니 어찌?"

"혈주가 죽었다."

"이럴 수가… 하면 정말 환마독의 조합법이 소실된 것이구려."

오직 혈주만이 환마독의 정확한 조합법을 알고 있었는데, 탈취에
실패했다면 그 대책안이 필요한 상황이었다. 검은 면사인이 혀를 차
며 말했다.

"하면 갈주도 죽었겠구려."

"아니다."

"탈출에 성공한 것이오?"

"그렇다."

"전력 손실이 많은 와중에 다행이오. 그렇다면 혈주를 누가 죽였
는지 알겠구려?"

"혈마다."

"허어… 소검선도 그렇지만 혈마 그 자도 계속 방해가 되는구려."

그렇지 않아도 이번 토벌전의 패배로 혈마의 존재가 거슬리기 시
작한 상태였다. 예정대로였다면 혈교는 계획대로 자신들의 뜻대로
움직여야 했다.

"어찌 되었거나 무쌍성처럼 혈교도 결국 실패구려."

"왜 실패라 생각하지?"

"백련하의 해독을 위해 혈주를 건들지 않을 거라 여겼는데, 기어
코 그를 죽였다는 건 그녀를 포기했다는 것을 의미하지 않겠소? 백
련하를 확보하지 못했다면 혈통을 중시하는 혈교를 움직이는 것
은…."

"후후후."

"왜 그리 웃는 것이오?"

"혈주는 놓쳤으나 백련하의 확보마저 실패한 것 같나?"

"그게 무슨?"

이에 검은 인영이 의미심장한 목소리로 말했다.

"복수심에 불타는 여인만큼 움직이기 쉬운 것도 없지."

* * *

덜컹! 덜컹!! 흔들리는 마차 안.

두꺼운 천으로 눈을 가린 붉은 머리카락의 여인이 있었다. 얼굴의 살갗으로 검은 핏줄이 보이는 그녀는 바로 백련하였다. 그런 백련하 앞에는 상처투성이의 한 중년인이 팔짱을 끼고 앉아 있었다. 혈교에 있어야 할 그녀가 어째서 낯선 이와 마차를 타고 이동하는 것일까? 눈을 가린 그녀를 빤히 쳐다보던 중년인이 입을 열었다.

"곧 도착할 것이오."

"아으으으…."

말을 제대로 하지 못하는 그녀의 모습에 중년인이 속으로 혀를 찼다.

'환마독의 부작용이 무섭긴 하군.'

이렇게 망가졌는데도 의지가 참 굳건한 여인이었다. 그녀가 목숨을 걸고 지하 금옥에 있는 자신을 탈출시켜주지 않았다면 자신도 혈주와 같은 신세가 되었을 것이다.

'대단한 여자다.'

처음 보았을 때만 해도 생에 대한 의지가 없어 보였다. 그러나 자신의 사람을 잃게 된 그녀는 그야말로 복수의 화신이 되었다. 그 복수가 자신들에게로 향했다면 낭패였겠지만 그녀는 오직 당대 혈마에 대한 분노만 불태우고 있었다.

'혈주가 죽은 것이 전화위복이 되었군.'

만약 혈주가 살아 있었다면 상황은 달라졌을 것이다. 하나 그녀는 혈주로 인해 자신의 소중한 사람을 잃은 것이 전부 당대 혈마의 탓이라고 여기고 있었다. 그가 혈주를 살려둔 것이 이 모든 상황을 초래했다고 생각한 것이다.

'하긴 정통 후계자가 방계나 천한 태생에게 모든 것을 빼앗겼는데 분노하지 않는 것이 이상한 일이지.'

그녀는 상당히 쓸 만한 정보들을 넘겼다. 혈교의 정권을 잡은 자들이 정통성이 떨어진다는 것을 말이다. 심지어 당대 혈마에게는 중대한 비밀이 있다고 하였다. 그것이 알려진다면 엄청난 타격을 입게 될 거라는 사실도 알려주었다. 한데 그게 무엇인지만큼은 자신에게 알려주지 않았다.

"가장 윗선과 만나게 해주세요."

그것이 그녀의 요구사항이었다. 환마독에 중독되어 약자의 입장인 그녀는 자신의 효용 가치를 정확히 파악하고 있었다. 그렇기에 윗선과 접촉하여 자신이 원하는 것을 얻으려는 것이다.

'그분을 모르는군.'

안타깝지만 그분은 호락호락하지 않았다. 모르긴 해도 그녀에게 환마독을 더 주입해서라도 완전히 세뇌시킬 것이다. 그렇게 된다면 자연스럽게 그 혈마의 비밀을 실토하게 될 것이다.

'이것까지 직접 알아냈다면 좋았으련만.'

아쉬웠다. 하지만 이 정도로 충분해 보였다. 적어도 백련하를 탈취하는 데는 성공했으니 말이다.

'이번 공이면 불로불사의 시술을 받을 수 있을까?'

조직을 따르는 이들 상당수가 그것을 바라고 있었다. 공을 세워 불로불사의 시술을 받는 것이 최후의 목적이었다.

"아으으으…."

철컹! 백련하가 괴로운지 인상을 찡그리며 자신의 머리를 부여잡았다. 그러다 양손의 구속구 쇠사슬에 걸려서 옴짝달싹하지 못했다.

'독이 고통스러운가 보군.'

그녀는 시시각각 고통을 호소했다. 환마독으로 심한 두통을 겪고 있는 듯했다.

"조금만 참으시오."

몸이 망가진 그녀라고 하나, 만에 하나를 위해 칠대 기혈에 침을 박고 양손과 양다리를 움직이지 못하도록 구속해놓은 상태였다. 절대로 그녀는 자신들의 손에서 벗어날 수 없었다. 그렇게 고통스러워하는 그녀를 태운 마차는 얼마 있지 않아 한 으리으리한 궁궐과도 같은 장원으로 들어갔다. 마차가 정차하고 눈을 가린 그녀를 중년인이 밖으로 데리고 나왔다.

"노고가 많으셨소, 갈주."

밖에는 수많은 무인들이 기다리고 있었다. 그들 중 우두머리로 보이는 한 반백의 노인이 그를 맞이했다. 갈주라 불린 그가 전음으로 노인에게 뭔가를 말했다. 그러자 노인이 고개를 끄덕였다.

"따라오시오."

노인의 말에 갈주라 불린 중년인이 눈을 가린 백련하를 부축했다.

"아으으으으…."

"이제 곧 그대가 원하는 분을 뵐 수 있을 것이오."

"으으으."

이에 백련하가 고개를 끄덕였다.

그들은 여러 전각을 지나쳐 세 개 층으로 지어진 본당 건물로 들어갔다. 건물 안에서 위층이 아닌 지하로 내려갔고, 이윽고 한 방 안으로 들어갔다. 그 안에는 탁자와 의자 두 개가 놓여 있었다. 탁자 위에는 서지 몇 장이 겹쳐져 있었고 옆에는 필묵이 놓여 있었다.

백련하를 그 앞에 앉힌 갈주가 말했다.

"잠시만 기다려주시오."

백련하가 고개를 끄덕였다. 그리고 얼마 있지 않아 방으로 누군가 들어오는 소리가 들려왔다. 방문이 열리더니 죽립을 쓰고 보랏빛 털옷을 입은 한 여인이 모습을 드러냈다. 죽립 사이로 내려오는 머리카락이 은빛을 띠고 있었다. 그녀를 본 갈주가 예를 갖췄다. 이를 본 척 만 척하듯이 오만하게 지나친 죽립을 쓴 은발의 여인이 백련하 맞은편에 앉았다.

백련하가 입을 열었다.

"아으으으으으…"

이에 갈주가 말했다.

"환마독이 뇌에 미친 영향이 커서 말을 제대로 하지 못합니다."

"글은 쓸 줄 알겠지."

"그렇게 의사소통은 가능합니다."

"손에 붓을 쥐여줘라."

그녀의 명에 갈주가 군말 없이 먹을 묻혀 백련하의 구속된 손을 들어 붓을 쥐여주었다. 백련하가 붓을 들자 죽립을 쓴 은발의 여인이 말했다.

"윗선을 보고 싶다고 했다지?"

그런 그녀의 말에 백련하가 떨리는 손으로 붓글씨를 썼다. 눈을 가린 채 썼기에 글이 괴발개발이었으나 못 알아볼 정도는 아니었다.

당신이 이 조직의 가장 윗선인가요?

그런 그녀의 말에 죽립을 쓴 은발의 여인이 무표정한 얼굴로 말했다.

"가장 윗선에 가깝다고 해두지."

그 말에 백련하가 붓을 휘저었다.

가장 윗선을 요청했잖아요.

그런 그녀의 글씨에 은발의 여인이 코웃음을 치며 말했다.

"네가 보고 싶다고 볼 수 있는 분이 아니야."

슥슥슥!

그렇다면 저도 할 말이 없습니다.

"뭐?"

가장 윗선을 약조했고 그자와 협약을 맺기로 하였습니다.

그런 그녀의 글씨에 은발의 여인의 입꼬리가 비틀렸다. 갈주가 그 모습에 속으로 혀를 내둘렀다. 결국 그녀의 심기를 건드리고 말았다.

'하필 이분이 오다니.'

그녀는 말보다 행동이 앞서는 자였다. 은발의 여인이 손을 들어 올리자 누군가 쟁반을 가지고 들어왔다. 그 안에는 작은 향로 같은 것이 있었는데, 그 안에 진득한 검은 액체와 함께 침구들이 꽂혀 있었다. 그것을 탁자에 올려놓자 은발의 여인이 말했다.

"자발적으로 입을 여는 방법만 있는 게 아니라고 해두지."

협박 아닌 협박에 백련하가 붓을 휘갈기듯이 적었다.

강제로 입을 열게 하겠다는 건가요?

"잘 알아듣는군."

그런 그녀의 말에 백련하가 한숨을 폭 내쉬었다. 은발의 여인이 코웃음을 치며 말했다.

"마지막으로 묻지. 혈마의 비밀이 무엇이지?"

그녀의 손은 어느새 작은 향로에 꽂혀 있는 침구로 향하고 있었다. 대답하지 않으면 단번에 침을 머리 혈에 꽂을 작정이었다. 백련하가 떨리는 손으로 붓을 들었다.

"강제로 입을 열기는 싫었나 보군."

은발의 여인이 피식 웃었다. 그리고 혈마의 비밀이 무엇인지 보려고 서지를 펼쳤는데, 단 두 글자가 적혀 있었다.

설백(雪白)

'…!?'

이를 본 은발의 여인의 두 눈동자가 커졌다. 서지에 적힌 것은 다름 아닌 자신의 이름이었다. 그녀는 존주를 모시는 세 심복 중 한 사람인 설백이었다.

"…네가 어떻게 날 알고 있지?"

갈주 또한 영문을 알 수가 없었다. 눈을 가린 백련하가 그저 목소리만으로 설백의 정체를 알아냈다는 것이 이해되지 않았다.

"대답하게 해주지."

이런 의문을 푸는 것에 설백은 말보다 행동이 빨랐다. 그녀는 침구를 빼 들어 단숨에 백련하의 머리 혈에 꽂으려고 했다. 그 순간이었다. 채애애앵! 백련하가 두 팔을 벌려 구속구의 쇠사슬로 설백이 뻗은 손을 막아냈다.

"어떻게?"

갈주가 당혹감을 감추지 못했다. 애초에 백련하는 환마독에 의해 망가진 상태였다. 게다가 칠대 기혈이 막혀 있어서 설백의 한 수를 막을 수 없는 상태였다.

설백이 한기를 일으키며 매서운 목소리로 말했다.

"너 뭐야?"

그 물음에 백련하가 입을 열었다.

"후우. 금상제를 보기가 참 쉽지 않네."

'…!!'

놀랍게도 그녀는 멀쩡히 말할 수 있었다.

'말을?'

여태껏 같이 있었던 갈주는 얼마나 당혹스러웠는지 말문이 막힐 지경이었다. 하지만 그것도 잠시였다. 그보다 더 이들을 놀라게 한 것은 백련하의 입에서 거론된 금상제라는 칭호 때문이었다.

"제압해라!"

갈주의 외침에 방 안에 있던 무인들이 그녀에게 달려들려 했다. 그 순간 백련하의 몸이 파르르 떨렸다. 그러더니 이내 그녀의 등 뒤 척추 쪽을 비롯한 각 기혈 부위에서 날카로운 침이 몸 밖으로 튀어나왔다. 파파파파파팍!

"으헉!"

"컥!"

그렇게 튀어나온 침들이 방 안에 있던 모든 자들에게 암기처럼 쏘아졌다. 갈주와 반백의 노인은 이를 피했지만 다른 자들은 목과

머리가 꿰뚫려 그 자리에서 즉사하고 말았다.

"네년!"

날아든 침을 가볍게 피한 설백이 노해서 백련하에게 일 장을 날리려 했다. 바로 그 순간이었다. 갑자기 백련하가 대뜸 천장 위로 손을 뻗었다. 무슨 짓을 하려는 건지 알 수 없었는데, 천장이 흔들리며 굉음 소리가 들려왔다. 콰콰콰콰콰쾅!

"이게 대체….."

무슨 소리인가 싶었는데, 그때 천장이 꿰뚫리며 정확하게 백련하의 손으로 검 한 자루가 빨려 들어왔다. 검을 본 설백이 인상을 찡그리며 중얼거렸다.

"혈마검?"

그것은 틀림없는 혈마검이었다. 그런데 혈마검의 검 자루가 피로 흥건히 얼룩져 있었다. 그때 지하의 방문을 누군가 다급히 열어젖히고 뛰어 들어왔다.

"크, 큰일입니다. 갑자기 검 한 자루가 장원 전체를 누비며 무인들을 닥치는 대로 학살하고… 아!"

그자가 백련하의 손에 들려 있는 검을 보고서 말을 잇지 못했다. 그 검이 여기에 있었다.

—크하하하핫. 피 맛이 좋구나.

검신에 피를 잔뜩 적신 혈마검이 굉장히 즐거워했다. 녀석과 시야를 공유하고 있었기에 얼마나 많은 자들을 죽였는지 보았다. 거의 백여 명이 넘는 자들이 혈마검에게 꿰뚫려 죽었고 살아남은 자들은 끽해야 열 명 남짓이었다. 일단 혈마검에서 옥형을 거둬들였다.

계속해서 소진되던 선천진기가 멎었다.

확실히 이레가 넘게 옥형을 유지하려니 선천진기가 절반 가까이
나 소모되었다. 그나마 중간중간 몰래 운기를 했기에 그 정도였다.

"저, 저 검입니다!"

그때 방금 전에 지하 방으로 뛰어 들어온 자가 혈마검을 가리키
며 소리쳤다. 나는 그자를 가볍게 쏘아보았다.

"컥!"

그러자 나를 손가락으로 가리키던 그자가 가슴을 부여잡더니 피
를 한 움큼 내뱉고는 쓰러졌다. 방 안에 유일하게 멀쩡히 서 있는 이
들은 나를 포함해 네 명이었다. 갈주라 불린 자가 어처구니없어했다.

"혈마검이라니? 이게 대체…."

혈마검은 혈교의 보물이기도 하지만 혈마를 상징한다. 그런 귀물
이 백련하라고 여겼던 내 손으로 빨려 들어왔으니 놀라는 것도 당
연했다.

'응?'

그때 공기의 흐름이 달라졌다. 방 전체가 급격하게 차가워졌는데
입김마저 나올 정도였다. 이에 갈주가 화들짝 놀라 소리쳤다.

"자, 잠시만 멈춰주십시…."

"혈마검이 눈앞에 있는데 뭘 멈추라는 거야."

그녀의 말이 끝나기가 무섭게 엄청난 한기가 뿜어져 나왔다. 그
것은 통상적인 수준을 완전히 넘어섰다. 마치 눈사태가 일어나기라
도 한 것처럼 엄청난 한기가 파문을 일으키며 방 안의 모든 것을 얼
려버렸다.

"빌어먹…."

"흐흑!"

쩌저저저적! 순식간에 한기는 도망치려던 갈주를 비롯하여 반백의 노인을 생으로 얼려버렸다. 얼음 조각이 되어 굳어버린 그들의 모습은 처참하기 짝이 없었다. 과거에도 강렬한 한기를 자랑하던 그녀였지만 지금은 그때와 비교도 하기 힘들었다. 움직이는 재앙 그자체였다.

—엄청난 한기로군. 괜찮은 거냐?

혈마검이 내게 물었다. 순식간에 방 안을 한기가 가득 채우며 나역시 동상처럼 얼어붙었다. 물론 저들처럼 완전히 언 것은 아니었다. 피부 표면 쪽만 얼었다고 봐야 했다.

"흥!"

표면이 얼어붙은 것 때문에 나 역시도 저들과 같은 신세가 되었다고 여겼는지, 설백이 콧방귀를 뀌며 내게 걸어왔다. 전신에서 엄청난 한기를 내뿜는 은발의 그녀는 전설 속의 설녀(雪女)처럼 보였다. 초사의 무공이 발전한 것과는 차원이 달랐다. 놈을 기준으로 여겨비슷할 거라 생각했는데 착각한 것 같다. 바로 내 앞으로 다가온 그녀가 혈마검을 가져가려는지 손을 뻗었다.

'후우.'

나는 설음화양선무의 화양선권을 운기했다. 그러자 몸에서 뜨거운 양기가 일어나며 얼어붙은 표면이 갈라졌다. 쩌저저적!

"아니?"

설백의 고운 미간이 일그러졌다. 내가 완전히 얼어붙어서 움직일수 없다고 여겼나 보다. 설백이 다급히 내게 손을 뻗었다. 그러자 그녀의 손에서 눈보라가 휘몰아치는 것처럼 하얀 눈발이 날리며 전신을 엄습해왔다. 단순히 한기를 내뿜는 것이 아니라 북해빙궁의 무공인 것 같다.

―빙백신공이다.

빙백신공?

―예전에 초대 혈마가 북해빙궁의 고수와 겨룬 적이 있다. 한데 그 수준을 아득히 뛰어넘는군. 내 검신마저 얼어붙는 것 같다.

혈마검이 혀를 내두를 정도라니, 괴물이 된 그녀였다. 하지만 쉽게 당해줄 수야 없지. 화양선권을 오성 이상 끌어올린 적은 처음인데, 괜찮으려나 모르겠다. 치이이이이이! 순식간에 전신에서 수증기가 뿜어져 나왔다. 몸에서 나온 화양선권의 열기와 설백의 손에서 뿜어져 나오는 한기가 부딪치며 생겨난 현상이었다.

"이 열기…."

설백 역시 이것을 심상치 않게 여긴 모양이다. 더욱 한기를 끌어올렸다. 이 여자, 삼백 년 사이에 무슨 일이 있었던 거지? 화양선권을 칠성으로 펼치는데도 열기로 표면을 녹이는 것보다 훨씬 빠른 속도로 한기가 밀려들며 체내로 침투하려 들었다.

"되도록 팔성 이상 끌어올리는 것을 자제토록 하거라."

설음화양선무를 전수해준 조 스승님의 당부였다. 한데 팔성 이상을 발휘하지 않으면 내 몸이 얼어붙게 생겼다. 어차피 자제할 상황도 아니지만.

'구성 화양선권.'

단번에 구성으로 끌어올렸다. 그 순간 전신에서 열기를 넘어 불꽃이 치솟았다.

"아!"

일렁이는 불꽃이 마치 나를 보호하려는 것처럼 회오리를 치며 화염의 용권풍을 만들어냈다. 그러자 가까이서 빙백신공을 발휘하던 설백이 다급히 뒤로 신형을 날렸다. 단순히 열기를 넘어 완전히 상극인 무공에 당황한 기색이 역력했다.

"후우… 이제 살 것 같군."

한기가 내 반경으로 넘어오지 못했다. 불꽃이 만들어낸 열기에 얼어붙었던 방 안이 녹아내렸다.

─대체 거기서 뭘 배운 거냐?

혈마검조차 놀라움을 금치 못했다. 도화선에서 녀석은 거의 목갑 안에서 지냈기에 설음화양선무를 익힌 것을 보지 못했다. 나도 설음화양선무를 완성하고서 처음으로 구성을 펼친 것이다. 왜 스승님이 이것을 자제하라고 했는지 알 것 같았다. 엄청난 열기에 방이 녹다 못해 불타고 있었는데, 함부로 구성 이상으로 끌어올렸다간 도화선에 불이 났을 것이다.

─네 옷도 타려고 한다.

'뭐?'

녀석의 말에 놀라서 옷을 보았다. 화양선권을 펼치는 당사자인 내 몸이야 열기에 강했지만 옷은 아니었다. 전신을 보호하는 불꽃이 옷에 달라붙어 불태우려 했다.

'젠장.'

나는 전신으로 방출하는 불꽃을 조절했다. 처음이라 그런지 불꽃을 조절하는 것이 생각보다 어려웠다. 옷이 꽤 많이 타서 가슴 부위와 치맛자락이 드러났다.

─그 몸으로 나신이 되면 재밌을 뻔했군.

큰일 날 소리. 그럼 백련하가 나신을 드러낸 것과 마찬가지가 된다. 치이이이이이!

'대단하군.'

문득 나는 불꽃의 열기와 설백이 내뿜는 한기가 절묘하게 경계를 이루는 모습에 속으로 혀를 내둘렀다. 불꽃에 경계심을 품고 물러났지만 그녀의 한기는 조금도 밀리지 않았다. 아직 그녀도 극성으로 한기를 발휘한 것 같지는 않았다. 설백이 내 몸을 위아래로 스윽 훑더니 말했다.

"혈마가 여자라는 말이 있더니 사실이었군."

옷이 타서 일부 드러난 신체 부위 때문에 오해한 것 같았다. 하긴 일반적인 역용술(易容術)이나 인피면구로는 몸마저 이성의 것으로 바꾸기는 힘들다. 선술에 가까운 체화만변술만의 묘미였다.

'백혜향 때문에 그런 소문이 난 건가.'

혈마가 여자라는 말이 있다는 소리는 처음 듣는다. 역시 무림연맹 쪽에 흘리는 일부 정보들을 금상제 쪽에서도 취하고 있는 듯하다.

쏴아아아아아! 그때 설백의 몸에서 더욱 강렬한 한기가 뿜어져 나왔다. 열기로 맞서던 경계면이 밀려나려 했다.

"여기서 너를 죽이고 혈마검까지 취하면 그분이 기뻐하시겠지."

팟! 그 말이 끝나기가 무섭게 설백이 나를 향해 달려들었다. 한기로 가득한 양장에 나 역시 화양선권의 권초를 펼치며 대응했다. 순식간에 불꽃과 눈발이 부딪치며 사방이 뿌연 수증기로 가득해져 갔다. 화르르르륵! 쏴아아아아! 파파파파파팍! 지하의 방은 좁았고 시야가 가려지자 어느새 둘 다 같은 생각을 했는지 천장을 부수고서 지상으로 빠져나갔다. 불꽃의 열기와 그녀의 한기로 인해 가옥

전체가 순식간에 부서져 나갔다. 파파파파팍! 설백과 내가 허공에서 부딪치며 허공에 불꽃과 한기의 궤적을 만들어냈다. 그만큼 나나 그녀는 상극인 기운이 극에 이르고 있었다. 나는 눈을 돌려가며 주위를 힐끔 쳐다보았다.

"어디 한눈을 파는 거냐!"

설백이 내 미간을 향해 날카로운 얼음덩어리를 암기처럼 날렸다. 이에 나는 손을 뻗어 불꽃의 벽을 만들어내 이를 막아냈다.

"이, 이게 무공이 맞아?"

"설 위주는 그렇다 쳐도 저 여자는 대체 뭐야?"

아래에서 웅성거리는 소리가 들려왔다. 내가 부르면서 혈마검이 미처 처리하지 못한 자들이었다. 그들은 우리 두 사람의 대결을 보며 경악을 금치 못하고 있었다. 여자 둘이서 한 사람은 불꽃을 내뿜고 또 다른 사람은 눈발을 뿜어대며 허공에서 부딪치는데 놀라지 않을 이가 있겠는가.

'전부 처리해.'

—알겠다.

나는 그들을 향해 혈마검을 던졌다. 이곳에 있는 자들은 한 사람도 살려둘 생각이 없었다. 옥형에 의해 혈마검이 이기어검을 펼치는 것처럼 자유롭게 날며 아래에서 넋을 놓고 있던 그들에게로 날아들었다.

"헉!"

"그, 그 검이다!"

"이기어검!"

살아남았으면 도망칠 것이지, 뭐하러 남아서 구경하다가 곡을 치르는지 모를 일이다. 설백은 그들이 죽어 나가는 것을 아랑곳하지 않고 나를 제압하기 위해 갖은 절초를 발휘하고 있었다. 한기뿐만이 아니라 장법 초식이 절묘하기 짝이 없었다. 나처럼 여러 무공을 익힌 것이 아니라 삼백여 년 동안 장법 하나에만 전념했는지, 장초의 변화가 심해 초식의 흐름을 파악하기 힘들었다.

파파파파팍! 반면 그녀는 화양선권의 권초에 서서히 익숙해지고 있었다. 조 스승님이 자랑하는 두 절기 중 하나인 화양선권마저 밀릴 만큼 그녀의 장법은 가히 천하제일이라고 할 만했다. 적수공권으로는 그녀가 한 수 위임을 인정해야겠다. 파팍! 순식간에 그녀의 손이 불꽃을 뚫고 나의 가슴에 연거푸 일격을 먹였다. 이에 밀려난 나는 지상으로 착지할 수밖에 없었다. 촤르르르르! 뒤로 밀려난 나는 바닥에 손을 짚었다. 가슴에서 수증기가 피어올랐다.

'끝도 없는 한기로군.'

열양의 기운을 지닌 신공을 익히거나 그녀보다 우위가 아니면 상대하기 힘들 것 같다. 금상제, 이런 비장의 무기를 숨기고 있었군.

탁! 설백도 지상으로 내려왔다. 그녀의 주변만 한겨울인 것처럼 눈발이 몰아쳤다. 설백이 양손을 들어 올리자 그녀의 두 어깨 위로 날카로운 얼음 조각들이 생겨났다.

"넌 내 상대가 되지 못해, 혈마."

그녀는 자신의 승리를 확신하고 있었다. 장법과 권법의 초식 대결에서 우위를 차지했기 때문인 것 같다. 그때 머릿속에 소담검의 목소리가 들려왔다.

—이제 전부 죽었어. 주변에 아무도 없어.

그래? 기다렸던 순간이네.

나는 자리에서 몸을 일으켜 세웠다. 설백이 당장에라도 얼음 조각들을 날려 보낼 기세를 보이며 말했다.

"지금이라도 혈마검을 넘기고 순순히 우리에게 투항한다면 계속 혈마의 자리는 유지하게 해줄 수 있어."

그런 그녀의 말에 나는 피식 웃으며 말했다.

"삼백여 년 전에 혈도를 점해놓길 잘한 것 같군. 안 그랬다면 꽤 귀찮을 뻔했어."

'…!?'

그 말에 그녀가 미간을 찡그렸다. 내가 무슨 말을 하는지 알아들 었으려나.

"너… 지금 무슨 소리를…."

"이제부터 제대로 한다."

"뭐?"

팟! 나는 설백에게로 신형을 날렸다. 그녀가 황급히 내게 손을 뻗자 날카로운 얼음 조각들이 화살 비처럼 날아들었다.

'오라.'

슈우우우우! 손을 뻗자 허공을 가로지르는 소리와 함께 혈마검이 손바닥으로 빨려 들어왔다. 혈마검을 쥔 나는 혈천대라검 오초식 혈우만천(血雨萬穿)을 펼쳤다. 발검술을 펼치듯이 검을 왼쪽으로 끌어당겨 내질렀다. 촤촤촤촤촤촤촤! 그 순간 혈마검에서 무수한 붉은 검의 궤적들이 폭우가 쏟아지듯 폭사되었다. 붉은 예기가 빗줄기처럼 얼음 조각들을 깨부쉈다. 부서진 얼음 조각들을 통과하자 그녀가 엄청난 한기를 일으키며 눈발을 날렸다.

'뇌검천둔!'

파치치치칙! 그때 붉은빛의 뇌전이 일어나며 검을 휘어 감았다. 혈천대라공을 운기한 상태로 뇌검천둔을 펼치게 되면 뇌전마저 붉게 물든다. 폭설과도 같이 눈발을 쏘아붙이는 설백을 향해 매처럼 미끄러져 가며 혈마검으로 반달의 궤적을 그렸다. 혈천대라검의 혈라검천이었다.

"설마?"

혈마검에 휘감긴 뇌전을 본 그녀의 눈이 커졌다. 촤아아아아아! 뇌전을 머금은 붉은 궤적이 눈발을 갈랐다. 순식간에 눈발을 반으로 가른 나의 신형은 어느새 설백을 지나쳤다. 그녀의 뒤로 다섯 보를 지나친 나는 혈마검을 살짝 휘둘렀다. 촥! 혈마검에 묻은 핏방울이 바닥에 흩뿌려졌다.

쿵! 뒤에서 뭔가 떨어지는 소리가 들렸다. 혈라검천의 검초를 막지 못한 그녀의 신형이 예기에 휘말려 허공에 떠올랐다가 바닥으로 떨어진 것이었다. 고개를 돌리니 혈라검천의 검결대로 베인 그녀의 옷이 반 이상 찢겨나갔고, 베여 나간 부위에서 피가 흘러내렸다.

"너!"

피투성이가 된 그녀가 몸을 억지로 일으켜 세우려 했다. 그러나 상처로 파고든 뇌검천둔의 뇌기(雷氣)에 의해 다시 무릎을 꿇고 말았다. 파칙파칙!

"아흑!"

설백이 어처구니없다는 듯이 중얼거렸다.

"…전력이 아니었다니."

지금도 사실 전력은 아니었다. 이것을 굳이 이야기할 필요는 없겠지. 나는 그녀에게로 걸어갔다. 그리고 검으로 그녀의 목을 겨냥하며 말했다.

"목을 베면 죽는다."

아무리 금상지체의 시술을 받는다고 해도 목이 베이면 죽는다.

스스스스! 벌써 그녀의 상처 부위가 낫고 있었다. 회복 속도 하나만큼은 기가 막혔다. 어쨌거나 그녀를 당장 죽이지 않은 것은 딱 한 가지 이유뿐이었다.

"금상제, 어디 있지?"

그런 나의 물음에 그녀가 고개를 살짝 들어 올렸다. 나를 바라보는 그녀의 눈동자가 묘하게 떨려왔다. 죽음을 각오하기라도 한 걸까? 사실 파궁귀 초사도 그렇고 놈의 수하들 중에서 입을 열었던 자는 미친 상태로 세뇌를 당했던 귀살권마 장문량 하나뿐이라 큰 기대는 하지 않았다. 그녀가 입술을 뗐다.

"대체 너 정체가 뭐야?"

"정체?"

"혈마야, 검선의 후예야?"

그런 그녀의 물음에 나는 피식 웃으며 답했다.

"양쪽 모두라고 해두지."

"양쪽 모두? 하!"

설백은 기가 찬다는 표정을 지었다. 뭐 충분히 이해는 간다. 여태껏 이들은 혈마라는 존재와 검선의 후예를 동일시하지 않았을 것이다. 한쪽은 정파와 도가의 최고봉이라 불리는 검선 계열이고, 한쪽은 사파의 정점이라 할 수 있는 혈마이니 말이다. 혀를 내두르던 그녀가 물었다.

"…삼백여 년 전에 내 혈도를 점했던 것도 너야?"

그런 그녀의 물음에 나는 부정하지 않았다. 어차피 이 자리에서 성과를 얻지 못한다면 그녀를 죽일 거니까. 소담검이 허공을 돌면서 주위를 살피고 있었기에 그녀는 절대로 내 손에서 벗어날 수 없었다. 그때 설백이 진지하게 내게 물었다.

"왜 그때 날 죽이지 않은 거지?"

왜 죽이지 않은 거냐고? 여러 가지 변수가 작용해서 죽이지 못한 것뿐이었다. 굳이 일부러 살려둔 것은 아니었다. 하지만 구구절절 설명할 필요는 없겠지.

"글쎄."

그런 나의 말에 그녀의 얼굴에 갑자기 화색이 돌았다.

뭐지? 목숨을 위협받는 상황인데 표정만 보면 왠지 기뻐 보였다. 설백이 내게 활짝 미소를 지으며 말했다.

"역시 너도 나를 원했구나."

"뭐?"

…아무래도 뭔가 오해를 한 것 같다. 내가 자신을 원했다고 여기고 있었다. 이에 나는 설백에게 착각하지 말라고 쏘아붙이려 했는데, 혈마검의 목소리가 머릿속을 울렸다.

─꼭 그런 식으로 해명할 필요가 있나? 인간, 네놈이 가장 잘하는 짓을 하면 되지 않느냐?

내가 가장 잘하는 짓이라니?

─어차피 정보를 내뱉게 하는 것이 목적이지 않나?

그야 그렇지.

─그럼 적당히 장단 맞춰주고 정보만 내뱉게 한 후 처리하면 되지 않나?

그런 혈마검의 말에 나는 속으로 신음을 흘렸다. 적당히 장단 맞춰주는 것은 눈앞의 설백이 원하는 식으로 해주라는 건데….

'흠.'

그녀를 빤히 쳐다보던 나는 마음을 정했다. 설백은 금상제의 세 심복 중 하나였다. 만약 그녀가 놈의 소재나 목표에 대해 확실하게 입을 연다면 지금까지와는 비교도 할 수 없는 성과를 얻게 될지도 모른다. 놈으로 인해 여태껏 수많은 희생을 치렀다. 이제 그 악연의 고리를 끊어내야 했다.

'…미안하지만 이쪽도 수단과 방법을 가릴 처지는 아니니까.'

감정을 이용해서라도 알아낼 수만 있다면…. 나는 기대감에 찬 얼굴로 바라보는 설백에게 살짝 미소 지으며 말했다.

"왜 내가 원할 거라 여기는 거지?"

곧바로 원한다는 식으로 말하는 것보다 여지를 준 것이다. 그런 나의 물음에 설백이 진지하게 답했다.

"나와 접촉했던 자들은 누구도 내게 닿기만 하면 견디지 못했어. 강 랑조차도 말이야."

그 연인이었던 천인장을 말하는 건가. 설백이 그때 자신의 입으로 직접 말했었다. 천음지체의 몸을 가져 그녀와 살갗이 닿는 자들은 하나같이 고통스러워했다고 말이다. 설마 지금까지도 누구와 제대로 된 연을 맺지 못했던 건가? 의문이 생겼다.

그때 그녀가 살짝 홍조를 띤 얼굴로 말했다.

"그 대단한 무공을 지닌 그분조차 내게 손 한 번 대지 못했지만 너는 달랐어. 처음 느껴보는 그 감각을 삼백여 년이 지나도 잊을 수가 없어."

순간 닭살이 돋을 만큼 소름이 끼쳤다. 삼백여 년이면 감정적으로 변하기 마련이다. 수많은 일들을 겪고 하다 보면 감정이 희석될 터인데, 지금까지도 잊지 않았다는 게 소름 끼칠 지경이었다.

—…대단하군.

혈마검조차 혀를 내두를 정도였다. 그런데 이것도 그렇지만 한 가지 이해되지 않는 게 있었다. 이건 직접 물어봐야겠다.

"설백, 그대가 모시는 주인은 평생 나를 원망했을 터인데?"

—그렇군.

그 당시에야 기절해 있어서 금상제가 수모당하는 것을 보지 못했다지만, 그때 있었던 일을 들었고 금상제의 원망을 곁에서 지켜보았다면 이런 감정을 가질 수가 없다. 자그마치 삼백 년이 아니던가. 어쩌면 그녀가 일부러 나를 속이는 것일 수도 있다. 이 순간을 모면하기 위해서 말이다. 그런데 이런 나의 말에 설백이 정색하더니 말했다.

"그분이 원망하는 게 나와 무슨 상관이란 거지?"

'…!?'

이건 대체 무슨 논리이지? 오히려 내가 이해되지 않으려 한다.

"…그대의 주군인데 상관없다는 건가?"

그 말에 설백이 내게 눈웃음을 지으며 아무렇지 않게 말했다.

"내가 왜 그분 곁에서 독수공방으로 삼백 년을 지킨 줄 알아?"

"모른다."

그걸 알면 점쟁이를 했겠지. 이런 나의 말에 설백이 자기 목에 겨냥하고 있는 검을 슬쩍 쳐다보며 말했다.

"항복할 테니 이 검을 치워줘."

나는 인상을 쓰며 말했다.

"그건 힘들 것 같군. 이미 네 몸의 상처들은 회복되었다. 도망칠 시도를 하게 내버려두지 않아."

"도망? 내가 왜?"

"왜?"

"얼마나 이 순간을 기다려왔는지 넌 모를 거야. 처녀인 내가 근 삼백 년 동안 왜 독수공방으로 지냈을 것 같아? 그분 곁에 있으면 분명 검선의 후예 너와 만날 수 있을 거라 여겼기 때문이야."

설백의 이 말에 순간 골이 아파왔다. 그녀의 말대로라면 금상제의 곁에서 일해왔던 것이 나와 만날 수 있는 계기가 될 거라고 여겨서라는 것이 아닌가. 그걸 삼백 년간이나 해왔다는 게 이해되지 않았다. 그쯤 되면 새로운 사람을 찾는 것이 더욱 빨랐을 텐데 말이다. 더군다나 내 진짜 얼굴도 몰랐을 텐데, 이렇게 말하니 오히려 현실성이 떨어지는 것 같아 믿음이 가지 않았다.

"…미안한데 신뢰할 수 없군."

"신뢰라…."

그 말에 그녀가 뭔가 결심했다는 듯이 말했다.

"좋아. 그럼 그분 곁에서 일하는 것을 그만두겠어."

"뭐?"

너무 선뜻 말해서 내색조차 하기 힘들었다. 자그마치 삼백 년간 모셔왔던 주군 곁에서 일하던 것을 그만두겠다는 말을 너무 쉽게 던졌다. 나는 검 끝에 예기를 일으키며 말했다.

"그걸 내가 믿을 거라 생각하나?"

"어차피 그분 곁에서 일한 것은 북해빙궁의 재건을 위해서였어."

"북해빙궁의 재건?"

그러고 보니 현 무림에는 북해빙궁이 존재하지 않는다. 북해빙궁 출신인 그녀가 이렇게 눈앞에 있는데, 어째서 재건을 이야기하는 거지? 그런 의문을 풀어주기라도 하듯 그녀가 말했다.

"나는 마지막 북해빙궁의 생존자야. 내가 재건하지 않으면 북해빙궁은 역사의 뒤안길로 사라질 거야."

"…이해가 되지 않는군. 그럼 여태 왜 재건하지 않은 거지? 금상제가 가진 여력이라면 한 문파를 재건하는 건 어려운 일도 아니었을 텐데."

"설가의 피가 이어지지 않는다면 제대로 된 재건이라 할 수 없어."

설가의 피라…. 혈교처럼 혈연을 중심으로 하는 건가. 하긴 도가 계열이 아니고는 대부분의 방파나 세가 들이 그렇게 이어져 왔다.

"그 정도로 재건이 중요했다면 음기를 포기하고 자식을 낳으면 되지 않나?"

체내에 있는 저 엄청난 음기만 포기하면 가능한 일이라 본다. 한데 그녀는 그것을 포기하지 않았다. 설백이 코웃음을 치며 말했다.

"본 궁의 빙백신공은 오랫동안 이어져 내려오며 고조부의 대에 와서는 후손들 전부가 선천적인 천음지체로 태어났어."

"그럼 천음지체끼리 연을 맺으면 되지 않나?"

"…그게 본 궁이 멸망하게 된 계기야."

"계기?"

"아무리 빙백신공을 익힌다고 해도 남자는 양기가 강한 체질인데, 선천적으로 음기를 지니고 태어나니 이를 버틸 수 있을 리가 만무했지."

"하면 음기를 버티지 못하고 전부 죽었다는 건가?"

"그래. 빙궁에 태어나는 남자들은 하나같이 오 년을 버티지 못했어. 전부 천음지체에 먹혀서 죽었어. 그러다 보니 후손은 자연스럽게 끊길 수밖에 없었고, 종국에는 나 혼자만 남게 되었어."

그녀의 말대로라면 북해빙궁은 비극을 맞이한 거라 할 수 있었다. 무공으로 비롯해 완성된 음기의 신체가 자신들의 맥을 끊었으니 말이다. 혀를 내두르고 있는 내게 그녀가 이어서 말했다.

"그나마 강 랑이 타고난 체질 때문인지 나를 조금이나마 버틸 수 있었는데, 기껏해야 잠깐에 불과했지."

"곁에 수많은 고수가 있었을 텐데?"

가령 벽을 넘은 고수라면 보통 사람들보다 강한 양기를 가졌을 것이다. 그런 나의 물음에 그녀가 콧방귀를 뀌고서 말했다.

"손끝만 닿으면 전부 죽는데 뭘 어쩌라는 거야?"

"쿨럭."

순간 입에 물이 있었다면 뿜었을 것이다. 방금 그 말 한마디로 그녀가 얼마나 이런 자신의 상황을 비관하고 있었는지가 느껴졌다. 결국 그녀 나름대로 여러 방면으로 관계를 맺기 위해 수많은 남자들과 접촉했지만 아무런 성과가 없었다는 거였다.

—불쌍한 인간 계집이로군. 그냥 거둬들여라.

…뭘 거둬들이라는 거야. 그런 연민의 감정으로 누군가를 거둔다는 것은 말이 되지 않는다. 그리고 삼백 년이 넘게 살아왔다면 거의 조상뻘이지 않나.

—저 얼굴과 저 몸이 조상뻘로 보이나.

금상지체의 시술을 받은 그녀는 노화가 멈췄다. 그래서 겉보기만으로는 고작해야 이십 대 중반 정도로밖에 보이지 않았다. 게다가 검에 베여서 드러난 살결만 봐도 탄력이 넘쳤다. 아름다웠지만 그것만으로 누군가를 거둬들인다면 옛적에 수많은 여자들을 거둬들였을 것이다.

—어차피 너도 금상지체인가 뭔가 하는 시술을 받았으니 불로장생은 아니더라도 오래 살 게 뻔할 텐데, 나이가 상관있나?

'…'

이 녀석 갑자기 통찰력이 높아졌다. 그런 것까지 생각하다니.

—뭐 아무튼 결정은 인간 네가 하는 거고. 그럼 어쩔 거냐?

원래 계획대로 할 거다. 그녀 나름의 사정이 있다지만, 금상제의 소재를 알아내는 것이 우선이었다. 다행인 점은 그녀가 나에 대해 강한 집착을 보인다는 것이다. 단번에 금상제의 곁을 떠날 거라고 하는 것을 보면 잘만 구슬리면 충분히 입을 열 수 있을 것 같았다.

"정말 금상제의 곁을 떠날 거라면 그 말에 대해 신뢰가 필요하다."

"신뢰?"

"그래. 금상제에 관한 소재를 말해라."

그런 나의 말에 설백이 한쪽 눈썹을 치켜올리더니 뚱한 표정을 지었다. 그녀가 내게 말했다.

"나를 너무 바보로 아는 거 아냐?"

"…"

"내가 그동안 얼마나 많은 남자를 봐왔을 거라 생각해?"

그걸 내가 어찌 아나. 대답하지 않자 그녀가 말했다.

"남자란 족속들은 자신이 갖고 싶은 것에 대한 욕망을 채우면 무엇이든 쉽게 버리더라고."

순간 속으로 뜨끔했다. 정보만 얻으려고 했는데 아무래도 이를 눈치챈 것 같다. 일단 내색하지 않고 답했다.

"너무 일반화시키는군."

"일반화가 아니더라도 나 역시 보장이 필요해."

아무래도 이 여자를 너무 쉽게 본 것 같다. 감정을 이용하려 들었는데, 어느 정도 이성과 통찰력을 유지하고 있었다. 아니면 향화열락궁의 주사련의 심결로 다시 한 번 그녀의 호감을 더 자극해볼까? 그때 그녀가 말했다.

"삼백 년간 수발들었던 분을 버리는 일인데, 적어도 나도 원하는 것을 얻어야 공평하지 않을까?"

…젠장, 원하는 것이 너무 극명했다. 홍조를 띤 얼굴로 혀를 날름거리는데 난감하기 그지없었다.

—인간, 네놈 주위에는 이런 여자들만 꼬이는 게 신기하군.

내가 하고 싶은 말이다. 전생에 무슨 죄라도 지은 걸까? 금상제에 관한 정보를 얻자고 그녀가 원하는 것을 먼저 들어줄 순 없다. 나는 냉정하게 말했다.

"정보가 먼저다."

"검선의 후예, 당신이 관심을 가질 만한 정보는 충분히 많아. 가령 혈교에서 그토록 찾고 있는 만사신의의 소재라든가."

"만사신의!"

그 말에 나도 모르게 관심을 보이고 말았다. 하지만 곧바로 이성을 되찾았다. 머릿속이 팽팽 돌아갔다. 만사신의의 소재를 어떻게 아는 거지? 금상제가 그의 소재를 알고 있다면 환마독을 해독할 수 있고 방해만 될 만사신의를 그냥 내버려둘 리가 만무했다.

"만사신의의 소재보다 환마독의 해독 방법을 알려주면 끝날 일

224

이다."

"환마독의 해독제는 없어."

"뭐?"

"애초에 그분께서 혈주에게 해독할 수 없는 독을 부탁한 것이었고, 자그마치 이십 년에 걸쳐서 완성한 독이야."

해독제가 없는 독이라니. 그럴 리가 없다. 조 스승님께 음양의 이치를 배운 나는 알고 있다. 세상 모든 것에는 상극이라는 게 존재하고 균형이라는 게 존재한다.

설백이 웃으며 말했다.

"혈주가 살아 있다면 해독제를 만들 수도 있었겠지. 하나 이제 그는 세상에 없으니 해독제를 만들 수 있는 자는 만사신의뿐이잖아."

이쪽의 약점을 찌르고 들어왔다. 하지만 허점이 없지 않았다.

"만사신의의 소재를 안다고 말한 것은 금상제 또한 아직 소재를 아는 것이지 그를 손에 넣지 못했다는 의미일 텐데."

이런 나의 말에 설백이 고개를 끄덕이며 부정하지 않았다.

"맞아."

"그럼 둘 중 하나겠군. 그 소재에 관한 정보가 확실하지 않다든지 혹은 금상제나 그 조직조차 손을 대기 힘든 곳에 있다든지."

이 말에 설백이 혀를 내둘렀다.

"무위만큼이나 머리가 영민하네. 검선의 후예, 당신의 씨가 더욱 갖고 싶어졌어."

"…"

무섭다, 무서워.

"내가 여자일 수도 있는데 그런 말이 나오나?"

이런 나의 말에 설백의 눈이 휘둥그레졌다. 정말 여자인가 하는 표정이었다. 하지만 이내 스스로 부정했다.

"그럴 리가 없어. 그때 이 손으로 직접 당신의…."

"크흠."

이 여자도 백혜향처럼 정말 말하는 데 스스럼이 없다. 어쨌거나 이 여자는 금상제의 소재 이외에도 만사신의의 소재까지 알고 있다. 알아낼 정보를 너무 많이 가지고 있어서 마냥 대답하지 않는다고 처리하기도 아까웠다. 헛기침에 설백이 나를 흘겨보며 말했다.

"거짓말쟁이. 나를 떠보다니."

저러면서도 꽤 안도하는 눈치였다. 그러다 설백이 내게 말했다.

"당신, 나를 정말 믿지 못하는군."

"사정은 이해하지만 삼백여 년의 충성이 이렇게 쉽게 깨지리라 보지 않거든."

그런 나의 말에 설백이 입술을 오물거렸다. 그러다 이내 다시 입술을 뗐다.

"정말 손해를 보지 않는 성격의 소유자로군."

잘 아네. 나에 대해 꽤나 빨리 파악했다.

"좋아. 그럼 당신의 신뢰를 얻는 게 좋겠네."

"어떻게 신뢰를 얻을 거지?"

이런 나의 물음에 그녀가 숨을 들이켜더니 입을 열었다.

"만사신의는 지금 개봉의 황궁 어딘가에 있고, 뇌장이 영왕을 움직여 그 소재를 찾고 있어. 그리고 혈주가 죽으면서 대계를 위한 환마독이 부족해져서 그것을 만들 대체자를 찾기 위해 사천 당가의 부가주 당우중을 노리고 있어."

갑자기 그녀가 굉장한 정보들을 술술 내뱉었다. 게다가 이게 끝이 아니었다.

"무림연맹의 총군사 방덕현은 그분의 수족이라 할 수 있는 뇌주야. 그 이외에도 무림연맹 내에는 그분의 사람들이 꽤 많이 있어. 원한다면 그 명단도 줄 수 있어."

"하…."

"그분은 지금 차기 무림연맹 맹주로 전 맹주 무한제일검 백향묵을 복귀시키려고 하고 있어."

이 정도까진 기대하지 않았었다. 그런데 이런 중요한 정보들을 전부 가르쳐주다니. 기밀들을 발설한 설백이 유혹이라도 하듯 혀로 자신의 목을 겨냥하고 있는 검신을 야하게 핥으며 말했다.

"이 정도면 신뢰하기에 충분하지 않아?"

…다 좋은데 혈마검에서 그 혀 떼는 게 좋을 텐데. 유혹하듯이 혀로 혈마검의 검신을 핥고 있는 설백. 그녀는 모르겠지만 내 귀에는 혈마검의 묘한 신음 소리가 들려왔다.

─크흐흐.

…이 자식 그렇게 남천철검한테 뭐라 하더니. 제 놈도 다를 바가 없다. 평소라면 누가 건드리면 곧장 혈맥을 폭주시키는데, 설백이 혀로 핥자 그것을 즐기기라도 하듯 가만히 내버려두고 있었다. 이에 나는 그녀에게서 검을 거뒀다.

─아아.

혈마검이 아쉬웠는지 신음성을 흘렸다. 설백이 나를 올려다보며 혀로 자신의 입술을 핥았다. 유혹하려고 작정을 한 모양이다.

"방금 말한 정보는 확실하겠지?"

그런 나의 물음에 설백이 미소를 지으며 답했다.

"북해빙궁의 명예와 이 목을 건다고 하면 믿겠어?"

그녀의 눈동자에는 조금의 흔들림도 없었다. 거짓은 없어 보였다. 정말로 금상제에게서 벗어날 생각인 것 같았다. 그렇지 않고서야 이렇게 기밀을 쉽게 발설할 리가 없었다.

─크흐흐. 인간 남자는 자고로 삼처사첩이라는 말이 있다고 하지 않나. 이참에 이 인간 여자도 거둬서 혈교의 번성을 위해 많은 자식을 낳게 해라.

'…'

네가 뭔가 간과하는 게 있는데 그녀의 목적은 북해빙궁의 재건이다. 아이를 낳게 되면 혈교가 아니라 북해빙궁의 혈손으로 키워질 텐데, 뭘 거두라는 거냐.

─북해빙궁도 혈교의 산하로 거두면 될 일 아니냐?

'…'

어지간히 설백이 마음에 드나 보다. 평소와는 다른 통찰력을 보여주는 걸 보면 말이다. 그때 설백이 자리에서 일어나 야릇한 표정을 지으며 내게 다가왔다. 나도 모르게 뒤로 물러날 뻔했다.

"신뢰는 충분히 증명했고, 그 대가를 줘야지."

"대가?"

"나만 손해 볼 수 없잖아. 이 정도의 정보를 줬는데 맨입으로 넘어갈 생각은 아니겠지?"

"가장 중요한 정보는…."

"그건 내가 바라는 걸 이뤄줘야 준다고 했잖아."

그런 그녀의 말에 나는 속으로 난감함을 금치 못했다. 설백의 기세를 보면 이 피가 난무하고 폐허가 된 곳에서라도 상관없다는 눈치였다. 백혜향 이후로 여자가 이렇게 무서울 줄이야.

—어차피 선택권은 없다. 그냥 받아들여라.

혈마검은 이 상황을 굉장히 즐기고 있는 듯했다. 녀석의 말대로 눈 딱 감고 설백을 받아들이면 놈이 어디 있는지 알아낼 수 있다. 설백이 옅은 호흡을 내뱉으며 말했다.

"하아… 내가 이 순간을 얼마나 기다려왔는지 모를 거야."

그녀가 내 바로 앞까지 다가왔다. 이에 나는 손바닥을 뻗어 다가오지 말라는 시늉을 하며 말했다.

"확실하게 금상제의…."

말이 미처 끝나기도 전에 그녀가 기습적으로 내게 몸을 날렸다. 정확하게 말하면 얼굴을 향해 그녀 자신의 얼굴로 돌진했다고 봐야 했다. 충분히 피할 수도 있지만 그러지 못했다. 그녀가 원하는 것만 이뤄준다면 나 역시도 원하는 것을 얻을 수 있기 때문이다. 설백의 입술이 단번에 내 입술을 노려왔다.

슥! 입술이 닿는 순간 굉장한 한기가 느껴졌다. 그녀 스스로 제어하고 있는데도 그때 입맞춤했을 때와는 비교도 안 됐다. 나는 순간 설음지의 운기법으로 바꾸었다. 그러자 체내에서 한기가 일어나며 그녀의 입술이 더 이상 차갑게 느껴지지 않았다.

"하아."

설백도 이를 알아차렸는지 입꼬리가 올라갔다. 그러더니 이내 한 마리의 암사자처럼 정열적으로 입을 맞췄다. 지금 나는 백련하의 모습을 하고 있는데, 그녀는 이를 전혀 개의치 않는 듯했다.

—백발의 미녀와 적발의 미녀가 입을 맞추는 광경이라, 참 보기

드물게 흥미로운 광경이군.

혈마검 녀석의 이죽거리는 목소리가 머릿속을 울렸다. 그러나 녀석의 목소리보다 부드럽게 휘감기는 감각에 더욱 집중될 수밖에 없었다. 설백은 그동안 억눌러왔던 욕구를 거침없이 해방시켰다.

"하아… 하아…."

얼굴이 홍조로 새빨개진 설백의 손이 대담하게 움직였다. 체화만변술로 여인의 몸이었기에 기분이 묘했다. 설백이 노골적으로 어딘가를 바라보며 중얼거렸다.

"크네. 이런 취향인가 봐?"

이런 취향이라니. 체화만변술로 백련하의 모습 그대로 구현한 것뿐이다. 설백이 입술을 귓가로 가져오며 흥분된 목소리로 내게 말했다.

"하아… 여자의 모습도 나쁘지 않지만 네 원래 모습이 보고 싶어."

이 말이 왜 이렇게 야하게 들리는 걸까? 그녀가 몸을 더욱 가까이 밀착하자 부드러운 살결이 닿는 것이 확연하게 느껴졌다.

"아니면 이 상태로 먼저 할까? 나는 상관없어."

'…!?'

아니, 내가 상관있다. 야릇해지는 기분 이상으로 소름이 끼친다. 그때 머릿속에서 뭔가 좋은 방법이 순간적으로 스치고 지나갔다. 이 방법을 미처 떠올리지 못한 게 아쉬울 정도였다. 나는 그녀의 두 팔을 잡고 강제로 떼어냈다.

"뭐야?"

설백이 고운 미간을 찡그렸다. 한창 좋을 때 뭐 하는 짓이냐는 표정이었다.

"네 기대에 충족할 수 있는 다른 자를 소개해주는 건 어떻겠나?"

"다른 자?"

그녀가 의아함을 감추지 못했다. 삼백여 년이나 자신을 감당할 수 있는 남자를 찾아왔지만 실패했으니 이런 반응도 당연했다. 그런 그녀에게 나는 말했다.

"음기를 감당할 수 있는 체질을 가진 자를 알고 있다."

"음기를 감당해?"

"태양절맥을 앓고 있는 자가 있거든."

그 말에 설백의 표정이 묘해졌다. 조금이라도 관심을 보일 줄 알았는데, 전혀 그런 반응이 아니었다. 설백이 퉁명스러운 말투로 내게 말했다.

"바로 앞에 최고의 씨를 가진 남자가 있는데, 태양절맥을 앓는 자를 내게 소개해준다고? 하!"

그녀는 기가 찬다는 듯이 말했다. 눈앞에 있는 떡이 더 중요하다 이거였다.

"태양절맥을 앓고 있어서 그자에게도 네가 도움이 될 수 있다. 게다가 혈통도 최고라고 자부하지."

"혈통이 최고라고?"

―인간, 너 설마 그 황자 놈을 말하는 거냐?

그래, 맞다. 대연제국의 황자 경왕. 혈통으로 치면 최고라고 할 수 있다. 물론 그게 무인으로서의 혈통이라고는 자부할 수 없겠지만.

이런 나의 말에 설백이 살짝 고민하는지 눈매가 가늘어졌다. 하지만 아주 잠시에 불과했다. 설백이 내게 실망스럽다는 듯이 말했다.

"자그마치 삼백 년이 넘게 너 하나만을 생각해왔는데, 너는 아닌가 보군."

삼백 년 동안 나를 생각해왔다니 굉장히 부담스러워진다. 그녀의 바람을 들어줄 대체자를 찾았으니, 굳이 그녀에게 맞춰줄 필요는 없겠지.

"내겐 이미 평생을 함께하기로 한 여인이 있다."

―여인들이겠지.

혈마검이 눈치 없이 끼어들었다. 나는 이를 개의치 않고 계속 말했다.

"삼백 년 동안 너는 나를 생각해왔을지 모르지만 나는 아니다."

그녀가 눈을 동그랗게 뜨고 올려다보며 내게 물었다.

"내가 그렇게 매력이 없나?"

평소에는 얼음덩어리 같은 얼굴을 하더니, 왜 나를 보면서 그렇게 애처로운 고양이 같은 표정을 짓는지 모르겠다. 괜히 미안해지게 말이다. 나는 한숨을 내쉬며 말했다.

"…매력이 없다는 의미가 아니다."

"그래?"

그런 나의 말에 설백의 얼굴이 살짝 밝아졌다. 이 여자, 삼백 년이나 살아왔다면서 내게 하는 짓은 여느 사랑에 빠진 여자들과 다를 바가 없다. 내 진짜 얼굴도 모르면서 이게 가능한 건가? 그만큼 그때의 입맞춤이 그녀에게 소중하게 각인이 된 건가? 그녀의 마음을 이해하기 어려웠다.

"…어쨌거나 그자도 네가 원하는 것을 줄 수 있다."

이런 나의 말에 그녀가 뽀로통해져서 말했다.

"내가 그렇게 부담스럽나?"

"그런 의미가 아니라고 했을 텐데."

설백이 이해할 수 없다는 듯이 말했다.

"넌 내가 아는 여느 남자들과 많이 다른 것 같다. 내가 남자라면 나같이 이렇게 뛰어난 무위를 가지고 아름다운 여인을 취하지 못해서 안달이 날 텐데 말이다."

"…."

스스로에 대한 자부심이 꽤나 높았다. 본인 입으로 이렇게 낯부끄러운 말을 자연스레 내뱉는 걸 보면 말이다. 스스로가 얼마나 아름다운지 알고 있다는 방증으로 듣자.

―자뻑이 심하군.

그래, 속된 말로 그런 것 같다.

설백이 말을 이어갔다.

"내가 그분을 버린다고 한 것은 순전히 너로 인해서다. 네가 그분의 적이기에 그런 선택을 했는데, 대체자를 알려준다고 하면 굳이 그분을 버릴 필요도 없다는 사실을 알 텐데?"

이런 그녀의 말에 나는 순간 눈에 힘이 들어갔다. 이를 본 그녀가 코웃음을 치며 말했다.

"그건 싫은가 보지?"

이 여자 은근히 자신의 가치를 알고 있었다. 목숨 줄을 내가 쥐고 있는데도 상황을 조금씩 자신에게 맞춰 유도해 나가는 걸 보니, 생각보다 지혜로웠다. 확실히 금상제가 탐낼 만한 인재였다.

―이 정도의 강자가 자기 스스로 인간 네놈 품에 안기겠다는데, 다른 반려자들의 눈치를 보느라 그걸 다른 사람에게 넘길 생각을 하다니 너도 참 미련스럽군.

네 말도 일리는 있다. 눈앞의 이 여자는 그럴 만한 가치가 충분했다. 하지만 나는 탐욕만으로 여인을 취하지 않는다. 그런 식으로 취했을 거라면 수많은 여인들을 이미 첩으로 들였을 것이다. 감정적으로 끌리는 여인을 원하는 것뿐이다.

─여태껏 보았던 혈마 중에 네놈만큼 특이한 녀석도 없을 거다.

그건 인정한다. 네가 알고 있던 혈마에는 오히려 백혜향이 더 어울리니까. 하지만 모두가 알고 있는 혈마의 기준에 나 자신을 맞추고 들어갈 필요는 없다고 본다. 나는 내가 원하는 대로 살 거니까.

─네놈 좋을 대로 해라.

말투는 퉁명스러운데 전보다 많이 살가워졌다. 어쨌거나 나는 설백에게 말했다.

"금상제는 내 손에 죽을 자다. 그자의 밑이 아니라면 네가 어찌 살든 상관없다. 물론 내 앞을 막는다면 그와 상관없이 용서하지 않을 거다."

이런 나의 말에 설백의 표정이 묘해졌다. 화가 나거나 기분이 나쁠 만도 한데 눈빛이 무슨 생각을 하는지 알 수 없었다. 나를 빤히 쳐다보던 그녀가 말했다.

"그렇게 말하니까 오기가 생기는군."

"오기?"

"궁의 재건만이 삶의 목적이라고 여겼었다. 그것만을 위해 살아갈 거라 맹세했지."

"그럼 그 맹세대로 살아라."

"아니. 한데 꼭 그 맹세대로만 살고 싶지 않아졌어. 나도 감정이란 게 있으니까."

"뭐?"

"네 씨만이 아니라 너를 갖고 싶어졌다."

"…."

무슨 청개구리도 아니고. 순간 어처구니가 없었다.

"말했을 텐데. 내게는…."

그녀가 손을 내밀고서 내 말을 끊었다.

"충분히 알아들었다. 네가 다른 여인을 좋아한다는 건."

"알아들었는데 그런 소리가 나오나."

"내 감정에 솔직한 게 죄라도 되나?"

"미치겠군."

입 밖으로 속내가 절로 튀어나왔다. 그런 나를 바라보며 설백이 아쉽다는 듯이 말했다.

"뭐 네 말대로 남녀 관계라는 것이 한쪽이 원한다고 강제로 되는 건 아니겠지."

포기하는 건가? 나는 그녀에게 물었다.

"그럼 내 제의를 받아들이는 건가?"

"반만 받아들이겠다. 나도 내 기준이란 게 있으니 검선의 후예 네가 소개해준 그자가 내 기준에 부합하지 않는다면 금상제에 대한 것은 알려줄 수 없다."

"하!"

기가 찼다. 나는 다시 혈마검을 그녀의 목에 가져갔다. 그리고 냉정하게 말했다.

"미안하지만 그런 식으로 흥정할 생각은 없어. 이쪽도 더는 금상제 그자를 내버려둘 수 없는 처지라서 말이야."

그런 나의 말에 설백이 검에 목을 더 가까이 하며 말했다.

"그럼 죽여."

"…"

이 여자 정말 난처하게 만든다. 금상제에 관한 정보를 제외하면 쓸 만한 정보들을 많이 얻었다. 그렇기에 원하는 정보를 얻을 수 없다면 오히려 죽이는 편이 나을 수도 있었다.

"내가 못할 것 같나?"

"…처음으로 갖고 싶은 남자의 손에 죽는 것도 나쁘진 않겠지."

그런 그녀의 말에 손에서 힘이 풀렸다. 맥이 빠진다고 해야 할까.

"북해빙궁을 재건할 생각은 없는 거냐?"

"할 거야."

"그런데도 스스로의 목숨으로 저울질을 하는군."

"그만큼의 값어치가 있으니까."

설백이 나를 똑바로 바라보며 말했다. 기필코 가질 거라는 의지가 분명하게 보였다. 이에 나는 결국 혈마검을 다시 거둬들였다.

"좋아. 하면 그 남자가 네 기준에 부합한다면 나를 포기할 건가?"

"그건 그때 봐서."

"확실하게 얘기해라."

"지금 내 마음은 완전히 네게로 기울었는데, 다른 자가 쉽게 눈에 찰 것 같아?"

솔직해도 너무 솔직한 그녀의 말에 골이 아파지려고 했다. 이젠 별수 없었다. 여기서 이런 문제로 말싸움을 하는 것도 지친다. 경왕이 그녀의 마음에 들기를 바라야겠다.

─과연 그게 가능할까?

넌 대체 누구 편인 거냐?

그런 나의 물음에 혈마검이 클클거리며 마냥 웃어댔다. 어쨌거나 목적지는 정해졌다. 경왕을 만나는 것도 그렇고 금상제 놈이 무림연맹에 벌이려는 일을 막으려면 무한시로 향해야 한다.

"따라와라."

그 말에 설백의 입꼬리가 슬며시 올라갔다. 먹잇감을 노리는 듯한 저 눈빛. …당분간 힘든 여정이 될 것 같다.

* * *

물기가 축축한 한 어두운 동굴의 공동 안. 그 안에는 수십 명의 인파가 있었다. 그들 중에 누군가가 공동의 천장을 막고 있는 검고 윤기 나는 거대한 암석을 바라보며 말했다.

"부술 수 있겠소, 우호법?"

그 질문을 한 자는 바로 혈교의 좌호법 하종일이었다. 그의 손에는 부러진 도가 들려 있었다. 흑철로 만들어진 보도였지만 이 거대한 암석의 단단함을 이기지 못하고 부러졌다. 하종일의 물음에 근육질 거구의 사내가 말했다.

"난들 알겠소. 이번에 만가영공이 구성에 이르렀고 이 영감탱이도 팔성까지 내공을 회복했으니 가능할지도."

"스승이라는 말은 곧 죽어도 나오지 않는구나, 이놈아."

귀살권마 장문량이 혀를 차며 송좌백을 나무랐다.

"에이. 그놈의 스승 소리는…."

"아이고 복장 터져. 노부가 공력만 회복하면 네놈 버르장머리를 고쳐놓을 테다."

"공력부터 회복하고 말씀하시지요."

이런 그들의 대화에 익숙한지 지켜보는 이들은 별반 반응을 보이지 않았다. 오히려 빨리 이곳을 빠져나가고 싶어할 뿐이었다.

"망할 암석."

"귀암석이다."

"뭐가 됐든 돌이지 않소. 이젠 별걸로 뭐라 하시네."

"이놈아, 바로잡아줘도 난리인 게냐."

그들이 나갈 수 있는 유일한 출구를 틀어막은 이 암석은 귀암석이라 불리는 것이었다. 성분을 알 수 없는 것으로 그 단단함은 흑철로 만들어진 보도를 능가하고 무림 고수의 내공마저 흡수할 정도였다. 초절정의 고수인 좌호법 하종일이 종일 보도로 내려쳐도 작은 흠집이 나는 정도에 그칠 뿐이니 얼마나 대단한 귀물인지 알 만했다. 하종일이 한숨을 내쉬며 두 사제에게 말했다.

"후우. 두 분 그만하시죠. 이번에는 기필코 성공해야 합니다."

"이를 말이겠소."

"두 분의 공력이 한층 올랐으니 가능성이 있을 겁니다."

불과 한 달 전에도 다 같이 도전했었다. 애초에 이 거대한 암석을 부수는 것은 무리이니, 들어보자고 말이다. 아주 잠깐이었지만 이것을 살짝 들어 올리는 데 성공했었다. 지금이라면 충분히 가능성이 있었다.

"망할 광신군 새끼. 내 여기서 나가면 그놈의 사지를 전부 찢어버릴 거요."

"…그건 내가 하고 싶은 말이오."

좌호법 하종일도 이에 동의했다. 그도 그럴 것이 이들은 녹림투왕 광신군의 함정에 빠져 이곳 동굴로 떨어졌다. 험난한 동굴 속에서 보름을 지내고야 알 수 있었다. 이곳이 사천성 북쪽에 숨겨져 있다던 무림의 삼대 금지 중 하나인 귀암석굴(鬼巖石窟)이라는 것을 말이다. 이 안에서 몇 달 동안 수많은 역경을 겪었지만 그래도 이들은 살아남았다.

"배… 배고프다."

송좌백이 동생 송우현을 쳐다보았다. 식탐도 강한데 먹을 것이라고는 지렁이나 쥐새끼밖에 없는 곳에서 고생이 많았다.

"나가면 실컷 먹게 해줄 테니까 힘 한번 제대로 써보자."

그런 그의 말에 송우현이 고개를 끄덕였다. 그렇게 살아남은 교주 호위대와 송좌백, 송우현, 장문량 등 모든 이들이 각자 위치에 서서 귀암석에 손을 갖다 댔다. 오늘은 반드시 이곳에서 나가겠다는 결의로 가득했다. 좌호법 하종일이 소리쳤다.

"하나, 둘, 셋 하면 공력을 가하는 거요."

"아니, 셋 신호에 맞추라고 하면 되지. 하나, 둘, 셋 해서 혼자 힘을 줬잖소."

"…우호법, 대충 알아들으시오."

투덜대는 송좌백을 하종일이 짜증 섞인 목소리로 나무랐다. 그래도 이 안에서 서로 동고동락하면서 많이 친해진 상태였다.

"자, 그럼, 하나! 둘…!"

셋이라고 외치려던 순간이었다.

척! 쩌저저저적! 그 순간 천장의 귀암석에서 날카로운 예기가 흘러나오며 꿈쩍도 안 하던 거대한 암석이 십자 형태로 쪼개지는 것이 아닌가.

"헉!"

"모, 모두 물러나랏!"

암석을 받치고 있던 이들이 화들짝 놀라서 황급히 물러섰다. 쿠르르르르릉! 쾅! 쾅! 이내 견고히 막고 있던 암석이 갈라지며 밑으로 붕괴되어 떨어졌다. 이들은 부서진 암석에 눈이 휘둥그레졌다. 갑자기 어찌 된 영문인지 알 수 없었다.

"뚜, 뚫렸다!"

밝은 빛이 새어 들어오는 뚫린 출구의 모습에 너 나 할 것 없이 모두가 경공을 펼치며 뛰어 올라갔다.

"아닛?"

"이, 이게…."

오랜만에 마시는 바깥 공기를 즐길 틈도 없었다. 송좌백은 사방에 널려 있는 수많은 시신에 입을 다물지 못했다. 그들은 다름 아닌 녹림의 산적들이었다.

"전부 죽었어."

"대체 누가?"

하나같이 일검에 목숨을 잃었다. 이를 모두가 넋을 놓고 쳐다보는데 밖으로 나온 장문량이 누군가를 발견했다.

"워, 월악검?"

검을 쥔 채 뒷짐을 지고 서 있는 창백한 얼굴에 콧수염을 기른 중년인. 그는 다름 아닌 월악검 사마착이었다. 그제야 장문량은 이 귀암석을 누가 갈랐는지 알아차렸다.

'정말 말도 안 되는 검술 실력이로군.'

가히 명불허전이었다.

"사마 소저!"

송좌백이 그의 곁에 있던 한 절세미녀를 알아보고서 소리쳤다. 그녀는 바로 사마영이었다. 그녀가 달려오는 그를 반갑게 맞이했다.

"송 호법! 살아 있었군요."

그렇지 않아도 그녀는 혹여 이들이 몇 달 동안 귀암석굴에 갇혀 있다가 굶어 죽은 건 아닌가 걱정하던 차였다.

"말도 마십쇼. 저 망할 동굴 안에서 어떻게 버텼는지 들으신다 면…."

"잘됐어요. 일단 서둘러 하산하면서 얘기해요."

그런 그녀의 말에 송좌백이 내심 서운함을 감추지 못했다.

"이제 막 나왔는데 왜 그렇게 서두르는 겁니까?"

그런 그의 말에 사마영이 남동쪽을 예리한 눈빛으로 쳐다보며 어딘가 초조하게 들리는 목소리로 말했다.

"뭔가 불안해요. 서둘러 운휘 공자님에게 돌아가야 할 것 같아요."

"네?"

송좌백은 도무지 영문을 알 수가 없었다.

최연소 맹주 후보

모닥불 위로 가지런히 받쳐놓은 나무 지지대 위에서 고풍스러운 주전자 속 물이 끓고 있었다. 주전자에서 그윽한 향이 올라와 코를 간지럽혔다. 치이이이! 좌악! 좌악! 은발을 흩날리며 정신없이 철가마를 휘젓는 설백. 그녀는 대나무 통에 들어 있는 갖은 향신료를 뿌리며 놀라운 요리 솜씨를 뽐내고 있었다. 그런 그녀의 모습에 나는 속으로 혀를 내둘렀다. 잡아온 꿩을 대충 털만 벗겨서 구워 먹으려고 했는데….

"음식에 대한 예의가 아니군."

그 말을 하고는 짐 보따리에서 조리 도구를 꺼내더니 요리를 시작했다. 매콤한 향에 절로 군침이 돌 정도였다. 그녀가 철가마에서 반복하여 뭔가를 할 때마다 꿩고기에 붉은 윤기가 입혀져 갔다.

―…맛이라는 게 대체 뭘까?

―나도 궁금하오.

소담검과 남천철검마저 관심을 보일 정도이니 요리 솜씨가 여느 홀륭한 주사들과 다를 바 없다는 것을 알 수 있었다. 요리를 완성한 그녀가 미리 준비해놓은 접시 위로 양념이 된 꿩고기를 예쁘게 올려놓았다.

"…이렇게까지 할 필요가?"

"보기 좋은 음식이 먹기도 좋은 법이다. 하나를 먹더라도 품격을 갖추면 그 맛도 달라지지."

동의하지 않을 수가 없었다. 보기만 해도 군침이 넘어가서 빨리 먹어보고 싶어질 지경이니 말이다. 그녀가 내게 은수저를 건넸다. 짐 보따리 안에 뭐가 이리 잔뜩 들었는지 모르겠다.

"사천식 회과육을 응용해서 만들었다. 두반장과 각종 향신료를 넣어 매울 수도 있으니 조금씩 베어 먹어라."

회과육은 돼지고기를 삶았다가 철가마에서 볶는 요리다. 한데 꿩고기로 대신한 회과육이라. 젓가락을 가져가 붉게 달아오른 고기를 집어서 입에 넣었다.

'…!!'

고기를 넣는 순간 매콤한 향과 함께 달짝지근한 맛이 느껴지며 부드럽게 녹아내렸다. 기분 좋은 매운맛이었다. 설백이 눈을 동그랗게 뜨고서 내게 물었다.

"어때?"

"…맛있다."

맛있는 걸 맛없다고 할 순 없지. 이런 나의 말에 기분이 좋아졌는지 설백이 환하게 미소를 지었다. 그러더니 이윽고 자신도 식사를 시작했다. 고기를 먹으며 나는 물었다.

"귀찮은 짓을 한다고 생각했는데 솜씨가 좋군."

"오래 살면 모든 것에 흥미가 떨어지기 마련이다."

"그래서 음식 만드는 것에 취미를 둔 건가?"

"아니. 점점 입맛이 까다로워지니 어느 순간 스스로 만족할 만한 맛을 찾으려고 했던 것뿐이다."

삼백여 년 동안 까다로워진 입맛을 위해 발전한 요리 솜씨라. 황궁의 어주사도 이 정도 솜씨는 아닐 것이다. 설백이 내게 말했다.

"검선의 후예, 너 역시도 삼백여 년, 아니 나 이상의 세월을 살아왔을 터라 입맛에 맞을까 걱정했는데 다행이다."

음… 미안한데 나는 회귀 전이랑 합쳐도 그녀의 십 분의 일도 못 살았다. 이 사실을 굳이 이야기할 필요는 없기에 입을 다물었다. 고기를 몇 점 먹으니 매운 기가 감돌았다. 이에 호리병을 열어 물을 한 모금 들이켰다. 그때 설백이 말했다.

"이 정도 요리 솜씨면 아내로서 탐나지 않나?"

"풋!"

머금던 물을 뿜고 말았다. 그녀의 얼굴에 뿜었는데, 닿기도 전에 얼어붙어서 눈발처럼 흩날려버렸다. 한기가 내내 그녀의 몸을 보호하고 있었다.

―지치지도 않나 보네.

소담검이 혀를 내둘렀다. 이 여자, 무한시로 오는 내내 이런 말을 수시로 했다. 마치 자연스레 익숙해지도록 말이다.

―경왕에게 가기 전에 네가 먼저 세뇌되겠다.

후우. 소담검의 말에 동의한다.

그녀가 취한 방식은 여태껏 만났던 여인들과 완전히 달랐다. 무조건 자신의 감정을 드러내는 것이 아니라, 자신이 곁에 있으면 얼마나 좋을지를 알려주고 있었다. 그게 생각보다 무서울 만큼 자연스러웠다. 수하로 거둔 것도 아닌데, 시중을 들려 하기에 이런 것은 필요 없다고 누차 이야기했는데도 어느새 자연스럽게 그녀가 모든 것을 준비하고 있었다.

'후우.'

나는 옅게 한숨을 내쉬고서 대답 없이 고기를 먹었다. 그녀에게 휘둘리지 않기 위함이었다. 그런 나의 모습에 설백이 피식 웃더니 다시 식사를 했다. 내 반응을 즐기고 있는 것 같다.

─백혜향, 그 불여우보다 더 무서운 여자 같아. 조심해.

─나는 딱히 나쁘지 않다고 보오. 전 주인께서 말씀하시길 남자를 편안하게 해주는 것만큼 좋은 배우자도 없다고 하였소.

─네 전 주인은 그렇게 여자에 관해 모르는 게 없을 만큼 박식한데 왜 평생 혼자 산 거냐?

─크흠.

남천철검이 소담검의 일침에 입을 다물었다. 오랜만에 남천검객의 조언을 이야기해주는데 빈정 상했나 보다. 아무튼 정신 똑바로 차려야겠다. 이러다 그녀의 술수에 넘어갈지도 모르니 말이다. 그렇게 식사를 끝내고 슬슬 무한시에 가까워지니, 체화만변술로 원래 얼굴로의 변화를 시도했다. 두드드둑! 두드드둑! 원래 얼굴로 돌아가자 설백이 신기하다는 듯이 바라보았다. 빤히 쳐다보기에 말했다.

"그만 쳐다봐라."

"그게 네 원래 얼굴?"

"그래."

그런 나의 대답에 설백의 입꼬리가 올라갔다.

"왜 웃는 거지?"

"혹 네가 본판이 못생겨서 숨기고 다니는 걸지도 모른다고 생각했다."

그녀의 말에 코웃음이 나왔다. 그래도 나름 어디 가서 못생겼다는 말은 들어본 적이 없다. 그때 설백이 빙그레 웃으며 말했다.

"우리 자식은 딸을 낳아도 예쁘고 아들을 낳아도 예쁘장하겠다."

"쿨럭."

정말 한시도 방심하지 못하게 만든다. 그녀의 말에 기침이 절로 나왔다. 내 원래 얼굴을 보자마자 자식 얼굴부터 생각하다니 참 대단하다. 일부러 정을 떼기 위해 차갑게 구는데도 이런 말들을 서슴없이 했다.

"적당히 해라."

"싫은데."

"입을 봉하는 수가 있다."

"혈도를 봉하기가 쉽지 않을걸."

"뭐?"

"난생처음으로 네게 혈도가 점해진 이후 가장 먼저 터득한 게 혈도변환술이야."

방비를 했다 이건가. 나는 고개를 절레절레 흔들었다. 그리고 그녀에게 말했다.

"무한시에 들어서서도 계속 그러고 다닐 건가?"

이런 나의 말에 그녀가 피식 웃더니 품속에서 작은 환단 같은 것을 꺼내서 삼켰다. 그러자 얼마 있지 않아 그녀의 눈처럼 찰랑이던 은발이 점차 검어지기 시작했다. 하긴 방법이 없는 게 더 이상한 일이었다. 은발로 이곳저곳을 누빌 수는 없을 테니 말이다.

"인피면구는 있나?"

"마침 새로운 인피면구를 주문해서 받아놓은 참이야."

그녀가 짐 보따리에서 작은 목함을 꺼냈다. 뚜껑을 열자 인피면구가 나왔다.

"금상제는 모르는 얼굴이겠지?"

"새로 만든 얼굴이니까."

그녀가 인피면구를 들어서 익숙하게 자신의 얼굴에 씌웠다. 원래 얼굴도 예뻤지만 인피면구로 제작된 얼굴 역시 만만치 않게 예뻤다.

"튀는 걸 좋아하나 보군."

"아니, 네게 어울리는 얼굴로 고른 거야."

"……"

듣는 즉시 곧바로 답하는데 꼭 한참 고민한 듯한 답변이 어떻게 나오는지 모르겠다. 고개를 절레절레 흔든 나는 그녀에게 말했다.

"곧 무한시다. 약조는 지켜라."

"걱정 마. 절대로 네 곁에서 열 보를 넘어가지 않을 거니까. 원한다면 한 보도 넘기지 않을 수 있어."

그녀가 기회다 싶어 가까이 붙으려 했다. 이에 나는 손을 내밀고서 다가오지 말라는 신호를 보냈다. 아쉬운 듯이 입맛을 다시는 설백을 보며 속으로 혀를 내둘렀다.

─그냥 경왕부터 만나러 가.

그러기에는 무림연맹 일이 더 촉박해졌다. 조성원이 보낸 개방의 정보원에 의하면 전 무림연맹주 무한제일검 백향묵도 무림연맹에 도착했다고 한다. 그렇다는 것은 곧 무림연맹의 맹주를 선출하는 대회가 시작됨을 의미했다. 설백이 넘긴 정보에 의하면 무림연맹의 맹주를 선출하는 것을 공표하지 않은 진정한 목적은 북영도성 곽형직을 통해 나를 역추적하기 위함이라고 들었다.

─개방이 없었다면 큰일 날 뻔했지.

조성원을 개방의 방주로 만든 것이 신의 한 수였다. 어쨌든 금상제 놈의 뜻대로 일이 진행되게 내버려둘 수는 없다. 그때까지는 별수 없이 설백을 곁에 둬야 했다.

─정신 바짝 차려.

네가 그렇게 말하지 않아도 그럴 거다.

"새벽 일찍 출발할 테니 잠시 눈을 붙여둬라."

"밤 시중이 필요하지 않나?"

설백이 내게 유혹하듯이 혀로 입술을 핥았다.

"…."

이러니 내가 조금도 눈을 붙일 수가 없다.

* * *

이틀 뒤 아침, 무한시 무림연맹의 성.

오랜만에 오니 전처럼 사람들이 북적거렸다. 평소보다 이렇게 사람이 많은 것은 내일 있을 무림연맹의 대당주 선출식 때문이었다. 공식적으로는 대당주를 선출한다는 명목하에 각 문파, 방파 들을 초빙한 것 같다. 성 밖 거리에 들어서자 수많은 이들의 이목이 내게 집중되었다. 원래 모습으로 왔기 때문에 많은 무림인들이 나를 알아보고서 웅성대고 있었다.

"정작 튀는 건 내가 아닌데."

설백의 가시 박힌 말에 나는 코웃음을 쳤다. 그녀의 말대로 내 명성이 이 정도일 줄은 몰랐다. 근 일곱 달이나 자취를 감췄다가 모습을 드러내서 그런지 지나가는 족족 무림인들이 내게서 시선을 떼지 못했다. 심지어 일부러 아는 척하는 이들도 있었다.

"소 대협, 오랜만에 뵙습니다."

"저를 기억하십니까?"

"대당주 선출 때문에 오신 겁니까?"

모른다고 잡아뗄 수 있지만 포권을 취하며 일일이 인사를 받아줬다. 이곳에서의 나는 정파의 영웅이니까 말이다.

―명성이 높은 것도 좋은 일만은 아니네.

공감한다. 혈교에서는 누구도 내게 함부로 말을 걸지 못하는데, 정파에서의 명성은 곧 인기나 다름없었다. 그래서 사람들의 시선과 관심이 부담될 만큼 몰렸다. 그렇게 인파를 헤치며 거리를 지나 무림연맹의 성 입구로 향하던 찰나였다. 누군가의 외침 소리가 들려왔다.

"오라버니!"

그곳을 보니 성문 쪽에서 누군가 달려오는 모습이 보였다. 누이동생인 소영영이었다. 수년 만에 보는 영영이의 모습에 나는 반가워서 손을 흔들었다. 한데 영영이는 아닌가 보다. 달려오자마자 주변의 시선은 아랑곳하지 않고 소리쳤다.

"어떻게 연락 한 번 안 할 수가 있어! 이 바보 멍청이 같은 오라버니야!"

'아….'

그래도 사람들이 이렇게 지켜보는데 너무한 거 아니냐. 오라버니한테 바보 멍청이라니. 그런데 녀석의 붉어진 눈시울을 보니 차마 뭐라고 하지 못하겠다. 정말 많이 걱정했던 모양이다.

"내가 얼마나 걱정했는지 알아!"

영영이가 그렇게 소리치며 내 가슴에 주먹을 날리려고 했다. 진짜로 때리는 것이 아니라 투정을 부리는 것이었다. 이를 설백이 막아섰다.

"뭐예요, 당신?"

"그건 내가 묻고 싶은 말인데."

설백의 눈빛이 묘하게 날카로워져 있었다. 아무래도 영영이가 다짜고짜 달려와서 소리를 버럭 지르고 난리법석을 피우니, 누이동생이라고 생각하지 못했던 모양이다.

"비켜서라, 내 누…."

"소 대협!"

설백에게 누이동생이라고 말하려는데, 누군가의 외침 소리가 들려왔다. 그 외침의 주인공은 봉황당의 당주인 남궁가희였다. 진주언가의 언영인도 있었다. 남궁가희가 다가와 내게 반가운 기색을 보이며 말했다.

"오랜만이에요, 소 대협. 그렇지 않아도 소 대협이 나타났다는 소식에 우리 영 매가 얼마나 부리나케 달려가던지 따라잡느라 진땀 뺐어요."

손으로 부채질하며 너스레를 떠는 남궁가희였다.

"언니도 소식을 듣자마자 뛰셨으면서 무슨 소리를 하시는 거예요. 호호호."

"어머, 얘는 내가 언제 뛰었다고."

언영인의 말에 남궁가희가 괜히 민망함을 감추지 못했다. 여전히 성격 좋은 두 여자였다. 그러던 차에 설백이 내게 고개를 돌리더니 말했다.

"주위에 여자들이 생각보다 많네?"

목소리가 꽤나 싸늘했다. 우연히 나타난 이들이 하나같이 예쁘다 보니 뭔가 오해한 것 같았다.

"한데 지금 무슨 상황이죠?"

눈치가 빠른 남궁가희가 묘하게 대치하고 있는 설백과 영영이를 보며 물었다. 여차하면 영영이의 편을 들 준비를 하는 것 같았다. 이에 나는 해명했다.

"내 누이동생이다."

그 말에 설백의 눈이 휘둥그레졌다.

"누이동생? 소영영?"

소운휘로서의 신상 정보를 어느 정도 알고 있는지 그녀는 이름을 듣자마자 곧장 알아차렸다. 그런 그녀를 눈짓으로 가리키며 영영이가 내게 물었다.

"오라버니, 이 여자분은 대체 누구야?"

오랜만에 만난 해후를 방해받았다는 생각에 많이 불쾌했던 것 같다. 이에 설백을 가리키며 나는 대충 생각해뒀던 가짜 신분을 말해주려고 했다. 그런데 미처 말을 꺼내기도 전이었다. 설백이 영영이에게 갑자기 환한 미소를 지으며 말했다.

"어쩜 이렇게 예쁜 소저가 있나 했더니, 우리 운휘 오라버니의 누이동생이었네. 반가워. 아휴, 예뻐라."

말투와 표정이 백팔십도 달라진 그녀였다. 그 얼음장 같은 얼굴

을 하고 있던 여자가 맞나 싶을 정도로 말이다. 그런데 문제는 다른
데 있었다.

"우리 운휘 오라버니?"

영영이가 삐딱한 목소리로 반문하며 나를 쳐다보았다. 그 눈빛이
마치 이 상황을 해명해보라는 듯했다. 남궁가희와 언영인마저도 설
백과 나를 번갈아 보며 설마 하는 표정을 짓고 있었다.

'…아.'

갑자기 골이 아파지려고 한다.

무림연맹의 성내.

성 밖도 그랬지만 성내도 시끌벅적해지긴 마찬가지였다.

"들었나?"

"소검선이 나타났대?"

"이 시기에 말인가?"

"허어. 이런…."

팔대 고수 소검선 소운휘가 나타났다는 소식은 삽시간에 무림연
맹의 각 부처와 당내로 퍼져 나갔다. 특히 각 당은 난리통이나 다름
없었다. 내일은 대당주 선출이 있는 날이었다. 그런 날을 앞두고 근
일곱 달 동안이나 행방이 묘연했던 그가 나타난 것이다. 대당주 선
출 후보로 나선 다섯 후보의 진영 쪽에서는 이 사실이 전혀 달갑지
가 않았다. 그도 그럴 것이 압도적인 명성을 가진 존재가 나타났으
니 말이다. 이번 대당주직은 맹주, 부맹주, 총군사 다음으로 높은 직
위로 이삼십 대의 젊은 무인들의 대표를 뽑는 자리였다. 그런 만큼
대당주직에 나서는 이들에게는 촉각을 곤두세울 수밖에 없는 사태

였다.

녹현당의 집무실. 녹색 경장을 입은 이들이 심각한 얼굴로 콧수염을 기른 청년에게 말했다.

"당주! 이러다 모든 주목을 빼앗기는 게 아닙니까?"

"그렇습니다. 한동안 코빼기도 보이지 않다가 하필 대당주 선출일에 맞춰서 나타나다니 이건 눈에 보이는 수작입니다."

"신청일에 맞추지 않고 선출일에 나타난 것은 명백히 불공정한 일입니다. 당장 군사부로 가서 항의해야 합니다."

그들은 이구동성으로 같은 의견을 비쳤다. 콧수염의 청년은 녹현당의 당주이자 하북 팽가의 팽우진이었다. 내색하지 않으려 했지만 그 역시도 내심 난감하기는 마찬가지였다.

'미치겠군.'

그렇지 않아도 전 맹주의 제자인 청룡당의 이정겸, 황룡당의 모용수, 차기 맹주로 가장 유력한 열왕패도 진균의 손자인 맹호당의 진용과 겨뤄야 해서 치열하기 그지없었다. 그런 와중에 소검선이 나타난 것은 거의 반칙이었다. 급이 달라도 너무 달랐다.

'팔대 고수씩이나 되면서 대당주직을 노리는 건가.'

물론 이해되지 않는 건 아니었다. 아직 이십 대 초반에 불과한 소운휘가 보수적인 무림연맹에서 부맹주나 맹주의 반열에 들기에는 연륜이 부족하니 말이다. 자신이 생각해도 대당주직에 어울리기는 했다. 하나 여기서 대놓고 티를 내기에는 자존심이 허락지 않았다.

"그만!"

"당주?"

"본 당주는 나보다 더 적임자가 나온다면 얼마든지 대당주직을 양보할 수 있다."

이렇게라도 군자의 면모를 보여야 할 것 같았다. 얼마나 당당해
보이는가. 그런 그에게 녹현당의 부당주이자 그의 아우인 팽우찬이
말했다.

"마음에도 없는 소리 하지 마시죠, 형님. 괜히 담담한 척 밑밥 깐
다고 될 일이 아닙니다."

"…그렇게 후벼 파야 직성이 풀리냐?"

"자존심 차릴 때가 아닙니다."

"…."

결국 녹현당에서는 군사부로 항의를 하기 위해 당원 파견을 결정
했다. 마냥 포기하기에는 대당주직에 걸려 있는 게 너무 많았다.

한편 무림연맹의 본단 부맹주 집무실. 부맹주 열왕패도 진균의
심기가 편해 보이지 않았다. 진균이 우측 편에 앉아 있는 제이군사
사마중현을 바라보며 입을 열었다.

"결국 소검선도 왔군."

"…."

"무슨 말이라도 해보게."

"…제 실책입니다. 변수가 이리 많이 생길 줄은 몰랐습니다."

군사 사마중현은 차마 그 변수 중 가장 컸던 것이 진균이라고 말
할 수 없었다. 그때 총군사 방덕현의 꾀에 넘어가지 않았다면 일부
부정적인 여론을 잠재우고서라도 부맹주를 맹주로 끌어올릴 수 있
었다. 한데 이제는 삼파전의 양상이 되어버렸다.

"실책이라…. 한데 하나 물어봐도 되겠나?"

"무엇을 말입니까?"

"전 맹주와는 야밤에 왜 접촉을 한 건가?"

"그건…."

"내게는 보고하지 않고 따로 만나야 할 만큼 긴히 할 말이 있었던가."

의심으로 가득한 부맹주 진균의 눈빛. 그런 그를 보며 군사 사마중현은 난처함을 금치 못했다. 사실 보고 후에 전 맹주와 접촉하기에는 부맹주 진균의 전의가 고조된 상태라 차마 그리할 수 없었다.

'이를 어찌한단 말인가?'

이미 부맹주 진균에게 있어서 전 맹주 백향묵은 적이나 다름없었다. 더 이상 함께 손을 잡았던 동지가 아니었다.

'내가 사람을 잘못 본 것인가.'

오직 무에만 전념하던 그라면 다를 거라 여겼다. 한데 정치에 본격적으로 뛰어든 부맹주 진균은 전과는 사뭇 달랐다. 자리가 사람을 만든다고 했던가. 점점 더 높은 권력을 바라고 있었다. 그 자신은 아직 모르고 있는 것 같으나, 그의 곁을 지키는 사마중현은 피부로 체감하고 있었다. 전 맹주와 지난밤에 했던 대화가 떠올랐다.

"내버려두게."

"네? 어째서 말입니까? 차라리 대협께서 부맹주를 만나 설득하시면…."

"그러기에는 이미 늦었네."

"하지만 이러다 방덕현 그자의 술수에 맹이 사분오열이 될 수도 있습니다."

"그러지 않기 위해 온 걸세."

전 맹주 무한제일검 백향묵은 자신을 믿으라고 말했다. 그에게 무슨 뜻이 있는지 알아내고 싶었으나, 고작 일다경에 불과한 대화로는 아무것도 알 수가 없었다. 묻고 싶었지만 전 맹주 역시도 자신을 부맹주의 사람으로 생각했기에 긴말을 하지 않았다. 지금으로서는 전 맹주에게 좋은 복안이 있기를 바라야 했다.

"부맹주께 말씀드리지 못한 것은 송구스럽습니다. 하나 절대 말 못 할 사유로 전 맹주를 만난 것이 아닙니다."

"하면?"

"전 맹주께 총군사 방덕현의 술수에 넘어가지 말고 포기하라고 권유했었습니다."

물론 이것은 사실이었다. 전 맹주를 만나자마자 했던 이야기이니 말이다. 이런 그의 말에 부맹주 진균이 조금은 누그러진 목소리로 말했다.

"뭐라고 하던가?"

"…부맹주와 겨루겠다고 하였습니다."

그런 그의 말에 부맹주 진균의 얼굴에 핏줄이 돋아났다. 투기가 조금씩 새어 나오는데 숨이 막힐 지경이었다. 그렇지 않아도 최근에는 개인 연무장에만 틀어박혀 있을 만큼 열의를 돋우고 있었다.

"이놈이고 저놈이고 전부 해보자는 거로군."

'하아. 별수 없구나.'

더 이상 삼파전의 구도를 막을 방법은 없어 보였다.

같은 시각 군사부 건물. 맨 끝 층에 있는 총군사의 집무실.

총군사 방덕현이 다소 심각한 얼굴로 창밖을 바라보고 있었다. 그런 그에게 한 날카로운 인상의 중년의 사내가 물었다.

"…결국 놈이 나타났습니다."

"유일한 변수로군."

방덕현이 혀를 끌끌거리며 찼다. 북영도성 곽형직을 통해 놈의 소재를 찾아내려고 했었다. 하지만 결국 이에 실패하고 말았다. 그렇다는 것은 그쪽도 이런 상황에 대비했다는 것을 의미했다.

'말년에 적수를 만났구나.'

오랜만에 피가 끓는 것이 느껴졌다. 전술과 전략, 계략에 있어서 만큼은 누구에게도 밀리지 않는다고 자신해왔는데, 몇 번이나 그것이 수포로 돌아갔다. 마치 자신의 수제자인 전 총군사 제갈원명을 보는 듯했다. 보통 지략을 가진 놈이 아니었다.

'대체 무엇일까?'

놈의 정체를 확실하게 알 수 없었다. 그분의 짐작대로 검선의 후예라고 하기에는 출생과 신원이 너무 정확했다. 심지어 그의 유년 시절을 보았던 자들이 너무 많았다.

'흠.'

이런 확실한 신원에도 불구하고 자신들의 행보와 너무 겹치고 있었다. 그렇다는 것은 어찌 되었든 그분의 대업에 방해가 된다는 것이 확실했다. 이번 기회에 확실하게 싹을 잘라야만 했다. 그때 중년의 사내가 물었다.

"이렇게 되면 삼파전의 양상이 될 터인데 괜찮겠습니까?"

그런 그의 물음에 총군사 방덕현이 창문에서 고개를 돌리며 말했다.

"그렇게 되지 못하도록 막아야지."

"복안이 있으십니까?"

"이 늙은이가 해야 할 일이 그것인데 마냥 손을 놓고 있었겠나."

"이미 예견하셨군요. 과연 뇌주이십니다."

군사란 모름지기 몇 수 앞을 내다보아야 했다. 당연히 이런 사태에 대비해서 미리 준비해둔 복안이 있었다. 과연 놈이 이번 수도 피해갈 수 있을지는 지켜보면 알게 될 것이다.

* * *

—어떡하냐?

참 난감하기 짝이 없었다. 영영이의 표정을 보면 각이 나온다. 내게 약혼자가 있다는 것을 알기에 이런 반응을 보이는 것이었다. 뭔가 꿍꿍이가 있다고 짐작했지만 이렇게 나올 줄이야. 순진무구한 표정을 짓고 있는 설백을 노려보던 나는 이내 한숨을 푹 내쉬었다. 이 자리에서 냉정하게 선을 그어놔야겠다.

"뭔가 오해한 것 같은데 아무 사이도 아니다."

이런 나의 말에 영영이가 의심의 눈초리로 보다가 말했다.

"…정말이지?"

"이런 것으로 네게 거짓말을 할까."

"하긴 오라버니가 약혼자를 두고 다른 여자한테 한눈팔 리가 없긴 하지."

이렇게 말하면서 영영이가 내가 아닌 설백을 쳐다보고 있었다. 마치 임자 있는 사람이니까 건드리지 말라는 듯이 말이다. 그렇게 사마영이 여자인 것을 알고 나서 눈물까지 글썽이며 실망을 금치 못하더니, 언제 이리 편드는 사이가 됐는지 모르겠다.

그때 설백이 활짝 웃으며 말했다.

"그래서 네 오라버니를 열심히 유혹하고 있어. 약혼은 약혼일 뿐이니까."

'…!?'

순간 주위에 정적이 감돌았다. 골이 아파지려는 게 아니라 아파 왔다. 설백의 웃는 눈매를 보니 지금 이 상황을 즐기고 있었다. 말문이 막혀서 기가 차 하던 영영이가 욱했는지 상기된 얼굴로 설백에게 소리치려 했다.

"이 불여… 읍!"

그런 영영이의 입을 남궁가희가 틀어막았다. 놓으라고 발버둥 치는 것을 남궁가희가 속삭이는 소리로 경고했다.

"영 매, 주변에 이목이 많아."

영영이의 눈동자가 좌우로 움직였다. 그녀의 말대로 주위 사람들 시선이 전부 이곳으로 향해 있었다. 영영이도 그것을 의식했는지 고개를 끄덕였다.

나는 설백에게 전음을 보냈다.

[적당히 하지 않으면 대가를 치를 거다.]

그런 나의 말에 설백이 어깨를 으쓱하며 전음을 보냈다.

[귀엽잖아.]

[귀여워?]

[놀리기도 좋고…. 이렇게 귀여운 시누이라면 언제든 환영이야.]

그 말과 함께 내게 눈을 찡긋했다.

'…'

환영은 무슨. 말하는 족족 혼인이라도 한 것처럼 굴었다. 이 여자

은근히 포기를 모른다.

―삼백 년 먹은 불여우를 감당할 수 있겠어?

그래. 소담검, 네 말대로 보통이 아니다. 연륜이 있어서 더 그런 것 같다.

어쨌거나 이곳은 이목이 많아서 서둘러 벗어나야겠다. 사람들 입에 오르락내리락하기 시작하면 괜히 구설수에 휘말릴 수 있다.

"일단 성안으로 가자."

그렇게 영영이를 데리고 다급히 발걸음을 재촉하여 무림연맹의 성문으로 가는데 한 무리, 아니 두 무리의 사람들이 다가오는 것이 보였다. 그들 중 한 무리는 여성들로 이루어져 있었는데, 이를 본 남궁가희가 한쪽 눈썹을 치켜올리며 중얼거렸다.

"매향당."

매향당? 들어본 적이 있다. 회귀 전에도 무림연맹에는 여자들로만 이루어진 다섯 개의 당이 있었다. 그중 가장 잘나가는 곳이 봉황당과 매향당이었는데, 이들 관계는 알 만한 사람들은 전부 알 만큼 원만하지 않았다. 그도 그럴 것이 오대 세가 중에 호적수 관계라 할 수 있는 남궁 세가와 모용 세가의 여식들이 당주를 맡고 있었기 때문이다.

'저 여자가 모용혜인가.'

그 망할 놈의 누이동생인 것 같다. 제 오라버니인 모용수를 닮아서 눈매도 그렇고 인상이 매서웠다. 물론 백혜향에 비하면 아이 같았지만 말이다. 한데 저쪽은 무슨 당이지? 호피 무늬 비슷한 복장을 하고 있었는데, 한 번도 본 적이 없는 당복이었다. 다만 저들의 우두머리는 누구인지 알겠다.

―쟤 걔 아냐? 열왕패도인가 하는 노친네 손주잖아.

맞다. 아무래도 새로 신설된 당인가 보다. 회귀 전에는 애초에 열
왕패도를 비롯해 진용 둘 다 무림연맹 소속이 아니었다. 알게 모르
게 점점 내가 모르는 역사가 되어갔다. 한데 저 두 무리가 왜 내게
볼 일이 있는 것처럼 다가오는 거지?

진용이 성큼성큼 걸어오며 내게 말했다.

"너 무슨 낯짝으로 여기에 온 거야!"

정말 여전하다. 녀석 입장에서는 일곱 달 만일지 모르겠으나, 역량
의 차이와 상관없이 나를 대하는 태도가 송좌백처럼 변함이 없었다.

"맹호당주님! 오라버니한테 무슨 태도세요!"

영영이가 녀석에게 다그쳤다. 그런 영영이의 모습에 녀석이 인상
을 찡그렸다. 반응을 보아하니 영영이가 내 누이동생인 것 정도는
알고 있는 모양이었다. 뒤늦게 봉황당 당주인 남궁가희와 당원 언영
인을 발견한 녀석이 가볍게 포권을 취하며 말했다.

"봉황당 분들도 있으신 줄 몰랐군요."

녀석의 말에 남궁가희가 말했다.

"맹호당의 당주께서 이리 소 대협과 친분이 있으신 줄 처음 알았
군요."

"친분은 무슨."

진용이 콧방귀를 뀌며 부정하더니 내게 말했다.

"너 설마 대당주 자리를 노리고 온 거냐?"

그런 녀석의 말에 나는 눈살을 찌푸렸다. 이 녀석 설마 모르는 건
가. 열왕패도 진균이 손주한테마저 이야기하지 않은 것 같았다. 하
긴 이 녀석의 입이 그리 무거워 보이진 않았다.

그런 진용에게 영영이가 이죽거리며 말했다.

"헤에. 왜요? 제 오라버니가 대당주 후보로 신청이라도 할까 봐 걱정되시나 보죠?"

누가 들어도 '우리 오라버니가 대당주가 될까 봐 두렵기라도 하냐?' 하는 어투에 진용의 표정이 무섭게 일그러졌다. 보아하니 녀석도 대당주 후보로 등록한 모양이었다.

"걱정은 누가 걱정했다고 그런 말을 하는 거요? 내가 봉황당 부당주의 오라버니를 신경이라도 쓸 것 같소. 그 자리는⋯."

"저희 오라버니나 청룡당의 당주 이정겸의 자리죠."

그때 누군가 끼어들었다. 그녀는 바로 매향당의 당주인 모용혜였다. 혈육이 아니랄까 봐 자신의 오라버니인 모용수를 높여주는 그녀였다. 이에 남궁가희가 빈정거리는 목소리로 말했다.

"매향당주께서 이곳까지 친히 오다니, 말과는 달리 우리 영 매의 오라버니께서 오셨다니 걱정은 되시나 보군요."

"걱정? 하! 나는 그저 일곱 달 동안이나 행방이 묘연했던 소 대협의 얼굴을 뵈러 온 것뿐이에요."

그 말과 함께 모용혜가 내게 포권을 취했다. 소운휘로서의 나라면 이렇게 이목이 많은 곳에서는 누구나 상관없이 인사를 받아줬겠지만 차마 그러지 못하겠다. 남궁가희와 영영이의 저 이글거리는 눈빛을 보면 말이다. 정말 어지간히 사이가 좋지 않은 것 같았다.

인사를 받아주지 않자 약간은 빈정 상한 듯한 표정을 짓던 모용혜가 내게 말했다.

"한데 부맹주직 선출 때도 말없이 사라지셨던 소 대협께서 설마 대당주직을 노리고 오신 것은 아니시겠죠?"

"왜 불안한가 보지?"

영영이가 그녀에게 쏘아붙였다. 이에 모용혜가 피식 웃더니 모두가 들으라는 듯이 크게 말했다.

"부맹주직도 마다하신 분이 그 밑의 직위라 할 수 있는 대당주직이 탐나 후보 신청을 하는 것만큼 재미있는 일이 어디 있나요? 안 그런가요?"

이제야 모용혜의 목적을 알겠다. 일부러 여론을 선동하기 위해 성 밖으로 나온 것이었다. 내가 대당주직 선출에 나서기라도 할까 봐 이를 방해하기 위해 묘책을 부린 것이었다.

"너!"

그런 그녀의 술수에 영영이가 참지 못하고 화를 내려는 순간, 갑자기 설백이 배를 붙잡고 웃어댔다.

"아하하하하하."

그런 그녀의 모습에 모용혜의 심기가 불편했는지 매서운 눈매로 노려보며 말했다.

"소저는 누구신데 그리 웃는 거죠?"

그 물음에 설백은 그녀를 쳐다보지도 않고 내게 말했다.

"아가들 싸움에 끼어서 이게 뭐 하는 거야?"

"아가들?"

그런 그녀의 말에 모용혜의 표정이 무섭게 일그러졌다. 주변에 지켜보는 이목이 많은데 모욕을 당했다고 여겼는지 그녀가 허리춤에 차고 있던 검집에까지 손을 갖다 대며 말했다.

"지금 그 말 그냥 흘려듣기 힘들군요."

이런 그녀에게 설백이 차갑게 조소를 날리며 말했다.

"얘야, 검집에서 그 손 떼지 않으면 후회하게 될 거야."

그 말을 듣고 그냥 넘어갈 수가 있겠는가.

"감히!"

모용혜가 검을 뽑으려는 순간이었다. 어느새 그녀의 뒤로 다가간 설백이 그녀의 목을 움켜잡는 시늉을 하고 있었다. 그 광경에 남궁가희를 비롯해 언영인, 영영이까지 모두가 놀라움을 감추지 못했다. 물론 진용 역시도 마찬가지였다. 이들의 역량으로는 설백의 움직임을 조금도 간파할 수 없었다.

"당주!"

매향당의 당원들이 화들짝 놀라서 병장기를 뽑으려고 했다. 그러자 설백이 그들을 가볍게 쏘아보았다. 그녀 정도 되는 절대고수가 보내는 기세를 이들이 감당할 수 있을 리가 만무했다.

'…!!'

매향당의 당원들이 몸을 부들부들 떨며 꼼짝을 하지 못했다. 이에 모용혜가 잔뜩 긴장한 얼굴로 물었다.

"다… 당신 뭐야?"

그런 그녀에게 설백이 귓가에 입술을 가져가며 말했다.

"그건 알 것 없고, 네가 함부로 입에 담을 남자가 아니야. 알겠니, 아가?"

압도적인 역량 차. 그리고 그녀에게서 풍기는 강렬한 기세에 위압감을 느낀 모용혜가 자신도 모르게 고개를 끄덕이고 말았다. 깔끔하게 상황을 정리한 설백이었다. 그런 그녀를 보며 영영이가 내게 탄성 섞인 목소리로 속삭였다.

"어디서 저런 언니를 만난 거야?"

…갑자기 왜 언니라고 하니?

군사부 건물의 총군사 집무실. 군사의 복장을 한 사내가 급히 들어와 보고했다.

"군사, 소검선이 성내로 들어왔습니다."

그런 그의 보고에 집무실 책상에 앉아 있던 총군사 방덕현이 물었다.

"경로는?"

"봉황당의 당주와 부당주가 동행하는 것으로 보아 봉황당 가옥으로 향하는 듯합니다."

"봉황당 가옥? 여동생과의 만남을 우선시한 건가?"

"아무래도 그런 것 같습니다."

"한시도 놓치지 않고 감시해라."

"알겠습니다."

사내가 나가자 탁자 앞 의자에 앉아 있는 날카로운 인상의 중년인이 말했다.

"예상외로군요. 북영도성과 접촉하리라 여겼는데."

"흠."

신음성을 흘리며 총군사 방덕현이 책상 위의 성내 지도에 깃발로 위치를 표기했다. 파란색 깃발에는 소검선이라고 적혀 있었다. 그 외에도 수많은 깃발이 성내 지도에 표기되어 있었다. 방덕현의 눈이 예리하게 어딘가로 향했다.

북영도성

그는 아직까지 움직임이 없었다.

'…의식한 건가? 아니면 정말 순수한 의도로 소검선을 맹주 후보로 추천한 걸까?'

예상과 달리 두 사람은 조금의 접촉도 없었다. 이쯤 되면 의심을 거둘 만도 했지만 총군사 방덕현의 생각은 아니었다. 이렇게나 접점이 조금도 없다면 오히려 더 의심이 갔다.

'재미있군. 이런 기분은 오랜만이야.'

정사 대전이 끝나고 자신의 제자였던 전 총군사 제갈원명과 지략을 겨룬 이후 오랜만에 느껴보는 감정이었다. 당시 조직의 비밀에 근접했기에, 도중에 은퇴를 빌미 삼아 벗어나면서 지략 싸움을 마무리 짓지 못하고 끝났지만 지금은 상황이 달랐다.

'지략의 정수를 보여주마.'

제갈원명이 죽으며 이곳 무림연맹은 그의 손바닥 안이나 다름없었다. 다른 제자인 제이군사 사마중현이 있기는 했으나 한참 모자랐다. 그의 호승심을 자극하기에는 말이다. 그때 중년인이 말했다.

"한데 소검선이 데려온 여자는 대체 누구일까요?"

그렇지 않아도 그 정체불명의 여인에 관해 대화를 나누던 차였다. 절정의 고수인 매향당의 당주 모용혜를 고작 한 수만에 제압했다고 한다. 그 정도 수준이 되려면 적어도 초절정 고수여야 했다.

"혹 보타문의 고수가 아닐까요?"

"관심이 가나 보군?"

"후후후, 강한 여자에게서 아이를 보는 것만큼 후사를 위한 길도 없지요."

"그런가? 아쉽게 되었군. 소검선의 사람이라…."

"임자가 있다고 취하지 못할 여자는 없지요."

중년인이 입맛을 다셨다. 그런 그를 보며 총군사 방덕현이 속으로 혀를 찼다. 주(主)의 칭호를 받지 않았으나 강한 무위를 지녀 자신의 호위로 뒀지만 색(色)에 관한 집착이 강한 자였다.

"암부에서 조사 중이니 곧 알게 될 걸세."

외모도 꽤나 출중하고 보통 무위가 아니라면 절대 얼굴이 알려지지 않을 수 없었다. 무림에서 초절정의 영역에 이른 여고수는 그리 많지 않다. 곧 알아낼 수 있으리라 여겼다.

똑똑! 그때 누군가 집무실의 문을 두드렸다. 역시나 군사부 소속의 무사였다. 무사를 본 총군사 방덕현이 물었다.

"어떻게 되었지?"

"접선한 장로들 모두 총군사의 의견을 따르겠다고 했습니다."

그런 무사의 보고에 총군사 방덕현의 입꼬리가 올라갔다. 수를 채웠으니 이제 구색은 갖췄다. 탁자 앞에 앉아 있던 중년의 사내가 말했다.

"이제 오후 미정시에 있을 회의에서 발의해 밀어붙이기만 하면 되겠군요. 북영도성 이외에는 누구도 소검선을 추천하지 않을 테니 맹주 후보로도 등록하지 못하겠군요."

"형산일검이 변수가 될 수 있긴 한데, 그자가 아무리 익양 소가와 인연이 있다고 해도 성정상 연륜도 없는 애송이에게 표를 주진 않겠지."

이것이 총군사 방덕현이 세운 복안이었다. 그는 지난 회의 이후 계속해서 장로들과 접선하여 설득에 들어갔다. 아무리 무위가 뛰어나다고 해도 연륜이나 경험이 부족한 젊은 고수가 맹주의 소임을 맡기에는 부족하다고 말이다. 그리하여 후보 선출 전에 일차적 검증을 두려 한다. 다섯 이상의 장로들 추천을 받지 못한다면 후보에 등록하지 못하게 말이다.

"열왕패도 측이 아홉, 이쪽이 확보한 자는 일곱. 변수인 두 명을 제하더라도 소검선이 표를 얻을 확률은 무(無)이다."

"후후후. 기껏 여기까지 왔는데 후보 등록도 못 하게 생겼군요."

애초에 등록도 못 한다면 다른 두 후보와 겨룰 수도 없다. 그리된다면 원래 계획대로 원만하게 진행할 수 있다. 총군사 방덕현이 지도 위의 소검선이라 적혀 있는 파란 깃발을 보며 중얼거렸다.

"이 수를 어찌 받을 테냐?"

* * *

소란스러운 성 밖에서 안으로 들어온 우리는 봉황당으로 향하고 있었다.

"언니도 모용혜 그 계집애의 얼굴을 봤어야 했어요. 잔뜩 얼어붙어서 입술이 떨어지지 않는 게….'

영영이가 재잘거리며 설백에게 언니, 언니, 하며 말을 걸고 있었다. 보기와는 달리 처음 보는 자들에게 낯을 가리는 저 아이가 이리 살갑게 대하다니.

소담검이 키득거리며 내게 말했다.

―네 누이동생 태도가 확 바뀌었는데.

그러게 말이다. 처음에는 불여우 어쩌고 하며 적의를 드러냈는데, 지금은 꽤나 호감을 가진 것 같다. 아무래도 대립 관계였던 모용혜를 손봐준 것이 큰 듯했다.

─환심 제대로 샀네.

영영이 녀석 이렇게 쉽게 넘어가다니. 한데 그녀에게 관심을 보이는 건 영영이만이 아니었다. 남궁가희도 설백에게 말을 걸었다.

"위지 소저라고 하셨죠?"

"맞아."

설백이 가명으로 내세운 이름은 위지현이었다. 중원에서 위지 성을 가진 자들은 꽤 있기에 선택한 성이었다.

"혹시 무림연맹에 들어오실 거라면 저희 봉황당으로 오실 생각이 없으신가요?"

왜 관심을 보이나 했더니 포섭하려 들었다. 남궁가희도 설백이 모용혜를 한 수에 제압한 것이 어지간히 마음에 들었나 보다. 처음 보는 자에게 당으로 들어오라고 하는 걸 보면 말이다. 그런 그녀의 말에 설백이 나를 향해 눈을 찡긋하며 말했다.

"그것도 나쁘지 않다만 나는 이 사람에게서 열 보 이상 떨어질 수 없는 운명이거든. 맞지?"

아… 골이야. 열 보 이상 떨어지지 말라는 것을 이런 식으로 이야기하다니. 정말 한시도 방심할 수 없는 여자다. 그런 그녀를 보며 친근하게 굴던 영영이가 걱정스러운 표정으로 내게 전음을 보냈다.

[오라버니, 감당할 수 있겠어?]

[뭐?]

[사마영 언니가 알면 오라버니 잡아먹으려고 할 텐데. 아니, 오라버니의 그 괴물 같은 장인어른이 죽이려고 들걸.]

영영이는 장인어른이 누군지 알고 있었다. 이에 나는 고개를 흔들며 말했다.

[네가 생각하는 그런 관계가 아니야.]

그 말에 영영이가 팔꿈치로 툭 치며 말했다.

[뭐가 그런 관계가 아니야? 저 정도로 좋다고 달라붙을 정도면 오라버니가 언니의 마음에 들 만한 행동을 했을 거 아냐?]

이것 참 뭐라고 설명해야 할지 모르겠다. 적의 심복을 붙잡았는데 데리고 다니는 거라고 말하면 감정이 잘 드러나는 영영이가 의식할까 봐 당장은 이야기해주지 못하겠다.

[…아무 짓도 안 했어. 저 여자 혼자 저러는 거야.]

[동생인 나한테 이런 걸 숨겨서 뭐 해.]

그런 거 아니래도 안 믿네. 설백이 너무 적극적으로 구애해서 그런 것 같다.

[영영아, 나중에 사정을 얘기해줄게.]

[동생인 나한테 숨기는 게 뭐 이렇게 많아.]

미안하다. 나라고 억지로 숨기는 건 아니란다. 그런 일들이 계속 생기는 것뿐이지.

[지금은 좀 그래. 곧 이야기해줄게.]

[흥! 뭐래. 아무튼 나는 저 언니도 나쁘지 않은 것 같아. 여자는 여자가 안다고 오라버니랑 잘 어울리는 것 같아.]

'…!?'

이건 또 무슨 소리야?

[그래도 월악검의 여식을 만나는 것보다는 안전하잖아.]

음… 그것 때문에 그러는 거라면 저 여자가 어떤 의미에선 장인어른보다 더 위험한데. 이걸 알면 어떤 반응을 보일지 모르겠다. 기습이라고는 해도 설백은 장인어른인 월악검에게 중상을 입혀 소림사에 갇히게 만든 장본인이었다. 이걸 떠올리니 정신이 번쩍 들었다. 괜히 설백에게 마음이 끌리기라도 한다면 사달이 날 것 같았다.

—대충 무슨 얘기 하는지 알 것 같네. 저 눈발 날리는 여자가 네 장인 눈에 안 띄게 조심해.

소담검, 네가 말하지 않아도 그럴 거다. 아직은 만나기로 한 날이 꽤 남았으니 그때까지 해결해야지. 그때 영영이가 내 왼팔 옷깃을 잡았다. 그러더니 전음을 보냈다.

[만나자마자 어수선해서 미처 말하지 못했는데, 오라버니 고마워. 내 사문인 형산파 때문에 일부러 연맹에서 보낸 후발대를 놓아준 거지?]

참 영특한 아이다. 혹여 오해할까 봐 우려했는데 내 마음을 헤아리고 있었다. 나는 녀석의 머리를 부드럽게 쓰다듬어줬다.

"그만해. 머리 헝클어지잖아!"

투정 부리는 말과는 달리 영영이가 쑥스럽다는 듯이 괜히 얼굴을 붉혔다. 그때 전음이 들려왔다.

[누이동생 역할을 하고 있는 아이한테 하는 만큼 나한테도 해주면 고맙겠는데.]

설백의 전음이었다. 묘하게 질투 섞인 그녀의 전음에 나는 인상을 찡그렸다. 그러고 보니 그녀는 영영이가 내 친누이동생이 아니라고 알고 있는 듯했다. 하긴 내가 삼백 년 넘게 살아왔다고 믿고 있으니 당연한 것일지도 모르겠다. 어차피 완전히 내 사람이 아니니 이 사실을 밝힐 필요는 없겠지. 오히려 친누이동생이 아니라고 여기는 게 낫다. 나는 그녀에게 전음을 보냈다.

[동생은 동생일 뿐이야.]

[알아. 한데 눈치챘는지 모르지만 꽤 많이 달라붙었어.]

그녀의 말에 나는 피식 웃으며 답했다.

[알고 있어.]

봉황당으로 가는 우리를 지켜보는 눈이 굉장히 많았다. 나를 알아보고서 쳐다보는 게 아니라 감시의 눈이었다. 한둘이 아니라 꽤 많은 이들이 이동하는 척하면서 대놓고 따라붙었는데, 여러 군데에서 사람을 붙인 것 같았다.

[뇌주의 사람도 있을 거야.]

[그렇겠지.]

검선의 후예를 떠나 나는 금상제의 조직에 있어서 요주의 인물이니 말이다. 게다가 이번 맹주 선발에서도 변수인 셈이니 더욱 그럴 것이다. 이렇게 대놓고 감시가 붙으니 오랜만에 무림연맹에 왔다는 것이 새삼 실감이 났다.

'제갈원명이 떠오르는군.'

듣자 하니 뇌주, 아니 총군사 방덕현 그자는 제갈원명과 사마중현의 스승이었다고 했다. 제자들에게마저 자신의 정체를 숨길 정도면 용의주도한 자였다. 설백은 방덕현이 죽은 총군사 제갈원명의 스승인 만큼 그와 맞먹거나 그 이상의 지략을 지닌 존재라고 말했다.

[조심해야 할 거야. 그분께서 괜히 중용하는 게 아니야.]

[준비를 많이 했겠군.]

[아마도 절대 네가 맹주의 자리에 앉지 못하게 손을 쓰겠지.]

[그럼 그렇게 못하도록 해야겠군.]

그런 나의 전음에 그녀가 의아해하며 물었다.

[제일 좋은 건 뇌주를 가장 먼저 처리하는 것이지만, 그리된다면 그분께서 계획을 전부 수정할 거야. 게다가 무림연맹이 혼란스러워지겠지.]

그렇겠지. 무림연맹의 총군사가 갑자기 사라지기라도 하면 문제가 될 것이다. 물론 놈은 내가 자신의 정체를 안다는 것을 모르겠지만 만약의 사태를 대비해 몇 중으로 방비를 했을 것이다. 게다가 전 총군사 제갈원명이 살해당한 사건 이후 무림연맹의 성내 경비가 대폭 강화되었다. 움직이는 족족 그 흔적이 남겨지도록 말이다. 그녀가 묘한 미소를 지으며 전음을 보냈다.

[뇌주뿐만이 아니라 모두가 너의 일거수일투족을 감시하는 상황에서 과연 어떻게 대처할 거지?]

그녀의 표정을 보아하니 이 상황을 즐기고 있었다. 내가 진퇴양난의 상황에서 어떻게 대처할지 보고 싶은 모양이다. 그런 그녀에게 나는 피식 웃으며 말했다.

[적이 원하는 대로 대처만 한다면 그건 그저 휘둘리는 것에 불과하지.]

[…그게 무슨 말이야?]

그런 나의 말에 그녀가 의아함을 감추지 못했다. 이에 나는 의미심장한 어조로 말했다.

[내 목적이 그저 금상제의 계획을 방해하는 것으로 끝이라고 생각하나?]

* * *

정오의 점심 시각. 군사부 건물의 총군사 집무실.

군사부의 복장을 한 무사가 들어와 총군사 방덕현에게 보고했다.

"지금까지 소검선 측은 별다른 움직임을 보이고 있지 않습니다. 봉황당의 가옥에서 점심 식사까지 하는 것 같습니다."

아직까지 소검선이 봉황당으로 간 것은 고작 한 시진에 불과하니 특별히 의심할 것은 없었다. 오랜만에 만난 누이동생인 봉황당 부당주와 식사하는 것이었으니 말이다. 탁자 앞에 앉아 있는 중년인이 말했다.

"이대로 미정시까지만 얌전히 있어준다면 무사히 안건을 발의하여 통과시킬 수 있겠군요."

"흠."

그런 그의 말에 총군사 방덕현이 턱수염을 쓰다듬었다. 이대로라면 일이 수월하게 풀리게 된다. 분명 의심할 여지가 없었다. 한데 이상할 만큼 자신의 예상과는 다른 움직임을 보이고 있었다. 적어도 무림연맹의 성내를 바쁘게 움직이며 정보를 수집할 거라 여겼는데, 전혀 아니었다. 주변을 철두철미하게 감시하고 시종들과 식사를 위해 음식을 배달하는 숙수들까지도 자신이 심어놓은 자들이라 감시망을 절대로 피할 수는 없었다.

'한데 이상하다.'

뭔가 이 고요함에 의문이 생겨났다. 중년인이 총군사 방덕현에게 말했다.

"신중을 기해 나쁠 것은 없지만 놈도 자신을 감시한다는 것 정도는 눈치채고 있을 겁니다. 그래서 얌전히 있는 것일 수도 있습니다."

"그래도 놈의 일거수일투족을 놓치면 안 된다."

이런 총군사 방덕현의 말에 보고를 마친 사내가 두 손을 모아 답했다.

"충!"

"가봐라."

그렇게 물러나려 하는데, 밖에서 소리가 들려왔다.

"총군사 어른, 점심 식사를 가져왔습니다."

"제가 문을 열겠습니다."

마침 보고를 마치고 나가려고 하던 군사부의 무사가 문을 열었다. 그러자 한 후덕한 인상의 숙수가 음식을 담은 함을 가지고 안으로 들어왔다. 그를 본 군사부의 무사가 나가려다가 멈춰 서서 뭔가 이상하다는 듯이 말했다.

"잠깐… 숙수, 자네 봉황전에 배치시킨 그자가 아니…."

콱!

"켁!"

미처 말이 끝나기도 전에 보고를 마쳤던 군사부 무사의 목이 숙수의 손에 잡혔다. 숙수가 손에 가볍게 힘을 주자, 무사의 목이 그대로 뒤틀리고 말았다. 두드둑!

"이런!"

그 광경에 탁자 앞에 앉아 있던 중년인이 다급히 도를 뽑아, 숙수에게로 신형을 날리려 했다. 그런데 어느새 숙수의 신형이 흐릿해지더니 그의 뒤로 나타났다. 이형환위의 수법이었다. 숙수가 반쯤 도를 뽑은 중년인의 머리를 붙잡고 그대로 돌려버렸다. 두드둑!

"컥!"

목이 완전히 돌아간 중년인은 그대로 절명하고 말았다. 총군사 방덕현은 순식간에 죽임을 당한 자신의 호위를 보며 당혹감을 감추지 못했다. 초절정의 고수가 이렇게 허무하게 죽으리라 누가 상상했겠는가.

"네놈… 설마?"

놀라는 그에게 숙수가 빙그레 웃으며 말했다.

"원하는 대로 머리싸움이라도 하길 기대했나, 뇌주?"

'…!!'

호위로 보이는 중년인의 죽음에 당혹스러워하던 총군사 방덕현.

놈이 놀라는 것도 당연한 일이었다. 그렇게 감시를 붙였는데, 이런 식으로 접근하리라고는 상상도 못 했겠지. 체화만변술만큼 상대의 허를 찌르기에 좋은 수법도 없다. 한데 계속 곤욕스러워할 것 같던 놈의 얼굴이 금방 평정을 되찾았다. 그만큼 연륜을 갖추고 있다는 건가?

놈이 굳은 표정으로 나를 쳐다보며 말했다.

"인피면구일 리는 없고… 설마 역용술인가?"

역용술은 안면 근육을 강제로 바꿀 수 있는 기술의 일종이다. 하지만 체화만변술에 비하면 정교함이 떨어지고 허점도 많은 데다 그리 오랫동안 유지할 수 있는 수법도 아니었다. 해악천 스승님이 익힌 축골공과 비슷한 원리라고 보면 된다.

"놀랍군. 그 정도로 정교하게 타인의 얼굴을 따라 하는 역용술은 본 적이 없건만."

"꽤 담담하군."

"놀랄 게 있겠나? 이미 조직에서의 노부의 호칭을 알고 있다는 것은 자네의 정체가 확실해졌음인데."

그런 그에게 나는 코웃음을 치며 물었다.

"내 정체가 무엇이지?"

"소검선 소운휘, 아니 검선의 후예."

눈치가 없진 않다. 하긴 이 정도 통찰력은 가져야 무림연맹의 총 군사이자 금상제의 자문을 맡을 수 있겠지.

"잘 아는군. 그럼 내가 왜 왔는지도 알겠지?"

그런 나의 말에 총군사 방덕현이 피식 웃었다. 이 상황에서 여유 를 부리다니 대담한 걸까 아니면 자포자기라도 한 걸까?

"웃음이 나오나 보지?"

"노부가 상정하지 못한 변수 때문에 웃었네."

내가 타인의 모습으로 변장할 수 있다는 것은 누구라도 알아차 리기 힘들다. 적이 된 자들은 하나같이 죽였으니 말이다. 유일하게 살아 있는 자라고 해봐야 설백뿐이다.

나는 총군사 방덕현에게 말했다.

"긴 얘기는 하지 않겠다. 어차피 네놈들이 얼마나 금상제를 잘 따 르는지는 알고 있으니 말이야."

"노부가 그분의 모든 것을 알려주기라도 바라나 보구려."

"맞아."

"그럼 그대가 예측한 대로 노부가 아무 말도 하지 않을 거라는 것 도 잘 아시겠구려."

"그러시겠지."

그 말과 함께 나는 총군사 방덕현에게로 다가갔다. 어차피 입을 열지 않겠다면 굳이 길게 끌 이유가 없었다. 시간도 없고 말이다. 그러자 놈이 내게 여유롭게 웃으며 말했다.

"노부를 죽이는 것은 검선의 후예 자네의 자유다만 뒷감당은 할 수 있겠나?"

"뒷감당?"

놈이 내게 자신의 머리를 손가락으로 툭툭 건드리며 말했다.

"노부는 머리 하나로 이 험난한 무림을 살아왔고 긴 세월을 버텨왔네. 한데 이런 돌발적인 변수를 조금도 예측하지 못했을 것 같나?"

"스스로에 대한 과신이 심하군."

"노부를 죽이고 대신한다고 들키지 않을 것 같나? 노부는 언제든 인피면구나 역용술을 이용한 혼란 정도는 대비해왔네. 설사 노부를 흉내 낸다고 해도 자네는 절대 노부를 대신할 수 없어."

이런 사태에 대비하여 자신들만 알아들을 수 있는 암호를 준비한 것 같았다. 군사는 군사라 이건가. 나름 머리를 굴려서 대책을 세워놓은 듯했다. 총군사 방덕현이 주변을 눈짓으로 가리키며 계속 말을 이어갔다.

"아아, 혹 방법을 바꿔서 노부를 죽이고 조용히 나갈 생각이라면 그 역시 포기하는 걸 권하지. 노부가 왜 집무실에 책상과 탁자만 뒀을 거라 생각하나?"

놈의 말대로 군사의 집무실치고는 서적이나 책장 하나 없이 깔끔하기 그지없었다. 어떤 물건 하나 숨겨놓기 힘들도록 말이다. 놈이 입꼬리를 올리며 말했다.

"노부는 경계심이 강해 일각에 한 번씩 조직의 무인들이 집무실로 정찰을 오도록 조치를 취해놨지. 죽은 이들을 무슨 수로 숨길 텐

278

가?"

놈의 얼굴이 득의양양해졌다. 나를 진퇴양난의 상황에 빠뜨렸다
고 확신한 모양이었다. 어떤 식으로든 내가 자신이 파놓은 대책을
벗어날 수 없다고 여겼는지 놈이 한결 여유롭게 탁자 위에 있는 찻
잔을 들어 마시며 말했다.

"후루룩. 기대만 못하군."

"기대?"

"노부의 책략에서 번번이 벗어나 나름 기대했었네. 그 친구만큼
노부를 지략으로 즐겁게 해줄 자가 나타났다고 말이네. 한데 실망스
럽군."

놈이 혀를 차며 말을 이어갔다.

"기대를 걸었었는데 자네는 스스로의 무와 머리를 과신했어. 머
리를 칠 생각이었다면 노부의 허점을 찾아 끝으로 몰아넣었어야 했
어. 이런 식으로 생각 없이 일을 저지르다니 노부가 자네를 높이 평
가했군."

"…."

"하긴 직접 키웠던 제갈원명 그 친구처럼 노부를 즐겁게 해줄 자
를 찾는 일은 쉽지 않지."

그 말과 함께 놈이 다리를 슬쩍 움직이려 했다. 이에 나는 피식
웃으며 손을 들어 올렸다. 그러자 놈이 몸을 움직일 수 없었는지 부
들부들 떨며 인상을 찡그렸다. 왼손으로 책상을 향해 옆으로 손을
휘젓자, 허공섭물에 의해 책상이 옆으로 끌리더니 그 밑에 누를 수
있는 발판 같은 것이 보였다.

"누를 기회를 엿보느라 고생이 많군."

"…이걸 누르지 않아도 변하는 것은 없네."

똑똑! 그때 누군가 집무실의 문을 두드렸다.

"왔군."

이에 방덕현은 자신의 말대로 되지 않았냐는 듯이 비릿하게 웃으며 입을 열려고 했다. 그러나 진기로 놈의 입을 다물게 만들었기에 쉽사리 입이 열릴 리가 만무했다. 나는 가볍게 손가락을 튕겼다. 딱! 놈이 그 행동을 의아하게 여겼다. 그러자 이내 문이 열리며 집무실로 군사부의 복장을 한 무사가 들어왔다. 한데 안에 들어온 그자는 아무렇지 않게 일어선 채 꼼짝하지 못하고 있는 총군사 방덕현을 향해 포권을 취하며 말했다.

"북영도성 측은 아직 아무런 움직임이 없습니다."

'…!?'

이를 본 방덕현의 눈이 커져서 이해할 수 없다는 표정이 되었다. 놈이 그런 반응을 보이는 것과 상관없이 군사부의 무사는 여러 정보를 보고하더니, 방 안의 상황은 전혀 보이지도 않는지….

"충!"

…이라는 작은 외침과 함께 포권을 취하고는 집무실 문을 닫고 나가버렸다.

나는 어처구니없어하는 총군사 방덕현에게 말했다.

"꽤 재미있는 짓거리를 했네? 무림연맹 회의에서 그런 방식으로 나를 떨어뜨리려고 했나?"

그런 나의 말에 놈이 떨리는 목소리로 중얼거렸다.

"네놈 대체 무슨 짓을 한 게야?"

무슨 짓을 하긴, 정요환의안으로 원하는 것을 보도록 했을 뿐이다. 평소와 다를 바 없는 놈의 모습을 말이다. 나야 무슨 암호를 쓰든 알 수 없어도 무사는 자신이 보던 것을 보았기에 문제없이 나갔다.

"설마 술법인가?"

그런 놈의 물음에 나는 아무 답변을 하지 않았다. 그냥 품속에서 복주머니를 꺼냈다. 의아하게 쳐다보는 놈은 개의치 않고서 나는 죽어 있는 시신들에게 다가갔다.

"똑똑한 것들은 항상 자신의 잣대로 생각하는 버릇이 있더군."

그 말과 함께 나는 죽은 시신을 집어서 주머니 속으로 집어넣었다. 작은 복주머니 속에 시신이 쑤욱 들어가는 모습을 보며 놈의 두 눈이 휘둥그레졌다.

"아닛?"

사람 몸이 이 작은 주머니에 들어가는 광경을 보는데 놀라지 않는 게 이상한 일이었다. 나는 이어서 목이 부러져 죽은 호위를 주머니 속으로 집어넣었다. 그리고 놈에게 아무렇지 않게 말했다.

"이제 시신은 해결됐네?"

그런 나의 말에 놈이 당혹감을 감추지 못했다. 이런 식으로 시신을 은폐할 줄은 꿈에도 몰랐겠지.

"이, 이게 대체?"

"시신은 됐고, 그러면⋯."

나는 주머니 속에 손을 쑤욱 하고 집어넣어 무언가를 빼냈다. 그것은 다름 아닌 사련검이었다.

"검?"

시신을 집어넣은 것도 모자라서 검까지 튀어나오니 신기하겠지. 밖으로 나온 사련검이 내게 조잘거리며 말했다.

─흐으응. 왜 이제 빼준 거야? 이 안은 너무 갑갑해.

많이 답답했었나 보다. 한동안은 괜찮을 거야. 이제 네가 해야 할 일이 생겼거든. 나는 사련검을 들고서 꼼짝하지 못하고 있는 총군사 방덕현에게로 다가갔다. 그리고 놈에게 빙그레 웃으며 말했다.

"아까 그 말 돌려주지. 꽤 실망스럽군."

"뭐?"

"스승이라고 해서 나름 기대했었는데 제자인 제갈원명보다 못해서 안타깝네. 적어도 그자는 죽기 전까지 나를 꽤 번거롭게 만들었었는데 말이야."

'…!?'

그런 나의 말에 놈의 눈이 커졌다. 내가 제갈원명을 죽인 사실을 몰랐을 테니 놀라는 게 당연했다.

"…하!"

기가 찬 모양이었다. 지금껏 이들은 혈교에서 혈마검을 탈취하기 위해 제갈원명을 죽인 것으로 알고 있었을 테니 말이다. 바로 앞까지 다가가자 놈이 내게 이해할 수 없다는 듯이 말했다.

"…네놈 진정 검선의 후예가 맞느냐?"

"왜, 아닌 것 같나?"

내가 무슨 정파의 정의를 위해 움직이기라도 한다고 여겼나 보지? 기대에 어긋나서 미안하지만 나는 나를 위해서 움직이거든. 나는 놈을 향해 손을 뻗었다.

"대체 뭘 하려는 것이냐?"

"이런 일."

타타타탁! 나는 놈의 혈도를 점해서 입을 열지 못하도록 한 후에 머리를 움켜쥔 뒤 뇌기를 흘려보냈다. 파치치치칙!

"끄그그그그그극."

감전된 놈이 신음성과 함께 온몸에 경련을 일으켰다. 그러더니 이
내 침을 질질 흘리며 멍한 표정으로 나를 바라보았다. 뇌의 일부를
뇌기로 완전히 태워버렸는데 제대로 바보가 된 것 같았다. 슥슥! 머
리 안으로 진기를 흘려보내 놈의 상태를 살펴보았다. 재생이나 회복
의 징조는 보이지 않았다. 설백의 말대로 놈은 금상지체의 시술을
받지 않은 게 확실해 보였다. 그런 녀석의 손에 사련검을 쥐여줬다.
그러자 총군사 방덕현이 간드러진 목소리로 내게 투정을 부렸다.

"흐으웅, 늙은 몸은 싫은데."

그 몸으로는 그렇게 배배 꼬지 않았으면 좋겠는데. 좀 징그럽다.

* * *

오후 미정시 무렵. 무림연맹의 본단 대회의실로 각 파의 장로들이
모두 집결했다. 지금까지 기밀로 부쳤던 내일 있을 맹주 선출을 위
한 회의를 위해서 말이다. 대부분의 장로들이 자리에 착석하고 부
맹주 열왕패도 진균까지 나타나 자리에 앉았는데, 아직까지 총군사
방덕현이 모습을 보이지 않았다. 평소에는 칼같이 정각에 나타나던
위인이 늦으니 모두가 의아함을 감추지 못했다.

'왜 늦는 거지?'

'이 자리에서 발의를 하기로 한 분이….'

사전에 손발을 맞춰놓은 장로들이 속으로 우려를 표했다. 그가
나서서 발의하지 않는다면 장로들 중에 누군가가 나서서 이를 발의

할 수밖에 없는데, 그리되면 부맹주 진균의 노골적인 반감을 사게 될 것이다. 그렇게 일각이 지났다. 그럼에도 아직 총군사가 나타나지 않자 부맹주 진균이 심기가 불편한 기색을 드러냈다.

"왜 총군사는 아직 오지 않는 겐가?"

그런 그의 물음에 제이군사 사마중현이 손짓을 해서 사람을 불렀다.

"당장 군사부로 가서 총군사를 모시고…."

바로 그때였다. 끼이이이이익!! 대회의실의 문이 열리며 평소와 달리 꽤 묵중해 보이는 지팡이를 끌고서 총군사 방덕현이 모습을 드러냈다. 부맹주 진균이 왜 이렇게 늦었냐고 다그치려다 이내 인상을 찡그렸다. 왜냐하면 방덕현의 뒤로 따라 들어오는 인물 때문이었다.

"소검선?"

"소검선이 어찌?"

그는 다름 아닌 소검선 소운휘였다. 장로 이상급의 무림연맹 인사들만 참여할 수 있는 대회의에 총군사 방덕현이 그를 대동하고 나타나자 대부분이 의아한 기색을 보였다.

'어째서 저 둘이 함께?'

이것은 총군사 방덕현과 함께하기로 했던 장로들 또한 마찬가지였다. 적어도 저 둘은 함께 움직일 자들이 아니지 않나.

'대체 이게 무슨 일이지?'

'설마 계획에 변동이라도 생긴 건가?'

이 회의의 목적 역시도 소검선 소운휘를 맹주 선출 후보에서 배제하기 위함이었다. 그때 제이군사 사마중현이 자리에서 일어나 큰 소리로 말했다.

"총군사, 늦으셨군요. 한데 이 자리는 중차대한 회의 자리입니다. 장로단과 군사부 이외에는 출입을 불허한다는 걸 아시는 줄 아오만…."

그런 그의 말에 총군사 방덕현이 입을 열었다.

"늦어서 모두에게 송구하다는 말씀부터 드리오. 그리고 노부는 중차대한 문제가 생겼기에 이번 회의에 소검선을 함께 청한 것이오."

"중차대한 문제라니 그게 무엇이오?"

그 물음에 소운휘가 장로들에게 포권을 취하며 말했다.

"이런 자리에 허락도 없이 함부로 들어와 부맹주를 비롯한 여러 장로님께 민폐를 끼쳐드린 것에 먼저 사죄의 말씀을 드립니다."

이런 그의 말에 무당파 신임 장문인인 종오 진인이 입을 열었다.

"원시천존, 원시천존. 무슨 중차대한 문제인지는 모르겠으나, 법도는 엄연히 지키라고 만들어졌소. 소검선께서는 일단 나가 있도록 하시오."

"송구하오나 그렇게는 못 할 것 같습니다."

"뭐요?"

이에 장로들의 표정이 무섭게 굳었다. 특히 부맹주 진균은 심기가 불편함을 직접적으로 드러내며 말했다.

"소 형제, 자네와 친분이 있다고 하나 이 자리는 함부로 들어올 수 있는 곳이 아니네. 당장 나가지 않는다면…."

"우선 이것부터 봐주시죠."

그런 그의 말이 끝나기도 전에 소운휘가 품속에서 무언가를 꺼내 들었다. 천으로 감싼 것이었는데, 그것을 펴자 장침 같은 것이 모습을 드러냈다.

"그게 어쨌단 말인가?"

"환마독을 바른 장침입니다."

"환마독?"

반문하는 부맹주 진균에게 소운휘가 다소곳하게 지팡이를 짚고 있는 총군사 방덕현을 가리키며 안타깝다는 듯한 목소리로 말했다.

"여러분, 총군사 방덕현 노사께서는 지금껏 이 환마독에 당해서 조종을 당하고 있었습니다."

"환마독?"

이런 나의 말에 회의장에 있던 모든 사람들이 놀라움과 의아함을 감추지 못했다. 특히 일부 장로들은 난처해하는 것이 표정에서 확연히 드러났다. 자리에서 일어나 있던 제이군사 사마중현이 내게 소리쳤다.

"대체 그게 무슨 소리요? 환마독이라니?"

당연히 한 번도 들어본 적이 없는 독일 것이다. 금상제의 산하에 있던 혈사왕 구제양이 심혈을 기울여 만든 특별한 독이니 말이다. 나는 천에 놓여 있는 침을 모두에게 보이며 말했다.

"환마독은 이 침에 발라져 있는 독입니다. 사람의 뇌에 강한 영향을 미쳐 인지 능력을 흩트려놓고 상대를 조종하게 만듭니다."

이런 나의 말에 장로들 중 한 사람이 입을 열었다.

"하면 총군사께서는 진정 그 독에 당했단 말입니까?"

남궁 세가의 가주 남궁무진이었다. 그의 물음에 총군사 방덕현의 몸을 차지한 사련검이 대신 답했다.

"믿기 힘들겠지만 사실이네. 여러 장로들께 송구스럽네."

장로들이 믿을 수 없다며 수군거렸다.

"그런 독이 있단 말인가?"

"어찌 그런 일이…."

다른 사람도 아니고 무림연맹의 총군사가 독에 조종당했다니 쉽게 믿을 수 없을 것이다. 그때 누군가 말했다. 무림연맹의 제이장로이자 화산파의 장문인인 매화백검 호양 진인이었다.

"정말 독에 의해 당한 것인지 확인시켜줄 수 있는가? 노부가 오랜 세월 무림에 있었지만 그런 독이 있다는 말은 처음 들어보네."

이런 그의 말에 몇몇 장로들도 동의하는지 고개를 끄덕였다. 이들은 매화백검 호양 진인과 마찬가지로 전 맹주인 무한제일검 백향묵을 지지하는 층이었다.

"여부가 있겠습니까?"

그럴 줄 알고 이 환마독이 묻은 장침을 챙긴 것이었다. 마침 이 자리에는 당가의 부가주인 당우중도 있으니, 증명 못 할 것도 없었다. 그 역시도 나와 같은 생각을 했는지 자리에서 일어나 말했다.

"본인이 확인해보겠네."

"아미타불. 잠시 기다리시죠."

그때 누군가 자리에서 일어나 다그쳤다. 오십 대 중반으로 보이는 비구니인 그녀는 아미파의 정향 사태였다.

"부맹주, 여러 장로님, 지금 소검선이 하는 말을 곧이곧대로 들으실 겁니까? 그리고 이 자리는 장로단과…."

"그만하시오, 정향 사태. 지금 소검선이 하는 말은 그런 법도의 문제를 넘어섰소."

"곽 장로!"

이런 그녀의 말을 북영도성 곽형직이 잘랐다. 적절할 때 잘 대처해줬다.

─저 비구니는 왜 저렇게 난리야?

당연히 난리겠지. 그렇지 않아도 현재 무림연맹의 수뇌부들은 최근 있었던 혈교와의 전쟁에 대패하면서 정도 무림의 수많은 문파, 방파 들에게 신뢰를 시험당하고 있었다. 그런 와중에 무림연맹의 머리이자 중추라 할 수 있는 총군사 방덕현이 독에 중독되어 조종당했다는 소문이 퍼진다면 그 신뢰는 더욱 무너지게 될 것이다.

그때 한 반백의 노도인이 일어나 북영도성 곽형직을 나무랐다.

"곽 장로, 정향 사태의 말대로 이 자리는 장로단과 군사부 이상만 참석할 수 있는 회의요. 그것을 무시할 거라면 법도가 어찌 있단 말이오?"

그는 공동파의 장문인인 정양 진인이었다. 현 개방의 방주인 조성원에게 어느 정도 현 장로들의 파벌에 대해 들었지만 이렇게 노골적으로 그것을 드러낼 줄이야. 정향 사태도 그렇고 그는 부맹주 열왕패도 진균의 지지층이었다. 어떻게든 나를 내보내고 싶어 안달이 나 있었다.

"멈춰주십쇼, 정양 진인. 법도가 중요하다고 해도 소 사제의 말대로 정말 총군사께서 독에 중독되었던 거라면 이리 다투고 있을 일이 아니지 않습니까?"

또 다른 누군가가 나를 두둔하고 나섰다. 그는 형산파의 형산일검 조청운이었다. 익양 소가에서 사형사제의 연을 맺게 되었다고 지지해주는 것 같았다. 물론 그의 올곧은 성정이 한몫한 거겠지만 말이다.

"사제, 아니 소검선, 그 독이 정말 총군사 방덕현 노사를 조종한

게 틀림없나?"

"방덕현 노사께서 하신 말씀을 듣지 않으셨습니까? 노사께서는 이 침에 조종당하여 무림연맹을 위기에 빠뜨리셨습니다."

그렇게 말하는데 누군가의 목소리가 전음으로 들려왔다.

[무슨 짓을 하는 겐가, 소 형제!]

그는 제이군사 사마중현이었다. 내게 총군사 방덕현이 정체불명 조직의 간자일 거라 이야기했던 그였다. 그런 그가 내게 이렇게 전음으로 다그치는 건 사태를 악화하는 것을 꾸짖는 것이었다.

[방덕현 그자가 간자였던 사실을 알려준 것도 본 군사가 아닌가. 한데 어찌 이렇게 중차대한 자리에서 혼란을 야기하는 건가?]

역시 예상대로였다. 만약 이 자리에서 내가 계속 밀어붙인다면 부맹주나 그의 입지가 불리해진다. 총군사 방덕현의 행동에서 이상 징후를 발견하지 못했다면 무능력함을 인정하는 것이 되고, 알고도 모른 척했다면 더욱 문제가 될 테니까.

[그만 멈추게. 일단 물러난다면 차후에 본 군사가….]

그의 말이 끝나기도 전에 나는 제이군사 사마중현에게 포권을 취하며 말했다.

"이 모든 것을 알아내신 분이 바로 제이군사 어른입니다."

'…!?'

갑작스러운 나의 말에 사마중현의 어안이 벙벙해졌다. 설마 내가 이렇게 나올 거라고는 예상하지 못했나 보다. 매화백검 호양 진인이 의아해하며 물었다.

"그게 무슨 소리인가? 제이군사가 그걸 알아냈다니?"

"말씀드린 대로입니다. 제가 일곱 달 동안 자취를 감춘 것은 제이군사 어른의 부탁을 받고 배후에 숨어 무림연맹을 암약하려 했던 조직을 알아내기 위해서입니다."

'…!?'

이런 나의 말에 회의장이 술렁였다. 제이군사 사마중현은 말문이 막혔는지 어처구니없다는 얼굴로 나를 쳐다보다 이내 다급히 상석에 있는 부맹주 열왕패도 진균을 바라보았다. 진균의 표정이 무섭게 굳어져 있었다. 제이군사 사마중현의 목이 떨리는 걸 보니 전음으로 열심히 해명하나 보았다.

―진짜 네 잔머리는…. 키키킥.

소담검이 혀를 내두르며 웃어댔다. 세 치 혀로 한순간에 제이군사 사마중현이 나와 한패가 되어버렸다. 그러니 부맹주 진균의 입장에서는 의구심과 더불어 화가 치밀어 오를 것이다. 나는 이를 개의치 않고 말을 이어갔다.

"여기 계신 분들은 금안의 사내의 존재를 알고 계실 겁니다."

"금안!"

이런 나의 말에 모두의 관심이 집중되었다. 죽은 총군사 제갈원명의 말대로 무림연맹의 수뇌부들은 정파의 차세대 고수들을 해치고 다녔던 금상제의 존재를 알고 있었다. 그때 진주 언가의 가주 언광운이 내게 물었다.

"하면 지금 이 일이 금안의 사내와 관련 있다는 것인가?"

"그렇습니다."

"하면 혈교…."

"혈교가 아닙니다."

역시 아직까지 이들은 진실에 조금도 다가가지 못했다. 혈교와 금상제가 연관 있다고 여기다니. 여기서 바로잡아야겠다.

"제가 알아본 바에 의하면 금안의 존재는 아주 오랫동안 이 무림을 배후에서 조종하려 들었습니다."

"대체 그게 무슨 소리인가?"

"들으신 대로입니다. 그자는 단순히 고수들만 해치고 다닌 것이 아닙니다. 그는 무림연맹을 비롯하여 정사를 가리지 않고 수많은 무림 단체들에 자신의 사람을 심어 혼란을 야기해왔습니다."

이런 나의 말에 장로들의 웅성거림이 커졌다. 이것을 공식석상에서 거론한 적이 없을 테니 당연한 반응이었다. 그때 한 훤칠하게 생긴 중년인이 내게 말했다.

"소검선, 자네의 명성은 익히 들어 알고 있지만 지금 자네가 하는 말이 사실이든 아니든 자칫 본 맹을 혼란에 빠트릴 수 있네."

그는 바로 모용 세가의 가주 모용웅경이었다. 그 역시도 부맹주 진균을 지지하는 파벌이라고 하더니 알 만했다.

"맞네. 자네가 설령 사마 군사의 부탁을 받고 그것을 조사했다고 해도 너무 터무니없는 이야기이지 않나."

그런 그를 황보 세가의 가주 황보종이 거들었다.

"무엇이 터무니없다는 것입니까?"

"소검선, 자네 말대로라면 본 맹이 그런 배후에 숨어 암약하는 조직에 의해 휘둘리고 있었다는 것이 되는데…"

그런 그의 말을 나는 피식 하고 웃으며 끊었다.

"실제로 휘둘리고 있었지 않습니까?"

"뭐?"

비웃음이 담긴 나의 목소리에 황보종이 불쾌함을 감추지 못했다.

공동파의 장문인 정양 진인이 끼어들었다.

"이보게, 소검선. 말이 지나치네."

"지나칠 게 있겠습니까? 무림연맹의 머리라 할 수 있는 총군사가 그런 조직에 당해 세뇌되었는데 저기 계신 사마 군사를 제외하고는 누구 하나 모르지 않았습니까?"

"자네!"

이런 나의 말에 정양 진인의 얼굴이 붉게 달아올랐다. 이런 자리가 아니라면 당장 내게 일 장을 날릴 기세였다. 하지만 그런 우는 범하지 못할 것이다. 적어도 팔대 고수, 아니 이제는 무상도 정천과 태극검제 종선 진인이 죽었으니 육대 고수라고 해야겠구나, 어쨌거나 초인의 영역에 이른 육대 고수의 역량을 잘 알 테니 괜히 망신당하기 싫다면 함부로 덤비진 못하겠지. 물론 한 사람은 아니었다. 고오오오오! 숨 막힐 정도로 피어오른 기세에 모두의 시선이 상석에 앉아 있는 부맹주 진균에게로 향했다. 탁자에 앉아서 두 손을 모으고 있는데, 분노를 최대한 자중하는 것으로 보였다.

"부맹주…."

제이군사 사마중현이 그를 만류하려는 듯한데, 부맹주 진균이 손을 들어 올리며 나서지 말라는 신호를 보냈다. 진균이 날카로운 눈빛으로 나를 쳐다보며 말했다.

"소 형제, 아니 소검선."

"말씀하십시오."

"총군사의 이상 징후는 이미 본 부맹주 역시 알고 있었다."

이런 그의 말에 일부 장로들이 의아한 얼굴로 그를 쳐다보았다. 진균이 계속 말을 이어갔다.

"하나 그것을 모른 척한 것은 총군사 방덕현의 배후에 있는 존재를 끌어내기 위함이었다. 한데 자네가 그것을 망쳤군."

그의 말에 나는 속으로 혀를 내둘렀다. 무림연맹에 입성한 지 고작 반년 만에 정치인이 다 됐다. 이 말로 모든 책임을 내게 전가했다. 이런 그를 일부 장로들이 반색하며 지지했다.

"과연!"

"부맹주께서는 이를 알고 계셨구려."

"어쩐지 부맹주께서 침묵으로 일관하신 이유를 알겠소이다."

침묵으로 일관하기는 뭘 침묵으로 일관해. 제이군사 사마중현이 자신의 뒤통수를 쳤다고 여겨 분노를 금치 못하고 있었던 건데. 뭐 사실 진짜로 방덕현을 건드리지 못했던 것은 결정적인 명분을 찾지 못해서였다. 장로들 중 일부가 그를 지지하기도 했고 말이다.

나는 내색하지 않고 놀랍다는 듯이 말했다.

"아아, 부맹주께서 그런 계책이 있으신 줄은 몰랐습니다."

이런 나의 말에 부맹주 진균이 기세가 살았는지 낮은 어조로 내게 훈계하듯이 말했다.

"한데 자네가 이 모든 것을 엉망으로 만들었군. 자네로 인해 그 배후에 대해서 알 길이 없어졌네. 이 책임을 어찌 질 텐가?"

그를 지지하는 장로들이 고개를 끄덕이며 동의했다. 아주 기세등등했다.

이에 나는 이해할 수 없다는 듯이 말했다.

"왜 제가 책임을 집니까?"

그런 나의 말에 부맹주 진균이 기가 찬다는 듯이 언성을 높였다.

"지금 자네가 무슨 짓을 저질렀는지 모르겠나?"

"무림연맹이 더욱 혼란에 빠질 뻔한 것을 막지 않았습니까?"

"지금 본 부맹주와 농이라도 하자는 겐가!"

"농이 아닙니다만."

"뭐?"

"혈교가 취약해졌다며 토벌전을 강행한 것이 죽은 맹주님과 여기 세뇌당하신 총군사 방덕현 노사였던 것으로 아는데 그로 인해 얼마나 많은 사람들이 희생되었습니까?"

'…!?'

그 말에 부맹주 진균의 말문이 막혔다. 나의 말에 반박하기에는 실제로 이번 전쟁으로 수많은 정파인들이 목숨을 잃었다. 그때 제이 군사 사마중현이 나서서 내게 말했다.

"이보게! 부맹주께서는 이번 전쟁에 반대하셨었네. 여기 계신 장로분들도 아시지 않습니까? 부맹주께서는 더 많은 희생을 초래하는 것보다 종선 진인을 살해한 흉수인 절심을 먼저 잡아야 한다고 주장하셨었네. 그 덕분에 무림연맹의 전력을 이만큼 보존할 수 있었던 걸세."

이런 그의 말에 진균을 지지하는 장로들이 이구동성으로 내게 다그쳤다.

"아무것도 모르면서 지나치군."

"자네가 그때 부맹주의 심경을 알고 있나!"

어지간히 이번 사태를 묻고 싶은가 보다. 그렇지 않으면 부맹주나 자신들의 입지가 흔들릴 테니 말이다. 이에 나는 코웃음을 치며 말했다.

"안타깝군요. 그럼 그때 총군사의 이상 징후를 밝히고 반대하셨다면 더 많은 정파인들을 살릴 수 있었을 텐데 말이죠."

"그건…."

정곡을 찌르는 나의 말에 제이군사 사마중현의 말문이 막혔다. 여기서 반박하면 자신들과 뜻을 같이하지 않는 파벌을 해결하기 위함임을 드러내게 될 테니 어찌 쉽게 말할 수 있겠는가.

나는 고개를 절레절레 흔들며 말했다.

"아니면 방덕현 노사가 중독된 것을 눈치채셨을 때 이를 방비할 수 있었을 겁니다. 한데 그러진 못한 것을 보면 딱히 그건 몰랐던 것 같습니다만."

이런 나의 말에 진균의 얼굴이 붉게 달아올랐다. 이마에 핏줄까지 올라선 것을 보면 분노가 극에 달한 것처럼 보였다. 이에 아미파의 정향 사태가 내게 다그쳤다.

"아미타불. 소검선 시주, 참으로 무례하오. 여기 계신 부맹주를 비롯해 모든 장로분들은 정파의 정의를 위해 수십 년간 자신을 희생하신 분들이오. 한데 그런 분들 앞에서 이런 식으로 모욕을 주고도 정녕 그대가 본 맹의 맹주 자격이 있다고 할 수 있겠소."

"크흠! 정향 사태의 말이 맞소이다. 이렇게 선배들에 대한 예의도 지키지 않고 앞뒤 모르고 날뛰는데 이런 자를 맹주 후보로 인정했다간…."

황보 세가의 가주 황보종이 그녀를 거들었다. 아주 죽이 잘 맞았다. 황보종은 총군사 방덕현을 지지해서 전 맹주 무한제일검 백향묵의 복귀를 바라는 파벌이었다. 그런 그가 반대쪽 파벌을 도와 거드는 것은 나를 위협으로 여겼기 때문이겠지. 여기서 내가 계속 주장하고 나서면 자신들도 입지가 위험해지니 말이다. 이에 나는 빙그레 웃으며 말했다.

"총군사 어른."

이런 나의 부름에 사련검이 빙의한 총군사 방덕현이 답했다.

"왜 그런가?"

"오늘 이 회의가 장로분들의 추천이 없으면 맹주 후보로 등록할 수 없는 안을 합의하기 위한 자리라고 하셨습니까?"

이 물음에 일부 장로들의 표정이 굳었다. 그들은 총군사 방덕현의 제안을 받아들인 장로들이었다. 황보 세가의 가주 황보종도 마찬가지였다. 부맹주를 지지하는 파벌 측도 할 말은 없을 것이다. 이 제안을 못 이기는 척 받아들일 생각이었을 테니 말이다. 사련검의 조종을 당하는 총군사 방덕현이 나의 물음에 답변하기 위해 입을 열었다.

"부끄럽지만 사실…."

그때 하북 팽가의 가주인 팽사용이 끼어들었다.

"그만하게. 자네야말로 본 맹을 혼란에 빠뜨리려고 작정했군. 설령 자네의 주장이 전부 맞다고 쳐도 혈교라는 거대한 적을 앞에 두고 본 맹을 사분오열시키면 어쩌자는 겐가!"

이런 그의 말에 나는 피식 웃으며 말했다.

"팽 장로님도 제가 후보로 등록할 수 없게 만드는 데 동의하셨다고 들었습니다만."

이 말에 팽사용이 뜨끔했는지 차마 입을 열지 못했다. 여기서 당당하게 말할 수 있는 자들은 거의 없었다. 나는 장로들에게 포권을 취하며 말했다.

"무림연맹의 총군사가 환마독에 중독되어 조종당한 이런 중차대한 문제를 앞에 두고도 현실을 직시하지 않고 각자가 지지하는 맹주 후보분들을 위해 한뜻을 모으시는 여러 장로님들께 감탄을 금치 못합니다."

뼈를 때리는 나의 말에 장로들 표정이 제각각 변했다. 그래도 화산파의 호양 진인이나 남궁 세가의 남궁무진, 진주 언가의 가주 언광운, 항산파의 양명 사태, 사천당문의 당우중 등 일부 장로들은 부끄러운지 탄식하는 것을 보니 모두가 그 나물에 그 밥은 아닌 모양이었다.

참된 정파인이 없진 않나 보네.

"사설이 길었습니다. 부디 새로이 뽑히시는 맹주께서는 혈마와 대적할 수 있기를 바라며 이 소 모는 그만 물러가도록 하겠습니다."

일침을 날린 나는 그대로 몸을 돌렸다. 그때 누군가 나를 불러 세웠다.

"멈춰라."

그는 바로 부맹주 열왕패도 진균이었다. 무섭게 굳은 표정의 진균이 자리에서 일어나며 입을 열었다.

"지금 그 말이 무슨 의미지?"

이에 나는 몸을 돌리지 않고 천천히 답했다.

"들으신 그대로입니다만."

"들으신 그대로? 하!"

그 순간 뒤에서 커다란 굉음 소리가 났다. 쾅! 뒤로 고개를 돌리니 회의장의 탁자가 박살이 나서 내려앉아 있었다. 부맹주 진균에게서 뿜어져 나오는 엄청난 기세에 모두가 차마 입을 열지 못했다. 초인의 영역에 이른 자가 스스로의 기운을 통제하지 않고 발산하니 좌중의 공기가 무겁게 느껴질 것이다. 진균이 부서져 내려앉은 탁자를 밟고 직선으로 걸어오며 말했다.

"못 본 사이에 많이 시건방져졌군. 노부가 자네를 잘못 봤음이야."

그런 그의 말에 나는 포권을 취하며 정중히 말했다.

"혹여 후배의 말에 심기가 불편하셨다면 사죄드리겠습니다. 하나 저 역시 오랜만에 뵙게 된 선배께 실망스럽기 그지없습니다만."

그 말을 들은 진균에게서 강렬한 투기가 발산되었다. 직접적으로 발산한 투기로 인해 회의장 전체에 풍압이 일어날 정도였다. 진균이 모두가 들으라는 듯이 말했다.

"길게 갈 필요도 없겠군. 이 자리에서 누가 맹주 후보가 될지 결정짓도록 하지."

"부맹주!"

"갈!"

촤르르르르!

"큭!"

제이군사 사마중현이 그를 만류하려다 강한 기세에 밀려나고 말았다. 이 정도면 누구도 진균을 말릴 수 없다고 여겼는지 각자가 의자에서 일어나 뒤로 물러났다. 진균이 내게 걸어오며 살기 어린 목소리로 말했다.

"약식으로 겨뤄 무승부를 이뤘다고 보이는 게 없나 보군. 그 오만 불손함이 화를 가져왔음을 후회하지 말거라."

그런 그에게 나는 포권을 풀지 않고서 답했다.

"선배, 이 정도에서 끝내셨으면 좋겠습니다."

"후회해도 이미 늦었다. 그때와는 다를 것이다!"

팟! 일갈과 함께 부맹주 진균이 내게 신형을 날렸다. 엄청난 속도로 쇄도해오는 그의 우수는 단숨에 나를 반 토막으로 갈라버릴 기세였다.

"후우."

나는 한숨을 내쉬었다. 그리고 포권을 풀고서 한 손을 뒷짐 졌다.

"건방진!"

그런 나의 모습에 쇄도해오던 진균이 더욱 분노했는지, 우수에 살기마저 실렸다. 그렇게 순식간에 좁혀온 진균의 우수를 나는 그대로 잡아냈다. 콰아아아앙! 손을 잡아낸 좌측 부근의 벽이 진균의 우수에 실려 있는 공력의 여파에 통째로 날아갔다. 하나 그의 손은 여전히 내게 잡혀 있었다. 이에 진균이 다소 진지해진 눈빛으로 내게 말했다.

"제법이구… 엇!?"

두드드둑! 그의 말이 끝나기도 전에 내게 잡혀 있던 그의 손목이 비틀렸다. 자존심이 어찌나 강한지 신음조차 내지 않았는데, 그의 두 눈동자는 터질 듯이 커져 있었다.

"네놈… 공력이 어찌…"

놀라워하는 그에게 나는 속삭이는 목소리로 말했다.

"저는 분명히 그만하자고 했습니다."

"뭐?"

나는 뒷짐을 지던 왼손을 풀고서 위로 들어 올렸다. 그리고 칠성 공력을 끌어올린 상태 그대로 손바닥으로 진균의 머리를 내리쳤다. 진균이 다급히 왼팔을 들어 올렸으나…. 파아아아앙!

"억!"

단말마의 비명과 함께 진균의 신형이 그대로 바닥을 파고들었다. 콰콰콰콰콰콰쾅! 밑에서 계속해서 부서지는 소리가 났다. 아마도 본단 건물의 일층까지 떨어지지 않았을까 싶다. 고개를 돌려 장로들이 있는 곳을 바라보니 다들 얼마나 경악했는지, 하나같이 어안이 벙벙해진 얼굴로 내게서 시선을 떼지 못했다.

그것은 충격 그 자체였다. 누구도 이 같은 상황을 전혀 예상하지 못했다.

"…이럴 수가."

"소검선의 무위가 이 정도였다니…."

그동안 소검선 소운휘의 명성을 들어왔으나 반신반의하는 부분이 없지 않았다. 고작 약관을 벗어난 지 얼마 되지도 않은 젊은 검객이 이룬 것치고는 짧은 기간 내에 엄청난 성장을 보였기 때문이다. 그래서 내심 의구심을 가졌기에 부맹주인 열왕패도 진균을 만류하지 않은 것이기도 했다. 열왕패도 진균은 무상도에게 밀린다는 평이 있었지만 오랫동안 팔대 고수의 자리를 지켜왔던 초인이었다. 연륜과 경험으로 본다면 소운휘를 압도하고도 남았다. 하지만 막상 뚜껑을 열어보니 결과는 경악스럽기 그지없었다.

'고작 한 수라니….'

제이군사 사마중현은 눈으로 보고도 믿을 수가 없었다. 일곱 달 전 객잔에서의 승부를 직접 지켜봤었다. 훈훈하게 무승부로 마무리되었지만 결과적으로 소운휘는 공력으로는 열왕패도 진균에게 밀렸었다.

'그때 공력을 숨겼었단 말인가?'

설령 영약이나 기연이 있었다고 해도 이렇게 역량이 급격하게 늘 순 없었다. 이런 사마중현과 마찬가지로 소운휘의 엄청난 무위에 혀를 내두르지 못하는 자가 있었으니, 형산일검 조청운이었다.

'…말도 안 되는 성장이다.'

그 역시도 소운휘와 겨뤘던 적이 있었다. 익양 소가에서 말이다. 한데 그때의 소운휘는 확실히 후기지수들 중에서도 손에 꼽을 만큼의 역량을 갖추고 있었으나 이 정도는 아니었다. 지금의 그는 자신과 하늘과 땅의 차이라 할 만큼 격차가 벌어졌다.

'호종대 대협, 대체 뭘 키운 겁니까?'

이건 청출어람의 수준이 아니었다. 괴물 그 자체였다. 조청운도 그랬지만 내심 그의 발전한 무위를 궁금해했던 북영도성 곽형직 또한 놀랍기는 마찬가지였다.

'…하.'

그저 기가 찰 정도였다. 혈마검에 사로잡혀서 폭주했던 시절에 마지막으로 보았었다. 요검의 힘을 빌리지 않았을 때의 역량이 어느 정도일까 궁금했는데, 이건 상상 이상이었다.

'…선택이 옳았군.'

내심 소운휘에게 제안을 받았을 때 많은 고심을 했었다. 그를 따르기로 한 것이 옳은지 말이다. 한데 이런 괴물 같은 역량을 확인하고 나니 자신의 선택이 틀리지 않았다는 확신이 들었다. 곽형직은 다른 장로들을 쳐다보았다. 그들은 제각기 표정은 달랐지만 다들 놀라서 소운휘에게서 시선을 떼지 못했다. 이제 누구도 소운휘의 무위를 의심하지 못할 것이다. 그의 정체를 아는 자신으로서는 우습기는 했으나 혈마를 상대할 자로 소운휘만큼 부합하는 자가 없을 거라 다들 여길 것이다.

'무림연맹 역사상 최연소 맹주가 탄생할 수도 있겠군.'

전 맹주 무한제일검 백향묵만 겪는다면 말이다. 그런데 진균을 건물 아래층까지 처박은 소운휘가 바닥의 구멍을 계속 쳐다보고 있었다. 설마 방금 전의 그 엄청난 일격을 당하고도 멀쩡하단 말인가? 바로 그때였다. 쿠르르르르르!

"아닛?"

"건물이 흔들리네."

지진이라도 일어난 것처럼 본단의 건물이 흔들렸다. 그 흔들림이 점차 강해지더니 이내 밑에서 꿍음 소리가 들려왔다. 그 순간 바닥이 갈라지며 붉은 화염이 이글거리는 날카로운 예기가 솟구쳤다.

* * *

화르르륵!

나는 솟구치는 불꽃의 예기를 보법을 펼치며 피해냈다.

열왕패도 진균이 제법 튼튼해 보이기는 했는데, 칠성 공력으로 내려친 것을 버텨낼 줄은 몰랐다. 불꽃을 두른 예기가 본단 건물의 천장을 부수고 바깥으로 뻗어 나갔다. 근방에 있던 자들은 그것을 보았을지도 모른다. 그때 밑에서 뜨거운 열기가 느껴졌다. 팟! 뚫려 있던 구멍에서 이글거리는 불꽃의 패열도를 들고 있는 열왕패도 진균이 튀어 올라왔다. 그의 비파 형태의 패열도가 불꽃으로 붉게 달아올라 있었다.

"열염신공!"

"열왕패도의 독문 신공이다!"

이를 알아본 몇몇 장로들이 소리쳤다. 이렇게 빨리 비장의 한 수를 끌어내다니 어지간히 열이 받았나 보다. 잔뜩 일그러진 진균의 얼굴을 보면 그것이 확연히 느껴졌다.

―좌수도 익혔나 보네.

그런 것 같다. 우수가 아니라 좌수로 도를 든 것을 보면 말이다.

사실 방금 전의 한 수로 자신과 나의 공력 차가 어느 정도인지는 확연히 깨달았을 것이다. 그런데도 이렇게 부리나케 올라온 것은 저 자존심 때문이겠지.

'누굴 닮았나 했더니 제 조부를 닮은 거였군.'

진용 녀석이 누구를 닮았나 했더니 조부를 닮은 거였다. 상대의 강함과 관계 없이 강렬한 전의를 불태우는 것이 그의 젊은 시절을 짐작하게 만들었다. 이런 식으로 스스로를 채찍질하여 강해졌겠지. 나는 그에게 포권을 취하며 말했다.

"선배님 계속하실 겁니까?"

나의 물음에 진균이 노기 서린 목소리로 소리쳤다.

"아직 대결은 끝나지 않았다."

"하면 차라리 바깥에서 하시지요. 여기서 그리 타오르는 도를 들고 있으면 본단 건물이 전부 불탈지도 모르겠습니다."

이미 열기에 의해 나무로 만들어진 목판 바닥에 불이 붙기는 했다. 여기서 한바탕했다가 금방 본단 전체가 불타게 될 것이다.

뿌득!

"네놈부터 걱정하거라!"

나의 말에 이를 간 진균이 신형을 날렸다. 독문 병기인 패열도를 들고 비장의 수인 열염신공까지 펼친 그의 공력은 거의 두 배 가까이 치솟아 있었다. 이 정도라면 거의 초인의 벽을 뚫기 직전이라고 해도 과언이 아닌 수준이었다.

화르르르릌! 진균이 도초를 펼치자 패열도를 두른 불꽃이 흡사 커다란 맹호처럼 입을 쩌억 벌리며 나를 집어삼키려 들었다. 건물이 불타는 것 따윈 안중에 없는 것 같았다. 하긴 여력을 아끼기보다는 전력을 다해야 승산이 있을 테니 이해는 갔다. 일단 이 불꽃의 열기를 위로 올려야겠다.

스릉! 나는 허리춤에 있던 남천철검을 뽑았다. 그리고 나를 덮치는 거대한 불꽃을 향해 진각을 밟으며 검을 뻗었다.

'육초식 진축아회검.'

각도를 최대한 조절했다. 검을 뻗으면서 위로 궤적을 틀자 회전하면서 생겨난 풍압이 이내 용권풍을 일으켰다.

"아닛!"

콰콰콰콰콰쾅! 축아회검의 용권풍이 삽시간에 진균이 일으킨 강맹한 불꽃을 집어삼키더니 이내 본단 건물의 천장을 절반이나 날려 버리고 말았다.

"이럴 수가….."

"이게 검초라고?"

그 광경에 이를 지켜보는 일부 장로들의 표정이 아주 가관이었다. 진균이 열염신공으로 일으킨 초식도 엄청났는데, 그것을 너무 쉽게 처리한 것으로도 모자라 검초로 이런 위력을 보여줬으니 그럴 만도 했다.

─건물 불타는 건 안 되고 이건 되냐?

그렇네. 남 말 할 처지가 아닌 것 같았다. 한데 대충하기에는 그 절초의 위력이 꽤 위험했다. 이윽고 날아갔던 본단 천장의 파편들과 함께 용권풍에 휘말렸던 진균의 신형이 밑으로 떨어졌다. 쿵! 겨우 자세를 잡아서 착지했으나 그의 몰골이 말이 아니었다. 축아회검의 예기에 몸의 여기저기가 검흔으로 피를 흘리고 있었다.

'계속하려나.'

나는 그에게 천천히 다가갔다.

진균이 비틀거리며 몸을 일으켜 세웠다. 그리고 내게 말했다.

"…노부가 여태껏 수많은 고수들과 겨뤄왔으나 소검선 자네처럼 이렇게 빠르게 성장하는 경우는 처음이군."

그의 목소리에는 더 이상 노기가 없었다. 이번 한 초식으로 확실하게 자신에게 승산이 없음을 깨달았나 보았다. 그래서인지 목소리가 허탈하게 들렸다. 더 이상 싸울 의지가 없어 보이기에 나는 착검 후에 그에게 포권을 취하며 말했다.

"과찬이십니다. 아직 부족한 게 많습니다."

이런 나를 빤히 쳐다보며 입술을 파르르 떨던 그가 힘겹게 입을 뗐다.

"…인품도 무공도 모든 면에서 밀렸군."

"선배?"

"노부가 졌네."

열왕패도 진균이 결국 깨끗하게 패배를 인정했다.

"아아아."

"부맹주…."

그의 말에 부맹주 파벌의 장로들 입에서 탄식이 흘러나왔다. 패배 선언이 의미하는 바는 그 스스로 맹주 후보를 포기하겠다는 것과 다를 게 없었기 때문이다. 하지만 누구 하나 이견을 제기하지 못했다. 눈앞에서 나의 압도적인 무위를 확인했는데 누가 그러겠는가.

"장강의 뒷물결이 앞 물결을 밀어낸다고 하더니 새삼 이해가 가는군. 노부가 헛된 욕망에 사로잡혔음이야."

진균의 목소리가 한결 편하게 들렸다. 패배를 인정하기 전까지만 하더라도 자존심 때문에 망설였던 그였다. 하나 막상 손에 쥔 것을 놓자 얼굴이 한결 나아졌다. 이런 나의 머릿속에 남천철검의 목소리가 들려왔다.

—전 주인께서 말씀하셨던 게 생각난다. 백정도 손에서 칼을 놓으면 당장이라도 부처가 된다고 하셨다.

녀석의 말에도 일리가 있었다. 사로잡혀 있던 권력욕과 승부욕을 손에서 놓은 열왕패도 진균의 얼굴은 처음 마주했을 때와 닮아 있었다.

나는 빙그레 웃으며 말했다.

"그런 말씀 마시지요. 아직 선배께서는 충분히 현역이십니다."

그런 나의 말에 진균이 코웃음을 치며 말했다.

"누가 은퇴하겠다고 하던가."

"아?"

"노부는 절대로 지고는 못 사는 성미지. 새로운 목표가 생겼으니, 더욱 도를 갈고닦을 걸세. 각오하게."

"…후배, 늘 긴장해야겠군요."

승부욕을 손에서 놓은 건 아닌 모양이었다. 권력욕으로 사리 분별을 하지 못하는 것보다는 차라리 나았다.

열왕패도 진균이 고개를 돌려 장로들을 향해 외쳤다.

"본 부맹주는 지금부로 맹주 후보직에서 물러나겠네. 그리고 소 검선을 새로운 맹주 후보로 지지하겠네. 이견이 있는 자는 말하게."

그런 진균의 말에 부맹주 파벌의 장로들은 아무 대답을 하지 않 았다. 부맹주가 포기했다고 해도 그렇게 나를 깎아내렸으니 차마 인 정하지 못하겠나 보다. 차라리 이렇게 된다면 전 맹주가 낫다고 여 길지도 모르겠다. 그러나 모두가 그런 것은 아닌 모양이었다. 누군가 가 내게 포권을 취하며 말했다.

"항산파는 소검선을 맹주 후보로 지지하겠어요."

항산파의 양명 사태였다. 그런 그녀의 말에 아미파의 정향 사태 가 불편한 심기를 드러냈다.

"양명 사태!"

"무슨 문제라도 있습니까, 정향 사태?"

"아무리 무위가 뛰어나도 연륜이 부족한 젊은 맹주가 혈기를 못 이긴다면 그 뒷감당은 누가 지려고 하시는…."

그때 그녀의 말을 누군가 잘랐다.

"연륜이나 부족한 게 있다면 우리 장로들이 도와가며 채우면 될 일이오. 그러기 위해 존재하는 장로단과 군사부가 아니오."

"남궁 장로!"

그는 남궁 세가의 남궁무진이었다. 그녀를 무시하고서 남궁무진 이 내게 포권을 취하며 말했다.

"우리 남궁 세가는 소검선 자네를 맹주 후보로 지지하겠네."

그 말이 끝나기가 무섭게 장로들이 차례로 내게 포권을 취하며 말했다.

"진주 언가 역시도 자네를 맹주 후보로 지지하겠네."

"사천당문도 소검선을 맹주 후보로 지지합니다."

그들이 한 명 한 명 나설 때마다 나를 반대하던 장로들의 표정이 굳어져 갔다. 그럼에도 장로들의 지지는 멈추지 않았다.

"형산파도 소검선을 맹주 후보로 지지하겠습니다."

"저희 장문인께서도 이 자리에 계셨다면 소검선 대협을 지지했을 겁니다. 그러니 저희 전진교 역시도 소검선 대협을 맹주 후보로 지지합니다."

"화산파는 전 맹주가 다시 돌아오길 바라지만 소검선이 맹주 후보로서 부족함이 없음은 인정하는 바이오."

마지막을 장식한 것은 북영도성과 개방의 방주를 맡은 조성원이었다. 이들은 애초에 내 사람이었기에 굳이 나서가며 티를 내지 않았지만 이 분위기를 살려서 내게 포권을 취하며 지지한다는 선언을 했다. 이로써 과반수가 넘는 장로들이 나를 맹주 후보로 인정했다.

"큭."

"어찌…."

남은 장로들이 반대 안건을 올린다고 해도 더 이상 나를 막을 명분이 없었다. 부맹주 진균이 자신의 책사라 할 수 있는 제이군사 사마중현을 쳐다보았다. 그 역시도 한숨을 내쉬었지만 이 결과를 인정하는지 고개를 끄덕였다.

"…총군사께서도 동의하시지요?"

"이를 말이겠나."

총군사 방덕현이 반대할 리가 있나. 내 손아귀에서 움직이는데. 이에 부맹주 진균이 정식으로 공표했다.

"그럼 결정됐군. 이로써 소검선 소운휘는 무한제일검 백향묵과 마찬가지로 이번에 있을 맹주 선출전의 후보로 결정되었네."

"결정을 따릅니다!"

나를 지지하기로 밝혔던 장로들이 이구동성으로 답했다. 나머지야 답을 하든 말든 상관없었다. 이렇게 일이 잘 풀리나 싶었는데, 누군가의 전음이 갑자기 귓가를 울렸다.

[이보게, 소검선.]

그는 다름 아닌 남궁 세가의 남궁무진이었다. 의아해하며 쳐다보자 그가 헛기침을 해가며 뜸을 들이다 넌지시 내게 물었다.

[흠흠. 별다른 의도가 있는 건 아니네만, 혹시 가문에서 정한 혼처가 있는가?]

'…!?'

만나버렸다

[흠흠. 별다른 의도가 있는 건 아니네만. 혹시 가문에서 정한 혼처가 있는가?]

음… 의도가 없다라…. 아무리 들어도 의도가 분명해 보였다. 남궁 세가의 가주인 남궁무진에게는 정파 무림의 삼봉 중 백도화(白桃華)라 불리는 여식이 있다. 그녀가 바로 봉황당의 당주인 남궁가희였다. 물론 그녀 외에도 차녀인 남궁희연도 있는 것으로 알지만 지금 나이가 아직 열여섯에 불과한 것으로 안다. 아무튼 그게 중요한 게 아니다. 여기서 확실하게 이야기해두지 않는다면 왠지 귀찮은 일이 생길 것 같다. 나는 남궁무진에게 전음을 보냈다.

[평생을 함께하기로 약조한 여인이 있습니다.]

[아… 그런가.]

이런 나의 말에 남궁무진이 아쉬움이 담긴 눈빛이 되었다. 역시 그의 반응을 보니 내게 자신의 여식을 소개해주려 했나 보다.

─이야, 자리가 좋긴 좋네. 무림연맹주가 될지도 모른다니까 얼른

선수 치는 거 아냐.

그래, 그런 걸지도. 정파의 경우 이런 정략혼인이 더욱 성행하니 말이다. 어쨌거나 이렇게 벽을 쳐두지 않는다면 더 관심을 보일 테니 끊어놓는 편이 낫겠다. 그때 부맹주 진균이 헛기침을 하며 말했다.

"크흠. 아무래도 장소를 옮겨야겠군."

그의 말대로 본단의 건물 회의실은 천장이 날아가고 바닥과 벽이 부서져서 회의를 진행하기 어려운 상황이었다. 그렇게 장로 회의를 재개하기 위해 모두가 군사부로 이동했다. 나 역시 환마독에 관한 것과 여러 문제를 의논하기 위해 이번 회의에는 아무런 직책이 없으나 특별히 참석을 허가받아 같이 이동했다. 군사부 건물로 이동하는 도중 장로들 중 누군가가 말했다.

"누가 될지는 모르겠으나, 만약 이번에 소검선이 맹주가 된다면 본 맹의 창립 이래 최연소 맹주가 탄생하는 것이 아니오?"

그는 진주 언가의 가주인 언광운이었다. 그런 그의 말에 나를 못마땅해하는 일부 장로들은 여전히 언짢은 감정을 숨기지 못했지만 다른 장로들은 일이 이렇게 된 것을 상당히 흥미로워하고 있었다. 화산파의 장문인인 매화백검 호양 진인도 수염을 쓰다듬으며 말했다.

"그렇구려. 참으로 오래 살고 볼 일이오."

"맹주가 되든 안 되든 소검선을 아들로 둔 익양 소가의 가주께서는 뿌듯하시겠구려."

그런 그의 말에 나는 속으로 코웃음을 쳤다. 그자가 뿌듯해할 이유가 있겠는가. 진짜 아버지인 무정풍신 진성백이라면 모를까. 그래도 여기서 티를 낼 수는 없으니 적당히 겸양을 떨어야겠다. 포권을 취하며 그들에게 말했다.

"과찬의 말씀이십니다. 저는 아직 부족한 게 많습니다. 여러 선배님께서 지도해주시기 바랍니다."

"허허허."

그런 나의 모습에 나를 지지하기로 한 장로들이 흐뭇한 표정을 지었다. 역시 정파에서는 겸양이 가장 잘 먹혔다. 진주 언가의 가주인 언광운이 내게 웃으며 말했다.

"과찬이랄 게 있나. 다들 부러워서 하는 말들일세. 본인도 자네와 같은 아들이 있으면 좋겠구려."

그러고 보니 진주 언가의 가주인 언광운에게는 남아가 없었다. 그래서 더 아쉬워하는 듯했다. 그때 형산파의 형산일검 조청운이 호탕하게 웃으며 말했다.

"그리 부러우시면 언 장로께서 익양 소가에 매파라도 보내면 될 일이 아닙니까? 그리되면 천하제일의 사위를 얻으실 수 있지 않겠습니까?"

조청운은 분위기에 맞춰서 가볍게 던지는 말이었다. 그러나 그런 그의 말에 일부 장로들이 나를 바라보는 눈빛이 묘해졌다. 마치 먹잇감을 바라보는 듯한 눈빛이었다.

"오오. 그런 방법이 있었구려. 이참에 익양 소가에 매파라도 한번 보내봐야겠소이다."

심지어 언광운은 이를 진지하게 받았다. 남궁 세가의 가주 남궁무진이 운을 뗐을 때 이를 잘랐는데, 대놓고 매파를 거론하다니. 갑자기 머리가 아파온다.

그때 사천 당가의 부가주인 당우중이 슬쩍 끼어들었다.

"그렇지 않아도 우리 혜화도 혼기가 차서 고민했었는데, 이참에 언 장로처럼 익양 소가에 매파를 보내봐야겠습니다. 하하하."

그런 그의 말에 언광운이 말했다.

"당 장로께서는 모용 세가에 매파를 보낸다고 하지 않았소이까?"

"허어, 고민 중이라고 했지 언제 확답을 내렸다고 했습니까?"

"아아, 그렇소이까? 본인이 착각했나 보구려."

웃는 얼굴로 대화를 나누는데, 마주하는 눈은 웃고 있지 않았다. 마치 무언으로 서로가 손을 떼라고 표현하고 있는 듯했다. 노골적으로 나를 사위로 탐내는 그들 모습에 일부 도가 계열의 장로들은 구경거리라도 되는 듯이 흥미를 가질 정도였다.

─이야, 이거 완전히 경쟁이 붙었네. 너 어떡하냐?

그런 소담검의 말에 나는 속으로 한숨을 내쉬었다. 떡 줄 사람은 생각도 않고 있는데 본인들끼리 난리인 격이었다. 이러다 정말 맹주가 되기라도 한다면 더 노골적으로 굴까 봐 난처할 지경이었다. 여기서 딱 잘라야겠다.

"선⋯."

그때 남궁 세가의 남궁무진이 나보다 먼저 입을 열었다.

"내 듣기로는 소검선에게는 장래를 약조한 여인이 있다고 하오. 장로들께서는 괜히 헛물켜지 마시는 게 좋을 듯하오."

그런 남궁무진의 말에 소담검이 키득거리며 속삭였다.

─내가 못 먹는 떡은 너희들도 못 먹는다, 이런 것 같은데.

뭐 그런 의도이든 아니든 상관없었다. 덕분에 자연스럽게 장로들 관심이 사라질 수 있었으니 말이다. 진주 언가의 가주인 언광운은 못내 아쉽다는 듯이 입맛을 다시는데, 사천 당가의 부가주인 당우중은 아니었다.

"영웅은 자고로 삼처사첩이란 말도 있는데, 그게 무엇이 문제입니까? 아내를 여럿 두는 일이야 대수로운 것도 아니고 말입니다."

'…!?'

내게 정혼자가 있든 말든 전혀 개의치 않는다는 태도였다. 그런 그의 말에 남궁무진이나 언광운이 각자의 턱수염을 쓰다듬으며 고개를 끄덕거리는데, 마치 일리가 있다는 듯이 납득하는 것처럼 보였다. 머리가 다시 지끈거리려고 한다.

—골머리 썩지 말고 차라리 네 장인어른이 월악검이라고 밝혀. 싹 정리될걸.

…그것참 좋은 방법이네.

그리고 소검선 소운휘로서의 신분을 잃게 되겠지. 명성이 높아질수록 이런 부작용이 생길 줄 누가 알았겠는가. 뭔가 다른 방법을 강구해봐야겠다.

* * *

성내 곳곳에 횃불이 밝혀지고 있는 유정시 무렵. 무림연맹의 북쪽 한 강당으로 이백여 명가량 되는 젊은 무인들이 모이고 있었다. 이들은 연맹 내 각 당파의 당주들과 부당주들이었다. 각 당을 관리하는 제이장로 매화백검 호양 진인의 긴급 소집 명령을 받고서 이곳에 모인 그들은 모두가 의아해하고 있었다. 봉황당의 당주인 남궁가희와 부당주 소영영 역시 마찬가지였다.

"언니, 내일이면 대당주 선출식이 있을 텐데, 왜 전날 저녁에 갑자기 당주들을 소집한 걸까요?"

"글쎄. 나도 잘 모르겠어, 영 매. 다만 한 가지 걱정되는걸."

"오라버니 문제일 수도 있겠죠?"

그녀들이 이렇게 우려하는 이유는 간단했다. 그렇지 않아도 여러 당에서 총군사를 비롯해 당의 관리를 맡고 있는 매화백검 호양 진인에게 소검선 소운휘가 대당주 선출 후보로 나서는 것을 반대하러 갔다는 이야기를 접했다.

"망할 것들."

소영영이 짜증을 숨기지 못했다. 내심 오라버니가 대당주직에 나서지 않기를 바라기는 했다. 왜냐하면 그의 정체가 혈교의 우두머리인 혈마라는 사실을 알고 있었기 때문이다. 그런데 막상 다른 당주들이 반대하고 나섰다는 이야기를 들으니 뭔가 열이 받았다.

"오라버니가 어쨌다고 반대를 하는 거야. 흥!"

"이유야 간단하지."

남궁가희의 시선은 몇몇 당주들에게로 향했다. 녹현당의 당주이자 하북 팽가의 팽우진, 전 맹주 무한제일검 백향묵의 제자인 청룡당의 당주 이정겸, 황룡당의 당주 모용 세가의 소가주 모용수, 부맹주인 열왕패도 진균의 손자인 맹호당의 진용 등이었다. 이들 중에 원래 가장 유력한 자는 이정겸이었지만 알 수 없었다. 이정겸은 전 맹주의 제자였다는 이유로 한동안 맹 밖으로 방출되었었기 때문이다. 누가 대당주가 될지 모를 상황이었다.

한데 이런 와중에 소검선 소운휘의 등장은 이들 모두를 긴장하게 만들었다. 모든 후보는 후기지수로서 명성을 날린 반면, 소검선 소운휘는 이미 후기지수의 영역을 넘어서 무림 최고수들과 어깨를 나란히 하고 있었다. 그렇지 않아도 수많은 젊은 무림인들과 각 당의 당원들이 그를 흠모하고 존경했는데, 만약 대당주 후보로 나선다면 어떻겠는가.

"그래도 다른 사람의 시기로 떨어지는 건 정말 아닌 것 같아요."

"나도 그렇긴 하지만 위에서 결정을 내리면 어쩔 수 없지."

"뭔가 오라버니를 대놓고 견제하는 것 같아요. 오라버니가 본단에 다녀오느라 자리를 비웠을 때 이렇게 긴급 소집을 하는 것도 그렇고."

"내 생각도 좀 그래. 하지만 있어봐. 혹 다른 문제 때문에 소집한 걸지도 모르잖아."

그런 남궁가희의 말에 누군가 끼어들었다.

"과연 그럴까요?"

그녀는 바로 매향당의 당주인 모용혜였다. 낮에 겪었던 수모 덕분에 얼굴을 들지 못할 줄 알았는데, 여전히 낯짝 두껍게 끼어들기에 남궁가희와 소영영은 속으로 혀를 찼다.

'위지 언니한테 더 혼났어야 했는데.'

모용혜는 아무렇지 않게 그녀들에게 말했다.

"상식적으로 부맹주 후보였던 자가 그보다 아래 직위라 할 수 있는 대당주직에 나서는 게 우스운 일이 아닌가요? 위에서 판단해도 사리에 맞지 않는 일이죠."

그런 그녀의 말에 소영영이 빈정거리듯이 말했다.

"그만큼 오라버니가 나서면 대당주직을 빼앗길까 봐 다들 두렵다는 거겠지."

"호호호. 두려울 게 뭐 있나요? 애초에 후보로 나설 수 있어야 겨룰 수 있는 게 아닌가요?"

모용혜는 이미 소운휘가 후보에서 배제되었다고 확신하는 모양이었다.

[영 매, 넘어가지 마.]

이에 소영영은 속이 부글부글 끓어올랐지만, 남궁가희가 만류하는 전음에 더는 대응하지 않았다. 주위에 다른 당주들 이목도 있고 그녀와 더 말을 섞어봐야 괜히 짜증만 날 뿐이었다. 그러던 차에 강당의 단상으로 제이장로 매화백검 호양 진인이 올라왔다. 그의 등장에 모두가 예를 갖췄다.

호양 진인이 입을 열었다.

"이렇게 긴급 소집을 한 것은 최종적으로 대당주 후보로 선정된 당주들을 알려주고, 미리 알려주지 못했던 것에 대해 공표하기 위함이네."

'미리 알려주지 못했던 것?'

모두가 그 말에 의아함을 감추지 못했다. 대체 무엇을 공표하려고 저런 말을 하는 것일까?

호양 진인이 계속 말을 이어갔다.

"내일 있을 대회 준비도 해야 하고 길게 끌 것이 없으니, 대당주 후보로 최종 선정된 당주들을 부르겠네. 가장 먼저 청룡당의 이정겸 당주."

"와아아아아!"

그런 그의 말에 이정겸을 지지하는 이들이 환호성을 외쳤다. 이신성이라고 불렸던 만큼, 퇴출된 적이 있지만 여전히 그를 따르는 당주들이 많았다. 정작 이정겸은 크게 관심이 없다는 듯이 포권을 취하며 하품을 쩌억 하고 있었지만 말이다.

"두 번째 후보는 맹호당의 진용 당주."

"넵!"

진용이 당당히 앞으로 나와 포권을 취했다. 그런 진용이 나서자 마찬가지로 당주들이 환호성을 질렀다. 이정겸만큼은 아니지만 꽤 지지하는 자들이 있는 듯했다.

"다음은 황룡당의 모용수 당주."

호명에 모용수가 앞으로 나와 포권을 취했다. 그런 그의 모습에 당주들의 절반 가까이가 환호성을 질렀다.

'하!'

예상과 다르게 가장 큰 함성 소리에 진용이 감정을 숨기지 못했다. 당주들 중에서는 오직 이정겸만을 호적수로 여겼는데, 예상외의 복병이 등장한 것이었다. 모용수의 득의양양한 얼굴을 보니 전의가 확 불타올랐다.

"다음은 녹현당의 팽우진 당주."

"와아아아."

귀에 확 들어올 만큼 줄어든 함성 소리.

"……"

누가 들어도 서너 명 정도가 외치는 소리에 팽우진이 포권을 취하고서 황급히 얼굴을 가리며 오열의 사이로 다시 들어왔다. 당주와 부당주 들만 모였는데도 이 정도로 지지가 낮다면 내일 있을 대당주 선출이 두려워질 지경이었다. 그렇게 차례로 세 명의 후보가 더 호명되었다. 총 일곱 명의 당주가 호명되었는데 모두가 아직까지 불리지 않은 이름 때문에 긴장한 얼굴로 호양 진인을 바라보고 있었다.

'제발 부르지 마라.'

후보들 대다수가 바라고 있었다. 소검선 소운휘. 그 이름이 불리지 않기를 말이다. 여기서 그 이름이 불리기를 대놓고 바라는 자는 봉황당의 당주인 남궁가희와 부당주 소영영뿐이었다.

'제발! 제발!'

긴장감이 감도는 가운데 호양 진인이 다시 입을 열었다.

"이상 일곱 명의 당주들이 후보로 등록되었다. 내일 있을 대당주 선출에 좋은 결과가 있기를 바란다."

그의 말이 끝나기가 무섭게 후보들이 쾌재를 불렀다. 진용이나 모용수도 겉으로는 내색하지 않았지만 속으로 만족해하고 있었다. 소검선이 후보로 나선다면 모두가 불리해지니 말이다.

"아아…."

분위기 때문에 어느 정도 예상은 하고 있었지만 막상 오라버니인 소운휘가 후보로 호명되지 않자 소영영은 못내 아쉬움을 감추지 못했다. 맥이 빠져 있는 그녀에게 매향당의 당주 모용혜가 이죽거리며 말했다.

"거봐요. 내가 말했죠. 위에서도 사리에 맞지 않는다고 여긴다고 말이죠."

"칫."

열이 받았지만 결과가 이러니 뭐라 할 말이 없었다. 그저 속으로 이를 받아들일 뿐이었다.

'맞아. 혈마인 오라버니가 무림연맹의 대당주를 맡는 건 옳지 않아. 그럼 무림연맹의 모든 정보가 혈교에 흘러가게 되잖아.'

그렇게 스스로를 납득시키고 있을 때였다. 호양 진인이 계속 말을 이어갔다.

"맹의 기밀이라 공표하지 않았지만 여기 있는 당주들과 부당주들에게 알려줄 게 있네."

진용이 대표라도 된 듯이 물었다.

"그게 뭡니까?"

"내일 대당주 선출이 있기 전에 무림연맹의 맹주 결정전이 있을 예정이네."

웅성웅성!

"드디어 새로운 맹주를 정하는 건가?"

"그게 대당주 선출 날이었다니."

그 말에 모두가 놀라움을 감추지 못했다. 그러고 보니 슬슬 새로운 맹주 선출에 대해 거론될 거라 여겼는데, 그것이 이렇게 대당주 선출과 동시에 이뤄질 줄은 몰랐다. 이에 진용이 괜히 득의양양해져서 어깨를 으쓱했다. 자세한 이야기는 듣지 못했지만 그는 이번 맹주 선출에 있어서 가장 유력한 후보는 당연히 자신의 조부인 열왕패도 진균이라 확신했다.

모용수가 손을 들어 물었다.

"선출이 아니라 결정전이라고 하셨는데 그게 무슨 말씀입니까? 설마 맹주 후보분들이 겨루기라도 한다는 겁니까?"

"뭐? 겨룬다고?"

진용이 자신도 모르게 속내를 내뱉고 말았다. 당연히 부맹주인 조부 진균이 맹주직으로 올라간다고만 여겼다. 한데 모용수의 말대로 결정전이라고 한다면 겨루는 것을 의미했다.

"맞네. 모용수 당주 자네의 말대로 맹주직은 후보들의 대결로 결정짓게 될 걸세."

"하면 전 맹주이신 백 대협을 부른 것이 그런 연유 때문이었습니까?"

"그렇네."

그 말에 웅성거림이 커졌다. 그렇지 않아도 전 맹주인 무한제일검 백향묵이 무한시로 온 사실은 모두가 알고 있는 바였다. 하지만 연유가 밝혀지지 않아 궁금해하던 차에 그 비밀이 드러난 것이다.

"하! 어떻게 이런 일이!"

"완전 대박인데. 어떻게 이 사실을 숨긴 거지?"

"그럼 육대 고수들 중 두 분이 겨루는 걸 볼 수 있는 거네."

장내가 소란스러워졌다. 단순히 선출을 넘어서 진귀한 절세고수들의 대결을 보게 된 것이다. 그러다 보니 누가 이길지에 대한 관심사가 자연스럽게 흘러나왔다.

"전 맹주께서 복귀하시는 건가?"

"한데 혈마의 무공에 손을 댔었던 자를 이렇게 불러도 되나?"

"그래도 전 맹주 시절만큼 본 맹의 전성기도 없잖아."

"하긴 그도 그렇지. 전 맹주는 전대 혈마의 목을 베기도 했잖아."

일부 당주, 부당주 들의 반응을 들으며 진용이 내심 그들을 못마땅해했다.

'하. 이것들이.'

그들의 반응만 보면 마치 이 대결의 승자가 이미 정해진 것처럼 이야기하고 있었다. 자신 역시도 전 맹주가 초인의 영역을 벗어난 절대고수임은 알았지만, 그 정도 고수들의 대결은 겨뤄보지 않고는 모를 일이 아닌가.

그때 가만히 있던 이정겸이 손을 들어 입을 열었다.

"후보는 두 분뿐입니까?"

그런 그의 말에 모두의 시선이 그에게로 향했다.

진용이 콧방귀를 뀌며 말했다.

"하면 후보가 될 만한 다른 자가 누가 있다는 거냐? 무쌍성의 성주인 무정풍신? 당연히 그럴 리가 없잖아. 아니면 떠돌이 만박자? 돈을 받고 일하는 낭왕? 딱히 올 만한 자는 없….'

순간 진용의 두 눈이 커졌다. 그의 머릿속에 누군가의 이름이 스쳐 지나갔다.

'설마?'

그것은 다른 이들도 마찬가지였다. 이 시기에 모습을 드러낸 또다른 초인이 한 명 있었다.

진용이 떨리는 목소리로 물었다.

"호양 진인… 아니지요? 그래도 맹주직 후보는 어느 정도 연륜을 갖춘 자가….'

"맞네."

"네?"

"소검선도 이번 맹주직의 후보일세."

'…!!'

그 말이 떨어지기 무섭게 좌중이 술렁였다. 누구도 소검선 소운휘를 맹주 후보로 생각지 못하고 있었다. 여태껏 갓 약관을 넘어선 젊은 자가 무림연맹의 맹주가 되었던 적은 창립 이래 존재하지 않았다.

'맹주라니? 이런 미친….'

진용은 놀랍다 못해 황당하기 짝이 없었다. 내심 대당주 후보에서 배제되었다고 좋아했는데, 이게 대체 무슨 일인가. 녀석이 노는 물은 자신과 한참 달랐다.

'이 망할 오라버니!'

소영영은 어처구니가 없었다. 이런 중요한 사실을 자신에게 숨겼다는 게 얄미울 정도였다. 그러나 자신을 경악한 얼굴로 쳐다보는 매향당의 당주 모용혜의 얼굴을 보니, 그나마 속이 풀리는 것 같았다. 아니, 통쾌하다고 해야 할까.

남궁가희가 놀라서 호들갑스럽게 그녀에게 전음을 보냈다.

[소 대협이 맹주 후보라니? 영 매, 알고 있었어?]

[몰랐어요. 그 인간 어쩐지 나중에, 나중에, 할 때 알아봤어야 했는데, 어떻게 이걸 숨길 생각을 한 거…. 잠깐만.]

소영영의 얼굴이 순간 창백해졌다. 숨긴 것은 둘째 치고 이런 황당한 경우는 난생처음이었다.

'…이 인간 혈마잖아.'

같은 시각. 무림연맹의 성 밖에 있는 등정 객잔.

동파육으로 유명한 이 가게는 늘 객들로 붐볐다. 그곳 창가 쪽의 한 좌석에 평범하게 생긴 중년의 사내와 이십 대 초반으로 보이는 눈매가 예쁜 여인이 앉아서 기다리고 있었다. 술잔을 따르는 중년의 사내가 퉁명스러운 어조로 입을 열었다.

"너무 번잡하구나."

"그만큼 맛있다니까요, 아버지."

"알겠다."

중년의 사내가 짧은 대답과 함께 술잔을 들이켰다. 사내는 인파가 많은 곳을 그리 좋아하지 않기에 가게에 들어온 내내 표정이 좋지 않았다. 하지만 하나뿐인 딸이 극구 추천하니 오지 않을 수가 없었다. 그때 점소이가 그들이 있는 자리로 큰 쟁반을 들고 왔다.

"오래 기다리셨습니다."

쟁반에는 동파육과 오리 육수 국수 두 그릇이 있었다. 동파육에서 나는 향을 맡은 중년의 사내가 고개를 끄덕거렸다.

"향은 나쁘지 않구나."

"그렇죠? 아까 포장해달라고 한 건 어디 있죠?"

여인의 물음에 점소이가 주방 쪽을 가리키며 말했다.

"식을 수도 있어서 저희 숙수가 찜통에 보관하고 있으니 나가실 때 말씀해주십쇼. 그럼 맛있게 드십쇼."

바쁜지 점소이는 주방으로 부리나케 달려갔다. 점소이가 가자 중년의 사내가 못마땅하다는 듯이 말했다.

"아비에게 맛을 보여주려고 온 것이 아니라 그 녀석을 챙기려고 왔구나."

"에이, 겸사겸사죠. 이 동파육은 공자님도 좋아하거든요."

"아직 너는 출가외인이 아니다."

"헤에. 아버지, 설마 질투하시는 건 아니죠?"

"흥!"

그런 여인의 말에 중년의 사내가 미간을 찌푸리더니, 이내 말없이 술잔을 들이켰다. 그리고 안주 삼아 동파육에 젓가락을 가져갔다. 여인이 기대감에 찬 눈으로 중년의 사내를 바라보았다. 동파육을 입에 넣고 우물우물 씹는 중년의 사내의 한쪽 눈썹이 올라가는 것을 본 여인이 쾌재를 불렀다.

"맛있죠?"

"…."

거짓말을 못 하는 그녀의 아버지였다. 미식가를 자처할 만큼 입맛이 까다로웠는데, 맛있는지 말없이 계속 동파육에 젓가락을 가져가는 모습에 그녀는 만족해했다. 그렇게 식사를 하며 그녀는 물었다.

"아버지께서는 성안으로 같이 안 들어가실 거죠?"

"그 녀석 혼자서도 충분히 너를 보호할 수 있다."

"또 사위한테 그 녀석이란다."

"흥."

이런 그의 태도에도 그녀는 속으로 좋아했다. 자신의 정인이 아버지의 인정을 받았기 때문이다. 사위로 인정받은 것도 그랬지만 무위로도 인정받았기에 기분이 남달랐다. 그렇지 않고는 절대 혼자 무림연맹의 성안으로 들여보내지 않았을 것이다.

"헤에. 알겠어요. 그래도 '그들' 것도 챙겼으니 돌아가실 때 가지고 가세요. 우현이가 엄청 좋아할 거예요."

"아비를 부려먹는구나."

"제가 아버지 아니면 누구한테 이런 부탁을 하나요."

그런 그녀의 말에 중년의 사내가 코웃음을 쳤다. 그렇게 정겹게 식사를 하고 있는데 막 가게로 들어온 한 무리가 그들 부녀 근방의 탁자에 자리를 잡았다. 도검을 차고 있는 것이 무림인들이었다. 사실 그들이 아니더라도 객잔은 무림인들로 넘쳐났다. 내일 있을 대당주 선출 및 무림대회로 각 문파와 방파에서 무림인들이 몰렸기 때문이다.

자리를 잡은 새로운 무리의 무림인들이 주문하고 나서 왁자지껄

떠들기 시작했다. 그러다 그들이 나누는 대화에 자연스럽게 귀가 갈 수밖에 없게 되었다.

"들었나? 소검선이 다시 나타났다는구먼."

"아니, 그게 정말인가?"

"그렇다고 하더군. 이미 성내에는 소문이 파다하게 퍼졌네."

"이야. 그럼 내일 있을 대회에서 소검선을 볼 수 있겠구먼."

"그렇겠지. 현존하는 육대 고수들 중에서 가장 젊은 자라고 들었는데, 이번 대회에서 그 얼굴을 보겠군."

기대감에 부풀어 있는 그들의 대화에 여인은 괜히 어깨를 들썩였다. 소검선에 관한 이야기가 자기 일처럼 느껴졌기 때문이다. 그렇게 뿌듯해하고 있는데….

"한데 그 소식 들었나? 소검선이 굉장한 여협과 함께 왔다고 하더군."

"여협?"

"그래. 삼봉 중 한 명인 모용혜가 꼼짝하지 못할 만큼 대단한 무위를 지녔다고 하던데. 들리는 소문으로는 보타문의 여고수라는 말도 있다네."

그런 그들의 대화에 여인의 손이 자연스럽게 술잔으로 향했다. 왠지 모를 불안한 마음에 서두른 것이었는데, 아니나 다를까 우려하던 상황이 벌어졌다. 역시 혼자 놔두면 안 됐다. 그녀는 술을 들이켰다.

"오, 그런가? 하면 그 여협은 소검선의 여자인가?"

"소검선에게 달라붙어서 애교도 부리고 하는 걸 보면 다들 정혼자인 것 같다고 하던데."

"풋!"

여인이 머금고 있던 술을 뿜어내고 말았다.

콰직! 그뿐만 아니라 중년의 사내 손에 쥐어져 있던 술잔이 산산조각 나고 말았다. 그들 부녀의 모습을 주변 사람들이 의아해하며 쳐다보았다. 그러거나 말거나 여인이 자리에서 벌떡 일어났다.

"아버지, 당장 가봐야겠어요."

그런 그녀를 따라서 중년의 사내도 자리에서 일어났다. 중년의 사내가 무섭게 굳은 얼굴로 말했다.

"아비도 간다."

＊ ＊ ＊

소영영은 속으로 황당하기 그지없었다. 혈교를 넘어서 사파의 수장으로 거듭나고 있는 인간이 지금 정파 무림의 중심이라 할 수 있는 무림연맹으로 들어와 맹주 후보가 된 것이다.

'어떡해.'

그녀는 난감하기 짝이 없었다. 이 사실이 알려지기라도 하면 무림연맹이 발칵 뒤집어질 것이다. 최연소 후보의 문제가 아니라 혈마가 무림연맹의 맹주 후보가 되는 말도 안 되는 상황이 현실로 벌어졌다. 자신의 오라버니만 아니라면 당장 알려야 할 대사건이었다. 그녀는 연신 탄성을 흘리는 남궁가희를 쳐다보았다.

'이걸 말할 수도 없고.'

누구에게 상의할 수 있는 이야기가 아니었다.

'대체 무슨 생각인 거야?'

혈마가 된 것도 악인의 사위가 된 것도 충격이었지만 이건 한술 더 떴다. 차라리 혈교가 정파와 휴전을 한다고 하면 이해라도 할 것이다.

[꺄악. 영 매, 최연소 맹주 후보라니. 영 매의 오라버니 너무 대단한 거 아냐?]

이런 자신의 심정을 모르는 남궁가희는 뭐가 그리 좋은지 호들갑을 떨었다.

'언니… 그 인간 혈마예요.'

알면 과연 어떤 반응을 보일까? 혈마만 아니라면 어깨가 으쓱할 상황이지만, 자신의 입장에서는 지금 외줄을 타고 있는 기분이었다. 이러다 오라버니의 정체가 드러나면 어떻게 될까 하고 말이다. 그러던 차에 이정겸이 다시 호양 진인에게 말했다.

"하면 소검선 소운휘가 내일 있을 결정전에서 최종적으로 승리하면 본 맹의 맹주가 되는 거로군요."

그 말에 제이장로 매화백검 호양 진인이 고개를 끄덕이며 답했다.

"그렇네."

웅성웅성! 모두가 놀라움을 감추지 못했다. 결과야 알 수 없지만 정말 무림연맹에 최연소 맹주가 탄생할지도 모를 일이었다. 당연히 무림연맹을 이끌어갈 차세대라 할 수 있는 현 당주들과 부당주들에게는 화젯거리가 될 수밖에 없었다.

"이러다 진짜 소검선이 맹주가 되는 거 아냐?"

"만약 그렇게 되면 정말 대박인데."

이런 그들의 반응에 부맹주 열왕패도의 손자 진용이 어처구니없어하며 언성을 높였다.

"말도 안 되는 소리들 하지 마시오. 소운휘 그놈이 아무리 강해졌다고 한들 조부, 아니 부맹주도 그렇고 전 맹주를 이길 수 있을 것 같소?"

그의 말에 동의하는지 일부 당주들도 고개를 끄덕였다. 확실히 후보가 된 것이 대단했지만 다른 후보들인 열왕패도 진균이나 무한 제일검 백항묵은 오랫동안 무림의 정상을 지켜왔던 자들이었다. 그런 절세고수들이 지는 모습도 쉽게 상상하기 힘들었다.

그때 호양 진인이 말했다.

"흠… 이건 내일 대회에서 밝히려 했으나 어쩔 수 없겠군."

"그게 무슨 말씀입니까?"

"부맹주께서는 맹주 후보를 포기하셨네."

그 말에 모두가 의아함을 감추지 못했다. 부맹주의 손자인 진용은 더욱 호양 진인의 말을 이해할 수가 없었다. 최근 들어 조부는 맹주의 자리를 그렇게나 염원했었다. 그런데 이를 쉽게 포기할 리가 있나.

"그럴 리가 없습니다! 부맹주가 갑자기 왜 맹주직을 포기한단 말씀입니까?"

항의조로 묻는 그의 말에 호양 진인이 한숨을 내쉬더니 어쩔 수 없다는 듯이 답했다.

"부맹주께서는 이미 소검선과 겨뤘네."

"겨뤘다니? 그럼 설마…."

"맞네. 부맹주께서는 패하셨네."

'…!!'

아까 전과 비교도 할 수 없을 만큼 좌중이 술렁였다. 그들도 예상 못했던 대사건이 벌어진 것이다. 불과 일곱 달 전에 한 객잔에서 열왕패도 진균과 소검선이 약식으로 겨뤄 무승부를 이룬 일은 여전히 회자되고 있었다. 한데 불과 일곱 달 만에 그 우위가 정확히 갈린 것이다. 모두가 놀라는 것은 당연한 일이었다.

"…말도 안 돼."

얼마나 충격을 받았는지 진용은 이 사실을 쉽게 받아들이지 못했다. 자신이 존경하고 따르던 조부가 고작 무림에 출두한 지 이 년이 채 되지 않은 신출내기에게 패했다는 것이 믿기지 않았다.

남궁가희는 자신의 일이라도 된 것처럼 흥분해서 소영영을 흔들어댔다.

[영 매! 이러다 진짜 영 매의 오라버니가 맹주가 될 수도 있겠어. 어떡해. 응? 영 매?]

정작 소영영은 어안이 벙벙해져 있었다. 열왕패도 진균마저 꺾었다면 정말 맹주직을 코앞에 두고 있는 상황이 아닌가.

'…이걸 어째.'

이러다 정녕 맹주가 될지도 몰랐다.

* * *

무림연맹 내 귀빈들만 머무르는 숙소.

본단에서 복귀한 나는 설백과 저녁 식사를 하면서 대화를 나누고 있었다. 그녀가 나의 이야기를 듣고 탄성을 흘리며 말했다.

"대체 어떻게 한 거지? 하면 뇌주는 네가 원하는 대로 움직인다는 게 아닌가?"

"그건 알 거 없어."

사련검이 조종한다는 사실을 굳이 알려줄 필요는 없었다. 그녀에 대한 신뢰가 높아지긴 했지만 아직 내 밑천을 굳이 드러낼 이유도 없고 말이다. 이런 나의 대답에 설백이 섭섭하다는 투로 말했다.

"아직 나를 믿을 수 없나 봐."

"너 역시도 내게 모든 것을 알려준 게 아니니까."

"그건 거래에 포함되어 있잖아."

"경왕과 만나기 전까지는 입을 열지 않을 작정인가?"

그런 나의 말에 그녀가 젓가락을 야릇하게 혀로 핥으며 말했다.

"빠른 방법이 있잖아. 지금이라도 나와 뜨거운 밤을 보낸다면 알려줄 수 있어."

후우… 어지간하다. 조금만 틈이 생기면 유혹하려 든다. 나는 상종하지 않겠다는 듯이 그녀의 말에 답하지 않고 밥을 입에 밀어 넣었다. 그런 나의 모습에 설백이 아쉽다는 듯이 중얼거렸다.

"쉬운 방법을 두고 뭐하러 돌아가려는지 모르겠네."

"너야말로 왜 그렇게 포기하지 않는 거지?"

"네가 좋아."

"…."

"좋아하는 남자를 가지고 싶은 게 뭐가 잘못됐어?"

이렇게 말하면 정말 할 말이 없어진다. 북해빙궁의 부흥과 후사를 두고 싶어하는 거라면 경왕이라는 대체 명분이 있는데, 계속해서 나를 원한다고 노골적으로 구애를 하니 난감하기 짝이 없었다. 어째서 이렇게까지 나를 좋아하는 걸까? 의아했지만 계속 이런 이야기를 하면 파고들 여지만 주겠지. 화제를 돌려야겠다.

"놈이 왜 전 맹주를 불러가면서 이런 일을 벌이는지 짐작 가는 것은 없나?"

이런 나의 물음에 그녀가 피식 웃었다. 내 의도를 알아차렸기 때문이겠지.

"몰라. 아무리 그분의 심복이라고 해도 돌아가는 모든 상황을 아는 건 아냐."

그녀는 돌아가는 정황을 알고 있으나, 금상제가 무슨 계획을 꾸몄는지에 대해서는 정확하게 모르고 있었다. 금상제 놈이 정말 철두철미하긴 했다. 자신의 몇 안 되는 심복에게조차 추진되는 모든 계획을 밝히지 않은 걸 보면 말이다.

─아니면 숨기는 것일지도 모른다.

머릿속에 남천철검의 목소리가 울렸다.

뭐 그럴지도 모르지.

나도 설백을 완전히 신뢰하지는 않았다. 그러니 나름의 여러 가지 조치를 취해둔 것이기도 했다.

탁! 설백이 젓가락을 내려놓고서 말했다.

"그보다 방심하지 않는 게 좋을 거야."

"방심?"

"뇌주를 미끼로 쓰려는 것은 알겠지만 그분이 그것을 눈치채지 못할 것 같아?"

"네 말대로 놈이 이곳에 없다면 당장 눈치채기는 힘들 거다."

사련검은 사람을 현혹하는 능력을 가지고 있다. 게다가 틈틈이 정요환의안의 수법도 일부 알려줬기에 나처럼 대성하진 못했어도 적들을 속이는 것이 가능하다. 그렇기에 믿고 맡긴 것이다. 그리고 설백 그녀는 모르겠지만 옥형의 능력으로 나는 사련검과 시선을 공유하고 있다. 언제라도 놈들과 접촉할 상황에 대비해서 말이다.

"어쨌거나 내일이 되면 놈이 무슨 수작을 부리고 있는 건지 알 수 있겠군."

내가 나타났다는 사실도 알고 있고, 지금쯤이면 자신의 근거지 하나가 박살 난 것을 알 테니 섣불리 모습을 드러내진 않을 것이다. 역시 전 맹주에게 무슨 짓을 한 것일까? 그녀의 말대로라면 최근 그들은 환마독으로 초인의 영역에 이른 고수들마저 세뇌할 수준까지 끌어올리는 데 성공했다고 한다. 다행인 것은 그렇게 되면서 여분의 환마독을 대부분 소진했다고 한다. 혈주가 죽어서 이를 위한 대체제로 당가의 부가주 당우중을 노릴지도 모르기에 그 주변에 개방의 거지들을 잔뜩 배치해놓았으니 그것도 지켜보면 알게 될 것이다. 그때 밖에서 기척이 느껴졌다. 설백도 이를 감지했는지 나와 마찬가지로 방문을 쳐다보았다. 이윽고 누군가 방문을 두드리지도 않고 벌컥 열고 들어왔다.

"오라… 아!"

그녀는 다름 아닌 소영영이었다. 특유의 기운을 느끼고서 당연히 그녀임은 알아차렸다. 영영이는 내가 설백과 함께 있는 것을 보고서 소리를 버럭 지르려다 입을 다물었다.

"어머, 영영."

설백의 부름에 영영이가 어색하게 웃으며 말했다.

"언니도 있었네요."

"오라버니와 저녁 식사를 하고 있었어. 당주들의 긴급 소집은 끝난 거야?"

그 물음에 영영이가 눈에 불을 켜고서 나를 노려보았다. 거기서 뭘 들었기에 저런 무서운 얼굴을 하는 거지? 영영이의 전음이 귓가를 울렸다.

[진짜야?]

[무슨 말을 하는 거니?]

[정말 무림연맹의 맹주가 되려는 거야?]

아아, 일부러 이야기하지 않았는데 알게 되었나 보다. 그렇지 않아도 영영이는 사문이 정파인 형산파인 데다 무림연맹의 봉황당 소속이기에 내일 있을 맹주 결정전까지는 이야기를 미루려고 했다.

[영영아, 일단 내 얘기를 들어 봐.]

[들어보고 자시고가 아니잖아. 오라버니는 혈마잖아. 내 살다 살다 혈교의 교주가 무림연맹의 맹주가 되려 하는 건 처음 봐. 그러다 들키면 어쩌려고 그래?]

이걸 참 어떻게 설명해야 하지. 전부 설명하려면 금상제부터 말해줘야 한다. 그의 손아귀에 무림연맹이 들어가면 안 된다는 사실을 납득시켜야 하니 말이다. 걱정 반 황당 반으로 나를 바라보는 영영이를 보니 미룰 수 없을 듯하다.

"설백, 자리를 비켜줘."

이런 나의 말에 설백이 고개를 끄덕였다. 그녀가 자리에서 일어나며 영영이에게 웃으면서 말했다.

"오라버니한테 너무 뭐라고 하지 말아줘. 아무리 누이동생이라도 내 남자를 괴롭히는 건 싫거든."

"네?"

웃는 얼굴로 뼈가 담긴 경고를 하는 그녀였다. 이에 영영이가 황

334

당하다는 표정을 지었다. 영영이가 친누이동생이 아니라고 여기니 저런 말을 하는 것이다.

[아니, 내가 뭘 어쨌다고?]

'…'

계속 붙어 있으면 정말 피곤해질 것 같다. 그렇다고 무림연맹 내에서 멀리 떨어지게 할 수도 없는 노릇이고. 일단 영영이한테 금상제에 관한 이야기를 해주고 나서 설백의 진짜 정체를 밝혀야겠다. 그렇게 설백이 문밖으로 나가려고 할 때였다.

'…!?'

나는 자리에서 벌떡 일어났다. 다가오는 기척과 함께 머릿속을 울리는 검명 때문이었다. 영영이가 의아해하며 내게 물었다.

"오라버니, 왜 그래?"

그런 그녀와 마찬가지로 설백의 전음이 내게 들려왔다.

[누군가 다가오고 있어. 아니, 누군가들인가?]

그녀도 뭔가 심상치 않았는지 눈살을 찌푸리고 있었다. 나는 머릿속을 울리는 검의 소리 때문에 누구인지 곧바로 알아차렸지만, 그녀는 아니었다. 한 사람은 기감으로 살피려고 해도 완전히 자신의 기운을 갈무리할 수 있기 때문이었다.

'아…'

만나기로 한 시각도 아직 멀었고 접선지도 이곳이 아니었다. 그런데 무림연맹의 성내로 들어오다니.

[…기운을 완전히 통제할 수 있을 정도의 절세고수야. 어떻게 할까?]

그런 설백의 물음에 나는 고개를 저었다. 그리고 경고했다.

[무슨 일이 있어도 무조건 가만히 있어. 어떤 말도 하지 마.]

[응?]

이런 나의 말에 그녀가 고개를 갸웃거렸다. 이 정도로 강하게 경고하는 모습은 처음 봐서 그럴 것이다.

쿵! 그때 방문이 벌컥 열렸다. 문을 열어젖힌 것은 처음 보는 얼굴의 중년의 사내였다. 그 뒤로 한 젊은 여인이 따라 들어오고 있었다. 영영이가 그들을 보고 불쾌하다는 듯이 소리쳤다.

"당신들 뭐예요? 누군데 문도 두드리지 않고 이렇게 벌컥 들어오는 거예요!"

…이런 말을 네가 하다니. 이게 중요한 게 아니다. 나는 그들에게 항의하러 나서는 영영이를 붙잡았다.

"영영아."

"놔봐, 오라버니."

"…장인어른과 사마영이야."

'…!!'

그런 나의 말에 부리나케 그들에게 항의하려 했던 영영이의 두 눈이 커졌다. 인피면구로 얼굴을 가리고 있어도 나는 검의 소리를 들을 수 있기에 단번에 그들의 정체를 파악했다.

영영이가 잔뜩 긴장한 얼굴로 내게 말했다.

"…월악검?"

나는 고개를 끄덕였다.

영영이가 영혼이 빠져나간 것처럼 사색이 되었다. 오대 악인으로 악명을 떨치는 장인어른이 막상 눈앞에 나타나니 혼란스러운가 보았다. 그들의 정체를 들은 설백이 눈살을 찌푸리며 나를 쳐다보았다. 내가 왜 입을 다물라고 했는지 알았을 것이다. 사마영으로 짐작되는 여인이 싸늘한 눈빛으로 설백을 쳐다보며 나를 불렀다.

"공자님."

'하…'

미치겠다. 어디서부터 풀어야 하지. 목소리가 평소와 달리 싸늘했다. 설백을 바라보는 그녀의 매서운 눈빛을 보아하니 제대로 오해한 것 같았다. 게다가 인상 좋은 중년인의 인피면구를 쓰고 있는 장인어른조차 나를 바라보는 눈빛이 못마땅하기 그지없었다.

그러나 그것도 잠시였고 장인어른의 시선은 내가 아닌 설백에게로 향했다. 장인어른이 인상을 찡그렸다. 역시 기운을 갈무리하고 있어도 절세고수라는 것을 알아차린 것 같다.

"대체 이 소저분은 누구시기에 밖에서 온통…"

사마영이 내게 설백을 눈빛으로 가리키며 뭔가를 말하려고 했는데, 장인어른이 손을 내밀고서 멈추라는 신호를 보냈다.

"아버지?"

영문을 알 리가 없는 사마영이 의아함을 감추지 못했다. 그러거나 말거나 장인어른이 설백을 쳐다보며 의구심이 넘치는 목소리로 말했다.

"누구지?"

많은 것이 함축된 물음이었다. 그 물음에 설백이 나를 힐끔 쳐다보았다. 나는 누차 경고했다.

[내가 이야기할 테니 아무 말도 하지 마.]

괜히 그녀가 말을 잘못하기라도 하면 일이 더 커질 것이다. 진심으로 두통이 나려고 했다. 영영이를 비롯해 사마영, 장인어른, 설백까지 한자리에 모이는 상황이 벌어지다니. 여기서 잘 풀지 않으면 복잡한 사달이 날 것이다.

그때 사마영이 이해할 수 없다는 듯이 말했다.

"아버지 대체 왜 그러세요?"

"평범한 여자가 아니다."

"그게 무슨?"

"벽을 넘어섰다. 아니, 그 이상일지도."

"네에?"

그런 장인어른의 말에 사마영의 눈이 휘둥그레졌다. 놀라기는 영영이 역시도 마찬가지였다.

[오라버니, 이게 무슨 말이야? 위지 언니가 벽을 넘어섰다니?]

그렇지 않아도 오대 악인의 일인인 월악검 사마착을 보게 되어 혼란스러운 와중에, 그런 대단한 고수가 설백이 벽을 넘은 고수라고 언급하니 당혹스럽기마저 한 모양이었다.

'바로 알아차리다니.'

역시 소환단을 먹고서 원기를 완전히 회복한 듯했다. 그녀의 정체를 밝혀야 하는데 쉽게 입이 떨어지지 않았다. 장인어른께 중상을 입힌 존재가 바로 설백이었다. 덕분에 소림사에 갇히는 등 얼마나 고생을 했는가. 그렇지 않아도 당시 벌어졌던 이야기를 하며 다시 그녀를 보게 된다면 그때의 빚을 갚아줄 거라고 수차례 강조했던 장인어른이었다.

─말 잘해야 할걸?

네가 그렇게 말하지 않아도 그럴 거다. 역시 가장 먼저 풀어야 할 부분부터 이야기해야겠다.

"사마 소저, 그리고 장인어른, 어찌 된 영문인지 말씀드릴 테니, 괜한 오해는 하시지 않았으면 합니다."

"오해요?"

사마영의 반문에 나는 설백을 눈짓으로 가리켰다. 이에 사마영이 미심쩍게 그녀를 바라보다 이내 나를 믿겠다는 듯이 고개를 끄덕였다. 장인어른은 여전히 그녀에게 경계를 풀지 않은 채 물었다.

"누구인지부터 말하거라."

"그녀는 금상제의 심복 중 한 사람입니다."

"금상제의 심복?"

"네에?"

그런 나의 말에 두 부녀가 놀라움을 금치 못했다. 벽을 넘은 고수라 하여 범상치 않은 자라고 여겼겠지만, 설마 금상제의 부하일 거라고는 예측하지 못했을 것이다.

"금상제?"

영영이가 영문을 모르겠다는 듯이 반문했다. 영영이에게 금상제란 이름은 단순히 과거 무림을 들쑤셔놓은 폭군으로밖에 각인되어 있지 않을 것이다.

그때 놀라하던 사마영이 내게 말했다.

"대체 무슨 일이 있었기에 금상제의 심복이 공자님과 함께 있는 건가요?"

여기서 말을 잘해야 한다. 나는 장인어른을 보고 조심스럽게 말했다.

"장인어른, 우선 그녀는 지금 금상제의 산하에서 나왔고 저와 거래를 했다는 사실부터 알아주셨으면 합니다."

이런 나의 말에 장인어른이 미간을 찡그리며 말했다.

"왜 그런 식으로 내게 이야기하는 게냐? 마치 내가 이 여인을 건드리기라도 할 것처럼 말하는구나."

역시나 눈치가 빨랐다. 하지만 이렇게 미리 얘기해두지 않으면 무슨 사달이 벌어질지 모르니까요. 사마영이 그녀를 바라보며 내게 물었다.

"그럼 이 소저분은 금상제를 배신한 건가요?"

"그만둔 거지만 배신이라면 배신일 수도 있겠네."

그런 그녀의 물음에 설백이 아무렇지 않게 답했다. 나는 설백을 쏘아보며 고개를 저었다. 말하지 말라는 신호였다. 이런 나의 모습을 미심쩍은 눈초리로 바라보던 장인어른이 그녀에게 고개를 돌리며 물었다.

"아무래도 그대에게 직접 들어야겠다."

"장인어른, 제가…."

"아니, 뭘 숨기기에 이 여인더러 계속 말하지 못하게 하는지 직접 물어봐야겠구나."

"일단 제 얘기를 들어주십…."

"내 사위 녀석과 무슨 거래를 했기에 저리 해명하듯이 말하려는 거지?"

이에 그녀가 아무 말도 하지 않았다. 나와의 약조를 지킨다는 것을 티라도 내듯이 어깨를 으쓱하며 고갯짓으로 나를 가리켰다. 이에 장인어른이 나를 쳐다보며 말했다.

"그녀더러 직접 이야기하라고 해라. 전음으로 지시를 내릴 생각은 하지 말거라."

"장인어른, 저를 못 믿으시는 겁니까?"

"믿는다. 하나 네가 숨기려는 게 뭔지는 알아야겠구나."

"숨기지 않습니다. 전부 말씀드릴 겁니다."

"하면 이 여인의 입으로 직접 들어도 상관없는 것이 아니더냐?"

…미치겠다. 내가 각색이라도 할까 봐 저러는 것 같다. 장인어른이 보통 사람들보다도 머리가 좋다는 사실을 간과했다. 괜히 무림에서 만박자와 쌍두를 이룬다고 불리는 게 아니었다.

"말이라는 것은 아 다르고 어 다릅니다. 그녀가 하는 말이 자칫 장인어른께 오해를 불러일으킬까 봐 그러는 겁니다."

"적이었던 자보다 사위로 인정한 자를 믿지 못할 만큼 내가 편협해 보이더냐?"

"…아닙니다."

"하면 직접 물어보겠다."

이렇게까지 말하니 별수 없었다. 이에 나는 설백을 쳐다보며 고개를 끄덕였다. 물론 눈빛으로는 부디 괜한 오해를 부를 만한 이야기는 하지 않기를 경고했다. 알아들었을지는 모르겠지만 말이다.

'…!?'

그런데 이런 내게 설백이 묘한 표정을 지었다. 입꼬리가 올라간 것이 뭔가 불길했다. 마치 내 약점을 잡기라도 한 것처럼 즐거워하는 표정이었다.

'아….'

이런 내 속을 모르는 장인어른이 그녀에게 물었다.

"사위와 무엇을 거래했지?"

"내가 원하는 것을 주면 금상제의 산하에서 나오고 그에 관해 알고 있는 모든 것을 알려준다고 했다."

"흠."

그런 그녀의 말에 장인어른이 턱을 쓰다듬었다. 여기까지는 그리 이상할 게 없었다. 장인어른이 물었다.

"심복이라 할 정도면 고작 거래 정도로 충성심이 꺾이지 않을 텐데 대체 무엇을 거래했기에 배신을 결심한 거지?"

그런 장인어른의 물음에 그녀가 웃으며 말했다.

"충성심으로 그를 따른 게 아니다."

"충성심이 아니라고?"

"그분과도 거래를 했고, 그분과 함께 있으면 다시 만나고 싶은 자와 만날 수 있을 거라 여겼기에 함께한 것뿐이다."

"만나고 싶은 자?"

그런 그녀의 말에 장인어른이 눈살을 찌푸리며 나를 쳐다보았다. 왜냐하면 설백의 시선이 그 말과 함께 내게 향했기 때문이다. 사마영이 이해하지 못하겠다는 듯이 물었다.

"공자님을 알고 있었던 것처럼 말하는군요?"

"삼백여 년 전에 인연이 있었지."

그런 그녀의 말에 사마영이 놀란 눈으로 나를 쳐다보았다.

아아, 머리가 아파온다. 일부러 삼백여 년 전에 관한 이야기를 할 때 설백에 대한 부분은 문제 될 만한 것을 말하지 않았는데 그게 이렇게 화살이 되어 돌아오다니. 그런데 이게 문제가 아니었다. 고오오오! 갑자기 장인어른에게서 강렬한 살기가 흘러나왔다. 그 살기가 방 안을 무겁게 짓누르며 영영이가 호흡이 막히기라도 한 것처럼 사색이 되어 숨을 제대로 못 쉬었다.

"장인어른!"

이런 나의 말에 장인어른이 손을 내밀고서 끼어들지 말라는 신호와 함께 설백에게 싸늘해진 목소리로 말했다.

"심복, 삼백여 년 전, 네가 설백이구나."

아아아, 기어코 그녀의 정체를 추론해냈다. 직접 밝히지 않아도 몇 가지만으로 금방 알아차렸다.

"사위 녀석이 왜 내게 네 정체를 밝히는 걸 주저했는지 이제야 알겠군."

장인어른은 당장에라도 그녀에게 손을 쓸 만큼 기운이 날카롭게 고조되어 있었다. 그녀 또한 이를 느꼈는지 서서히 몸에서 한기가 스멀거리며 흘러나왔다. 방 안이 차가워지자 장인어른의 눈매가 더욱 싸늘해졌다. 부상을 당했던 그때의 기억이 떠올랐나 보다.

"장인어른, 심경은 이해하지만 이곳은 무림연맹입니다. 여기서 그녀와…."

말이 미처 끝나기도 전에 설백이 갑자기 몸을 뒤로 돌렸다. 그리고 장인어른께 등을 보이며 말했다.

"명을 받았다고 하나 사과로 끝날 일은 아닌 것 같군. 내게도 똑같이 부상을 입혀라."

"…."

그런 설백의 말에, 장인어른의 미간에 주름이 생겼다. 설마 그녀가 자신의 등을 내어주며 먼저 낮추고 들어올 줄은 몰랐나 보다. 등을 보이는 그녀를 장인어른이 말없이 쳐다보다 이내 살기를 갈무리하고서 분노를 삭이듯 길게 숨을 내쉬며 말했다.

"두공과 서복은 어찌 되었지?"

일이 커질까 봐 우려했는데 다행이었다. 내 예상과 달리 장인어른은 냉철하게 자신의 분노를 조절했다. 그녀가 이렇게 나오지 않았다면 다른 결과가 벌어졌을 수도 있지만 일단은 서로가 현명하게 대처했다.

"그분 손에 있다."

"살아 있나?"

"그래."

그런 그녀의 대답에 장인어른의 얼굴이 한결 누그러졌다. 친한 벗이라고 하더니 그의 생사를 걱정했나 보다. 안도한 장인어른이 그녀에게 물었다.

"그들은 어디에 있지?"

그 물음에 설백이 고개를 저으며 답했다.

"알 수 없다."

"뭐?"

누그러졌던 장인어른의 얼굴이 또다시 무서워졌다. 그럼에도 그녀는 어쩔 수 없다는 듯이 말했다.

"그들의 신상은 그분과 뇌장이 관리하기에 나 역시 모른다."

"그럼 금상제 놈과 그 뇌장이라는 자가 어디에 있는지는 알 것이 아니더냐?"

"그들이 주로 머무는 몇몇 안가와 연락을 주고받는 방법이 있다."

"하면 말해라."

그런 장인어른의 말에 설백이 단호하게 거절했다.

"그럴 수 없다."

고오오오오! 그녀의 거절이 끝나기가 무섭게 장인어른의 몸에서 또다시 살기가 치솟았다. 이번에는 조금 전과 다르게 정말로 당장에라도 손을 쓸 기세였다.

"말하지 않으면 죽는다."

장인어른의 손이 어느새 검병으로 향해 있었다. 지금 이 거리라면 그녀의 목을 단숨에 벨 수 있었다. 이에 나는 다급히 그들 사이에 끼어들었다.

"장인어른, 진정하십쇼."

"비켜라. 이 계집의 입만 열게 하면 될 일이다."

장인어른은 힘으로 그녀의 입을 열게 할 작정인 모양이었다. 하지만 그런 식으로 열게 할 거라면 진즉에 나 역시도 설백의 입을 열었을 것이다.

"장인어른, 일단 제 얘기를 들어…."

"비키라 했다!"

그때 장인어른의 왼손에서 쇠구슬이 포탄처럼 쏘아졌다. 탄지신통(彈指神通)이었다. 기습적으로 설백의 어깨를 노린 것이었는데, 나는 이를 가볍게 잡아냈다. 팍! 예전이라면 쇠구슬이 회전하는 힘에 손바닥이 다쳤겠지만 지금은 이를 멈추게 하는 것을 넘어서 부술 수도 있었다. 부서진 쇳가루가 움켜쥔 주먹에서 흘러나왔다. 이를 본 장인어른의 눈매가 가늘어졌다. 내심 놀라신 듯했다. 하지만 이미 소림사에서 내 무위를 본 적이 있기에 오래가지 않았다.

장인어른이 내게 말했다.

"왜 방해하는 것이냐?"

"그녀는 죽어도 입을 열지 않을 겁니다."

"그걸 네가 어찌 장담하는 것이냐?"

"이미 심각한 부상도 입히고 목을 자르려고도 해봤지만 입을 열지 않았습니다."

이런 나의 말에 장인어른이 콧방귀를 뀌며 말했다.

"흥! 고문에도 버틸 재간이 있는지 확인해보면 될 것 아니더냐?"

장인어른은 완고했다. 그때 설백이 장인어른에게 말했다.

"거래 조건대로 내가 원하는 것을 주면 당장에라도 말해줄 수 있다."

"원하는 것? 그게 뭐지?"

당황한 나는 선수 쳐서 장인어른에게 말하려 했다.

"그녀의 특수한 체질 때문에…."

"이 남자와 혼인해서 아이를 가지고 싶다."

'…!!'

나의 말이 끝나기도 전에 설백의 입에서 튀어나온 그 말에 순간 방 안에 정적이 감돌았다. 머릿속에 미리 말하려고 생각해뒀던 말들이 허무하게 흩어져 갔다.

'천음지체의 체질 때문에 아이를 가질 수 없어 그녀에게 태양절맥을 앓고 있는 경왕을 소개해주려….'

이 모든 것을 그녀는 말 몇 마디로 뒤엎어버렸다.

"하!"

거래 조건으로 뜬금없는 말이 튀어나오자 장인어른조차 어처구니가 없는지 기가 찬 모양이었다. 사마영의 얼굴이 붉으락푸르락해지더니 이내 결국 폭발하듯이 터지고 말았다.

"당신 지금 그걸 말이라고…."

"…라고 계속해서 말했지만 이 남자는 참 미련하더군."

"뭐예요?"

"정혼자인 당신 한 사람만을 사랑할 거라고 얘기하더군."

그런 그녀의 말에 폭발해서 화를 내려고 했던 사마영의 얼굴이 붉게 상기되었다. 그러더니 나를 바라보는 눈빛이 한결 부드러워졌다. 이 여자가 갑자기 뭘 잘못 먹었나? 갑작스레 왜 태도를 바꾼 건지 알 수가 없었다.

의아해하는데 순간 나는 그녀의 얼굴을 보고 눈살을 찌푸릴 수밖에 없었다. 설백의 눈시울이 붉어지더니 이내 눈물이 흘러내렸다.

'엇?'

흘러내리던 눈물이 차가운 피부에 닿자 얼음 조각이 되어 바닥에 투둑거리며 떨어졌다. 그 광경에 모두가 의아함과 동시에 놀라움을 금치 못했다.

"아니, 갑자기 왜 우는 거예요?"

사마영의 물음에 설백이 애처로운 목소리로 말했다.

"우리 북해빙궁의 사람들은 한기가 가득한 무공을 익히며 천음지체의 체질이 되어 대가 전부 끊겼다. 이 저주받은 체질 때문에 보다시피 흐르는 눈물마저 얼어붙고 모두가 나를 만질 수조차 없다."

"만질 수 없다고요?"

"그래. 나는 타인의 체온조차 제대로 느껴본 적이 없다. 이렇게 나마저 죽는다면 북해빙궁은 그 대가 완전히 끊기겠지."

'…'

순간 나는 어처구니가 없었다. 설마 이 여자가 지금 감정에 호소하고 있는 건가? 나에게 유혹하려 했던 것과 다르게 장인어른과 사마영 앞에서는 일부러 약한 모습을 보이고 있었다.

사마영이 인상을 찡그리며 말했다.

"그게 공자님과 대체 무슨 상관이란 거예요?"

"이 남자의 체질인지 아니면 무공 때문인지 모르겠지만 나를 만질 수 있다."

설백의 말에 사마영이 나를 흘겨보며 말했다.

"공자님 설마…."

"삼백여 년 전에 그녀를 제압하는 과정에서 건드린 거지 아무 짓도 하지 않았어."

차마 찔려서 당시 얼떨결에 입맞춤한 것은 말하지 못하겠다. 이런 나의 말에, 이어서 설백이 말했다.

"나는 평생 이런 남자를 찾아왔다. 북해빙궁의 대를 이어줄 수 있고 내게 타인의 온기를 느끼게 해줄 사람을 말이다."

이 말에 입을 다물고 있던 장인어른이 끼어들었다.

"한기를 포기하면 되지 않느냐?"

"무공을 포기하고 북해빙궁을 어찌 다시 살릴 수 있단 거지?"

그런 그녀의 말에 장인어른이 아무 대답도 하지 않았다. 한 문파를 재건하는 일에 무공을 포기할 수 없다는 것을 납득해서인 듯했다. 이에 나는 기회를 놓치지 않고 말했다.

"장인어른, 그래서 제가 아니더라도 그녀의 이런 요구를 충족할 대체자를 찾았습니다. 하여 그자를 소개해주고 그녀에게서 금상제에 대한 정보를 얻기로 약조한 겁니다."

이런 나의 말에 설백이 애처롭게 나를 바라보며 말했다.

"아니, 나는 당신이 아니면 안 돼. 차라리 나를 죽여."

그녀의 말에 나는 기가 차서 말했다.

"이야기가 다르지 않나."

"그건 당신 마음에 들 시간을 벌려고 한 거였는데, 이제 그럴 수도 없게 되었네. 당신이 그렇게 사랑하는 사람이 왔으니 말이야."

내가 방심했던 것 같다. 이 여자, 여기서 끝장을 보려는 모양이다. 이 기회를 놓치지 않고 승부수를 던졌다.

[이런 방식이 통할 것 같나?]

[글쎄, 모르지. 마음이 약해질지 누가 알겠어?]

하! 역시 연기를 했다. 이런 여우를 보았나.

[이렇게까지 하는 이유가 뭐지?]

[말했잖아. 네가 좋다고.]

목숨까지 걸 만큼 말인가. 하지만 장인어른과 사마영을 몰라도 너무 몰랐다. 악인이나 악인의 딸로 살아온 그들은 이런 감정에 호소하는 말에 넘어갈 만큼 호락호락하지 않았다. 게다가 장인어른은 평생 한 여자만을 사랑했기에 더욱 넘어가지 않을 것이다. 그녀의 이런 승부수는 자충수라고 할 수 있었다.

그때 장인어른이 입을 열었다.

"이건… 내 딸의 결정에 맡기겠다."

"네?"

순간 나는 놀라서 반문했다. 설마 장인어른의 입에서 이런 말이 나올 거라고는 상상도 하지 못했다. 오히려 자신을 우롱하냐며 그녀의 입에서 어떻게든 금상제에 관한 것이 나오게 하려나 싶었는데, 사마영의 결정을 따르겠다니? 영문을 알 수 없어하는데, 장인어른이 냉철한 목소리로 사마영에게 말했다.

"초인의 벽을 넘어선 절세고수를 다른 자에게 양보하거나 죽일 바에는 정식으로 네 밑에 두는 것도 나쁘지 않다고 아비는 생각한다."

…내 귀가 잘못된 건가? 결정권을 넘겨놓고서 부정적인 것도 아니고 꽤 긍정적으로 이야기했다. 장인어른이 이럴 사람이 아닌데. 그런데 이어지는 사마영의 말은 나를 더욱 혼란스럽게 했다. 장인어른의 말에 뭔가 고민하는 것 같더니….

"공자님, 어떤 일이 있어도 제가 우선이죠?"

"그야 당연한 일인데…."

"그럼 됐어요. 공자님이 저를 두고 한눈팔지 않았으니까 받아줄게요."

"뭐?"

"당신, 설백이라고 했죠?"

"맞아."

"공자님의 아내가 되고 싶으면 제가 언니예요. 못 받아들이겠으면 이 자리에서 그냥 죽어요."

…아무래도 내가 이 부녀를 잘 몰랐던 것 같다. 한순간에 일사천리로 진행되는 일에 나는 당혹스럽기 그지없었다. 그 완고하던 장인어른도 그렇고 사마영이 또 다른 여인을 내 아내로 받는 데 이견이 없다는 것 자체가 이해되지 않을 정도였다. 어안이 벙벙한 나와 달리 설백은 얼굴이 환해져 있었다.

[봤지?]

그녀가 득의양양한 목소리로 내게 전음을 보냈다. 자신의 승부수가 통했다는 것에 굉장히 기뻐하고 있었다. 참 이걸 어찌 받아들여야 할까?

"언니로 모실게."

설백이 사마영에게 포권을 취하며 예를 표했다. 낯이 참 두꺼운 여자였다. 삼백 년이 넘게 살아온 그녀의 입장에서는 사마영이 아기 만도 못한 존재일 텐데, 그런 것은 전혀 개의치 않았다. 그들 부녀에게 인정받은 게 좋은가 보다. 어떨 때는 여우 같고 어떨 때는 순진무구한 것 같고 참으로 모를 여자였다.

그때 머릿속에 장인어른의 전음이 들려왔다.

[내색하지 말고 그냥 들어라.]

'…?'

[너와 맺어져야만 금상제 그자에 관한 것을 알려준다고 했으니, 이제 정보를 요구하거라.]

하? 순간 나는 내색할 뻔했다. 하면 설백을 정말로 받아들인 게 아니라 속인 것이 아닌가. 그럼 사마영도 장인어른의 장단에 맞춰서 그녀를 받아들이는 척한 것일까? 장인어른이 이렇게 머리를 써서 묘책을 짜낼 줄은 몰랐다. 이에 나는 장인어른에게 물었다.

[그녀가 알려주고 나면 어찌하실 겁니까?]

혹 설백에게서 정보만 얻고 죽이려는 것일까? 얼마 전이라면 일말의 망설임 없이 죽였겠지만 그녀의 외로웠던 인생이나 나에 대한 마음이 진심임을 알기에 조금 망설여졌다. 이런 나의 물음에 장인어른이 전음으로 답했다.

[흥. 역시 마음에 두고 있었구나.]

[그건….]

[네놈이 정말로 저 여자에게 일말의 감정도 없다면 내게 이런 질문을 할 리가 없다.]

[…사마 소저가 원하지 않으면 저는 누구도 받아들일 생각이 없습

니다.]

이건 진심이었다. 사마영이 원하지 않으면 어느 누구도 받아들일 생각이 없었다. 나의 전음에 장인어른이 못마땅하다는 듯이 고개를 절레절레 흔들었다. 그러더니 내게 전음을 보냈다.

[그 마음이 조금이라도 변하면 각오하거라.]

[맹세하겠습니다. 그럴 일은 절대 없을 겁니다.]

진심을 담은 나의 말에 장인어른이 빤히 쳐다보다 전음을 보냈다.

[⋯곁에 두고 지켜봐라.]

[네?]

의아해하는 내게 장인어른이 전음으로 말했다.

[적은 가까이 두라는 말이 있다. 정말로 저 여인이 네게 진심이라 판단되면 영이 저 아이가 확실한 결정을 내릴 거다.]

이런 장인어른의 말을 듣고서 깨달았다. 애초에 장인어른 역시도 그녀를 죽이기보다 좀 더 지켜보려 했음을 말이다. 결국 관건은 설백이 얼마큼 사마영에게 신뢰를 주느냐에 달린 것이니 결과는 별반 달라질 게 없었다.

—너 어쩌냐?

뭐?

—백혜향 그 불여우도 있잖아.

소담검의 말에 나는 옅은 한숨을 내쉬었다. 일단 지금은 그냥 넘어가자. 어차피 지금 그 문제까지 꺼내면 사달이 벌어질 것 같다.

—참 여난이구먼.

불난 집에 부채질하듯이 소담검이 키득거렸다. 그때 귓가로 영영이의 전음이 울렸다.

[오라버니… 지금 내가 이 상황을 어떻게 받아들여야 해?]

영영이가 난처한 얼굴로 나를 쳐다보고 있었다. 장인어른과 사마영이 갑자기 난입하면서 깜빡했다. 아무것도 모르는 영영이는 주변의 눈치를 보느라 불쌍하게 이도 저도 못 하고 상황을 지켜보고 있었다.

[영영아, 내 눈을 봐.]

[눈?]

영영이가 대체 무슨 소리냐며 의아해했다. 하지만 눈을 언급하니 무의식적으로 내 눈을 쳐다보았다.

"아…."

그 순간 영영이의 두 눈이 멍해졌다. 백문이 불여일견이라고 했다. 영영이한테 소림사를 벗어나 장인어른과 사마영과 대화를 나눴던 것을 정요환의안의 환상으로 보여줬다. 그때 나누었던 대화에 적절히 알려줄 만한 것들이 잘 정리되어 있으니 말이다. 말로 설명하는 것보다 이게 나을지도 모른다. 환상은 영영이에게 찰나의 순간에 불과했다. 다시 눈동자가 원래대로 돌아온 영영이가 경악한 얼굴이 되었다.

"이게 대체…."

[쉿.]

나는 영영이에게 전음으로 진정하라고 말했다. 많이 혼란스러울 것이다. 정요환의안으로 환상을 본 것도 그렇고 이로 인해 진실을 알게 된 것도 말이다. 나는 그런 영영이에게 전음을 보냈다.

[환술의 일종이야.]

[환술이라고?]

[지금 네게 보여준 건 내가 겪었던 일들이야.]

[이게 전부 사실이라고?]

이런 일들이 내게 벌어진 게 쉽게 믿기지 않을 것이다. 비록 환상으로 보여줬다고 해도 내가 겪었던 일들이나 금상제에 관한 것들은 무림인들조차 받아들이기 힘들 만큼 엄청난 일이었다.

[얘기하려고 했었어.]

한데 갑자기 장인어른과 사마영이 나타날 줄 몰랐을 뿐이다. 그래도 이렇게 되었으니 영영이도 전부 알아야겠지. 이걸 알려줘야 내가 왜 무림연맹의 맹주 자리까지 얻으려고 하는지 이해할 수 있게 될 테니 말이다.

[영영⋯!?]

순간 나는 하던 말을 멈췄다.

[오라버니 왜 그래?]

영영이의 말에 답변해주고 싶지만 지금 나의 정신은 온통 다른 곳에 쏠리고 있었다. 머릿속에 보이는 사련검의 시선이었다. 총군사 방덕현의 집무실로 죽립과 흑포로 얼굴을 가린 세 명의 인물이 나타났다.

'놈들인가?'

맹주전을 앞두고 있기에 분명 그와 접촉하려는 자가 있을 거라고 여겼었다. 머릿속에 사련검의 목소리가 울렸다.

—갑자기 말없이 들이닥쳤어. 환의안이나 술법이 통하지 않는데 어떻게 할까?

이미 사련검은 환술을 걸어보려고 했던 것 같다. 하지만 이들에게는 통하지 않았다. 셋 모두 보통 고수들이 아님을 의미했다.

'일단 시간을 끌어.'

—알겠어.

* * *

총군사 방덕현에게 빙의한 사련검이 그들을 바라보았다.

집무실로 들어온 세 명의 인영. 하나같이 죽립과 흑포로 얼굴을 가리고 있었다. 이런 그들이 나타났는데도 군사부의 누구 하나 제지하지 않았다는 것은 이들과 같은 패임을 의미할 것이다. 긴장할 만한 상황이었지만 사련검은 태연스럽게 방덕현의 입을 빌려 말했다.

"오셨소."

진운휘가 알려준 대사였다. 여기서 태연자약하게 대응하지 않으면 저들이 의심할 것이다. 그때 흑포를 쓴 자들 중에 좌측에 서 있던 자가 입을 열었다.

"무슨 생각인 거지, 뇌주?"

역시나 총군사 방덕현이라고 부르지 않았다. 사련검은 어깨를 으쓱하며 말했다.

"그게 무슨 말이오?"

"분명 소검선을 배제시키라고 했는데, 어떻게 그자가 맹주전을 치를 후보가 된 거지?"

그 말에 사련검이 시치미를 떼고 말했다.

"소검선이 수를 써서 부맹주를 도발하여 겨루도록 했소."

"부맹주를 도발해?"

"그렇소. 노부가 아무리 장로들의 추천 안건을 내서 여론을 조장

한다고 한들 부맹주가 도발에 넘어가서 그와 사전에 겨뤄버렸는데 어찌하란 말이오."

대답은 그럭저럭 완벽했다. 이런 사련검의 대답에 사내가 고개를 끄덕였다. 그리고 코웃음을 치며 말했다.

"예상외로군."

"무엇이 말이오?"

"뇌주, 그대가 그분을 배신하다니 말이야."

'…!?'

순간 그 말에 총군사 방덕현에게 빙의한 사련검이 눈매를 가늘게 떴다. 대답에서 크게 허술함이 없었는데 이자는 마치 자신이 배신 했다고 확신하듯 말하고 있었다. 사련검은 울려 퍼지는 진운휘의 지시를 따랐다.

"대체 그게 무슨 말이오? 노부가 어찌 그분을 배신한단 말이오?"

"시치미를 떼기는."

"뭐요?"

"우리가 그 회의에서 무슨 일이 있었는지 모를 것 같나?"

'흐으응. 확실하게 들킨 것 같네.'

이런 그의 말에 사련검은 옅은 숨을 내쉬었다. 아무래도 회의에 참석했던 장로들 중 이들의 간자가 포함되어 있었던 것 같다. 진운 휘의 목소리를 들어보면 그조차 모르던 존재인 모양이다.

스릉! 그자가 허리춤에서 검을 뽑았다. 그리고 사련검을 향해 검 끝을 겨냥하며 말했다.

"이해가 가지 않는군. 뇌주 그대는 절대로 배신할 자가 아니라고 했는데 말이야."

"늘 예상치 못한 곳에서 복병이 일어나는 법이지."

사련검이 뒤로 한 발짝 물러나며 이죽거렸다. 어차피 배신이라고 확신한 이상 최대한 시간을 끄는 것만이 답이었다. 사련검은 진운휘가 읊어주는 말을 그대로 입으로 내뱉었다.

"신뢰하는 것치고 나이를 이렇게나 먹어가건만 금상지체의 시술조차 받지 못했는데 노부가 어찌 그분을 믿고 따를 수 있겠나?"

"그런 생각을 머릿속에 품고 있었다면 더는 안 되겠군."

죽립인의 검이 쾌속하게 움직였다. 사련검이 총군사 방덕현의 몸을 움직여 뒤로 신형을 날렸다. 하지만 죽립인의 검이 더욱 빠르게 총군사 방덕현의 왼쪽 가슴을 꿰뚫었다. 사련검이 고통스러운 척놈에게 말했다.

"끄으으으. 노, 노부가 죽으면 계획을 전부 망치게 될 터인데, 이래도 되는 것이오?"

그런 사련검의 말에 죽립인이 비웃음을 흘리며 말했다.

"안타깝지만 계획이 수정되었거든."

"수정?"

"죽을 놈이 알 바가 아니잖아."

그 말과 함께 죽립인이 검날에 힘을 주어 그대로 총군사 방덕현의 심장까지 사선으로 베어버리려고 했다. 그때 가운데에 있던 죽립인이 입을 열었다.

"멈춰."

"왜 그러는 거지?"

검에 힘을 가하려던 죽립인이 의아해하며 물었다. 그러자 가운데에 있던 죽립인이 손으로 총군사 방덕현이 들고 있는 두꺼운 지팡이를 가리키며 말했다.

"고통스러워하면서도 지팡이를 손에서 놓지 않는군."

굵직한 목소리가 변조를 한 듯했다.

"이게 어쨌다는 거지?"

그 말이 끝나기가 무섭게 가운데에 있던 죽립인이 지팡이를 향해 발차기를 날렸다. 사련검이 다급히 손을 움직여 지팡이가 가격당하는 것을 피하려 했다. 그러나 검에 찔린 상태로 그것은 무리였다. 콰지직! 지팡이가 부서지며 그 안에 있던 사련검의 본신이 드러났다.

검을 찌르고 있던 죽립인이 중얼거렸다.

"검?"

그런 그의 말에 지팡이를 부순 죽립인이 피식 웃음소리를 내더니 말했다.

"역시 사련검이었군."

"사련검?"

그 말에 사련검이 당혹감을 감추지 못했다. 단번에 자신을 알아봤다. 지팡이를 부순 죽립인이 팔짱을 끼고서 말했다.

"충성심이 깊은 자가 느닷없이 배신했다고 할 때 어느 정도 짐작했었다."

"그게 무슨 소리지?"

"다섯 요검 중 하나인 사련검은 사람을 현혹하고 그 육신을 지배해서 조종할 수 있는 요력을 가지고 있다."

'난감하네.'

사련검이 입술을 질끈 깨물었다. 저자의 정체가 누군지 모르겠지만 자신에 대해 너무 잘 알고 있었다. 검을 찌르고 있는 죽립인이 말했다.

"하면 뇌주가 이 요검에 지배당하고 있었다는 건가?"

"그렇다."

이런 죽립인의 말에 유일하게 혼자 움직이지 않고 있던 죽립인이 작게 탄식을 내뱉었다. 뭔가 진실을 알게 되어 안타깝다는 듯이 말이다. 그와 달리 사련검임을 알게 된 죽립인은 흥에 겨운 목소리로 말했다.

"하하하핫. 이것 참 전화위복이나 다름없군. 그렇지 않아도 유일하게 행방을 알 수 없었는데, 이렇게 찾았으니 말이야."

촤! 그 말과 함께 죽립인이 총군사 방덕현의 몸을 베어버렸다. 그러고는 바닥에 떨어지는 사련검을 향해 손을 뻗어 허공섭물로 끌어당기려 했다.

"그분께서 기뻐하시겠군."

사련검이 들썩이며 위로 떠올랐다. 바로 그 순간이었다. 공중에 떠올랐던 사련검이 이내 죽립인의 손이 아니라 집무실의 창가 쪽으로 날아갔다.

"아닛?"

파드득! 그때 창문의 문풍지와 창틀이 부서지며 누군가 집무실로 난입했다. 그리고 난입한 자의 손으로 사련검이 빨려 들어갔다.

* * *

—아슬아슬했네.

사련검의 말에 나는 동의했다. 조금만 늦었어도 사련검을 놈들에게 빼앗길 뻔했다.

"칫."

내가 갑자기 집무실로 난입하여 사련검을 회수하자, 손을 내밀고 있던 죽립인이 민망했는지 아무렇지 않은 척 펴고 있던 손을 움켜쥐었다.

나는 그들을 차례로 훑어보았다. 보통 자들이 아니었다. 사련검을 가져가려 했던 자는 초절정의 고수였고, 심지어 나머지 두 사람은 기운을 갈무리하고 있었으나 벽을 넘어선 고수들인 것 같았다.

─제대로 월척이 걸렸네.

나는 가장 우측에 있는 죽립인을 바라보았다. 마치 한 자루의 잘 가다듬은 보검을 보는 것처럼 기운이 날카롭기 그지없었다. 이들 중에서 가장 강했다. 어쩌면 설백이 말한 세 심복 중 제일 강하다는 뇌장일지도 몰랐다. 그때 내게 검을 빼앗긴 죽립인이 말했다.

"네놈 누구냐?"

놈들이 사련검을 알아차리는 바람에 혹시나 하는 마음에 체화만 변술로 얼굴을 알아보지 못하게 변화시키길 잘했다.

"그건 알 것 없고 네놈들 금상…."

그때 나는 순간 하던 말을 멈출 수밖에 없었다. 가운데에 있던 자가 죽립을 들어 올리는 순간, 흑포 너머로 보이는 두 개의 금빛 안광 때문이었다. 죽립을 슬며시 들어 올린 그자가 나를 바라보며 입을 열었다.

"오랜만이군, 검선의 후예."

협박

"오랜만이군, 검선의 후예."

죽립을 들어 올리면서 보이는 흑포 면사 너머의 금빛 안광. 나를 검선의 후예로 확신하는 듯한 말투와 두 금빛 안광에 나는 잠시 말문이 막혔다. 그때 사련검을 빼앗으려 했던 죽립인이 놀랍다는 듯이 말했다.

"이자가 검선의 후예라고?"

"얼굴이 달라도 이 눈에는 확연하게 보인다."

놈의 금빛 시선이 매의 눈처럼 나를 직시하고 있었다.

─대체 무슨 일이래? 널 어떻게 알아본 거야?

소담검의 물음에 머리가 복잡하게 돌아갔다. 흑포의 면사로 가렸다고 해도 죽립을 들어 올려 얼굴이 완전히 보이지 않는 것은 아니다. 내가 알고 있는 두 눈의 금안은 단 한 사람뿐이다. 한데 희미하게 보이는 저 얼굴은 그자가 아니었다.

─서복인가 뭐시기가 아니라는 거야?

아니. 인피면구일 확률이 높다. 서복, 그만이 완벽한 불로불사를 이뤘기에 두 눈동자가 전부 금안을 띠고 있다. 아마도 인피면구를 썼을 확률이 높았다.

—금상제인가 그놈이 완전한 불로불사를 이뤘을 수도 있잖아.

만약 그렇다면 최악의 상황이겠지만 그건 아닌 듯하다. 완벽한 불로불사를 이뤘다면 애초에 사련검을 노릴 이유가 없고, 이들이 저 두 눈동자가 금안인 자에게 저렇게 편하게 대할 리가 없다. 또 내가 처음 만났을 때 금상제는 금상지체의 시술 자체를 받지 않았었다. 그렇기에 금안으로 나를 파악할 수 없다. 그 당시에 금안으로 나를 보았던 자는 금상제의 산하에서 벼슬을 하고 있던 서복뿐이었다.

—엉? 그런데 어째서 저들과 함께하는 거야?

두 가지 이유이겠지. 하나는 금상제와의 관계가 다시 원만해져 그를 모시게 되었다거나….

—다른 하나는?

환마독.

—환마독?

설백은 혈주가 죽어서 대계를 위한 환마독이 부족해졌다고 했다. 이걸 들었을 때 내가 가장 먼저 떠올린 것은 금상제가 환마독으로 무림의 수많은 인사들을 세뇌시키려 한다는 것이었다. 이때 관건은 환마독이 어느 정도 고수에게 통하느냐였다. 절정이나 초절정의 경지에만 이르러도 어지간한 독의 침투는 내공으로 해소할 수 있다. 한데 만약 그 환마독으로 초인의 영역에 이른 자마저도 세뇌가 가능하다면 최악의 변수라고 할 수 있었다.

'환마독이면 더 안 좋다.'

차라리 다시 금상제의 산하로 들어간 편이 낫다. 아무래도 떠보는 편이 좋을 것 같다. 나는 놈을 바라보며 입을 열었다.

"서복."

이런 나의 말에 금빛 안광의 죽립인은 미동조차 없었다. 감정적으로 전혀 흔들리지 않았다. 오히려 놈이 여유롭게 내게 말했다.

"역시 나를 알아보는군, 검선의 후예."

"완벽한 불로불사를 이룬 자는 오직 서복 당신뿐이니까."

그 말에 서복으로 짐작되는 금빛 안광의 죽립인 눈매가 가늘어졌다. 감정적으로 동요를 보이는 걸까? 그럼 이 기회를 놓칠 수 없다.

"내가 알기로 서복 그대는 금상제의 뜻에 불복했기 때문에 그를 피해서 도망다니고 있었는데 어째서 이들과 함께하는 거지?"

이런 나의 말에 서복으로 짐작되는 자가 아닌 옆에 있던 죽립인이 나를 견제하는지 검으로 기수식을 취하며 말했다.

"괜히 떠볼 생각은 버려라, 검선의 후예. 군방은 그분의 충성스러운 심복이다. 네놈의 이간질에 넘어가지 않는다."

군방(君房)은 서복의 자이다. 저자의 답변만으로는 상황이 애매하다. 조금 더 유도를 해야겠다.

"서복, 그대는 진시황에게 불복하고 금상제에게조차 불복했다. 하면 그대 역시도 이게 옳지 않다는 것을…"

말이 미처 끝나기도 전이었다. 슉! 기수식을 취하고 있던 죽립인이 내게 쾌속하게 검을 뻗었다. 제법이긴 하나 내 상대가 될 수는 없었다. 나는 사련검으로 그자의 검을 쳐냄과 동시에 부러뜨리고 말았다. 챙강!

"헛?"

그리고 단숨에 놈의 미간을 찌르려고 했는데⋯. 채앵! 이런 나의 검을 서복으로 짐작되는 자의 우측에 있던 죽립인이 전광석화처럼 쳐냈다. 나는 튕겨 나간 검에 힘을 가해 변초를 펼쳤는데, 죽립인 역시도 검초를 펼쳐서 내가 휘두르는 검로를 최소한의 움직임만으로 막아냈다. 채채채채채챙!

'전부 막아?'

나는 내심 이자의 검술 실력에 놀라움을 금치 못했다. 여태껏 많은 고수들을 보았지만 이렇게 깔끔한 검로를 가진 자는 처음이었다. 심지어 공력마저도 보통이 아니었다.

'대체 누구지?'

특별한 검초를 펼치지 않아 죽립을 벗기지 않는 한 정체를 알 수가 없었다.

"빌어먹을!"

그 틈에 내게 당할 뻔한 죽립인이 뒤로 다섯 보가량 물러났다. 자신이 상대가 되지 않는다는 것은 확실히 알았겠지. 내 검을 막아낸 죽립인이 변조된 목소리로 말했다.

"그대가 진정으로 검선의 후예가 맞다면 제대로 실력을 발휘한 게 아닐 테지."

"그쪽도 마찬가지인 것 같은데."

이런 나의 말에 죽립인이 아무런 답을 하지 않았다. 말을 최대한 아끼고 있었다. 하면 그 죽립을 벗게 만들어야겠다. 손을 쓰려고 할 때였다.

"이로써 확실해졌군."

서복으로 짐작되는 이가 내게 말했다. 뭐가 확실해졌다는 거지?

"내가 그분의 진의조차 이해하지 못하고 따르지 않았던 것이나 도망쳤던 사실을 검선의 후예 그대가 어찌 아는가 했다."

"무슨 말을 하는 거지?"

"내가 도망 다니던 사실을 아는 자는 몇 되지 않거든."

그때 놈이 내게 의미심장한 목소리로 말했다.

"소운휘."

'…!?'

그런 놈의 말에 나는 순간 당혹스러울 수밖에 없었다. 금안으로 내 기운을 꿰뚫어 보았다고 하나 얼굴을 체화만변술로 변화시켰으니, 내 정체를 아직 확실하게 알 수 없다고 여겼다. 심장이 두근거렸다. 아주 잠깐의 동요를 알아차렸는지 서복으로 짐작되는 죽립인이 코웃음을 치며 말했다.

"역시 맞군. 소운휘와 관련이 있었어."

'응?'

이건 또 무슨 말이지? 내 정체를 확실하게 알아낸 게 아닌가. 놈이 계속 말을 이어갔다.

"놀랐나? 꼬리를 밟혀서."

이런 그의 말에 나는 시치미를 떼고서 말했다.

"무슨 소리를 하는 거지?"

"시치미를 떼도 소용없다. 이미 네가 사련검을 회수하러 온 시점에 소검선 소운휘와 관련이 있음은 확신하고 있었으니."

"소운휘와 관련이 있다라…."

나는 사련검을 잡고 있는 손에 힘을 주었다. 대화보다는 어떻게든 이들을 먼저 제압하는 것이 옳다고 판단했다. 그때 서복으로 짐작되는 죽립인이 내게 말했다.

"여기서 싸움이 벌어지면 전혀 좋을 게 없을 텐데."

"과연 그럴까."

나는 단숨에 그를 먼저 노리려 했다. 그런데 서복으로 짐작되는 죽립인의 입에서 나온 다음 말에 멈출 수밖에 없었다.

"소검선 소운휘가 혈마와 동일인이라는 사실이 알려지길 원치 않을 텐데."

순간 머릿속이 복잡해졌다. 그리고 뭔가를 떠올리고 말았다. 삼대 금지인 봉림곡에서 괴인들을 처리할 때 갑자기 철구를 끌고 나타났던 서복은 내가 혈마화를 한 것을 보았었다. 그 당시 내 힘으로는 그를 어찌해볼 수 없었는데, 그것이 이런 식으로 화살이 되어 날아올 줄이야.

—이거 곤란한데. 이러다 맹주직이 날아가겠는데.

그렇네. 어째서 계획이 수정되었다고 했는지 이제 알겠다. 소검선인 내가 혈마와 동일 인물이라는 것을 폭로할 작정이었나 보다.

—맞네. 그럼 밀고 있는 전 맹주를 쉽게 복권시킬 수 있을 테니까.

제대로 외통수를 맞았다.

—그렇게 못 하게 막아야지!

이들을 잡는다고 막을 수 있는 게 아니다. 계획을 바꿨다는 시점에 그것은 이미 금상제 놈도 알고 있다는 걸 의미했다. 그때 놈이 말을 이어갔다.

"보아하니 제자가 혈마라는 사실을 모르고 있지 않았나 보군."

그런 놈의 말에 나는 인상을 찡그렸다. 이들이 나에 대해 어찌 생각하고 있는지 확실하게 알게 되었다. 소검선 소운휘가 나 자신이라는 것을 정확하게 알지 못하니, 그 제자라고 판단한 것이었다. 하긴 상식적으로 익양 소가에서 자라왔던 정보가 있는데, 삼백여 년 전으로 시간을 거슬러 올라갔다고 어찌 상상할 수 있겠는가.

그때 내게서 간격을 벌린 죽립인이 말했다.

"하! 과연 그랬군. 이제야 모든 게 들어맞는군. 하하하하핫."

"……."

"이를 어쩌나. 제자의 신분이 들통나면 혈교에서도 그자를 끌어내릴 것이고, 정파에서도 공적으로 몰리게 될 터인데."

이미 내 모든 약점을 쥐었다고 생각하나 보다. 그러니 이렇게 이죽거리는 거겠지.

놈이 내게 손을 내밀며 말했다.

"사련검을 넘겨라, 검선의 후예."

"넘길 것 같나?"

이런 나의 말에 놈이 비웃음을 흘리며 말했다.

"거부하기에는 약점이 많다고 생각하지 않나?"

"약점?"

"소검선과 관련된 자들 곁에 우리가 사람을 붙이지 않았을 것 같나? 지금도 익양 소가를 비롯해 소영영까지 언제든 죽일 수 있다. 아아, 굳이 그러지 않아도 정체만 드러나면 무림연맹이나 혈교에서 죽이려 들겠군."

놈의 그 말에 나의 눈매가 날카로워질 수밖에 없었다. 이런 나를 보며 놈이 흥분을 감추지 못했다. 그동안 앓던 이를 빼게 생겼다는 듯이 말이다.

"제자가 불행해지길 원치는 않겠지. 아니, 사문 전체가 불행해지겠군. 검선의 후예가 제자를 움직여 정사 무림을 장악하려 했다. 크… 이 얼마나 세간의 관심을 받겠나."

"…"

이것들 아주 작정을 했네. 그때 내 검을 막아냈던 죽립인이 앞으로 나서며 말했다.

"적당히 해라."

"뭐?"

"쥐도 궁지에 몰리면 고양이를 문다는 격언이 있다. 검선의 후예가 여기서 작정하고 몸을 숨기기라도 한다면 찾을 수 있을 것 같나."

그런 그의 말에 내게 이죽거리던 죽립인이 입을 다물었다. 그가 생각해도 나를 굉장히 자극했다고 여겼나 보다. 자신들의 우두머리가 두려워하는 자는 나인데, 그런 내가 모든 것을 포기하고 도망치기라도 한다면 그 책임을 져야 할지도 몰랐다. 이를 염두에 두기라도 했는지 놈이 내게 말했다.

"그렇군. 좋아. 하면 검선의 후예에게 제안을 하도록 하지."

"제안?"

"그래. 이 제안을 받아들인다면 그대의 제자와 그 식솔들, 관련된 모든 자들의 목숨을 보장하지. 그리고 제자의 정체를 들키는 일도 없을 거다."

솔깃한 제안을 던지고 있었다. 나는 코웃음을 치며 말했다.

"그래서 그 제안이란 게 뭐지?"

그러자 놈이 웃음소리를 흘리며 말했다.

"그 사련검과 제자가 가진 혈마검을 넘겨라. 그리고 제자가 그분께 충성을 맹세할 수 있게 해라."

"하?"

"그분께서 충성하지 않은 자를 가만히 내버려둘 것 같나."

놈이 배려라도 한 듯이 말했다. 이참에 혈교와 정파를 동시에 먹겠다는 속셈을 모를 것 같나. 놈이 계속 말을 이어갔다.

"검선의 후예, 그대는 제자와 입장이 다르다. 그분께서는 후환을 남기는 것을 좋아하지 않지."

"뭘 어쩌라는 거냐?"

"이 자리에서 스스로 단전을 폐하고 양팔과 양다리의 근맥을 잘라라. 그리한다면 내 그분께 아뢰어 그대의 목숨도 보장토록 하마."

놈은 내가 이 제안을 받아들일 거라고 여기나 보다. 그렇지 않고서야 저리 득의양양할 수가 없다. 이미 내 모든 약점을 잡고 있었기에 가능한 일이었다.

소담검이 걱정스러운 듯이 물었다.

―어떡해? 완전 진퇴양난이잖아.

그렇네.

―지금 제자로 알고 있어도 들키는 건 시간문제잖아.

아마 그렇겠지. 이미 금안으로 내 기운을 완전히 파악했다. 소검선으로 나서든 혈마로 나서든 간에 서복으로 짐작되는 저자는 확실하게 알아차릴 것이다. 정체를 들키니 제대로 몰리게 되었다. 나는 허탈하다는 듯이 길게 한숨을 내쉬며 말했다.

"후우… 제안이 아니라 협박이나 다름없군."

그런 나의 말에 놈이 웃으며 답했다.

"마음대로 생각해라. 이쪽은 잃을 게 없지만 검선의 후예 그대는 아니거든."

"잃을 게 없다라…."

나는 놈의 그 말에 코웃음을 쳤다.

죽립인이 내게 이죽거렸다.

"그렇게 여유 부릴 처지가 아닐 텐데."

이에 나는 한마디 했다.

"홍산."

'…!?'

그 말을 듣자 어깨까지 들썩이며 즐거워하던 놈의 움직임이 멈췄다. 나는 이에 그치지 않고 말했다.

"조양… 기춘… 서성… 남소."

이런 나의 말에 놈이 저리 굳게 입을 다물고 있는 이유는 단 하나였다. 이 위치들 중 금상제의 근거지가 자리하고 있기 때문이다. 끊임없이 신변을 위해 위치를 옮긴다고 해도 분명 이 위치들 중에 놈이 있을 것이다.

"내가 놈을 찾지 못했을 것 같나?"

당혹스러운지 잠시 말문이 막혔던 놈이 입을 열었다.

"그런다고 달라질 건 없다. 근거지야 얼마든지 옮기면 될 일이지만, 제자의 정체가 폭로되어 전 무림의 공적이 되고도 감당할 수 있겠나?"

"해."

"뭐?"

"폭로하고 싶으면 해라."

강하게 나오자 놈이 의아함을 감추지 못했다. 나는 이에 그치지 않고 체화만변술로 그 자리에서 얼굴을 바꾸었다.

"아닛?"

내가 변한 모습은 다름 아닌 금상제였다. 죽립과 흑포의 면사로 가렸지만 아마 눈이 휘둥그레졌을 것이다.

"어… 어떻게?"

"아아, 하나 깜빡했군. 눈이 다르지."

나는 마치 역용술로 눈마저 변화시킨 것처럼 눈을 가렸다가 뗐다.

'…!!'

한쪽 눈이 금안으로 변해서 완전히 금상제와 같아진 모습에 그들 모두가 당혹스러워했다. 나는 그런 그들에게 빙그레 웃으며 말했다.

"누가 먼저 무림의 공적이 될지 한번 해보지 뭐."

"네, 네놈… 설마…."

"무림연맹에 있는 자들을 남녀노소 상관없이 전부 도륙하면 되려나."

"네놈!"

이런 나의 말에 내게서 거리를 벌렸던 죽립인 놈이 흥분을 감추지 못했다. 설마 이런 전법으로 나올 거라고는 상상도 하지 못했을 것이다. 어차피 내가 무림연맹의 맹주가 되려 했던 목적은 금상제의 손아귀에 들어가지 못하도록 막기 위함이었다. 제 놈들이 말하지 않았나. 쥐도 막다른 곳에 몰리면 고양이를 물게 되어 있다고. 어차피 가지지 못할 무림연맹이라면 한바탕 난리 치지 못할 것도 없었다.

그때 내 검초를 막아냈던 죽립인이 말했다.

"허장성세요. 그럴 리가 없소."

"뭐가 그럴 리가 없다는 거지? 지금 저 모습을 보고도 그런 말이 나오나."

"검선은 예로부터 정의를 숭상하는 정도의 대종사였소. 그런 그의 후예가 죄 없는 사람들을 몰살한다는 말을 믿는 것이오?"

그런 죽립인의 말에 내게서 거리를 벌렸던 죽립인이 잠시 멈칫했다. 그러더니 나를 쳐다보며 박장대소를 했다.

"하하하하핫. 하마터면 넘어갈 뻔했군. 맞아. 명색이 도를 갈고닦는 도인 출신이 함부로 같은 정파인들을 향한 살생을 지향할 리가 없지."

그 말에 나는 피식 웃으며 말했다.

"무림을 좌지우지하려는 자에 대한 경각심을 심어주는 데 그런 걸로 망설일 것 같나."

"허튼소리! 괜히 우리를 혼란스럽게 하려는 수작임을 모를 것 같은가."

제일 먼저 넘어간 놈이 말이 많네. 그렇다면 굳이 망설일 필요가 있나. 검을 위로 들어 올렸다.

"허세 부리지 마라!"

"오늘부로 금상제는 꽤나 유명해질 거야. 아니, 오대 악인 이상으로 악명이 높아지려나."

그 말이 끝나기가 무섭게 나는 공력을 끌어올려 사련검에 집중했다. 대놓고 기운을 방출하니 놈이 당황해서 소리쳤다.

"네놈 정녕!"

놈이 소리를 지르거나 말거나 나는 벽면을 향해 검을 휘둘렀다. 그러자 검격과 함께 날카로운 예기가 사련검에서 터져 나오며 벽면을 부수려고 했다. 바로 그 순간이었다. 내 검초를 막아냈던 죽립인이 전광석화처럼 신형을 날리며 이를 막아냈다. 채애애애앵! 귀가 찢어질 듯한 소음과 함께 놈을 중심으로 예기가 사방으로 튕겨 나가며, 집무실의 바닥과 벽면이 갈라졌다. 촥! 촥! 쩌저저저적!

'대단하군.'

검격을 막아내며 최소한의 피해만 생기게 전부 흘려보냈다. 상당한 공력을 가했는데도 저 자리에서 조금도 밀려나지 않을 정도라니. 역시 초인의 벽마저 넘어선 절세고수였다. 내게서 거리를 벌렸던 죽립인이 어처구니없어하며 소리쳤다.

"제정신이 아니구나!"

"제정신이 아닐 게 있나."

"네놈 정말 검선의 후예가 맞느냐?"

"왜, 아닌 것 같나?"

"검선의 후예라는 작자가 같은 정파인을 죽이는 데 일말의 망설임조차 없다니, 돌아도 제대로 돌았군."

"네놈들이 먼저 건드렸다."

남의 약점을 움켜쥐고서 협박한 건 잊었나 보지. 예전의 약했던 나라면 모를까, 지금은 그런 협박에 굴하지 않는다. 눈에는 눈, 이에는 이다.

그때 내 검격을 막아낸 죽립인이 큰 소리로 나를 다그쳤다.

"타락했구나! 검선의 후예!"

예의 변조했던 목소리가 아니었다.

'…이 목소리?'

격앙된 목소리로 외친 것이지만 나는 이 목소리를 들어본 적이 있었다.

"도를 숭상한다는 자가 죄 없는 사람들을 그저 자신의 목적을 위해 희생시키려고 하다니, 그러고도 어찌 정도를 자청할 수 있단 말인가!"

이어지는 다그침에 나는 확신할 수 있었다. 이 목소리의 주인이 누구인지 말이다. 얼마나 흥분했으면 냉정을 잃고 변조하는 것을 잊을까. 그런 그의 외침을 의식하기라도 했는지 내게서 거리를 벌렸던 죽립인이 그를 나무랐다.

"그만해라."

그 말에 아차 싶었는지 죽립인이 입을 다물었다. 하지만 이미 늦었다. 나는 죽립인을 바라보며 말했다.

"다른 누가 타락했다고 말하기엔 부끄럽지 않나?"

"무슨 소리를 하는 것이오?"

이제 와서 변조를 하고 시치미를 떼어봐야 무슨 소용인가. 나는 콧방귀를 뀌며 그에게 말했다.

"자타공인 정파 최고의 검객이 실망이로군, 전 무림연맹주 무한제 일검 백향묵!"

'…!!'

이런 나의 말에 죽립인이 멈칫했다. 자신의 정체를 들켰으니 당연히 당혹스럽기 짝이 없을 것이다. 하지만 나야말로 어처구니가 없었다. 그래도 정파와 무림연맹의 최고 전성기를 구가하게 만들었던 정파의 상징이자 최고의 무인이라는 자가 저들과 손을 잡았다니. 연유가 어찌 되었든 내가 알고 있던 그가 맞는가 싶을 만큼 실망스러운 행보였다. 하긴 무림연맹의 맹주라는 자가 본교의 교주만 익힐 수 있는 신공인 혈천대라공을 연마했을 때부터 뭔가 이상하긴 했다.

"…"

나는 아무 말도 하지 못하는 놈을 다그쳤다.

"백향묵, 명색이 전 무림연맹주라는 작자가 무림을 배후에서 좌
지우지하려는 자들과 여기서 이런 작당질을 하고도 다른 누군가를
나무랄 자격이 있느냐?"

"…오해요."

입을 다물고 있던 그가 해명하듯이 말을 꺼냈다.

"뭐가 오해라는 거지? 지금도 무림연맹 안에 들어와 얼굴조차 감
추고 이들과 은밀하게 행동하고 있지 않나?"

"본인은….."

그가 뭔가를 말하려는데 내게서 거리를 벌렸던 죽립인이 끼어들
었다.

"그만!"

내가 그를 흔들려는 것을 막으려는 모양이었다. 하긴 여기서 최고
전력이라 할 수 있는 백향묵이 흔들린다면 나를 막기 힘들어진다.
그때 놈이 다시 입을 열었다.

"계획을 변경한다. 이 자리에서 놈을 죽인다."

"나를 죽여?"

마치 그조차 계획에 포함되어 있었다는 것처럼 들리는 건 무엇일
까? 놈이 내게 시선을 돌리며 말했다.

"검선의 후예, 우리가 지금껏 네놈을 죽일 방법을 강구하지 않았
을 것 같나?"

"죽일 방법?"

뭔가 대책이라도 강구한 것일까? 의아해하고 있는데 놈이 갑자기
이를 악물었다. 그러자 까득, 하는 소리와 함께 놈의 입 안에서 무언

가 터지는 소리가 들렸다. 이빨 안에 무언가를 끼우고 있었던 것 같다. 그때 유일하게 살이 드러난 부위인 놈의 목줄기 핏줄이 검게 부풀어 오르는 것이 보였다. 고오오오오! 놈의 기운이 갑자기 치솟고 있었다. 방금 전만 하더라도 기감으로 초절정 고수였는데, 공력만 놓고 본다면 거의 초인의 영역에 이르렀다고 해도 과언이 아닐 만큼 폭증했다. 특수한 무공이 아니라 약물만으로 이런 게 가능한가?

"약물의 힘으로 늘린 힘이 오래갈 것 같나?"

나의 질문에 놈이 키득거리며 답했다.

"이 약을 먹으면 모든 원기를 소진시켜 공력을 세 배 가까이 치솟게 해주지."

그런 놈의 말에 나는 눈살을 찌푸렸다. 원기를 소진시킨다는 말 때문이었다. 그 말인즉, 저 약을 먹게 되면 일시적으로 공력이 상승할지는 모르나 필시 원기를 소진하여 죽게 될 것이다.

"목숨을 던지는 것이냐?"

"검선의 후예, 네놈을 죽이는 대가치고는 싼 편이지."

그 말과 함께 놈이 목에 걸고 있는 호각을 불려고 했다.

내가 이를 막기 위해 사련검으로 예기를 날리자, 백향목이 끼어들어 막아냈다. 채애애앵! 그 틈에 놈이 호각을 불었다. 삐이이익! 호각 소리가 울리자 집무실 밖에서도 이 소리가 들려왔다. 군사부의 건물 곳곳으로 호각이 퍼져 나갔다. 설마 이것들…. 놈이 나를 보며 입꼬리를 비릿하게 올리며 말했다.

"여기 있는 모든 전력이 네놈을 잡기 위해 목숨을 걸었다, 검선의 후예."

"하!"

"이곳이 네놈의 묫자리가 될 것이다."

어지간히 작정한 모양이다. 군사부의 건물 안에만 자그마치 이백여 명이 상주하고 있다. 그들 모두가 저놈이 먹은 원기를 소진하여 공력을 폭증시키는 단약을 먹었다면 제대로 자살 특공대를 만든 것이었다. 이 정도까지 해야 나를 잡을 수 있다고 판단한 거겠지. 정파 최고의 고수인 무한제일검 백향묵과 불로불사의 서복, 약물로 공력이 초인의 영역까지 이른 이놈까지 친다면 최강의 전력이라 할 수 있었다.

놈이 나를 고갯짓으로 가리키며 소리쳤다.

"군방, 네놈이 저놈을 묶어둬라."

불사의 몸을 가진 그야말로 나를 묶어둘 수 있다고 확신하는 모양이었다. 그런 그의 말에 서복이 아무런 대답을 하지 않았다. 오히려 손으로 자신의 이마를 짚고 있었다.

"왜 그러는 것이냐?"

"…아무것도 아니다."

서복이 고개를 젓더니 내게 신형을 날리려 했다. 이에 나는 피식 웃으며 말했다.

"준비하느라 고생이 많았네. 그럼 열심히 막아봐."

"뭐?"

나는 놈의 반문이 끝나기가 무섭게 군사부의 창문을 향해 몸을 날렸다. 백향묵을 비롯해 서복이 동시에 몸을 날려 나를 막으려 했으나, 극의로 개량된 풍영보를 익힌 나의 경공은 무림 최고라고 해도 과언이 아니었다. 순식간에 창문을 통과했다. 당황한 놈이 소리쳤다.

"안 됏! 거, 거기 섯!"

내가 여기서 네놈들과 마냥 싸우고 있을 것 같아. 목적대로 금상제의 모습으로 무림연맹을 쑥대밭으로 만들 작정이거든. 물론 쑥대밭을 만들 곳은 정해뒀다. 딱 좋은 곳이 있었다. 팟! 나는 그곳을 향해 신형을 날렸다. 뒤에서 놈들의 외침이 들려왔다.

"놈을 잡아! 반드시 잡아야 한다!"

그 말과 함께 창문으로 놈과 백향묵, 서복 등을 비롯해 군사부의 복장을 한 이들이 무더기로 튀어나왔다. 콰득! 콰득! 콰득! 군사부 건물의 창문 문풍지를 찢고 튀어나오는데 참 장관이었다.

안달이 나서 미칠 것이다. 나를 잡지 못하면 여기에 있지도 않은 금상제가 무림 공적이 될 테니까 말이다. 더 속도를 낼 수도 있지만 나는 일부러 놈들과 거리를 유지하며 경공을 펼쳤다. 완전히 쫓아오지 못하면 안 되니까 말이다.

―어디로 가는 거야?

'황룡당.'

―햐!

이런 나의 대답에 소담검이 혀를 내둘렀다. 얼마나 좋은 기회인가. 그렇지 않아도 회귀 전에 내 배에 검을 쑤셔 넣었던 모용수 그놈을 어떻게 죽이면 좋을까 고민했었는데, 이런 기회가 생겼네. 얼마 지나지 않아 각 당이 모여 있는 당주전이 보였다. '황룡당'이라 적힌 현판과 함께 가옥 건물들이 눈에 띄기에 나는 망설임 없이 그곳을 향해 들어갔다. 느닷없이 나타나 들어가려 하는 나를 황룡당을 지키는 경비들이 막으려 했다.

"멈추시오! 이곳은 함부로 들어갈…."

착! 나는 그들의 다리를 일검에 동시에 베어버렸다.

"끄악!"

다리가 잘린 그들이 바닥을 뒹굴며 비명을 질러댔다. 그런 그들을 두고서 나는 현관 전각을 넘어갔다. 비명 소리를 들었는지 가옥의 건물들에서 수많은 황룡당의 당원들이 튀어나왔다. 황룡당은 모용 세가 그 자체의 전력이라고 봐도 될 만큼 모용 세가의 직계와 방계, 그리고 그와 관련된 요녕성의 여러 문파, 방파의 후기지수들로 이루어졌다.

"이게 무슨?"

전각 앞의 외곽 건물에서 나온 자들이 다리가 잘린 경비들을 보고서 당혹감을 감추지 못했다.

"아닛!"

"저자는 대체 누구요?"

"한쪽 눈이…."

그래, 한쪽 눈이 금안이다. 충분히 봤겠지. 나는 놀란 그들 사이로 신형을 날렸다. 그리고 사정없이 그들의 몸을 난도질하며 베어 나갔다. 촤촤촤촤촤촥!

"끄악!"

"컥!"

그들이 병장기를 빼 들고 대항해보려 했으나, 가장 뛰어난 고수들조차 일류에 불과한데 무슨 수로 나를 막겠는가. 열 명 중에 한둘을 남기고 모두를 일검에 몸을 갈라 절명하도록 만들었다. 기절한 놈들이 깨어나면 이 악독함을 아주 잘 설명해주겠지.

"놈을 잡아라!"

"와아아아아!"

터져 나오는 비명 소리에 황룡당의 당원들이 내가 있는 곳으로 몰려들었다. 무림연맹의 모든 당을 통틀어 세 손가락에 꼽힐 만큼 가장 많은 인원을 보유한 황룡당다웠다. 순식간에 이백여 명이 넘는 자들이 나를 에워쌌다. 그런 그들 사이로 황룡당의 당주인 모용수가 보였다.

"저자는 대체 누군가?"

"모르겠습니다. 갑자기 저희 당에 나타나 당원들을 공격하고 있습니다."

"당장 잡아!"

제 놈이 직접 나설 생각은 없나 보지. 그럼 내가 가주마. 나는 주변을 에워싼 자들을 향해 검을 휘둘렀다.

"비켜라."

촤악!

"끄악!"

"컥!"

검에서 흘러나온 예기에 순식간에 이십여 명이나 되는 이들이 반토막이 나고 말았다. 이류에서 일류에 불과한 이들은 내 검을 조금도 막을 수가 없었다. 개미 떼가 수천이 있다고 물소를 어찌 못 하듯이 말이다.

"마, 막아! 막아라!"

모용수가 이런 나의 엄청난 무위에 겁을 먹고서 창백해졌다. 아무리 후기지수들 중 뛰어난 축에 속해도 기껏해야 절정의 고수에 불과한 놈이었다. 저런 놈한테 회귀 전에 죽임을 당한 것이 쪽팔릴

지경이었다.

촥! 촥! 나는 앞을 막아서는 당원들을 베어 나가며 놈에게로 걸어갔다. 아마 피로 뒤덮인 내 모습이 지옥의 악귀처럼 보일 것이다. 거의 열 보 이내로 가까워지자 고민하던 놈이 뒤도 돌아보지 않고 지휘를 포기하고서 도망치려 했다. 그러나 이형환위의 수법으로 나는 순식간에 도망치려는 놈의 앞을 가로막았다. 스륵!

"헉!"

당황하는 놈에게 나는 싱긋 웃어 보였다.

"우두머리가 도망치면 쓰나."

"다, 당신 대체 뭐야? 어째서…."

"왜 죽는지는 지옥에 먼저 가 있는 놈에게 물어봐."

"뭐?"

그 말이 끝나기가 무섭게 나는 놈의 머리를 그대로 내려쳤다. 빠!

"끕!"

콰드득!

이성 공력에 불과했지만 머리를 맞는 순간 놈의 머리가 으깨짐과 동시에 눈알이 튀어나오며 칠공에서 피가 뿜어져 나왔다. 머리가 으깨진 모용수의 몸이 실이 끊어진 인형처럼 비틀거렸다. 마치 자신의 피를 맞아가며 춤을 추는 듯했다.

"다, 당주!"

"이럴 수가…."

그 모습에 황룡당의 당원들이 망연자실함을 감추지 못했다. 어느 정도 상대할 수 있는 적이라면 분노를 토해내기라도 하겠지만 압도적인 무위로 당원들을 학살한 것으로도 모자라 당주인 모용수를 일격에 죽였는데 누가 제대로 입을 벙긋할 수 있겠는가. 오히려 그들은 뒷걸음을 치며 도망갈 궁리를 하고 있었다.

파파파파팟! 그때 황룡당의 가옥으로 세 죽립인을 비롯해 군사부 복장을 한 무사들이 나타났다. 이런 그들을 같은 아군이라 여긴 황룡당의 살아남은 당원들이 아우성을 쳤다.

"군사부에서 오셨습니까?"

"도, 도와주십쇼!"

"갑자기 저 한쪽 눈이 금안인 자가 나타나 저희 모용당주와 당원들을 학살했습니다."

백향묵으로 짐작되는 죽립인이 수많은 시신들을 보며 어처구니없다는 듯이 죽립을 들어 올리더니 나를 노려보았다.

"기어코 일을 저질렀구려."

그의 목소리가 분노로 물들어 있었다. 내가 죄 없는 정파인들을 죽였다고 여겨 분노한 모양이었다. 그런 그의 앞을 지나쳐 약물을 복용한 죽립인이 나서더니 나를 가리키며 소리치려 했다.

"모두 들으시오. 나는 군사부에서 왔소이다. 저자는…."

놈의 말이 끝나기도 전이었다. 나는 바닥을 향해 진각을 밟았다. 쾅! 그 순간 굉음의 파동이 사방으로 퍼져 나가면서 살아남은 황룡당의 당원들이 갑자기 눈이 뒤집히며 바닥으로 쓰러지고 말았다. 털썩! 털썩! 이들에게 내가 검선의 후예라고 지껄이는 것을 내버려둘 것 같았나. 전부 쓰러진 그들을 본 죽립인이 어처구니없다는 듯이 중얼거렸다.

"설마… 혈마군림보?"

사실 손가락을 튕기려고 했는데, 황룡당 주변에 있는 당에서도 소란을 감지했는지 몰려들려는 기미가 보여서 정요환의안을 극성으로 발휘했다. 선천진기가 상당히 소모된 것으로 보면 적어도 이삼백여 명 가까이 쓰러진 것 같았다. 백향묵이 죽립인에게 말했다.

"저자가 소검선, 아니 혈마의 스승인데 이제 와서 놀랄 게 무엇이겠소? 빨리 저자를 죽이지 않는다면 더 많은 자들이 희생되고 말 것이오."

"흥! 알고 있다."

죽립인이 손을 들어 올리자 군사부의 무사들이 나를 원으로 에워쌌다. 또다시 도망칠까 봐 방벽을 치는 것이었다. 죽립인과 서복, 백향묵이 내게 기수식을 취하며 거리를 좁혀왔다. 백향묵이 내게 검을 겨냥하고서 말했다.

"천하제일검이라 불렸던 검선의 진전을 이어받았다기에 한 번쯤 겨뤄보고 싶었소. 그게 이런 식으로 이뤄져서 안타깝지만."

"감상은 필요 없다. 놈을 죽이는 데 집중해라."

그런 그들의 대화에 나는 코웃음을 쳤다. 그리고 사련검의 검병을 두 손으로 거꾸로 쥐고서 말했다.

"미안하단 말부터 하지."

"뭐?"

"웬만하면 전력을 발휘할 생각이 없었는데, 이쪽도 시간이 없기는 마찬가지거든. 한 번에 정리하도록 하지."

그런 나의 말에 놈이 어처구니없어했다.

"하! 어지간히 우릴 우습게 여기는구나. 아무리 검선의 후예 네놈이 강하다고 해도 이 정도 전력을 상대로 쉽게…."

놈의 말이 끝나기도 전이었다. 파치치치치칙!

'…!!'

뇌기의 순응으로 전신이 뇌전으로 뒤덮이자 놈의 말문이 막히고 말았다.

"막아야 해!"

팟! 팟! 이에 위기감을 느낀 백향묵과 서복이 나를 향해 동시에 신형을 날렸다. 그들의 엄청난 기세에도 불구하고 나는 뇌기의 순응 상태로 바닥을 향해 사련검을 꽂았다. 푹!

'대도천둔검법 뇌벽천둔(雷霹天遁) 삼초식 역천광뢰(逆天光雷).'

바로 그 순간이었다. 파치치치치치칙! 콰콰콰콰콰콰콰쾅! 십여 장이 넘는 바닥에서 뇌기가 위로 솟구쳤다.

"아닛!"

"이, 이게 대체!"

내게 쇄도해오던 백향묵과 서복이 동시에 경악을 금치 못했다. 그것은 흡사 하늘에서 내려칠 것만 같던 천둥 번개가 역으로 하늘로 치솟는 천지개벽과도 같은 현상을 일으켰다.

파치치치치칙! 콰콰콰콰콰쾅!

역으로 치솟는 천둥 번개는 가히 장관이었다.

'조절하는 것도 힘들군.'

대도천둔검법의 비기 뇌벽천둔 역천광뢰의 위력은 상상을 초월한다. 뇌기의 순응에 의한 뇌전을 검격에 실어 방출하게 되는데, 자그마치 최대 이십여 장에 달하는 광범위한 피해를 입힐 수 있다.

'법구 천둔을 가진 스승님에 비하면 새 발의 피지.'

물론 이것도 엄청나지만 말이다. 다만 범위가 넓어질수록 전격의 위력은 줄어들게 되어 있다. 가장 가까이에 있을수록 엄청난 위력의 전격을 맞게 되는 것이고, 멀어질수록 약해지기에 치명상을 피할 확률이 그나마 생겨난다.

─계산을 잘했네.

모든 초식은 적절한 상황에서 제구실을 하기 마련이다. 절세고수들이 근접하고 그 아래 실력자들이 주변을 에워싸고서 거리를 벌렸기에 역천광뢰만큼 적절한 초식도 없었다. 한데 의외였다. 위력을 어느 정도 조절했다고 해도 이들을 전부 죽일 작정이었다. 그런데 기감으로도 그렇고 흩어져 가는 먼지 사이로 보이는 세 인영에 놀라움을 금치 못했다.

"끄으으으."

옷이 전격에 의해 타들어가고 넝마가 된 중년의 사내가 보였다. 아무래도 이자는 나를 계속해서 자극했던 그 죽립인인 것 같았다. 비틀거리는 놈은 고통스러운지 계속해서 피를 게워내고 있었다. 놈이 주위를 둘러보더니 경악을 금치 못했다.

"괴⋯ 괴물 같은 놈."

주위를 에워싸고 있던 이백여 명에 이르는 군사부의 복장을 한 자들이 한 사람도 남김없이 쓰러져 있었다. 몇몇이 몸을 꿈틀거리긴 했으나 뇌전에 의한 현상이고 전부 죽었다. 그 와중에 놈이 놀라움을 금치 못했다.

"하⋯."

역천광뢰의 범위를 확인했기 때문이다. 일부 기절했던 황룡당의 당원들이 휘말리기는 했으나, 살아남은 채 기절했던 대다수가 교묘하게 뇌전의 범위에서 벗어나 있었다. 이를 조절하느라 꽤나 힘들었다. 전부 죽으면 저들이 금상제에 관한 소문을 낼 수 없지 않나.

놈이 혀를 내두르며 말했다.

"네놈을… 잘못 파악했군. 검선의 후예는 무슨!"

내가 이런 식으로 자신들을 상대할 거라고는 예측하지 못했는지 놈이 분함을 견디지 못했다. 어차피 놈은 이미 불능에 가까운 상태라 상관없었다. 계속해서 검은 피를 게워내는데, 기운이 급속도로 줄어들고 있었다. 약물의 부작용일 것이다. 그보다는 다른 두 사람이 문제였다.

'말도 안 되는 재생력.'

뇌벽천둔에 어느 정도 타격을 입길 바랐다. 한데 뇌전에 의해 타들어가고 화상을 입었던 부위가 순식간에 재생되어버렸다. 서복 저 자에게 있어서는 아주 잠깐의 고통에 불과했던 셈이다.

'성가시네.'

그렇다고 해도 여기까지는 어느 정도 예상했던 범주였다. 진짜 문제는 전 맹주 무한제일검 백향묵이었다. 피처럼 붉게 물든 그의 머리카락과 치솟은 기운에 나는 기가 찼다. 최소 혈천대라공 오성 이상에 이르렀다는 증거였다.

"그동안 혈천대라공을 열심히 연마했나 보군."

그 자신의 순수한 무위만으로도 매우 뛰어난데, 역량을 한계치까지 끌어올려주는 혈천대라공 덕분에 역천광뢰를 버텨내고 만 백향묵이었다.

"후우… 후우….."

치치칙! 거친 호흡을 내뱉는 백향묵의 발밑으로 뇌기가 흘러나왔다. 겉으로는 그나마 멀쩡해 보여서 완전히 막았나 싶었는데, 체내에 파고든 뇌기를 밖으로 방출하는 것을 보니 꼭 그런 것만도 아닌 모양이었다. 백향묵이 자리에서 몸을 제대로 일으켜 세우며 말했다.

"군방, 아주 잠깐이면 되오. 잠깐만 묶어주시오."

"알겠… 큭."

이런 그의 말에 서복이 고개를 끄덕이며 답하다 이내 오만상을 찌푸렸다. 이마에 핏줄이 잔뜩 부풀어 올랐는데 고통스러워 보였다. 이런 그의 모습에 피를 게워내던 중년인이 말했다.

"끄으으. 정신… 차려라. 놈을 죽이지 않으면 그분이 진노할지도 모른다."

"그분?"

서복이 자신의 이마를 짚고서 비틀거렸다. 뭐지? 뭔가 이상하다. 눈동자에 실핏줄까지 올라와 나를 바라보는데 뭔가 혼란스러워 보였다. 고통스러워하던 그가 나를 바라보며 중얼거렸다.

"주군?"

그 말에 중년인이 피를 토해가며 소리쳤다.

"무슨 소리를 하는 거야? 저놈은 주군이 아니라 모습만 주군일 뿐이다. 놈을 죽여야 한다."

"주… 죽여야 한다고? 저자는 주군인데?"

"주군이 아니라고 하지 않았…."

촥!

"컥!"

말이 끝나기도 전에 나는 예기로 놈의 목을 베어버렸다. 지금 서복의 반응을 보면 환마독의 세뇌에 뭔가 문제가 생긴 듯했다. 이게

만약 스스로 세뇌를 극복하려는 현상이라면 이를 방해하게 내버려

둘 수 없었다. 놈이 죽자 서복이 고개를 돌리더니 나를 노려보았다.

"서복, 정신 차려라. 그자들은 그대를 환마독으로 중독시켜 이용

하고 있다."

"이용?"

"이런 것에 이용당할 참인가?"

이런 나의 말에 서복이 오만상을 찌푸리며 내게 소리쳤다.

"허, 허튼소리!"

놈이 그 말과 함께 내게 신형을 날렸다. 말 몇 마디로 쉽게 풀릴

수 있는 게 아닌 건가. 그 기회를 놓치지 않고 백향묵도 바닥을 박

차며 내게 신형을 뻗어왔다. 이번에는 당하지 않겠다는 듯이 내게

검결지를 휘두르는데, 붉은 예기가 반월처럼 나를 가르려고 했다.

'일런파획.'

그것은 혈천대라검 일런파획이었다. 검결지로 이것을 펼칠 정도라

니 정말 대단한 자다. 하지만 막지 못할 것은 아니었다. 촥! 나는 그

것을 사련검으로 베어냈다. 그 순간을 놓치지 않고 서복이 나를 향

해 일 권을 날렸다. 나는 이를 왼손으로 잡아냈다. 파아아아앙! 권

의 위력이 어찌나 강한지 주변에 강렬한 풍압이 일어났다. 나는 사

련검으로 그의 오른팔을 베어내려 했다. 촤촤촤촤촥! 그 순간 백향

묵이 어느새 우측 옆의 간격으로 파고들며 검초를 펼쳤다. 열여덟

식으로 이루어진 검초가 어우러지며 나의 주요 요혈들을 노려왔다.

"놈을 잡으시오!"

촥! 백향묵의 외침에 서복이 오른팔이 베여 나가면서도 왼손으

로 사련검의 검날을 움켜잡았다. 그것도 모자라 내가 검초를 피하

지 못하게 왼쪽 발로 갈비뼈 쪽을 향해 잔영으로 보일 만큼 쾌속한 각법마저 펼쳤다. 자신의 재생력을 믿기 때문에 벌일 수 있는 전략이었다. 백향묵은 이를 믿고서 내게 검초를 펼쳤다.

"훌륭하군."

한데 이 전법은 상대가 어느 정도 비슷하거나 그보다 조금 더 우위일 때나 가능하다. 혈천대라공으로 역량을 강화했다고 한들, 엄청난 재생력을 가졌다고 한들, 제대로 전력을 끌어낸 나와 이들의 역량 차는 극명했다.

"헛?"

내가 사련검의 검병을 움직이자, 검날을 움켜쥐고 있던 서복의 몸이 거기에 끌려가고 말았다.

"이런!"

푸푸푸푸푹! 검을 놓을 새도 없이 서복이 백향묵이 펼치는 검초에 네 초나 찔리고 말았다. 백향묵이 이에 보법으로 방향을 틀어 변초를 펼치려 했으나….

'대도천둔검법 뇌벽천둔 이초식 만개연화(滿開蓮花).'

파치치치칙! 마치 연꽃이 만개하는 듯 사방으로 펼쳐지는 뇌전의 검영(劍影)에 두 사람의 신형이 그대로 휩쓸리고 말았다. 백향묵이 붉은 예기를 검결지에 두르고 검망을 만들어 막아보려 했으나 소용없었다. 파고드는 뇌전에 백향묵과 서복이 동시에 튕겨 나갔다. 파치치치치! 튕겨 나가는 그들의 신형과 함께 뇌전이 궤적을 그렸다.

"큭!"

백향묵이 그 궤적에서 빠져나와 낙법을 펼치며 몸을 구르더니, 이내 스스로 하나의 검이 되어 다시 뇌전을 베어내려 했다.

"아닛?"

하지만 뇌전은 복잡하게 뻗은 나무뿌리처럼 베어내려 할수록 오히려 거미줄에 걸려든 듯 더욱 잘게 퍼져나갔다.

'뇌벽천둔 사초식 연광뇌망(聯廣雷網).'

상대를 가둬두기 위한 뇌벽천둔의 초식이었다. 애초에 대도천둔 검법은 단순한 검법을 넘어서 인외의 존재들이나 법구와 같은 일반적인 규격을 초월한 힘을 상대하기 위해 만들어졌다. 그렇기에 스승님도 어지간한 경우가 아니라면 이를 자제하라 했던 것이다.

스륵! 어느새 나는 신형을 옮겨 오른팔이 거의 다 재생한 서복의 앞에 도달했다. 나를 발견한 서복이 몸을 다급히 움직여 내게 일 권을 날렸다. 이에 나는 상체를 살짝 비틀며 가볍게 그의 팔꿈치를 베어냈다. 촥! 팔이 잘려 나간 서복이 내게 소리쳤다.

"소용없다!"

고통에 적응이라도 되었나 보다. 팔이 잘려 나가는데, 아랑곳하지 않고 내게 반대 손으로 장초를 펼치는 것을 보면 말이다. 그럼 발상을 바꿔볼까.

"목이 잘려도 부활하나 보도록 하지."

"뭐?"

촥! 나는 일말의 망설임도 없이 서복의 목을 베었다. 얼마 있지 않으면 무림연맹의 사람들이 몰려들 텐데, 그를 계속 상대하고 있을 틈이 없었다. 원래대로 돌려놓을 수 없다면 죽이는 것이 답이었다. 한데 놀랍게도 바닥으로 떨어진 서복이 눈을 깜빡거리며 내게 뭔가를 외쳐댔다. 성대가 없어서 목소리가 나오지는 않지만 멀쩡했다.

'하….'

이것이야말로 진짜 불로불사인가 보다. 이자가 타고난 무재라 작정하고 무공을 연마했다면 과연 상대할 방법이 있을까? 목이 잘려도 죽지 않는데 말이다.

꿈틀꿈틀! 더욱 놀라운 것은 잘린 단면을 중심으로 빠르게 핏줄과 뼈, 그리고 근육이 돋아나 육신이 자라나려고 했다. 정말 말도 안 되는 현상이었다. 목에서 가슴 부위가 재생되려 하자 놈의 목소리가 들렸다.

"소용없다고 했을 텐데. 나는 죽지 않는다."

그래. 그러니까 금상제조차 가둬두는 것이 다였겠지.

'아!'

순간 머릿속에 좋은 방법이 떠올랐다. 나는 빠르게 재생하고 있는 서복의 목을 다시 한 번 잘랐다. 서복이 소용없다는 듯이 나를 노려보았는데, 나는 손을 뻗어 허공섭물로 바닥을 뒹굴고 있던 검자루 하나를 빨아들였다.

'뭘 하려는 거지?'

입을 벙긋거리며 놈이 내게 물었다.

"뭘 하기는."

푹! 나는 그 검을 서복의 뒤통수에 꽂아버렸다. 서복이 고통스러운지 머리를 파르르 떨었다. 그러다 놈이 당혹감을 감추지 못했다.

'…!?'

방금 전만 하더라도 그렇게 빠르게 재생하던 몸이 둔화되어서 아주 느리게 회복되는 것이 아닌가.

"하. 통하네?"

귀살권마 장문량의 머리에 검날이 꽂혔던 것을 기억했다. 그때 놈의 몸이 재생되지 않았었다. 그보다 더 강하고 말도 안 되는 재생력을 가진 서복이었지만 혹시나 하는 마음에 그 부위로 정확하게 검날을 꽂았는데 느려졌다.

'이 정도라면 충분하겠군.'

나는 서복의 머리를 움켜쥐고서 설음지의 운기법으로 한기를 일으켰다. 쩌저저저적! 극성으로 일으킨 한기에 놈의 머리통이 얼어붙기 시작했다. 얼음층이 순식간에 두꺼워져 완전히 머리가 얼음 속에 갇히자 나는 품속에서 무엇이든 들어가는 복주머니를 꺼냈다. 그리고 얼어붙은 놈의 머리통을 일단 집어넣었다.

'이따가 보자고.'

주머니를 품속에 넣고 고개를 돌리니, 체내로 파고든 뇌전을 몰아내고 있는 백향묵이 이 광경을 어처구니없어하며 바라보고 있었다. 이제 남은 자는 오직 그뿐이었다. 내가 다가가자 백향묵은 허탈한 듯이 탄식을 내뱉었다. 이미 상황을 어찌할 수 없다고 여긴 것 같다.

"…어째서 그자가 당신을 반드시 죽이려 했는지 알겠구려."

새삼 그걸 깨달아봐야 늦었다. 선택이야 본인의 자유였고 그 선택의 대가를 치르는 것뿐이다. 백향묵이 나를 빤히 쳐다보더니 내게 대뜸 자신의 목을 내밀었다.

"부디 이 목으로 끝내주시오."

그런 그의 말에 나는 눈살을 찌푸렸다.

"그게 무슨 의미지?"

"비록 평판이 전 같지 않다고 하나, 다른 자들을 수백 죽이는 것보다 오랫동안 맹을 맡아왔던 노부의 목을 벤다면 더욱 효과가 있을 것이오. 부디 다른 자들에게는 아량을 베풀어주시오."

이제 와서 정의로운 척인가. 아니면 정말 사정이 있어서 그런 것인가.

"이해할 수 없군."

이런 나의 말에 백향묵이 목을 내민 채 말했다.

"변명을 해서 무엇 하겠소. 다만 노부에게도 선택권이 없었음을 알아줬으면 하오."

"선택권이라…."

그런 그를 바라보다 사련검의 검날을 목에 가까이 댔다. 조금만 힘을 주면 목이 잘리는데, 백향묵은 전혀 미련이 없다는 듯이 이를 받아들이고 있었다.

―왠지 그냥 죽이기 찜찜하지 않아?

그런 소담검의 말에 나는 잠시 생각에 잠겼다.

백향묵의 말대로 그의 목 하나면 더할 나위 없이 목적을 달성하기가 좋다. 한데 그가 했던 말이 마음에 걸렸다. 고민하던 나는 이윽고 그보다 더 좋은 결론을 내렸다.

"만약 이 모든 걸 바꿀 수 있는 선택권이 생긴다면 어쩔 거지?"

나의 물음에 백향묵이 의아해하며 나를 올려다보았다. 그 눈빛이 대체 무슨 속셈이냐고 묻는 듯했다. 그런 그를 바라보며 나는 입꼬리를 올리고는 무언가를 말했다.

'…!?'

그러자 백향묵의 표정이 조금씩 일그러져갔다.

* * *

무림연맹의 본단. 부맹주의 집무실로 누군가 급히 뛰어 들어왔다.

"부맹주, 큰일입니다!"

혼자서 조용히 술을 마시던 부맹주 열왕패도 진균이 의아해하며 물었다.

"대체 무슨 일이냐?"

"서, 성내 당주전이 있는 곳에 한쪽 눈이 금안인 남자가 습격해왔습니다!"

"뭐라!"

부맹주 진균이 자리에서 벌떡 일어났다. 그리고 손을 뻗자 벽면에 세워져 있던 그의 독문 병기 패열도가 빨려 들어왔다. 진균이 다급히 집무실 밖으로 뛰어나가며 보고하러 왔던 무사에게 물었다.

"피해 상황은?"

"모용당주가 맡고 있는 황룡당이 거의 괴멸하고 주변 당들도 피해가 심한 것 같습니다. 한데 그보다 더 이상한 일이…."

"이상한 일이라니?"

"그, 그게…."

"대체 무슨 일이기에 뜸을 들이는 게냐?"

"…확실한지 알 수 없지만, 혈마로 보이는 자가 소검선과 함께 그 자를 상대하고 있다고 합니다."

"뭐?"

진균이 그 자리에서 멈춰 섰다. 이게 대체 무슨 말도 안 되는 소리란 말인가?

전 맹주 백향묵의 비밀

그것은 수많은 사람들이 보는 앞에서 벌어졌다.

허공답보로 밤하늘을 누비며 대결을 펼치고 있는 세 명의 절세고수들. 그들이 한 번 부딪칠 때마다 일어나는 풍압과 여파로 인해 사방은 아수라장이나 다름없었다.

"피, 피해랏!"

"우와앗!"

콰콰콰콰쾅! 튕겨 나온 붉은 예기가 성내 도로변을 갈랐다. 그들 중 한 사람이 휘두른 예기가 어딘가로 튕기기라도 한다면 성내 건물 몇 채가 박살나는 것은 일도 아니었다. 초인의 영역에 이른 고수들이 대결을 펼쳐도 그 여파가 굉장했는데, 이들 세 절세고수의 싸움은 차원을 달리했다. 반경 수십 장이 넘게 다가갈 수조차 없었다.

"대체 어떻게 돌아가는 거야?"

"모르겠어."

"온통 그림자만 보여서 누가 이기고 있는지 알 수가 없잖아."

밤하늘이 어둡고 그들의 움직임이 너무 쾌속해 육안으로 살펴보기조차 힘들었다. 하나 이런 절세대결은 웃돈을 주고도 볼 수 없는 진풍경이었다. 그렇기에 여파로 위험할지언정 성내 무림인들은 멀리 떨어져서라도 이 대결을 끝까지 지켜보고 있는 것이었다.

"진짜 괴물이야."

"저런 절세고수들의 합공을 이리 막아내다니."

보이지 않아도 적어도 호각이라는 것은 알 수 있었다. 그러는 한편, 이 대결을 지켜보는 무림인들 상당수는 의문을 가지게 되었다.

'어째서 혈마가 우릴 돕는 거지?'

혈교, 그리고 혈마에게 있어서 정파는 불구대천의 원수이자 적이었다. 그런데 느닷없이 나타난 혈마가 정파를 돕고 있었다. 사실 이런 의문은 지금이 아닌 언젠가부터 조금씩 사람들의 머릿속에 파고들고 있었다.

'정파인들의 포로를 보내줬던 것도 그렇고….'

'장강에서도 본 맹과 표국이 수로십팔채의 수적들로부터 위험에 처했을 때 혈마가 구해줬었다고 했잖아.'

'심지어 이번 혈교 토벌 전쟁 때도 본단 전력을 순순히 놓아줬다고 했어.'

그동안 그들이 알고 있던 혈교와는 사뭇 달랐다. 극악무도한 자들이라기보다 여느 무림의 단체들과 다를 바가 없었다. 자신들을 지키기 위해서 힘을 쓰는 것 이외에는 선을 넘어서는 어떠한 움직임도 보이지 않았다.

'혈교가 달라진 걸까?'

'그렇다면 굳이 저들과 목숨을 걸면서 싸울 필요가 있을까?'

어느새 일부 무림인들의 마음속에는 그들 자신도 모르게 이와 같은 생각들이 피어오르고 있었다. 그러나 누구 하나 이런 생각이나 감정에는 의문을 품지 않았다. 이것이 의도적으로 피어오르게 한 감정이라는 사실 말이다. 그렇게 한참 대결이 지속되던 차였다.

"엇! 저길 봐!"

"놈이 도망친다!"

누구 한 사람은 죽을 때까지 지속될 것 같던 싸움에 변화가 생겼다. 정사 최고의 고수라고 칭해지는 두 사람을 상대하던 그 금안의 존재가 갑자기 싸우던 것을 멈추고 도주를 시도했다. 그런 놈의 모습에 이를 지켜보던 무림인들이 환호성을 질렀다.

"와아아아아아!!"

"저 괴물 같은 놈이 물러나다니!"

갑작스럽게 재앙처럼 나타난 존재가 먼저 도주한다. 이 사실은 무림연맹의 무림인들을 열광하게 했고 그들의 사기를 북돋워주었다. 그렇게 도망치는 존재를 소검선으로 보이는 인영이 어검비행을 펼치며 쫓아갔고, 혈마로 보이는 자도 허공을 박차며 궁신탄영(弓身彈影)으로 쫓았다. 그러던 와중이었다.

탁! 누군가 성내 건물의 지붕 위로 나타났다. 그는 바로 무림연맹의 부맹주인 열왕패도 진균이었다. 보고를 받고 급히 당주전이 있는 곳까지 도달한 그는 멀리서 경공을 펼치고 있는 세 인영의 모습에 이를 갈았다.

'내가 오는 것을 알아차렸구나.'

이곳으로 오면서 저들이 싸우는 모습을 보았던 진균이다. 한데 자신이 반경권에 도달하자 싸움을 끝맺고서 도주를 시도하고 있었

다. 이로 인해 진균은 놈이 자신마저 합류하면 불리해질 것을 알고
서 도망쳤다고 판단했다.

"놓칠 것 같으냐!"

팟! 마찬가지로 궁신탄영을 펼치는 진균.

"와아아아아아!!"

"부맹주님이다!"

허공을 가로지르는 그의 모습을 발견한 무림인들이 환호성을 질
렀다. 무림연맹에 드리워졌던 위기가 걷혀가고 있었다. 그런 그곳을
자그마치 이백여 장이나 떨어진 성 외곽 건물의 기와지붕 위에서 쳐
다보고 있는 검은 인영이 있었다. 검은 인영의 시선은 아주 먼 곳을
조금도 흐트러짐 없이 응시하고 있었다. 그러다 그 존재는 이내 안
개처럼 흩어지며 사라졌다. 그 존재가 있던 곳의 기와가 기이한 형
태로 일그러져 있었다.

* * *

호북성 북쪽 조양(棗陽). 절벽으로 둘러싸여 천연의 요새처럼 감
추어진 한 가옥이 있었다. 그곳에 풀무질과 열기로 가득한 공간이
있었다. 차앙! 차앙! 대장장이로 보이는 까무잡잡한 피부를 가진 사
내가 붉게 달아오른 검 형태의 철을 열심히 망치로 두드렸다. 이를
대장간 입구에서 뒷짐을 진 채 지켜보는 이가 있었다. 그의 한쪽 눈
동자가 금빛을 띠고 있었다. 그런 그가 이채를 띠며 고개를 돌렸다.
대장간의 바깥에 서 있는 한 인영이 기다렸다는 듯이 그를 향해 고
개를 숙였다. 이에 금안의 사내가 입을 열었다.

"뇌장."

"주군."

"만사신의는 찾았나?"

그 물음에 인영이 안타깝다는 듯이 말했다.

"영왕을 움직여 찾아보고 있으나, 만사신의의 행적이 드러나지 않고 있습니다. 역시 둘 중 한 곳에 있을 듯합니다."

그런 그의 말에 금안의 사내의 눈매가 날카로워졌다.

"놈을 찾아서 데려오라 했을 텐데."

목소리에 노기가 실려 있었다. 이런 그에게 뇌장이라 불린 인영이 조곤조곤한 목소리로 말했다.

"그보다 더 급한 사안이 있어서 복귀했습니다."

"급한 사안?"

의아해하는 그에게 뇌장이라 불린 사내가 말을 이어갔다. 이를 듣는 내내 금안의 사내의 미간이 무섭게 일그러졌다. 그 분노가 어찌나 강하게 표출되었는지, 망치를 두드리고 있던 대장장이가 갑자기 호흡이 곤란하다는 듯이 가슴을 움켜쥘 정도였다.

"감히… 짐을 흉내 내."

이것은 전혀 예측하지 못한 상황이었다. 그것으로도 모자라 무슨 수작을 부린 것인지 동일 인물이라는 사실을 밝히려고 했는데, 도리어 그들이 합공으로 자신을 상대했다는 말에 어처구니가 없었다. 분노를 겨우 다스리며 금안의 사내가 물었다.

"군방과 초주, 그리고 백향묵은 어찌 되었지?"

"멀리서 지켜봤지만 그들의 흔적이 보이지 않는 것으로 보아…."

스륵! 말이 미처 끝나기도 전에 금안의 사내의 신형이 뇌장이라

불린 인영의 코앞으로 도달했다. 그러더니 이내 그의 목을 움켜잡고
들어 올렸다.

"큭."

"네놈은 그저 지켜보기만 한 것이냐?"

"제…가… 도착…했을… 때는… 이미… 사람…들… 이…목이…
많았…습니다."

"쓸모없는 놈."

금안의 사내가 거칠게 뇌장이라 불린 인영을 내팽개쳤다. 뇌장이
라 불린 인영이 아무렇지 않게 자세를 바로잡았다. 목이 졸렸는데
도 표정 하나 바뀌지 않는 모습에 콧방귀를 뀐 금안의 사내는 속으
로 혀를 찼다. 자신을 따르는 세 심복들 중에 무슨 생각을 하는지
가장 알 수 없는 자였다. 유일하게 남은 그를 분노로 죽일 순 없는
노릇이었다.

'이놈….'

지금까지와 달리 이번 일로 인해 계획에 큰 차질이 빚어졌다. 까
딱하면 정사 무림이 손을 잡을지도 모른다. 그리되면 그간의 모든
것이 허사가 된다.

'시간이 없다.'

금안의 사내가 뒷짐을 지고서 대장간 안으로 들어갔다. 벽면에
복잡한 문양이 그려진 탁본 다섯 장이 붙여져 있었다. 그리고 화로
반대편 쪽에 놓인 커다란 향로에 한 자루의 검이 꽂혀 있었는데, 그
것은 놀랍게도 혈마검과 똑같은 형태를 하고 있었다. 이걸 주조하
는 데만 자그마치 석 달이 넘게 걸렸다. 지금 대장장이가 집게로 고
정하고 있는 저 붉게 달아오른 검을 만드는 데만 벌써….

'두 달 하고도 닷새.'

…를 소요했다.

그나마 이것도 경왕이 가지고 있던 탁본을 구했기 때문에 가능한 일이었다. 금안의 사내가 자신의 눈치를 보고 있는 대장장이에게 물었다.

"더 앞당길 수 없나?"

그 말에 대장장이가 조심스럽게 답했다.

"소, 송구하오나 보름은 걸립니다. 관야흑철은 다른 철들보다 굉장히 다루기 힘듭니다. 서두르면 오히려…."

"알겠다."

금안의 사내가 거칠게 숨을 내쉬며 말을 잘랐다. 결국 이 검이 완성되려면 적어도 보름이 필요했다. 보름만 참으면 자신의 손에 모조품이라고는 하나 석관에 꽂을 수 있는 관야흑철로 만든 두 자루의 검과 원래부터 가졌던 두 자루까지 합쳐 총 네 자루가 들어온다.

'부족해.'

시간이 부족했다. 초나라 평왕의 능에 숨겨져 있던 석관이 드러나면서 탁본을 떴기에 관야흑철로 남은 한 자루의 검도 만들 수 있게 되었다. 하나 그것이 완성되기까지도 같은 시일이 걸릴 것이다. 이를 인내하면서 기다리기에는 검선의 후예가 점점 자신의 숨통을 조여오고 있었다. 그때 뇌장의 목소리가 들려왔다.

"어차피 백향묵의 생사가 불분명하다면 그자와의 약조대로 검을 받을 수가 없습니다. 하면 저희가 나서서 검을 회수해야 하지 않겠습니까?"

뇌장의 말에 금안의 사내의 눈빛이 묘해졌다. 어째서 그런 것일까? 금안의 사내가 다소 가라앉은 목소리로 말했다.

"짐이나 네가 나서지 않으면 놈을 제압할 수 없을지도 모른다. 전력 손실이 심한 상황에서 더 이상 장기 말들을 잃을 수는 없다."

"하나 그러기에는 턱밑까지 놈의 검이 파고들었습니다."

"그래서 어쩌라는 것이냐?"

그 물음에 뇌장이 두 손을 모아 포권을 취하며 말했다.

"황궁 일은 몽주(夢主)에게 일임했습니다. 저를 보내주십시오. 남은 한 자루의 검을 가지고 돌아오겠습니다."

금안의 사내가 잠시 고민에 빠졌다. 석 달을 인내하는 길을 택할지 아니면 다소 위험부담을 떠안더라도 뇌장을 보내 검을 회수해야 할지 말이다. 하지만 이내 결론을 내렸다.

"검을 가져와라."

"충!"

그의 명이 떨어지기가 무섭게 뇌장의 신형이 안개처럼 흩어졌다.

* * *

무림연맹의 성에서 삼십 리 정도 떨어진 한 가파른 산맥. 그곳의 우거진 수풀 사이로 나는 엄청난 속도의 경공을 펼치며 달리고 있었다. 사실 이보다 더 빨리 달릴 수 있지만 나름 누군가의 속도에 맞추느라 조절을 한 것이었다.

탁! 한참을 달리던 나는 멈춰 섰다. 바로 앞에 폭포수와 함께 계곡이 이어져 있었다. 더 이상은 가지 않아도 될 것 같았다.

—그 인간 때문에 꽤 멀리도 왔네.

그러게 말이다. 연기를 하던 도중에 부맹주 열왕패도 진균이 나타난 것을 보았다. 이에 나는 그 정도에서 싸우던 것을 멈추고 도주를 감행했다. 다른 자들은 모르겠지만 벽을 넘어서 초인의 경지에 이른 진균이라면 더 오랜 시간을 끌다가 눈치챌 수도 있기 때문이었다.

파파팍! 그때 수풀을 뚫고서 누군가가 나타났다. 붉은 머리카락에 악귀 가면을 쓰고서 흑포로 몸을 가리고 있는 자였다. 겉모습만 본다면 내가 혈마로 활동할 때와 완전 똑같았다. 그자가 쓰고 있던 악귀 가면을 벗었다. 그는 다름 아닌 전 무림연맹주 무한제일검 백향묵이었다.

"이제 열왕패도를 따돌린 것 같소."

그런 그의 말에 나는 고개를 절레절레 흔들었다. 적당한 시점에서 나가떨어질 거라 여겼는데, 거의 삼십 리가 다 되도록 따라붙었다. 역량이 우리보다 밑이더라도 대단한 자였다. 백향묵이 내게 악귀 가면을 던지며 말했다.

"이런 식으로 혈마의 흉내를 내는 일은 다시는 없을 것이오."

"글쎄. 약조대로라면 두 번은 더 들어줘야 할 텐데."

이런 나의 말에 백향묵이 인상을 찡그렸다. 그러다 이내 화제를 돌리려는지 내게 물었다.

"소검선과 비슷한 얼굴의 인피면구를 쓴 자는 대체 누구요?"

그의 물음에 나는 어깨를 으쓱했다. 굳이 알려줄 필요는 없지 않은가. 사실 내 역할을 맡아줬던 사람은 다름 아닌 월악검 사마착이었다. 장인어른이 인피면구 제작에 능통하다는 것은 알았지만 그 짧은 찰나에 주름과 눈썹을 손보면서 나와 비슷한 형태로 바꾸는 것을 보고 매우 놀랐다. 물론 나를 아는 자가 가까이서 본다면 곧바로 인피면구임을 눈치챘겠지만, 밤중인 데다 그 정도 거리에선 알아보기 힘들었다.

—너도 참 대단하다. 그 괴물 같던 장인을 계속 부려먹는 걸 보면 말이다.

급한데 어쩌겠냐. 그렇다고 내가 풍영팔류의 비기로 일인삼역을 하기에는 벅찼다. 전과 다르게 무림연맹 내에는 고수들도 많았으니 말이다. 어쨌거나 나를 도와줬던 장인어른은 계속해서 쫓아오는 진균의 시선을 분산하기 위해 도중에 갈라졌다.

—그런데 이쪽으로 붙었지.

그래. 열왕패도 진균 그자도 참 감이 좋았다. 어쨌거나 따돌리지 않았는가.

그때 백향묵이 내게 말했다.

"짐작 가는 사람은 있소만, 만약 그자가 맞다면 검선의 후예 그대는 참으로 대담하구려. 어떻게 그자를 본 맹에 데려올 생각을 한 것이오?"

"들어왔다고 해도 특별히 문제 될 일은 없었을 텐데."

"그렇다 하여도⋯."

뭔가를 이야기하려 하던 백향묵이 이내 탄식에 가까운 한숨을 흘렸다. 자신이 내게 무언가를 탓하기에는 더 이상 자격이 없다고 여기는 듯했다. 그렇게 한숨을 쉰 그가 말했다.

"이런 연극이 통할 것 같소?"

"통할걸."

이미 장강에서도 통했었다. 이번에도 정요환의안을 적절히 활용했기 때문에 환상을 본 자들이 잘 증언해줄 것이다. 물론 이런 부분까지 그에게 설명해줄 이유는 없었다.

"귀하를 보면 지금도 검선의 후예가 맞는지 확신할 수가 없구려."

백향묵이 나를 보며 혀를 찼다. 자신이 생각했던 것과 너무 다르다고 여기는 모양이었다. 하긴 내가 생각해도 내가 벌이는 전략이나 전법은 일반적인 것과는 궤를 달리한다.

─전략이라기보다는 사기에 가깝지.

사기면 어떻고 전략이면 어떻겠느냐. 배후에 숨어서 무림을 좌지우지하고 불로불사가 되려 하는 적을 상대하는데, 정정당당하게 부딪치는 게 통용될 거라 여기나.

"어쨌거나 슬슬 그 선택권이 왜 없었는지에 대해서 알려주실까?"

이런 나의 물음에 백향묵이 밤하늘을 처다보며 탄식을 흘렸다. 대체 무엇이 그를 놈들과 손잡게 만들었을까? 정사 대전을 승리로 이끌고 근 이십 년 가까이 견고하게 정파 천하를 이룩한 그였다. 그런 그가 혈교의 무공인 혈천대라공에 손을 댄 것부터 이해되지 않는 것들이 너무 많았다.

"백향묵 그대 같은 자가 맹주 자리 하나 때문에 그랬을 것 같지는 않고, 역시 무림연맹의 안위를 보장한 것인가?"

아니면 식솔들의 안위를 위협했을 수도 있다. 그는 망나니 같은 사촌동생 백철이 무쌍성 사대 종파 중 하나인 해왕성종의 종주 왕처일의 여식을 죽음으로 몰아넣었을 때도 그를 비호해주지 않았던가. 충분히 가능성이 없지 않았다. 이런 나의 말에 백향묵이 부끄럽다는 듯이 말했다.

"…물론 그것도 하나의 이유요."

"하나의 이유?"

"그럼 다른 이유가 있다는 건가?"

그 물음에 백향묵이 곧바로 답하지 못하고 머뭇거렸다. 대체 무슨 비밀이 숨겨져 있기에 대답하는 것을 저리 망설이는 건지 모르겠다. 그런 그에게 말했다.

"백향묵 그대는 모르겠지만 나는 이자와 꽤 오랫동안 대립해왔다. 만약 그들, 아니 금상제 그자가 원하는 것을 이룩하게 된다면 얼마나 위험할지 모를 것이다."

"이미 그것은 충분히 인지하였소. 검선의 후예 그대의 말대로 혈교를 비롯하여 무쌍성에까지 손을 썼을 정도라면 무림 전체를 배후에서 좌지우지하려는 야망을 가지고 있을 것이오."

"하면 이야기해라."

이런 나의 말에 깊은 탄식을 흘리던 백향묵이 이내 입을 열었다.

"그 전에 약조했으면 하오."

"약조?"

"이것만큼은 부디 함구하여줬으면 하오."

"대체 무엇이기에 함구까지 해야 한다는 거지?"

"…본인이 이것을 검선의 후예 그대에게 이야기하는 것은 어쩌면 그대가 유일한 대항마가 될 수도 있다고 믿기 때문이오."

"대항마?"

대체 무슨 말을 하는지 알 수가 없었다. 잠시 그를 쳐다보며 고민에 잠겼던 나는 흔쾌히 말했다.

"함구하도록 하지."

어차피 그나 나나 비밀이 많으니 말이다. 한 번 더 확답을 들은 백향묵이 꽤나 심각한 얼굴로 말을 이어갔다.

"본인은 무림연맹의 안위와 더불어 한 가지 비밀을 두고서 거래를 했소. 그 대가는 그들이 원하는 것을 들어주는 것이었고 말이오."

"그게 뭐지?"

"그것은 검 한 자루를 넘겨주는 것이었소."

"검?"

설마 하는 생각이 들었다. 놈들이 원하는 검이라면 오직 다섯 요검뿐이었다. 그렇다면 내 정체를 알기에 이를 폭로하고서 혈마검을 넘긴다고 한 것일까?

그때 백향묵의 입에서 예상치 못한 말이 튀어나왔다.

"그 검은 살흉 절심의 겁살검이오."

"겁살검?"

순간 나는 놀라움을 금치 못했다. 그렇다면 백향묵은 살흉 절심의 행방을 알고 있단 말인가. 안 그래도 그로 인해 위기에 처했던 본교 때문에 놈의 목숨을 거두려고 했던 나였다. 백향묵이 그의 행방을 안다면 차라리 잘됐다.

"놈의 행방을 알고 있는 건가?"

이런 나의 말에 백향묵이 고개를 끄덕였다. 그리고 떨리는 목소리로 말했다.

"부디 이 사실을 함구해주길 바라오."

"약조했으니 그만 뜸 들여라."

"후우."

이런 나의 보챔에 백향묵이 결국 진실을 밝혔다.

"겁살검은 내 제자인 이정겸에게 있소."

…이게 무슨 소리지? 겁살검이 이정겸에게 있다는 게 무슨 말인

지 알 수가 없었다. 그렇다면 그가 오대 악인 중 최고로 손꼽힌다고 알려진 절심을 쓰러뜨리기라도 했다는 말인가?

그런데 전혀 상상도 못 한 답이 나왔다.

"…그 아이가 절심이오."

'…!?'

백향묵의 그 말에 나는 귀를 의심했다.

—이게 뭔 말이래?

내가 하고 싶은 말이다. 이정겸이 살흉 절심이라니 이게 대체 무슨 소리인가? 놀라지 않으려고 해도 놀랄 수밖에 없었다.

'그럴 리가….'

회귀 전에도 이정겸은 정파를 상징하는 새로운 영웅이었고, 지금도 내 명성에 밀리기는 했으나 여전히 무림연맹을 대표하는 젊은 후기지수였다. 그런 그가 절심이라는 것은 말이 되지 않았다. 지금까지 수차례 이정겸과 마주쳤었지만 그에게서 아무것도 느껴지지 않았다. 정순한 기운도 그렇고 늘 나른한 말투에 매사에 귀찮아 보이는 듯 했지만 여느 정파인들보다도 올곧았다. 한데 그런 그가 최악의 도살자라 불린다는 것은 어불성설이었다.

—그거야 모르지. 네가 혈마라는 사실을 정파인들이 알아도 난리가 날 판국인데, 다른 사람이라고 못 속일 것도 없지.

그것과는 완전히 다르다. 물론 지금의 경지에 이르러서 이정겸과 마주한 적은 없지만, 무쌍성에서 풍영팔류종의 소종주 시험을 치를 당시 눈을 가렸을 때 금안을 개안했던 적이 있다. 살흉 절심은 초인들 중에서 그 강함이 다섯 손가락에 꼽히는 자이다. 그때 얼핏 이정겸을 보았지만 내공 수위는 초절정의 경지, 그 이상도 이하도 아니었다.

—정말?

당연하지 않나. 물론 그 당시 나 역시도 벽을 넘어선 것이 아니라, 정확하게 파악하지 못한 것일 수도 있지만 정말로 벽을 넘어 초인의 영역에 이르렀다면 온통 빛으로만 보였을 것이다. 게다가 결정적으로 맞지 않는 건 활동 시기이다. 그가 처음 등장한 것은 정사 대전이 끝나고 고작 삼 년 정도가 지나서였다.

—어라. 그것도 그렇네. 걔 이십 대 아냐?

나도 정확한 나이는 모른다. 그저 이십 대 초중반 정도라는 것만 안다. 많이 쳐줘서 스물다섯이라고 가정한다면, 십칠 년 전이면 고작 여덟 살에 불과했다. 열 살도 안 된 아이가 어느 날 갑자기 귀주성에 나타나 이백여 명에 이르는 마을 사람들을 학살하고 머리를 잘라 탑을 쌓았다고? 그 후로 벌어졌던 여러 사건을 떠올려봐도 말이 되지 않았다. 제창문을 비롯해 여러 문파, 방파의 무림인들까지 학살했었으니 말이다.

"그 말을 내게 믿으라는 건가?"

"사실이오."

"사실을 떠나서 말이 되지 않는다. 절심이 처음 귀주성에 모습을 드러낸 게 십칠 년 전인데, 이정겸은 고작해야 이십 대다."

"…그야 당연한 일이오. 그 아이 이전의 절심이니까."

"이전의?"

이건 또 무슨 말이지? 의아해하는데 백향묵이 계곡의 커다란 바위에 의자처럼 걸터앉으며 말했다.

"이야기가 조금 길어질 것 같구려."

* * *

같은 시각. 당주전 청룡당의 가옥.

숙소 안에서 이정겸이 붓으로 무언가를 적고 있었다. 아니, 정확하게는 붓으로 글씨도 그림도 아닌 무언가를 휘갈기고 있었다. 대체 무얼 하나 싶을 정도로 정신없이 붓을 휘갈기던 이정겸이 턱을 괴고서 먹으로 엉망이 된 서지를 바라보았다. 한데 놀랍게도 서지를 위에서 바라보면 흡사 붓으로 그린 흔적이 마치 검법의 초혼 같았다. 그것도 단순한 초혼이라기보다 뒤죽박죽 섞여 있었다. 이정겸이 이를 보고서 흡족한 듯이 피식 웃었다. 그러고 있는데 밖에서 누군가 그를 불렀다.

"당주, 잠시 시간이 되십니까?"

"아아, 나가요."

이정겸은 대답과 함께 서지를 반으로 접어두고서 책상 위의 등불을 끄고 숙소 바깥으로 나갔다. 이윽고 얼마 있지 않아 누군가 방 안으로 조심스럽게 들어왔다. 복면으로 얼굴을 가리고 있는 이였다. 이렇게 들어온 복면인은 천천히 방 안을 뒤지기 시작했다. 한참을 뒤지던 복면인이 짜증 섞인 한숨을 내쉬었다.

'없군.'

혹여나 '그것'을 숙소에 숨겨두었을지도 모른다고 여겼는데, 아무래도 아닌 모양이었다.

'별수 없이 데려가야 하나.'

그렇게 여기고 있던 차에 복면인의 눈매가 가늘어졌다. 방에 들어오고 나서 책상 위에서 느껴지는 미묘한 무언가가 신경 쓰였던

410

차였다. 복면인이 반으로 접혀 있는 서지를 펴보았다. 그리고 그것을 본 복면인의 동공이 작게 떨려왔다.

'…설마 그 대결을 묵으로 표현한 건가?'

자신의 눈이 잘못된 것이 아니라면 묵으로 정신없이 휘갈긴 이것은 초식의 흔적이 틀림없었다. 복면인은 감탄을 금치 못했다.

'육안으로 거의 보이지 않았을 텐데, 검의 초의를 느꼈단 말인가?'

그 정도 고수들의 대결을 고작 서지 한 장에 붓을 휘갈겨 표현했다는 것이 놀라웠다. 수많은 무재를 보았지만 이런 자는 처음이었다. 자신의 한계 이상으로 뛰어난 눈을 가진 것 같았다.

'그것을 다룰 능력이 된다 이건가.'

흠칫! 복면인이 서지를 접었다. 누군가 방으로 다가오고 있었다. 발걸음과 기척, 그리고 기감을 자극하는 기운을 고려했을 때 이정겸이 다시 돌아왔다.

'잘됐군.'

이참에 제압해서 데려가야겠다 여겼다. 당주전에서 소란을 피울수 없으니까 말이다. 복면인이 천장으로 뛰어올라 그림자에 스며들며 기척을 최대한 죽였다.

저벅저벅! 끼이이익! 그리고 문을 열고 들어온 이정겸. 그가 문을 닫고서 방의 한가운데로 걸어 들어왔다. 그 순간 천장의 그림자 속에 숨어 있던 복면인이 전광석화처럼 뛰어내리며 그의 혈도를 제압했다. 타타타탁! 불시의 기습에 당한 이정겸이 그대로 기절하고 말았다.

'그것이 없으면 아직 애송이로군.'

그런 그를 들쳐 멘 복면인이 조용히 방 안을 빠져나갔다.

* * *

"정사 대전이 끝나고 무림이 평안기로 접어들 무렵이었소. 그대도
알다시피 귀주성에서 그 사건이 터졌소."

처음으로 살흉 절심이 모습을 드러낸 사건이다. 귀주성 서북쪽
마을에 나타나서 민간인들을 전부 죽인 후 그 머리를 잘라 탑을 쌓
아놓았다. 그 후로 섬서성 등 각지에서 그의 말로 이를 수 없는 악행
들이 이뤄졌다.

"그것이 점차 커져가고 심각해짐에 결국 본 맹에서도 관의 요청
에 따라 공조하여 사건의 진압에 나서게 되었소이다."

이건 알고 있다. 관과 무림연맹이 손을 잡고 오 년간이나 절심의
행적을 수색했었다. 한데 결국에는 아무것도 찾지 못했던 것으로 기
억한다.

"잡지 못한 것으로 아는데?"

그런 나의 말에 백향묵이 고개를 저었다. 그럼 놈을 찾아냈었단
말인가?

"수색을 시작한 지 삼 년째 되는 해의 어느 무더운 여름날, 본 맹
은 놈의 흔적을 찾아냈고 그동안의 위험을 감안하여 노부가 직접
나서게 되었소."

그간의 희생자만 수천에 이를 정도였다. 수많은 고수가 나섰지만
놈에게 살해당했고, 그로 인해 놈은 새로운 악인의 칭호마저 얻게
되었다. 그것이 삼대 악인에서 다시 사대 악인이 된 시점이었다.

"한 번도 흔적을 남기지 않고 오랫동안 한곳에서 머물지 않았던 놈이 어떤 마을에서 보름이 넘게 머물고 있었소. 노부는 삼십여 명의 정예 고수들을 이끌고 그곳을 급습했소이다."

민간인을 걱정할 필요는 없었다고 한다. 그곳에 있는 자들 역시도 전부 절심의 손에 살해당했기 때문이었다. 그렇게 현 무림 사상 최악의 도살자라 불리던 절심을 잡기 위한 대결이 시작되었다.

"거의 반나절 가까이 싸움이 지속되었소."

적극적으로 싸우려 했으나 백향묵에게도 쉬운 싸움이 아니었다. 절심의 독문 병기인 요검 겹살검 때문이었다. 겹살검에 한 번이라도 베인다면 피가 멎지 않아 죽게 된다는 소문은 널리 파다하게 퍼진 상태였다.

"놈은 혈마 이후로 사파인들 중에 가히 최고라고 해도 과언이 아닐 만큼 완벽한 검법을 구사했소. 더 상대하기 까다로웠던 것은 겹살검의 또 다른 능력 때문이었소."

"또 다른 능력?"

"그렇소. 그 검은 진기와 같은 기운들을 흩트리고 흘려보낼 수 있는 기이한 힘을 지니고 있었소."

아! 그러고 보니 놈과 겨뤘던 백혜향이 했던 말이 떠올랐다.

"말도 안 되는 검술 실력은 둘째 치고 놈은 대부분의 공격을 이화 접목을 펼치듯이 그 기운을 전부 흘려보냈다. 심지어 발이 땅에 닿지 않은 상태에서도 말이다."

일존 단위강 역시도 그녀와 같은 말을 했었다. 그때는 단순히 놈의 검술 실력이 극에 이르렀다고 여겼는데, 겹살검의 능력이었던가. 만약 그게 사실이라면 겹살검은 상대하기에 매우 까다롭다고 할 수 있었다.

"결국 노부를 제외한 모두가 당했지만, 싸우면 싸울수록 그자의 상태가 점점 나빠져 갔고 종국에는 빈틈을 보여 제압하는 데 성공할 수 있었소."

"아…."

그럼 세간에 알려진 것과 다르지 않은가. 살흉 절심이 백향묵의 손에 끝내 제압되었으니 말이다.

백향묵이 탄식을 흘리며 말했다.

"…놈을 제압하고서 그때 그 검을 없애든지 관에서 요청한 대로 넘겼어야 했소. 후회해봐야 늦었지만 천추의 한이오."

"그 말은 설마…."

"그자와 겨루며 노부에게 탐욕이 피어났소. 노부보다도 공력이 한 수 아래인 자가 검술 실력과 요검 능력만으로 반나절이 넘게 압도했던 것에 말이오."

그가 아니더라도 누구나 욕심이 났을 것이다. 처음에는 그의 무공을 폐한 후에 겁살검과 함께 관에 넘기려 했던 백향묵은 이내 마음을 돌렸다고 한다. 한번 생겨난 탐욕은 쉽사리 가라앉힐 수 없었다. 이 겁살검이 관의 손에 넘어가면 더 위험할 거라고 스스로를 납득시키며, 절심을 그 자리에서 참했다.

"그리고 이 사실을 관과 본 맹에는 숨겼소. 어차피 희대의 살인마를 죽였으니 더는 문제가 없을 거라 여겼고 이 정도 욕심을 부릴 수도 있다고 스스로를 납득시켰소이다."

"그렇군."

여기까지는 충분히 이해할 수 있었다. 나라고 해도 그런 대단한 검을 포기하지 않았을 것이다. 적어도 검객들이라면 모두가 그렇지 않을까?

"그렇게 절심 그자의 시신을 처리한 후에 떠나려다 문득 그자가 죽기 전에 남겼던 말이 떠올랐소."

"남긴 말?"

백향묵이 놈을 죽이기 전이었다.

"전부 그대가 저지른 살행에 대한 업보라고 생각하게."

그 말과 함께 검으로 목을 베려 하자, 놈이 이렇게 말했다고 한다.

"상관없다. 다시 없을 사상 최고의 몸을 찾았으니까."

이 말에 의문을 가졌던 백향묵은 죽은 자들의 마을을 둘러보았다고 한다. 한데 놀랍게도 멀지 않은 한 폐가에 있는 소년을 발견했다고 했다.

"노부의 기감이라면 그 정도 거리에서 무공조차 익히지 않은 열 살배기 소년을 발견하는 것은 어려운 일도 아니었소. 한데 돌아다니다 우연히 찾아낸 것이오."

그 소년은 백향묵 그를 상대로 기척을 죽이고 숨어 있었다. 심지어 보통 사람들이라면 가지고 있을 최소한의 기운마저 숨긴 채 말이다. 처음에는 무공을 익힌 것인가 의문을 가졌었다고 한다.

"한데 그게 아니더이다. 그 아이는 그 마을 태생으로 태어나서 무공을 한 번도 익히지 않은 아이였소."

"그런데 그대를 속였다고?"

"노부도 처음에는 이해할 수 없었소이다. 하나 그 아이를 살피면서 깨닫게 되었소."

"무엇을 말이지?"

"무(武)를 위해 태어난 존재가 세상에 있음을 말이오."

"무를 위해?"

백향묵은 떨리는 목소리로 말했다.

"노부가 여태껏 봐왔던 어떤 무재, 아니 천재라 불리는 자들이나 극도로 뛰어난 신체를 가진 자도 그 아이와 비견할 수 없었소이다."

대체 어느 정도로 타고났기에 백향묵이 이렇게 떠올린 것만으로 흥분을 감추지 못하는 것일까?

"그 아이는 기(氣)의 감응력을 타고났소."

백향묵이 소년의 상태를 살피기 위해 맥으로 진기를 흘려보냈다고 한다. 한데 소년의 체내로 들어간 진기가 그의 통제를 벗어났다. 게다가 마치 처음부터 소년 자신의 진기였던 것처럼 체외로 방출하는 것을 보고 그는 경악을 금치 못했다고 했다.

'…말도 안 돼.'

나 역시 놀라움을 금치 못했다. 내공을 배우지 않은 자가 타인의 기를 통제한다는 게 가능한 일인가? 벽을 넘어서서야 내 자신의 기를 겨우 통제할 수 있게 되었는데 말이다. 만약 그런 것이라면 전무후무한 재능이라 할 수 있었다.

"고민할 것도 없었소. 노부는 그 아이를 거둬야겠다고 결심했소이다."

그런 그의 말에 나는 인상을 찡그리며 물었다.

"설마 그 아이가 이정겸인가?"

"…그렇소."

백향묵의 답에 나는 입을 다물었다. 살흉 절심을 죽인 날에 거둬들인 아이가 이정겸이었다니.

"그 아이는 본시 죽은 농부의 셋째 아들로 아삼이라 불렸으나, 노부가 거둬들이며 그 이름을 붙였소."

이정겸(李正謙). 그가 원래 태어난 집에 자두나무가 있었다고 한다. 그래서 자두나무 이를 성으로 주고 뛰어난 무재를 지녔으나 바르고 겸손해지라는 의미에서 정겸이라는 이름을 붙였다고 했다.

"이렇게 그 아이를 거둔 노부는 관에 절심을 놓쳤다는 보고를 마친 후에 도문으로 향했소이다."

그것은 도문에서 부적을 얻기 위해서였다.

"검 때문인가?"

"그렇소. 겁살검의 검심이 강한 것은 둘째 치고 요기가 너무 강했소이다."

정사 대전이 끝나고 혈마검을 얻어 봉한 경험이 있기에 백향묵은 요검의 요기를 억누르기 위해 도가의 힘이 실린 부적이 필요하다고 여겼다. 무림연맹에도 말하지 않고 얻은 검이기에 혹여 요기가 퍼져나가 사람들을 홀린다면 큰 문제가 될지도 몰랐기 때문이다.

"…한데 그때 문제가 터졌소."

도가의 도인이 부적을 붙이다 겁살검의 요성에 홀리고 만 것이었다. 그런데 그것이 문제의 시발점이었다. 겁살검에 홀린 도가의 도인이 그 검을 다름 아닌 이정겸에게 넘겼던 것이다.

"하!"

안 봐도 뒷일은 뻔했다.

"겁살검의 요기에 사로잡힌 정겸 그 아이는 보이는 대로 도인들을 학살했소. 다행히 노부가 이를 빨리 발견해서 그 아이에게서 검을 빼앗았소. 다만…."

그때 백향묵은 처음으로 심각성을 깨달았다. 무공을 배우지 않은 이정겸이었지만 겁살검의 요성에 사로잡히자 상당한 고수가 되었다고 한다.

"노부는 그때 처음으로 알 수 없는 공포를 느꼈소."

요성에 사로잡힌 이정겸은 마치 자신이 살흉 절심이라도 되는 듯이 말해댔다. 심지어 살흉 절심이 보여줬던 검법을 고스란히 펼칠 수 있었다. 그나마 다행인 것은 그 육신이 따라주지 않고 공력이 현저하게 부족했기에 빠르게 제압할 수 있었다.

"그것으로 끝이라고 여겼었소. 하나 그것은 시작이었소."

감응력이 타인과 완전히 궤를 달리하는 이정겸은 겁살검의 요성에서 쉽사리 빠져나오지 못했다. 마치 한 사람의 몸 안에 두 인격이 있는 것처럼 하루에도 수십 번이나 바뀌었다. 이정겸 본인은 원래대로 돌아오면 그것을 전혀 기억하지 못했으나 바뀔 때마다 겁살검을 노렸고, 이에 백향묵은 며칠간의 고민 끝에 결심하게 되었다.

"노부는 겁살검을 포기하기로 하였소."

살흉 절심이라는 존재가 겁살검의 요성에서 비롯되었다고 확신했기 때문이다. 겁살검을 포기하기로 마음먹은 백향묵은 검을 어느 누구의 손에도 들어갈 수 없도록 숨겨놓았다고 했다.

"없앨 생각은 해보지 않았나?"

"기이하게도 대장간에 맡겨서 녹여보려 했으나 검은 녹지 않았소. 심지어 부러지지도 않더이다."

이런 연유로 백향묵은 부적을 덕지덕지 붙인 철함에 검을 넣어 무공을 익힌 고수들조차 쉽게 들어가기 힘든 오지에 숨겼다고 한다. 그리고 백향묵이 향한 곳은 다름 아닌 무당파였다.

"도문인 무당파에는 신묘한 무공들이 많이 있소이다. 그중 양의 신공(兩儀神功)이라는 무공이 마음을 통제하고 둘로 나눌 수 있다고 들었던 기억을 떠올렸기 때문이었소."

"마음을 둘로?"

그런 기이한 신공이 존재했구나. 무공의 세계는 참으로 넓은 것 같다.

"양의신공에 통탈한 종선 진인이라면 정겸이 사로잡혔던 요성을 쫓아내고 다시 바로잡아줄 거라 믿었소이다. 하여 그에게 정겸을 맡기게 된 것이오."

아아… 그래서 이정겸이 공동 제자가 되었던 것이었구나. 그저 정 파의 새로운 영웅을 만들기 위해 그런 것이라 여겼는데, 이런 사정 이 있었을 줄은 처음 알게 되었다.

"원래는 요성을 극복하기만 하면 그 아이를 데려올 작정이었소. 하나 겁살검의 요성이 어찌나 지독한지 쉽게 해결되지 않았소이다."

게다가 다른 무공에는 무서울 정도의 습득력을 보인 반면 양의 신공만큼은 전혀 대성하지 못했던 것이다. 이로 인해 이정겸은 주기 적으로 무당파에 가서 종선 진인으로 하여금 양의신공의 진기를 직 접 주입받아야만 했다. 이렇게 몇 년이 흐르며 이정겸은 요성에서 완전히 벗어나게 되었다. 더는 그 포악하고 살의에 사로잡혀 있던 인 격이 나타나지 않게 된 것이다.

"그렇게 몇 년이 흘렀을 때 당혹스러운 소식을 접했소."

"…절심이 다시 나타났지."

"그렇소이다."

절심이 한때 사 년가량 자취를 감췄던 적이 있다. 지금 백향묵에게 들어보니 그 기간이 어렴풋이 겹치는 것 같다. 백향묵이 긴 숨을 내쉬며 말했다.

"혹시나 하는 마음에 노부는 겁살검을 숨겨둔 곳을 찾아갔고 그곳에서 검이 없어졌음을 확인하였소."

이에 나는 물었다.

"이정겸도 검의 위치를 알고 있나?"

"요성에 빠진 그 아이가 겁살검을 원하는데, 어찌 그것을 알려주겠소이까? 게다가 그때 정겸은 무당파의 암운동(暗雲洞)에 들어간 상태였소."

무당파에는 암운동이라는 빛 한 점 들어오지 않는 동굴이 있다. 무당파의 후기지수들은 그곳에 들어가 백팔 일간 벽곡단을 먹고 자며, 완전한 어둠에 익숙해지는 수련을 한다.

"…그것 때문에 다른 누군가가 검을 발견했다고 여겼겠군."

"그대의 짐작이 맞소."

사태가 심각하다고 여긴 백향묵은 이 새로운 절심을 잡기 위해 천라지망을 비롯해 무림연맹의 힘을 동원했으나 번번이 놓치고 말았다. 마치 그들의 동선을 알기라도 하는 듯이 빠져나가는 유유함마저 보였다.

"그로 인해 노부는 초조해졌소."

"새로이 나타난 절심이 그대 앞에 나타날까 말이냐?"

"…그렇소."

그 말에 나는 콧방귀를 뀌며 말했다.

"그래서 혈천대라공을 익힌 것인가?"

그렇지 않아도 이것을 묻고 싶던 참이었다. 이런 나의 말에 백향묵이 부끄럽다는 듯이 말했다.

"…유일한 대안은 그것뿐이었소. 오랫동안 고민했지만 진기를 흩뜨리는 겹살검에 대항할 수 있는 방법은 오직 검 자체에 진기를 응축할 수 있는 혈천대라공의 묘리뿐이었소."

"하!"

이제야 백향묵이 어째서 혈천대라공을 익혔는지 알게 되었다. 자신의 보검이 혈천대라공의 기운을 견딜 수 있게 만들려 했던 것도 이 같은 이유 때문일 것이다. 차마 정도의 대명사인 그가 혈마검을 다룰 수는 없는 노릇이니 말이다.

'흠… 그런데 백혜향도 공격 대부분을 흘렸다고 했던 것 같은데.'

분명 백향묵이 고심했던 대로라면 혈천대라공의 묘리가 실린 혈검은 통했을 텐데 말이다. 문득 그게 마음에 걸렸다. 그때 백향묵이 입술을 질끈 깨물며 말했다.

"하지만 이렇게 위험부담을 떠안고 혈천대라공을 익혔던 것도 무의미해졌소."

"무엇이 말이지?"

"그가 죽고 나서야 진실을 알게 되었으니 말이오."

'아!'

그 말에 나는 백향묵이 무슨 의미로 이런 말을 했는지 대번에 알아차렸다. 바로 태극검제 종선 진인의 죽음이었다. 사실 이정겸이 살흉 절심이라고 했을 때, 나는 그것에 가장 의문을 품었었다. 어째서 회귀 전에도 그렇고 지금도 살흉 절심이 종선 진인의 목숨을 노렸는지 말이다.

—설마?

맞다. 양의신공으로 요성에 사로잡힌 인격을 억누르던 종선 진인을 죽일 기회를 노려왔던 것이다. 이때까지는 백향묵 또한 그 인격이 살아 있었음을 눈치채지 못했을 것이다. 하지만 종선 진인이 살해당했으니 확신했을 것이다. 겁살검을 가져간 자는 다름 아닌 이정겸일 거라고 말이다.

뚝뚝! 백향묵이 피가 흘러내릴 만큼 주먹에 힘을 주고서 말을 이어갔다.

"요성에 사로잡힌 그 인격은 여전히 살아 있었고, 다시 힘을 기르며 때를 기다리고 있었던 거요."

정말 소름 끼치는 일이었다. 그는 요성이라 표현했지만 그것은 분명 겁살검에 담겨 있던 한(恨)인 백(魄)일 것이다. 그 백이 지금까지 자중하고서 기회를 노려왔다니 무서울 정도였다.

나는 백향묵에게 말했다.

"하면 지금 이정겸은 매우 위험한 상태가 아닌가?"

양의신공으로 백에 사로잡혀 있던 인격을 눌러줬던 종선 진인이 죽었다. 그렇다면 점차 그 인격의 주도권이 바뀔지도 몰랐다. 백향묵이 내게 씁쓸한 목소리로 말했다.

"하여 그들과 거래를 했던 것이오."

"그들이 뭘 거래한 거지?"

"노부가 눈치챈 것처럼 그들 역시도 그 아이를 발견했던 모양이오. 노부에게 말하더이다. 제자가 살흉 절심인 것을 알고 있느냐고 말이오."

최악의 도살자라 불리는 살흉 절심. 그 정체가 이정겸이라는 사실이 밝혀진다면 그 파장은 감당하기 어려울 것이다. 다른 누구도 아니고 정파의 상징이었던 전 맹주 백향묵과 태극검제 종선 진인의 공동 제자이니 말이다.

"그들은 노부에게 제안했소. 겁살검만 넘긴다면 자신들이 요성에 사로잡힌 인격도 없애줄 수 있다고 말이오."

'설마….'

그 말에 나는 문득 환마독을 떠올렸다. 혹시 그것으로 이정겸을 조정하려고 들지 않았을까? 겁살검과 떨어져 있는데도 불구하고 백에 사로잡혀 있을 정도로 강하다면, 그 방법 이외에는 없었다. 이를 입 밖으로 내지 않았기에 백향묵은 계속 말을 이어갔다.

"하나 이제 그들과의 거래는 물 건너갔소."

"포기하지 않을 수도 있었을 텐데."

"검선의 후예 그대의 말대로 노부와 그 아이의 명예를 위해 무림에 더 큰 화를 불러올 수는 없지 않소이까."

그래도 마지막에 와서는 정의를 택한 것인가. 이런 것을 보면 그도 옳고 그름으로 많은 갈등을 했던 것 같다. 백향묵이 힘겨운 목소리로 내게 말했다.

"…이제 유일한 방법은 그 아이를 죽이는 것뿐이오. 노부가 부른 업이지만 차마 노부의 손으로 제자를 죽이긴 어렵구려."

그는 이미 결심한 모양이었다. 대놓고 이야기하지 않았지만 이것은 내게 제자를 죽여달라는 말과도 같았다. 만약 요성에 사로잡힌 인격이 튀어나오더라도 이를 유일하게 감당할 수 있는 자가 나뿐이라고 여긴 듯했다.

그런 그를 빤히 쳐다보다 나는 입꼬리를 올리며 말했다.

"만약 이정겸을 무사히 요성에서 빠져나오게 할 수 있다면, 내게 무엇을 해줄 수 있지?”

　‘…!?’

진짜

백향묵이 인상을 쓰며 나를 바라보았다. 내 말이 쉽게 와 닿지 않았나 보다. 그렇게 나를 빤히 쳐다보던 백향묵이 말했다.

"…정녕 그 아이에게서 요성을 없애줄 수 있단 말이오?"

그 물음에 나는 고개를 끄덕였다. 사실 겁살검의 백에 사로잡혀 있는 것이라면 염(炎)을 통제할 수 있는 천권(天權)의 힘으로 원래대로 돌릴 수 있을 것이다. 내가 이정겸에게 썬 백을 흡수하면 될 테니 말이다.

"그들도 내게 같은 말을 했소이다."

"그 방법보다는 훨씬 안전하다고 자부하지."

적어도 환마독보다는 나을 것이다. 환마독으로는 요성에서 벗어나는 것이 아니라 조종을 당하는 것일 테니. 고민에 빠진 듯이 나를 바라보는 백향묵. 그가 이내 입을 열었다.

"검선의 후예, 그대가 지금까지 보여준 여러 신묘한 것들을 보면 빈말은 아닐 거라 믿소."

"하면 어떻게 할 테지?"

"정말 그 아이에게서 요성을 없애줄 수 있다면 도리에서 벗어나지 않는 한 무엇이든 들어주겠소."

"그런 식의 대답은 애매모호한데."

도리라는 것도 결국 사람이 정하기 나름 아닌가. 이런 나의 말에 백향묵의 눈썹이 치켜 올라갔다. 표정을 보아하니….

—이 인간, 정말 검선의 후예가 맞나? 이렇게 생각하는 것 같은데.

소담검이 키득거리며 말했다.

뭐 대충 비슷한 것 같다. 한데 검선의 후예라고 해도 나는 정식으로 도가에 입적한 것도 아니었다. 내가 원하는 대로 살아갈 권리가 있었다. 잠시 고민하던 백향묵이 이내 내게 말했다.

"좋소. 하면 무차별적으로 정파인들을 살육하거나 하는 것이 아니라면 그대가 원하는 대로 하리다."

내가 황룡당의 당주인 모용수와 그 후기지수들을 죽인 것을 돌려서 꼬집은 것이다. 어지간히 그 일에 대해서는 심기가 불편했던 것 같다. 그런 그의 말에 나는 또 다른 진실을 꼬집어 말했다.

"나야 놈들의 협박에 대응하기 위해서 그랬다지만, 제자분이 지금까지 학살한 자는 셀 수 없이 많을 터인데."

이 말에 백향묵의 말문이 막혔다. 약점도 많으신 분이 말로 나를 이기려 들다니 우스웠다. 결국 백향묵은 내게 원하는 무엇이든 들어주겠다는 약조를 해야만 했다.

"옳은 선택이다."

"…제자를 치료할 수 있다면 스승으로서 무엇이든 감내할 수 있지 않겠소."

내가 무슨 의원도 아니고 치료라는 개념은… 아?! 순간 나의 머릿속에 뭔가가 스쳐 지나갔다. 그것은 바로 만사신의였다. 다른 의문은 어느 정도 풀었었는데, 유일하게 만사신의가 어째서 살흉 절심의 각패를 가지고 있었는지는 알 수 없었다. 살흉 절심이 여태껏 부상을 당하거나 그럴 만한 일이 있었던가. 처음 겁살검을 가졌던 주인도 그렇고 이정겸도 뭔가 연관이 될 만한 게 없었다.

"왜 그러는 것이오?"

내가 말없이 인상을 쓰자 의아했는지 백향묵이 물었다. 그를 물끄러미 쳐다보던 나는….

"요성에 사로잡힌 그 인격은 여전히 살아 있었고, 다시 힘을 기르며 때를 기다리고 있었던 거요."

…라고 했던 백향묵의 말을 떠올렸다.

여기서 한 가지 의문이 피어났다. 그의 말대로 이 모든 것이 요성에 사로잡힌 인격이 저지른 짓이라고 하자. 백향묵은 이정겸이 인격이 바뀌었을 때를 기억하지 못한다고 했다. 그런데 그것도 아주 잠깐 동안이면 모르겠는데, 그동안 이렇게나 많은 살육을 저지르고 심지어 자신의 또 다른 스승을 살해하는 만행마저 저질렀다. 그 기억나지 않던 공백에 대해 조금도 의심을 품지 않는다고?

나는 백향묵에게 물었다.

"이정겸이 혹시 스스로에 대해 의문을 품거나 그와 같은 물음을 한 적이 있나?"

"그게 무슨 말이오?"

그런 나의 질문에 백향묵이 의아해하다가 이내 얼굴이 굳어졌다. 그도 내가 물어본 의도를 파악했나 보다.

"예전에 만났던 만사신의가 살흉 절심의 각패를 가지고 있었다. 그 당시에는 특별한 의문을 품지 않았었는데 이상하다고 생각하지 않나?"

그 말에 백향묵의 눈동자가 떨려왔다. 나는 이를 개의치 않고 계속 말을 해나갔다.

"만약 이정겸이 만사신의를 찾아가 양의신공이 통하지 않게 해달라거나 그와 같은 조치를 취한 거라면?"

백향묵이 떨리는 목소리로 말했다.

"그 아이가 줄곧 요성에 사로잡힌 인격에 지배당하고 있었단 말이오?"

* * *

같은 시각. 한 복면인이 누군가를 어깨에 둘러업고서 숲을 가로지르고 있었다. 빠른 속도로 달리던 복면인은 인적이 드문 곳에서 멈춰 섰다. 복면인은 기감으로 주위를 살피다 아무도 없다는 것을 확신하자, 어깨에 둘러업고 있던 누군가를 내려놓았다. 그 누군가는 다름 아닌 청룡당의 당주이자 무한제일검 백향묵의 제자인 이정겸이었다.

복면인이 품속에서 무언가를 꺼냈다. 끈적거리는 액체가 발라진 장침들이었다.

'시작해보실까.'

이정겸을 바로 앉힌 복면인이 장침을 들어 그의 머리 혈 자리에 꽂으려고 했다. 바로 그 순간이었다. 탁! 복면인의 손목을 누군가 움켜잡았다. 바로 이정겸 본인이었다. 복면인의 눈매가 가늘어졌다.

"네놈… 어떻게 혈도를 점한 것을 풀었지?"

꽈아아악! 그런 그의 물음에 이정겸이 말없이 손목을 꺾으려 들었다.

"건방진!"

이에 복면인이 그의 등으로 일 장을 날렸다. 손목을 꺾으려고 했던 이정겸이 손바닥으로 바닥을 밀쳐내며 일 장 가까이 뛰어올랐다. 그렇게 뛰어오른 이정겸이 몸을 회전하며 복면인의 머리로 발차기를 날렸다. 파곽!

그러나 복면인은 그런 그의 발차기를 가볍게 막아내고 오히려 반격마저 했다. 수십의 잔영을 만들어내는 복면인의 현란한 장초. 그런 장초를 이정겸이 보법을 펼치며 뒤로 거리를 벌렸다.

'이놈 봐라. 검 없이도 이 정도 무위를 보인다고?'

기감으로 느끼는 이정겸의 무위는 초절정의 경지에 이르렀으나, 자신이라면 군이 제압 못 할 정도는 아니었다. 한데 자신의 초식들을 전부 막아내고 피했다.

'그렇다면 이건 어떨까?'

복면인의 신형이 순식간에 이정겸 앞으로 파고들었다. 그렇게 복면인은 일 장을 날려 전광석화처럼 정확하게 이정겸의 안면을 노렸다. 이 정도의 쾌속함이라면 절대로 피할 수 없다고 여겼다. 한데 장초가 닿기도 전에 이정겸이 살짝 고개를 뒤로 젖히며 아슬아슬하게 이를 피해냈다.

'이놈?'

마치 그 공격이 닿으려던 것을 알았다는 듯이 말이다. 날카롭게 자신을 응시하는 저 싸늘한 표정을 보는 순간 복면인은 왠지 모르게 닭살이 돋았다. 뭔지 모를 불안감에 복면인이 보법으로 거리를 벌렸다.

'이놈 설마…'

의구심을 가지려던 찰나, 이정겸의 신형이 그를 향해 쇄도해왔다.

* * *

같은 결론에 도달한 백향묵에게 나는 고개를 끄덕였다. 이에 백향묵은 정신적으로 꽤나 충격을 받았는지 비틀거리기마저 했다. 그런 그에게 나는 위로라도 하듯이 말했다.

"확실하진 않다."

"그게 무슨 소리요?"

"만사신의가 얻은 살홍 절심의 각패가 꼭 이정겸에게서 얻은 것이라고 확신할 수 없으니까."

정확한 진실을 아는 자는 오직 만사신의뿐이었다. 그가 각패를 얻은 시점에 따라 죽은 일대 절심인지 이대 절심인지가 판가름 날 것이다. 하나 굳이 이걸 확인할 필요가 없기는 했다.

"그리고 어차피 계속해서 그 인격에 사로잡혀 있던 거라고 해도 달라질 건 없다. 요성을 제거하면 다시 원래대로 돌아올 테니."

이런 나의 말에 충격을 받아서 굳어져 있던 백향묵이 말했다.

"정말 그게 가능하겠소?"

"요성을 제거한다면."

백만 흡수한다면 원래대로 돌아올 것이다. 단지 걱정되는 것은 너무 오랫동안 백에 침범당해 있어서 제정신이 아닐지도 모른다. 그것은 상황을 지켜봐야 알 수 있다.

나를 바라보던 백향묵이 결의에 찬 목소리로 말했다.

"그대를 믿겠소."

믿음에 보답하지 못한다면 크게 실망하겠다. 그러다 백향묵이 인상을 찡그리며 내게 말했다.

"아!"

"왜 그러지?"

"아무래도 서둘러야 할 것 같소. 노부가 죽었다고 생각한 그들이 계획을 바꿔, 서둘러 정겸이를 노릴 수도 있소."

"그렇군."

그 말에 일리가 있었다. 이에 나는 다시 품속에서 무엇이든 들어가는 주머니를 꺼내 손을 집어넣었다. 내가 꺼낸 것은 바로 사련검이었다. 언제 봐도 신기하다는 듯이 백향묵의 눈이 휘둥그레졌다.

'사련.'

—자기, 나 날아도 되는 거야?

'그래.'

잠깐뿐이지만. 또 한동안 주머니 속에 박혀 있어야 하나 싶었는지 사련검이 신이 났다. 사련검이 얼른 어검비행을 할 수 있게 떠올라서 검면을 보였다. 이에 나는 검 위로 올라탔다. 그리고 백향묵에게 말했다.

"서둘러야 하니 먼저 가겠다."

"알겠소이다."

그의 대답을 듣자마자 나는 사련검을 타고 날아올랐다. 경공으로

가는 것보다 훨씬 서둘러야 하니 말이다. 백향묵 정도의 절세고수
라면 어검비행 정도는 아니더라도 머지않아 따라올 수 있을 것이다.

숙! 밤하늘을 가로지르며 나는 굉장한 속도로 날아갔다. 가면서
체화만변술로 원래의 얼굴로 바꾸었다. 다시 무림연맹으로 돌아가
는 것이니, 소검선으로서 복귀해야 하지 않겠는가. 검도 도중에 남
천철검으로 갈아탔다.

─아아, 자기. 너무해.

사련검이 투덜거렸지만 어쩔 수 없었다. 일각도 채 되지 않아, 먼
곳에서 무림연맹의 성과 주변 마을들이 아주 조그맣게 보였다. 산
맥을 무시하고 일직선으로 날아가니 당연한 일이었다. 금방 도착하
겠구나 싶었는데 순간 나는 멈출 수밖에 없었다.

'남천, 멈춰.'

─왜 그러나?

남천철검이 내 명에 날아가던 것을 멈췄다. 나는 고개를 내려 아
래쪽을 바라보았다. 소름 끼칠 정도로 날카로운 기운이 대놓고 내
게 살의를 드러내고 있었다. 그곳을 바라보니 사람으로 보이는 작은
인영이 보였다.

'나를 알아차렸어.'

밑에 있는 저 작은 인영은 꽤 높은 고도를 날아가고 있던 내게 마
치 자신이 지켜보고 있다는 사실을 알리기 위해서인 것처럼 일부러
기운을 드러냈다. 어지간한 경우라면 그냥 넘어갈 수도 있겠는데,
이 정도라면 초인의 벽을 넘어섰다고 해도 과언이 아닐 만큼 강했
다. 그런 자가 적대감에 가까운 기운을 쏘아 보내는데 지나칠 수가
없었다.

'내려가야겠어.'

—알겠다.

남천철검을 타고 나는 인영이 있는 곳을 향했다. 그리고 어느 정
도 가까워지자 그 자리에서 바로 뛰어내렸다. 팔짱을 끼고 바위 같
은 것에 앉아 있는 인영. 구름에 가려졌던 달빛이 드러나며 그 얼굴
이 모습을 나타냈다.

"이정겸."

놈은 다름 아닌 이정겸이었다. 겉으로 내색하지 않았지만 나는
속으로 놀라움을 감추지 못했다. 여태껏 어떻게 숨겼는지 의구심이
들 만큼 놈에게서 강렬한 기운이 느껴졌다. 심지어 평소의 나른하
고 매사에 귀찮아하던 느낌과는 사뭇 달랐다. 날카롭고 예리하기
그지없었다. 나는 그런 그에게 말했다.

"잘도 스스로를 숨겨왔군."

그런 나의 말에 이정겸이 코웃음을 쳤다. 내가 알고 있던 놈이 맞
나 싶을 만큼 완전히 다른 모습이었다. 다 떠나서 지금만큼은 확실
하게 겹살검의 백에 사로잡혀 있는 인격인 것 같았다.

이정겸이 내게 말했다.

"이목을 피하기 위해 성 밖으로 나가주다니 참으로 고맙군."

"마치 기다렸다는 듯이 얘기하는걸."

"기다렸지. 계속 내버려두는 심경을 너는 모를 거다."

"계속 내버려둬?"

이런 나의 말에 놈이 피식 웃더니 영문을 알 수 없는 말을 했다.

"때가 무르익었고 네 쓰임새가 다했으니 이제 죽여주마."

팟! 말이 끝나기가 무섭게 놈의 신형이 흐릿해지며 찰나에 나의

앞으로 당도했다. 놈이 엄청난 속도로 내 미간을 향해 검결지를 뻗었다. 흡사 공기가 찢겨 나가며 모든 것을 관통할 기세였다. 그러나 그런 놈의 검결지가 코앞에서 멈췄다. 콱! 내가 놈의 손목을 붙잡았기 때문이다. 파아아아앙! 잡기는 잡았는데 검결지에 실려 있던 공력이 어찌나 강했는지, 우리 두 사람 주변으로 강렬한 풍압이 일어나며 주변 나무들이 꺾이고 휘청거렸다. 뿌드드득! 쿵! 쿵!

'이런 엄청난 공력을 숨기는 게 가능한 일인가?'

믿기지가 않았다. 공력만 놓고 본다면 초인의 벽을 넘어선 백향묵보다도 우위였다. 대체 무슨 방법으로 내공을 숨긴 거지? 기의 감응력이 높다고 해도 이건 이해할 수 없는 현상이었다. 그때였다.

'아니?'

녀석의 손을 잡고 있는 공력이 흩어져 갔다. 공력이 약해지니 손목을 잡혀 있던 녀석의 검결지가 이를 뿌리치고서 미간을 찌르려 했다. 이에 나는 그것을 왼손으로 쳐내며 뒤로 다섯 보가량 신형을 물렸다.

'겁살검의 능력이 아니었나?'

지금 녀석은 검을 들고 있지 않았다. 그런데 어떻게 공력이 흩어지게 한 거지? 의아해하고 있는데 놈이 이죽거리며 말했다.

"고작 이 정도라면 실망이 큰데."

"아주 의기양양하네."

"본 실력을 다하라고. 안 그러면 조금만 방심해도 금방 죽게 될 테니까."

고오오오오! 녀석에게서 엄청난 살기가 뿜어져 나왔다. 이렇게 피부로 와 닿을 만큼 유형화된 살기는 처음 보는 것 같다. 순식간에 녀석이 다시 내게 뻗어와 검초를 펼쳤다. 검결지에 실려 있는 날카로운 예기 때문에 검이 없어도 흡사 보검으로 검초를 펼치는 것만 같았다. 촤촤촤촤촤! 공기를 찢으며 압박해오는 절세검초. 과연 백항묵에게 들었던 것처럼 빈틈이 없는 완벽한 검초였다. 이에 나는 풍영보를 펼쳤다. 스륵! 신형이 안개처럼 흩어지며 어느새 나는 녀석의 뒤를 점했다. 내가 뒤에 나타난 것을 곧바로 알아차린 놈이 순식간에 몸을 회전하며 변초를 펼쳤다. 그것보다 나의 검결지가 빨랐다. 슉! 미간을 찌르면 죽게 될 테니, 가슴을 노렸다.

"흥!"

이정겸이 빠르게 왼손으로 내가 했던 것처럼 손목을 움켜잡았다. 그러자 검결지에 실려 있던 공력이 흩어지려고 했다. 놈이 입꼬리를 올리며 말했다.

"접촉하는 게 독이 된다는 사실은 방금 전에 알았을 텐데."

"그럼 이것도 흘려봐."

"뭐?"

놈의 반문이 끝나기도 전에 나는 검결지를 쥐고 있던 손으로 주먹을 쥐고서, 진각을 밟으며 앞으로 뻗었다. 놈이 권에 실린 공력을 흘려보내려고 했다. 그런데 여유로웠던 놈의 인상이 급격히 일그러져 갔다.

"이런…"

손목이 붙들린 채 나의 권이 녀석의 가슴을 강타했다. 쾅! 콰콰콰콰콰콰쾅! 그 순간 놈의 신형이 포탄처럼 튕겨 나가며, 뒤에 있던 나무들을 전부 부러뜨리고 날아갔다. 어찌나 멀리 날아가는지 굵은 고목나무 같은 것이 거의 수십 그루 가까이 쓰러졌다.

소담검이 놀라서 내게 물었다.

—어떻게 한 거야?

어떻게 하긴 뭘 어떡해. 적당히 안 하고 전력으로 친 건데.

'정말 대단하구나.'

전 맹주 무한제일검 백향묵은 감탄을 금치 못했다. 자신 역시도 어검비행을 펼쳐보기 위해 수차례 도전해보았지만 원활하게 펼치기에는 까다롭기 그지없었다. 애초에 이기어검이라는 것이 진기를 이용해 허공섭물로 자유롭게 검을 다루는 것이다. 그러다 보니 무게를 감안하지 않을 수가 없는데, 검을 진기로 조종하는 와중에 스스로의 무게마저 감당하는 것이 쉬운 일은 아니었다.

'이것조차 힘든데 다른 자를 태울 수 있을 정도이니.'

무림연맹에서 가짜 소운휘 역할을 맡았던 자가 검선의 후예가 조종하는 검을 타고 날던 것이 떠올랐다. 절로 혀가 내둘러졌다. 이런 신기는 오직 검선과 그 문하만이 가능한 일인 듯했다.

팟! 하지만 그 역시도 초인의 벽을 넘어선 고수였다. 굳이 이기어검이 아니더라도 경공의 속도를 올릴 방법은 충분했다. 가령 지금처럼 연달아 궁신탄영을 펼친다면 어검비행만큼은 아니더라도 그에 상응하는 속도를 낼 수 있었다. 다만 산맥을 통으로 가로지를 수는 없기에 검선의 후예를 따라잡기는 어려웠지만 말이다. 한참을 달리던 백향묵이 한 산 중턱에서 멈춰 섰다.

'이건?'

기감을 거슬리게 만드는 무언가가 있었다. 보통 고수가 아닌 듯한데 부상이라도 입었는지 조금씩 기운이 줄어들며 북서쪽으로 향하고 있었다. 그리 멀지 않았다. 백향묵은 혹시나 하는 마음에 방향을 틀어 그곳으로 신형을 날렸다. 그렇게 그곳으로 향한 백향묵의 눈에 누군가 띄었다.

'저자는?'

한 복면을 쓴 자가 팔이 잘린 부위를 움켜잡고서 경공을 펼치고 있었다. 그는 마치 누군가에게서 도망치는 것처럼 자신의 상처조차 치료하지 않고 내달리고 있었다. 수상해 보이는 저자를 일단 잡아야 할 듯싶었다. 슉! 백향묵이 전광석화처럼 신형을 날려 복면인의 앞을 가로막았다. 그를 본 복면인이 당혹감을 감추지 못했다.

"백향묵?"

"누구이기에 얼굴을 가리고서 상처조차 치료하지 않은 채 이리 도망가는 것이오?"

"빌어먹을!"

복면인은 대답하기보다 다급히 방향을 틀었다. 하지만 상대는 정파의 정점이라 불리는 무한제일검 백향묵이었다. 멀쩡한 몸으로도 도망가기 어려운 판국에 부상당한 몸으로 어찌 따돌릴 수 있겠는가. 스륵! 백향묵이 순식간에 그의 앞을 가로막고서, 단숨에 금나수로 그를 제압했다. 하나뿐인 팔이 꺾여버린 복면인이 앞으로 고꾸라져 턱을 바닥에 박고 말았다.

"크헉!"

그를 짓누른 백향묵이 그의 복면을 벗기려던 찰나였다. 맞은편 수풀에서 누군가 모습을 드러냈다. 그를 본 백향묵이 놀라서 소리쳤다.

"너!"

* * *

콰콰콰콰콰콰쾅! 또다시 일격을 막지 못한 이정겸이 삼십여 장이 넘게 튕겨 나갔다. 녀석이 이화접목보다 더 신묘한 수법으로 공력을 흘려보내려고 했으나, 정기 합일 상태로 십성 공력을 끌어올리자 이를 감당해내지 못했다. 역시 기운을 흘리거나 흩어지게 하는 데 한계가 존재했다. 굳이 혈천대라공의 묘미를 발휘해서 확인해볼 필요도 없을 것 같았다.

"크으…."

놈이 비틀거리며 몸을 일으켜 세웠다. 그래도 대단한 건 이 정도 일격에 당하면서도 그 자체는 못 흘려도 튕겨 나가면서 일어난 충격은 용케 흘려보냈다. 게다가 호신 기운이 보통이 아니라 이를 맞고도 버텨냈다. 튼튼하기는 거의 스승님인 기기괴괴 해악천에 맞먹을 정도라고 해도 과언이 아니었다. 나는 비틀거리는 놈에게로 다가가며 말했다.

"검은 어디 있지?"

분명 정체를 감추기 위해 겁살검을 숨겨뒀을 것이다. 이런 나의 말에 이정겸이 나를 빤히 쳐다보며 비릿하게 웃으며 말했다.

"더 이상 검은 필요 없다. 내가 곧 검이니."

"하!"

얼핏 들으면 상승의 경지를 논하는 것 같았다. 하지만 저 말이 의미하는 바는 극명했다. 이정겸 저놈은 겁살검의 백에게 완전히 몸을 장악당한 것 같았다. 예전에 혈마검에 담겨 있던 혈마의 백이나 사련검에 있던 주사련의 백이 내 몸을 장악해 빼앗으려 했던 것처럼 말이다.

"안 되겠군."

나는 놈을 향해 신형을 날렸다. 이정겸이 다급히 경신법으로 거리를 벌리려고 했다. 경공으로 나와 대적해보려는 것은 어리석은 짓이다. 지금의 나는 아버지 무정풍신의 경공마저 가뿐히 뛰어넘는다고 자부하니까.

"큭!"

순식간에 놈의 앞에 도달한 나는 어깨로 일 장을 내려쳤다. 팡! 놈이 어깨를 짓누르는 방대한 공력을 흘리려고 했다. 이에 나는 놈의 다리를 발로 걷어찼다. 발에 걸린 녀석의 신형이 급격하게 무너지며 그대로 바닥에 주저앉고 말았다. 쿵! 쩌저적!

녀석의 무릎이 바닥에 닿자 근 이 장 가까이 균열이 일어났다. 얼마나 공력을 가했는지 알 수 있는 증거였다. 말도 안 될 정도로 숨겨왔던 역량이 대단하기는 했지만 안타깝게도 내가 그보다 훨씬 우위였다.

"이놈!"

놈이 내게 우수의 검결지로 복부를 찌르려 했다. 이에 나는 역으로 녀석의 단전 부근을 발로 걷어찼다. 픽!

"끄아아아악!"

단전을 걷어차자 놈이 고통을 견디지 못하고 비명을 터뜨렸다. 조절하기는 했지만 아마도 단전에 상당한 충격이 가해졌을 것이다. 여기서 좀 더 세게 찼으면 단전이 파괴되었을 거다. 타타타탁! 나는 재빨리 놈의 혈도를 점했다. 그리고 놈의 오른팔은 꺾어서 왼손으로 붙잡고, 왼팔은 무릎으로 눌렀다. 혈도가 점해져서 공력을 끌어올릴 수도 없고, 움직일 수도 없을 것이다.

"이놈! 놔라!"

놈이 내게 악을 지르며 몸을 비틀었지만 소용없었다.

'그럼 흡수해볼까.'

나는 이정겸의 머리통을 오른손으로 움켜잡았다. 그리고 칠성현문 중 천권의 힘을 개방했다. 오른 손등에 있던 북두칠성 형태의 점들 중 네 번째 점이 푸른빛으로 일렁였다.

'어디에 있나.'

나는 눈을 감고서 집중했다. 이정겸의 혼으로 놈의 백이 잠식했을 것이다. 이를 찾아내서 흡수해야 한다. 전과 다르게 도화선에서 검선 스승님께 직접 칠성현문을 배웠기에 천권을 다루는 데 더욱 능통해졌다.

'분명 혼을 잠식했을 텐데.'

뭔가 이상하다. 천권으로 놈의 혼에 접근했는데 백이 느껴지지 않았다. 백이 있다면 분명 천권의 기운을 느끼고서 어떻게든 당하지 않으려고 발버둥을 칠 것이다. 그런데 그런 전조가 조금도 없었다. 더 기이한 것은 보통 사람의 혼에는 자신의 염이 담긴 백도 공존하고 있다. 한데 그 백 또한 느껴지지 않았다. 한마디로 혼뿐이었다.

'설마 완전히 겁살검의 백에 사로잡혀 잠식된…'

—운휘!

그때 머릿속으로 소담검의 목소리가 울려 퍼졌다. 녀석의 목소리가 상당히 애가 탔다. 평상시에는 이렇게 나를 부를 녀석이 아닌데 대체 무슨 일이지?

나는 천권을 행하던 것을 중지하려고 했다. 바로 그 순간이었다.

푸푸푸푸푸푸푹!

"끄읍!"

순식간에 내 몸에 박혀든 무언가에 강제로 정신을 차리게 되었다. 놀라서 고개를 내려보니, 전신의 요혈에 기다란 장침들이 박혀 있었다. 칠대 기문은 기본이고 심지어 단전에도 박혔다.

"끄웩!"

심각한 내상으로 입에서 피가 솟구쳤다. 영문을 알 수 없었다.

―운휘, 괜찮나?

남천철검의 목소리가 머릿속을 울렸다. 그러고 보니 심장 쪽을 남천철검이 막아준 덕분에 장침이 유일하게 가슴 부근에는 박히지 않았다. 여기까지 박혔다면 중단전에도 손상을 입었을 것이다. 옥형으로 녀석에게 전 맹주 백향묵이 오는지 살펴보라고 한 게 전화위복이 되었다. 하지만 자그마치 수십 개의 장침이 전신의 혈도에 박혀서 몸을 움직일 수가 없었다.

오싹! 그때 혈도를 제압하고서 몸을 짓누르던 이정겸에게서 소름 끼칠 만큼 강렬한 기운이 느껴졌다. 이것은 통상의 진기와는 궤를 달리했다. 나는 이를 몇 차례 느껴본 적이 있었다.

'마(魔)?'

이정겸의 목 부근 피부가 검게 물들어 있었다. 상당한 공력으로 혈도를 제압했는데 놈의 몸이 들썩거리더니 이내 나를 밀쳐냈다. 뒤로 넘어지면서 등에 박혀 있던 침들이 더욱 깊게 박혔다.

"큭!"

'남천!'

그 와중에 나는 남천철검을 불렀다. 이렇게 당하고 넋 놓을 상황이 아니었다.

　─알았다!

　나의 외침에 남천철검이 이정겸의 등허리 쪽으로 날아들었다. 단번에 단전을 관통하려는 것이었다. 그러나 순식간에 몸을 회전한 이정겸이 두 손가락으로 남천철검의 검날을 잡아냈다. 창! 차르르르르! 남천철검의 검날이 파르르 떨렸다. 어떻게든 놈을 찌르려 드는데 꼼짝을 못 했다.

　"놀랍군. 사혈침으로 단전을 봉했는데 이기어검을 부리다니? 이것이 검선의 도인 칠성현문의 묘리인가."

　"네놈?"

　나는 당혹감을 금치 못했다. 녀석이 대체 어떻게 칠성현문을 알고 있는 거지? 그때 바닥으로 무언가가 박히는 소리가 들렸다. 푹! 쿠쿠쿠쿠쿠쿠쿠!

　─운휘이이이이!

　남천철검이 당황해하는 목소리가 들렸다. 땅에 박힌 것은 아무래도 남천철검인 것 같았다. 그때 바닥에 쓰러져서 옴짝달싹 못하는 내 머리 위로 녀석의 얼굴이 보였다.

　'…?!'

　온통 검게 물든 얼굴. 심지어 두 눈동자의 흰자마저 검었다. 놈에게서 소름 끼칠 만큼 짙은 어둠과 사악한 기운이 느껴졌다. 모습이 변했을 뿐인데 역량이 거의 배로 상승한 것 같았다.

　"네놈 대체…."

　우두둑! 우두둑! 놈이 목을 꺾으며 몸을 풀었다. 그러더니 나를 내려다보며 말했다.

"틈을 보이도록 유도했지만 일부러 당해주는 건 그리 유쾌한 일이 아니야."

"일부러 당해줘?"

반문하는 내게 놈이 웃으며 말했다.

"검과 소통할 수 있는 칠성현문의 묘리에는 검에 담겨 있는 염을 통제하고 흡수하는 술법이 있다지?"

순간 나는 말문이 막혔다. 이 녀석 대체 뭐지? 어떻게 그걸 아는 거지?

"네놈이라면 반드시 내게서 겁살검에 담겨 있는 백을 흡수하려 들 거라 확신했지. 변수 없이 너무 예상한 대로 움직여서 싱거워졌다만."

천권을 펼치는 순간 유일하게 빈틈이 생기는 것을 일부러 유도했던 것이다. 결국 이것은 전혀 예상치 못한 함정이었다.

"네놈… 이정겸이 아니구나."

그런 나의 말에 놈이 비웃음을 흘렸다.

"그래도 미련하진 않군."

백에 사로잡히든 사로잡히지 않든 간에 이정겸이 이런 것을 알 리도 없고 이런 함정을 팔 리도 없었다. 게다가 한 가지 더 확실해진 게 있었다. 이놈은 금상제와도 관련된 자가 아닌 것 같다. 금상제는 도화선의 존재는 알아도 그 내막을 상세하게 알진 못한다.

"네놈 대체 누구야?"

그런 나의 물음에 놈이 말없이 내 복부를 발로 지그시 밟았다.

꾸구구!

"끄으읍!"

단전에 박힌 장침이 더욱 깊게 파고들며 너무도 고통스러웠다. 놈이 내게 살기 어린 목소리로 말했다.

"이날만을 기다려왔다."

대체 내게 왜 이렇게까지 분노를 토해내는 거지? 영문을 알 수 없지만 칠성현문까지 아는 것을 보면 어쩌면 도화선의 존재를 아는 자일지도 몰랐다.

"이런 날이 올 줄은 네놈도 몰랐을 거다. 내가 왜 검을 지니고 있지 않고, 검이 아닌 침을 준비했을 것 같으냐."

…내가 검과 소통한다는 사실을 확연하게 알고 있다. 이를 대비해서 이런 함정을 준비한 걸 보면 말이다. 역시 내 예상대로 도화선과 관련 있는 것 같다. 나는 놈에게 말했다.

"도화선 출신인가?"

이런 나의 말에 놈이 불쾌하다는 듯이 말했다.

"자신들의 의무를 저버리고 등선이나 바라는 그런 머저리들과 나를 비교하다니 어리석기 짝이 없구나."

뭐지? 도화선의 존재도 알고 있다. 이자의 정체가 뭔지 조금도 짐작할 수가 없었다. 금상제의 수하도 아니고 도화선과도 관련 없다면 대체 정체가 뭐란 말인가?

"…정체를 밝혀."

이런 나의 말에 놈이 이죽거렸다.

"네놈은 알 자격이 없다."

그 말과 함께 놈이 내 심장부를 향해 검결지를 뻗었다. 중단전을 노리는 것이었다. 그러나 바로 그 순간 날카로운 무언가가 놈을 노렸다. 촥! 놈이 방향을 틀어 그것을 베어냈다. 흩어지는 붉은 예기

의 잔류들. 몸이 움직이지 않아 위밖에 쳐다볼 수 없지만, 이것만 봐
도 누군지 알 것 같았다. 전 맹주 백향묵이었다.

―운휘야, 한 사람 더 있어.

한 사람 더?

―이게 무슨 영문인지 모르겠네.

왜 그래?

―이정겸이 한 사람 더 있는데?

그런 소담검의 말에 나는 옥형의 기운으로 시야를 공유했다. 그
러자 허리춤에 있던 소담검이 보고 있는 시야가 머릿속으로 환상처
럼 그려졌다. 그곳에 백향묵과 더불어 이정겸이 보였다. 이정겸 또한
휘둥그레진 눈으로 자신과 같은 얼굴을 한 자를 쳐다보았다. 피부
와 두 눈이 검게 물들었지만 똑같은 얼굴에 놀라지 않을 리가 있겠
는가.

"당신… 대체 뭐죠?"

이런 그의 말에 내 위에 있던 또 다른 이정겸이 비릿하게 웃으며
말했다.

"잘됐군. 그렇지 않아도 전부 정리하려고 했는데 말이야."

"전부 정리?"

백향묵이 어처구니없어하다, 예기가 일렁이는 검결지를 겨냥하
며 외쳤다.

"네놈이 여태껏 내 제자를 흉내 낸 것이냐!"

이곳으로 오기 얼마 전. 도망치던 복면인을 제압한 백향묵 앞으
로 누군가 모습을 드러냈다. 그는 다름 아닌 제자 이정겸이었다. 이

정겸에게서 흘러나오는 살기 넘치는 기운은 자신과 무당파의 태극 검제 종선 진인이 가르친 정순한 정도의 것과 완전히 달랐다. 오히려 사마외도의 기운과 다름없었다.

"스승님…."

재빨리 자신의 그런 기운을 숨겼지만 이미 늦었다. 백향묵이 그를 향해 검결지를 겨냥하며 다그쳤다.

"언제부터 속인 것이냐?"

"스승님 그게 무슨 말씀이신지 제자…."

"언제부터 속였는지 묻고 있지 않느냐!"

"…."

재차 다그치는 백향묵의 말에 이정겸은 차마 입을 열지 못했다. 복면인을 힐끔 쳐다보고서 한숨을 내쉬었다. 마치 이런 날이 오지 않기를 바랐다는 얼굴이었다.

"역시 알고 계셨군요."

그런 그의 말에 백향묵이 탄식을 내뱉었다. 역시 검선의 후예가 짐작한 대로 자신의 제자는 줄곧 겁살검의 요성에 사로잡혔던 것 같다. 여태껏 자신을 속여왔던 것이 소름 끼칠 정도였다. 강한 배신감을 느낀 백향묵이 그에게 인상을 쓰며 말했다.

"줄곧 알아차리지 못한 노부를 비웃었겠구나."

그런 그의 말에 이정겸이 고개를 갸웃거리다 다급히 답했다.

"제가 어찌 스승님을 비웃겠습니까? 저는 요검의 요성에 사로잡혔음에도 끝까지 저를 믿고 함구해주셨던 스승님께 항상 감사드리고 있습니다."

"뭐?"

그 말에 백향묵이 의아함을 감출 수가 없었다. 줄곧 요성에 사로잡혔다고 여겨졌는데, 지금 그의 대답은 여느 때와 다를 게 없다. 자신이 알고 있던 제자 이정겸이었다. 그런 그에게 백향묵이 물었다.

"…요성에 사로잡힌 것이 아니었느냐?"

"네? 그게 무슨 말씀입니까?"

"무슨 말이냐?"

"제가 요성과 싸우고 있다는 사실을 알고 계셨던 게 아닙니까?"

'…?!'

백향묵은 영문을 알 수가 없었다. 검의 요성과 싸웠다니 이게 무슨 소리인가. 그럼 지금까지 벌어졌던 살흥 절심의 수많은 살육과 태극검제 종선 진인의 죽음은 대체 어찌 된 일이란 말인가?

"요성과 싸우다니? 그럼 전부 기억한다는 것이냐?"

"…네. 만사신의 어르신의 도움이 없었다면 끝까지 제가 검의 요성에 사로잡혔던 사실을 몰랐을 겁니다."

"만사신의의 도움?"

그제야 검선의 후예가 말했던 만사신의에 대한 의문이 풀렸다.

* * *

"네놈이 여태껏 내 제자를 흉내 낸 것이냐!"

백향묵의 그 말에 피부가 검게 물든 이정겸이 비웃음을 흘렸다. 이 비웃음의 의미는 무엇일까? 노기에 찬 백향묵이 전광석화처럼 붉은 예기를 날렸다. 단숨에 일도양단해버릴 기세의 예기였지만 검게 물든 이정겸은 이를 가볍게 검결지를 긋는 것만으로 베어버렸다. 촥!

검게 물든 이정겸이 말했다.

"흉내라. 재미있군."

"뭐?"

"누가 누구의 흉내를 냈을까?"

검게 물든 이정겸이 그 말과 함께 검결지를 휘둘렀다. 그러자 흑색 아지랑이를 머금은 날카로운 예기가 두 사제를 향해 일직선으로 날아들었다. 이정겸이 앞으로 튀어 나가며 날아오는 예기를 향해 손을 뻗었다. 그러자 예기가 손에 닿기도 전에 비껴 나가며 위로 튀어 올랐다. 촥! 검게 물든 이정겸이 선보였던 이화접목의 수였다.

한데 놀라운 것은 검게 물든 이정겸은 직접적으로 맞닿아야 기운을 흘려보낼 수 있는 반면, 백향묵과 함께 나타난 이정겸은 닿기도 전에 흘려보냈다. 기에 대한 감응력이 상상을 초월했다.

"과연 타고난 재능이야."

검게 물든 이정겸도 이를 인정하는지 그런 말을 내뱉었다. 하지만 한 가지 이해되지 않는지 대놓고 물었다.

"한데 겁살검의 요성을 어떻게 버티고 있는 거지?"

"그걸 당신한테 말할 이유는 없죠."

팟! 그 말과 함께 이정겸을 비롯한 백향묵이 동시에 신형을 날렸다. 그들 사제는 이 검게 물든 이정겸이 심상치 않다는 것을 알아차렸기에 합공으로 제압하려는 듯했다. 그러나 그들은 도중에 멈출 수밖에 없었다. 검게 물든 이정겸이 어느새 장침을 빼 들고서 나를 겨냥하고 있었기 때문이다.

백향묵이 그에게 소리쳤다.

"비겁하구나. 당장 그를 놓아주지 못할까?"

그런 그의 다그침에 검게 물든 이정겸이 비웃으며 말했다.

"착각이 심하군."

"뭐라?"

"네놈들보다 더 위험한 게 이놈이다. 네놈들을 상대하는 게 어려운 일 같나?"

그 말이 끝나기가 무섭게 놈이 장침을 내게 날렸다. 슉! 푹!

"컥!"

장침은 정확하게 심장이 있는 부위를 관통했다. 단전이 있는 부위로 관통했을 때보다도 화끈거리는 통증이 느껴졌다.

"소 형!"

"이놈!"

장침에 심장이 관통당하는 모습을 본 백향묵과 이정겸이 놀라서 소리쳤다. 그런 그들의 반응을 즐기기라도 하듯이 검게 물든 이정겸이 나를 바라보며 이죽거렸다.

"중단전을 내버려둘 것 같았나?"

"끄으으으."

"고통스러울 거다. 파혈침은 몸이 재생해도 날카로운 융기가 엉겨붙어 떨어지지 않도록 제작되었으니."

치밀하게 준비한 모양이다. 내게도 뛰어난 회복 능력이 있다는 것을 가정하고서 함정을 판 걸 보면 말이다. 놈이 내게서 고개를 돌리며 말했다.

"아무것도 할 수 없다는 무력감을 맛보아라. 가장 마지막에 죽여주마."

그러고는 놈이 저들을 향해 걸어갔다. 그런 그에게 백향묵이 노성을 내지르며 신형을 날렸다.

"이노오옴!"

먹이를 노리며 활공하는 매처럼 쭈욱 뻗어온 백향묵이 그를 향해 검초를 펼쳤다. 혈천대라검의 검초인 혈라검천이었다. 극성의 경지에 이른 것은 아니지만 백향묵 정도의 절세검수의 손에서 펼쳐지는 혈라검천은 가히 완벽에 가까웠다.

그러나… 놀랍게도 검게 물든 이정겸은 가만히 서서 이를 가볍게 막아냈다. 파파파파팍! 심지어 검식에 실려 있는 힘마저 흘려보내는지, 백향묵의 검초에 담겨 있던 예기가 사방으로 퍼져 나갔다.

"어찌?"

백향묵이 당혹스러운 기색을 보였다. 공력을 집중시키는 혈천대라공의 묘리라면 이화접목의 수를 대항할 수 있으리라 여겼는데, 그것이 통하지 않자 당황한 듯했다.

그런 그에게 검게 물든 이정겸이 이죽거렸다.

"얼추 삼백여 년 전이었다면 통했겠지만 지금은 아니지."

"삼백여 년?"

"명성에 흠이 가는 것마저 감수해가며 혈마의 무공에 손을 댄 것이 무의미해져서 어떡하나?"

백향묵의 검초를 쉽게 막아낸 검게 물든 이정겸이 빈틈을 파고들었다. 쾌속한 검결지에 미간이 꿰뚫릴 위기에 처했다. 그러나 아슬아슬한 찰나, 이정겸이 예기로 검게 물든 이정겸의 목을 노리는 바람에 이것은 불발로 그치게 되었다. 휘리릭! 검게 물든 이정겸이 여유롭게 보법을 펼치며 이를 피해냈다. 두 사제가 동시에 합공을 가했다. 어차피 혈천대라검이 통하지 않는다고 판단한 백향묵은 자신의 독문 검법인 묵선검법의 검초를 펼쳤다. 이런 그를 보조하듯이 이정겸은 태극검의 검초를 펼쳤다. 서로 합을 맞추기라도 하듯 백향묵의 검초가 주를 이루고 이정겸의 태극검이 빈자리를 메꿔 나갔다. 촤촤촤촤촤촤!

"하핫! 좋구나."

검게 물든 이정겸이 흥에 겨워하며 이들의 검초를 막아냈다. 빈틈없이 쏟아지는 검식을 한 발짝도 움직이지 않고 오직 한 손으로 막아내는 굉장한 위용을 보여줬다. 그런 엄청난 실력에 백향묵과 이정겸이 경악을 금치 못했다. 심지어 검게 물든 이정겸이 원을 그리자, 마치 뭔가에 부딪힌 것처럼 공기가 물결처럼 일렁이며 그들의 신형이 튕겨 나갔다. 파팡!

"큭!"

"아닛!"

촤르르르르르! 이정겸이 놀란 눈으로 쳐다보자 검게 물든 이정겸이 이죽거리며 말했다.

"이게 완성된 이기진경(移氣眞經)이다."

"이기진경?"

"네가 백을 통해 배운 불완전한 것과는 비교할 수 없지."

이런 그의 말에 이정겸의 눈빛이 흔들렸다. 그러고는 이해할 수 없다는 듯이 말했다.

"…당신도 겁살검의 요성을 통해 그것을 터득한 건가요?"

이 물음에 검게 물든 이정겸이 뭐가 그리 우스운지 갑자기 광소를 터뜨렸다.

"하하하하하하핫!"

그렇게 한참을 웃어대던 검게 물든 이정겸이 고개를 절레절레 흔들며 실망스럽다는 듯이 말했다.

"완성된 이기진경을 보고서 나온 말이 고작 그런 것이라니."

"당신 대체 정체가 뭐죠?"

"나야말로 네게 스승이나 다름없는 존재지."

"그게 무슨…."

스륵! 이정겸의 말이 미처 끝나기도 전에 놈의 신형이 그의 뒤에서 나타났다. 그의 움직임을 놓친 이정겸이 다급히 앞으로 몸을 날렸다. 움직임을 따라잡을 능력에는 미치지 못하나, 예민한 기감으로 상대의 움직임을 포착한 것이다.

"기감만큼은 놀랍구나. 하나…."

검게 물든 이정겸이 검결지를 뻗자 흑색 예기가 일직선으로 뻗어나가 이정겸의 등을 관통하고 말았다. 푹!

"큭!"

이정겸이 이를 악물고 몸을 비틀어 놈에게로 일 장을 날렸다. 평범한 일 장 같아 보이지만, 무당파의 장법 중에는 일 장에 열 식이 중첩된다는 가장 강한 파괴력을 자랑하는 십단금(十段錦)이었다.

"배움이 얕군."

그러나 그런 십단금조차 검게 물든 이정겸이 가볍게 손을 뻗자, 일렁이는 공기층에 막혀 십단금의 여파가 역으로 튕겨 나가 이정겸을 덮치고 말았다. 파앙! 콰콰콰쾅! 이정겸이 나무들을 부러뜨리며 날아갔다. 그런 그를 백향묵이 이화접목의 수법으로 받아내 여파를 흘려보냈다. 쩌저저저적! 딛고 있는 그의 발바닥을 중심으로 바닥이 갈라졌다.

상상을 초월하는 공력에 백향묵의 몸에서 아지랑이가 피어올랐다. 전부 해소하기에는 십단금 이외에도 검게 물든 이정겸의 공력까지 실려서 벅찼을 것이다. 주르륵!

"스승님?"

백향묵의 입에서 흘러내리는 핏물을 보며 이정겸의 목이 멨다. 명색이 정파 최고의 검객이라 불리는 무한제일검이 이렇게 부상을 당한 모습은 제자로서도 처음일 것이다.

백향묵이 호흡을 고르며 말했다.

"긴장을 풀지 말거라. 여기서 조금이라도 방심하면 우리 사제의 목숨은 끝이다."

"…제자, 명심하겠습니다."

스승의 명에 이정겸이 전의를 가다듬었다. 그런 그들의 모습을 지켜보며 검게 물든 이정겸이 비웃음을 흘렸다.

"쓸데없는 짓들을 하는군."

"쓸데없는 짓이 될지 안 될지는 해봐야 알 것이다."

백향묵이 십성 공력으로 끌어올렸는지 주변에 있던 나무들이 풍압으로 거세게 흔들거렸다. 이 자리에서 목숨을 걸 기세였다. 그런 기세에도 불구하고 검게 물든 이정겸은 조금도 여유를 잃지 않았다. 오히려 오만하다 못해 광오한 말까지 내뱉었다.

"세 초식 내로 목숨을 거두겠다."

"뭐?"

무림에는 삼초지적(三招之敵)이 되지 못한다는 말이 있다. 그것은 자신보다 절대적으로 하수에게 쓰거나 도발하기 위한 말이기도 했다. 난생처음 겪는 일에 분노했는지 백향묵의 얼굴이 싸늘하기 그지없었다. 하지만 경험 많은 노장은 여기서 흐트러지지 않았다. 당장이라도 신형을 날릴 듯했던 백향묵이 물었다.

"…그대 정도의 무위라면 내 제자를 흉내 내가면서까지 이런 짓을 벌일 이유가 없을 텐데 대체 무슨 의도인 거요?"

"하!"

그 물음에 검게 물든 이정겸이 콧방귀를 뀌었다. 흉내 낸다는 말이 거슬렸던 모양이다. 하지만 그게 끝이었다. 애초에 쉽게 입을 열 위인이 아니었다. 그러나 백향묵은 거기에서 그치지 않고 말했다.

"금상제란 자의 명을 받고서 내 제자를 흉내 낸 것이오? 여차하면 제자에게 살흉이라는 희대의 살인마의 올가미를 씌우기 위해서?"

검게 물든 이정겸의 눈매가 가늘어졌다. 불쾌한가 보다. 그러더니 이내 변심이라도 했는지 말했다.

"착각하지 마라. 저 녀석의 손에 겁살검이 들어가도록 안배한 것이 누구라고 생각하느냐?"

"…설마 그대가 그랬다는 거요?"

"흉내는 내가 아니라 네 제자 놈이 냈겠지. 물론 나의 백에 사로잡혔으니 그 역시도 내가 한 것이나 다름없지만 말이야."

"그게 무슨 소리요? 백은 무엇이고…."

착! 물음이 미처 끝나기도 전에 검은 예기가 출렁이며 허공을 갈랐다. 이를 백향묵이 마찬가지로 예기를 일으키며 막아냈지만 공력에서 차이가 나는지 오히려 뒤로 십 보 넘게 밀려났다. 촤르르르르르르!

"잡담은 끝이다. 네놈들이 여기서 죽는 것은 변함없는 사실이다."

454

더 이상 말을 섞을 생각이 없는 듯했다. 그때 뒤로 밀려난 백향묵이 내가 있는 곳을 쳐다보았다. 검게 물든 이정겸이 비웃음을 흘리며 이죽거렸다.

"놈을 본다고 달라질 건 없다."

그런 그의 말을 무시하고서 백향묵이 내가 들을 수 있게 큰 목소리로 말했다.

"노부가 알아낼 수 있는 건 여기까지인 것 같네."

'…?!'

그 말에 검게 물든 이정겸이 날카로운 눈빛으로 나를 바라보았다. 스륵! 놈의 신형이 안개처럼 흩어지며 내 위로 나타났다. 그러더니 이내 확인 사살이라도 하려는 것처럼 내 목을 발로 짓밟으려 했다. 그 순간 나는 놈의 발바닥을 손으로 막아냈다. 팍! 검게 물든 이정겸의 눈매가 가늘어졌다.

"네놈 어떻게?"

전신의 요혈들을 비롯해 하단전과 중단전을 관통했는데 어떻게 움직이냐고? 체화만변술은 단순히 겉모습만 바꿀 수 있는 수법이 아니었다. 전신의 근육까지 변환할 수 있기에 장기기관이나 혈도의 위치를 바꾸는 것은 일도 아니었다.

나는 놈에게 말했다.

"처음부터 목을 노렸어야지."

"이놈!"

놈이 더욱 공력을 가하려고 했다. 그 순간 나의 몸에 박혀 있던 수많은 장침이 마치 당가의 비기인 만천화우(滿天花雨)처럼 사방으로 폭사되어 나갔다. 파파파파파파팍! 놈이 다급히 뒤로 신형을 날리며 장침들을 이기진경의 수법으로 튕겨냈다. 그리고 내게 공격을 가하려고 했는데, 그것을 백향묵이 기습적으로 검초를 펼치며 견제했다. 물론 이 틈을 놓치지 않고 이정겸도 모든 기운을 죽이고서 놈의 뒤를 노렸다.

"흥!"

파아아앙! 하지만 물결처럼 생겨나는 공기의 파동에 두 사람이 동시에 튕겨 나가고 말았다. 촤르르르르르! 밀려난 백향묵이 내게 말했다.

"어찌한 건지는 모르겠지만 무사해서 다행이네."

나를 검선의 후예가 아니라 그 제자로 알고 있는 백향묵이었다.

"덕분입니다."

사실 남천철검에 의해 중단전이 막힌 시점에 나는 체화만변술로 체내를 변화시켰다. 그것을 내색하지 않고 계속 있던 것은 놈이 이겼다고 생각하여 모든 것을 털어놓게 하기 위해서였다. 하지만 이들 사제가 절묘한 시점에 도착하면서 일이 조금 꼬인 것이었다. 백향묵이 놈에게서 시선을 돌리지 않고 말했다.

"자네의 스승이 무림연맹에 있네. 노부가 어떻게든 막아볼 터이니 내 제자를 데리고 가서 도움을 요청하게."

"스승님! 그럴 수 없습니다!"

희생을 자처하는 것을 눈치챈 이정겸이 이를 거부했다. 백향묵이 전음으로 무언가를 얘기하는 걸 보니 그를 타이르는 것 같았다. 이에 나는 앞으로 나서며 말했다.

"그럴 필요 없습니다."

"저 괴물 같은 자는 자네 스승이 아니면 상대할 수 없을 만큼 압도적이네. 노부의 말을 듣…."

팟! 그의 만류가 끝나기도 전에 놈이 무섭게 굳은 얼굴로 내게 신형을 날리며 소리쳤다.

"풀려났다고 한들 달라질 건 없다!"

나는 바닥을 향해 손바닥을 내밀었다.

"남천."

그 순간 바닥이 심하게 들썩거렸다. 콰콰콰콰콰콰콰! 그러더니 이내 땅을 뚫고서 남천철검이 모습을 드러냈다.

―기다렸다.

어지간히 깊이도 박아놓았다. 남천철검을 쥔 나는 놈을 향해 검을 찔렀다. 그러자 놈이 검결지를 쥔 손으로 원을 그리며 이기진경의 수를 펼쳤다. 물결처럼 파동이 일어나며 검을 찌른 곳이 허공에서 멈추더니, 역으로 더욱 강한 힘이 일어나 나를 튕겨내려고 했다.

"일부러 당해줬다고 착각하지 마라. 이것이 내 진정한 무위다."

놈의 몸에서 검은 아지랑이가 솟구치며 회오리치더니, 이기진경의 반탄력이 배로 치솟았다. 콰드드드드득! 그러자 근 삼십 장에 이르는 바닥이 엄청난 압력에 의해 함몰되려 했다.

"…말도 안 되는 공력일세!"

"소 형! 물러나세요!"

백향묵과 이정겸이 놀라서 내게 소리쳤다. 엄청난 여파에 의기양양해졌는지 놈의 입꼬리가 올라갔다. 바로 그 순간이었다. 슈우우우우우우! 전신의 피가 맹렬하게 순환하며 수증기가 피어올랐다. 그것도 모자라 뇌기의 순응과 함께 혈마화가 동시에 일어나며 붉은 뇌전이 전신을 감쌌다. 파치치치치치칙!

이 변화에 놈의 두 눈동자가 흔들렸다.

"이쪽도 마찬가지야."

그 말과 함께 남천철검의 검 끝에 회전력을 가하며 더욱 힘을 줬다. 그러자 검은 아지랑이와 함께 물결처럼 파동을 일으키던 이기진 경이 휘어지듯이 안으로 파고들었다. 그러더니 이내 그것이 찢기려 했다. 이에 당황한 놈이 다급히 있는 힘을 다해 몸을 비틀었다. 그 순간, 붉은 뇌전이 실린 검격이 허공을 꿰뚫었다. 콰콰콰콰콰콰콰콰 콰쾅!

순수하게 정기 합일을 통한 공력을 넘어서 뇌기의 순응과 혈마화, 진혈금체까지 동시에 펼친 것은 도화선 때 이후로 오랜만인 것 같다. 그때와 지금의 공력은 비교할 수가 없다. 가까스로 피했지만 어깨 부근이 날아간 놈이 뒤를 보며 자신도 모르게 침을 삼켰다.

"사… 산이…."

뒤에서 이정겸의 목소리가 들렸다. 경악한 모양이다. 그도 그럴 것이 눈앞에 있던 커다란 산에 자그마치 백 장에 달하는 구멍이 휑하니 뚫려 있었다.

"자네… 대체…."

백향묵 또한 놀랐는지 탄성을 금치 못했다. 검선의 후예로 착각할 때보다 더 강한 힘을 내서 괜히 이상한 오해를 할지도 모르겠다. 일단 가짜 이정겸이 먼저였다. 나는 놈을 향해 비릿하게 웃으며 말했다.

"진짜 이정겸이 아니니까, 힘 조절을 안 해도 되겠네."

"잠깐…."

촥!

"끄악!"

놈이 뭔가를 말하려고 했는데 나는 듣지도 않고 놈의 허리를 베어버렸다. 다급히 이기진경으로 막으려고 했으나 소용없었다. 그것까지 통째로 베어버렸으니 말이다.

〈9권에 계속〉

절대 검감 9

초판 1쇄 인쇄일 2022년 7월 4일
초판 1쇄 발행일 2022년 7월 11일

지은이 한중월야

발행인 윤호권
사업총괄 정유한

편집 김지연 **디자인** 김지연 **마케팅** 명인수 **일러스트** 스튜디오이너스
발행처 ㈜시공사 **주소** 서울시 성동구 상원1길 22, 6-8층(우편번호 04779)
대표전화 02-3486-6877 **팩스(주문)** 02-585-1755
홈페이지 www.sigongsa.com / www.sigongjunior.com

글 ⓒ 한중월야, 2022

ISBN 979-11-6925-034-4 04810
     979-11-6925-025-2 (SET)

*시공사는 시공간을 넘는 무한한 콘텐츠 세상을 만듭니다.
*시공사는 더 나은 내일을 함께 만들 여러분의 소중한 의견을 기다립니다.
*잘못 만들어진 책은 구입하신 곳에서 바꾸어 드립니다.